ALCAZABA

JESÚS SÁNCHEZ ADALID

Cualquier forma de reproducción, distribución, comunicación pública o transformación de esta obra solo puede ser realizada con la autorización de sus titulares, salvo excepción prevista por la ley.
Diríjase a CEDRO si necesita reproducir algún fragmento de esta obra.
www.conlicencia.com - Tels.: 91 702 19 70 / 93 272 04 47

Editado por HarperCollins Ibérica, S. A.
Avenida de Burgos, 8B - Planta 18
28036 Madrid

Alcazaba
© Jesús Sánchez Adalid, 2012, 2022
© 2022, para esta edición HarperCollins Ibérica, S. A.

Todos los derechos están reservados, incluidos los de reproducción total o parcial en cualquier formato o soporte.
Esta es una obra de ficción. Nombres, caracteres, lugares y situaciones son producto de la imaginación del autor o son utilizados ficticiamente, y cualquier parecido con personas, vivas o muertas, establecimientos comerciales, hechos o situaciones son pura coincidencia.

Diseño de cubierta: CalderónSTUDIO®
Imagen de cubierta: Shutterstock

I.S.B.N.: 978-84-18623-67-7
Depósito legal: M-18291-2022
Impreso en España por: BLACK PRINT

A mi sobrino Álvaro, que nació cuando concluía esta novela y que, por esas cosas de la vida, será emeritense

*¡Ay de Mérida! La ciudad rebelde que yergue
su arrogante cabeza contra el destino…*

Tomado del *Nafh al-Tib*, de Al Maqqari

*Tenemos una ciudad fuerte, ha puesto para salvarla murallas
y baluartes: Abrid las puertas para que entre un pueblo justo,
que observa la lealtad; su ánimo está firme y mantiene la paz.*

Isaías 26, 1-3

1

Todos los parientes, amistades y buenos conocidos de Abén Ahmad al Fiqui se reunieron en su casa cuando se enteraron de que había muerto. Las mujeres hacían manifestación de duelo con alaridos y alabanzas al difunto. Cada vez que una de ellas gritaba, enseguida era contestada por las demás y se organizaba el llanto. Se agolpaban a la puerta de la alcoba, sin atreverse a entrar, y contemplaban el cadáver derramando lágrimas y exhibiendo muecas de dolor.

—¡Mirad al desdichado! ¡Qué poca cosa es para los mortales, pero qué grande para la misericordia de Alá!

—¡Grande es Dios! ¡Paz y misericordia para Abén Ahmad al Fiqui! *Allah irhamo!* (Dios sea misericordioso). *Allah isalmek!* (Dios otorgue la paz).

El muerto yacía de costado, encogido, de manera que las rodillas se le juntaban con el pecho. Tenía aún los ojos abiertos y una hilera de babas se le descolgaba desde el labio inferior hacia la barba canosa y lacia. El cuerpo tan seco apenas abultaba bajo la sábana que lo cubría. Junto al lecho solo estaba la viuda, la única de las mujeres que permanecía en silencio: Judit al Fatine, conocida por todo el mundo en Mérida como la Guapísima, por su belleza verdaderamente extraordinaria; aún no había cumplido los veinticinco años y era alta, de hermosa piel trigueña, cabellos dorados, ojos color miel y un aspecto tan sano como el pedernal. Incluso allí, junto a la penosa imagen del cadáver de su marido, admiraba verla, vestida con una sencilla juba de lino crudo y un velo color canela.

Sería por esta presencia deslumbrante de Judit y porque atraía todo tipo de miradas por lo que el anciano Ferján, tío del difunto, se acercó a ella y le dijo entre dientes:

—Anda, mujer, sal de la alcoba y ve a recogerte, que los hombres debemos ocuparnos del cuerpo.

Ella, obediente, se puso en pie y salió exhibiendo la amenidad plena de su esbelto talle, la delicadeza de su caminar y una expresión pálida y ausente en el preciosísimo rostro. Hombres y mujeres se apartaron en el corredor para dejarla pasar entre ellos mientras meditaban sobre lo afortunado que debía de haber sido Abén Ahmad, aun habiendo tenido una vida colmada de desdichas.

Porque el difunto marido de Judit fue siempre un hombre común, corriente y nada extraordinario; feo, canijo, que no contaba siquiera con patrimonio o dinero para merecer a una mujer así. Hasta se decía por ahí que no había reunido a lo largo de su miserable vida otra cosa que deudas. Sobre todo desde que, para colmo de infortunios, se cayó del tejado y se destrozó la espalda, quedándose permanentemente hecho un cuatro, como ahora yacía muerto en su tálamo.

No es de extrañar, pues, que los asistentes al duelo pareciesen estar con el deseo de recibir las explicaciones de la Guapísima acerca de si era verdad o no que ese tullido alfeñique se había pasado todas las noches de su matrimonio envuelto en sudores de amor, gozando de tan extraordinaria mujer, como alardeaba cada día en el hamán sin ningún pudor, dejando a jóvenes y viejos babeando de envidia. Y también querían saber qué haría a partir de ahora la viuda, sin una herencia que le garantizase una vida digna y feliz, después de haber tenido que cuidar durante años al enfermo.

Pero, con el muerto reciente, no había de momento tiempo para otra ocupación que no fuera cumplir con la piadosa tarea de prepararlo para la sepultura. Así que un par de vecinos de buena fama entraron en la alcoba y se pusieron a las órdenes del anciano Ferján para iniciar los rituales de limpieza que exige la tradición musulmana antes del entierro. Cerraron primeramente los orificios del cuerpo con algodón perfumado y lavaron y secaron el cadáver antes de envolverlo con el sudario derramando incienso en cada vuelta. Les costaba mucho trabajo enderezar las piernas y tuvieron que hacer uso de unas gruesas cañas y un rollo de vendas a modo de entablillado.

Cuando hubieron terminado estos trabajos, descorrieron la cortina y los presentes, que abarrotaban la casa, pudieron ver a Abén Ahmad, amortajado ya con dignidad y colocado sobre las angarillas que lo trasladarían a la mejor estancia de la casa. De nuevo las mujeres prorrumpieron en gritos, alaridos y alabanzas, mientras se retiraban para dejar que los hombres rodearan al difunto.

Judit al Fatine, la Guapísima, sentada en el suelo junto a su anciana cuñada, permanecía con el rostro embozado en el velo color canela, dejando ver solo sus bellos ojos, enrojecidos, brillantes por las lágrimas y perdidos en el vacío.

El viejo Ferján alzó la voz, mandó callar a las plañideras y llamó a los presentes al rezo con estas palabras:

—¡Aquí comienza la oración por el difunto!

Los hombres se alinearon mirando a la alquibla, que caía más o menos hacia la puerta principal, y colocaron sus manos extendidas a la altura de las orejas. Entonces el anciano proclamó:

—¡Dios es lo más grande!

Siguieron las aclamaciones, las promesas, las alabanzas y

las súplicas durante un largo rato. Ora miraban todos a la derecha, ora volvían las cabezas hacia la izquierda y, sin perder de vista al muerto, suplicaban:

—Paz y misericordia para él.

Sentáronse luego en el suelo y oraron en silencio, levantando las manos, antes de decirles a los dolientes:

—*Allah irhamo.*

A lo que respondían los familiares:

—*Allah isalmek.*

Atardecía cuando el cortejo fúnebre cruzó el arrabal y, encaminándose por el sendero que discurría al pie de la muralla, llegó al antiguo cementerio que mira hacia el poniente, en la pendiente suave de la ladera que cae sobre el río. El aire era tórrido, bochornoso, y estaba saturado por los aromas de las orillas.

Los sepultureros, que se afanaban todavía cavando la tumba, asomaron las cabezas con los rostros sudorosos y llenos de ansiedad al ver aproximarse a los afligidos con el difunto. Hubo, pues, que esperar a que se ahondara la fosa y se hicieron de nuevo todos los rezos, dando vueltas en torno, antes de echar las rodillas a tierra para recitar las suras como manda la tradición.

Mientras tanto, la viuda y los demás familiares permanecían alejados, con las mujeres, que no se cansaban de gimotear y hacer aspavientos. El sol se ponía a sus espaldas y el cielo se tornaba anaranjado en el horizonte. Abajo el río fluía tranquilo, plateado, en su cauce amplio, flanqueado por juncos y álamos. Los pescadores echaban las redes desde sus barcas y las lavanderas apaleaban la ropa sobre la hierba en la orilla. Rebaños de cabras regresaban a los apriscos, conducidos por escuálidos muchachos de piel oscura.

Un hombrecillo desdentado y de barba en punta, que cabalgaba a lomos de un rucio pequeño, se detuvo a distancia y le preguntó a uno de los dolientes:

—¿Quién es el muerto?

—Abén Ahmad al Fiqui, el tullido, que se cayó del tejado en la casa de Sanam.

—¡Alá le dé al fin el descanso! *Allah irhamo, Allah isalmek...*

2

El día después del entierro, Judit estaba por la mañana sentada a la sombra, bajo la tupida higuera que extendía sus retorcidas ramas delante de la casa. Nadie había ido a verla desde que se dispersó el cortejo fúnebre en el cementerio la tarde anterior. Tal vez por eso permanecía expectante, y en cierto modo oculta, entre las verdes hojas. El aroma blando y dulzón de los higos maduros parecía aumentar su tristeza.

Se había puesto un bonito traje nuevo de color blanco que, si no fuera por la pena, le daría aire de fiesta. Recordó la razón por la que se lo hizo, siguiendo el mandato de Abén Ahmad, y el disgusto que le produjo haber aceptado pagar tanto por la tela de seda. El gasto obligó a su marido a desprenderse del robusto esclavo que se ocupaba de llevarle cada día a los baños, introducirlo en el agua, lavarlo, vestirlo y volver a colocarlo en el lecho. «Ya no lo voy a necesitar», había predicho el difunto dos semanas antes de entrar en agonía, adivinando que se acercaba su final. Después de vender al esclavo, le ordenó a la Guapísima comprar la tela y hacerse el vestido. «Te hará falta para encontrar un nuevo esposo», le dijo. Ella en aquel momento no rechistó. Sabía bien que resultaba inútil discutir con Abén Ahmad. Aunque ya tenía decidido que si él moría no volvería a contraer matrimonio.

Estos recuerdos le provocaron enfado y cólera. Entonces pensó en ir a deambular por el mercado, como solía hacer todos los sábados por la mañana. Su desolación y su rabia la incitaban a salir e ir hasta allí. Pero la retuvo el temor a que pudiesen pensar mal de ella y tal vez murmurar: «Mirad, ahí va la Guapísima con un vestido flamante, cuando el tullido Abén Ahmad aún está caliente en su tumba». Esto le parecía pavoroso y desproporcionado. Sobre todo porque nadie sabía que ella misma le había jurado a su marido, en el lecho de muerte, que se pondría el vestido nuevo al día siguiente del entierro.

A Judit también le abrumaba descubrir que, bajo el manto de su disgusto, se escondía un brillante asomo de esperanza y el incipiente color de la alegría. Trataba de evitarlo, pero un reluciente, imperceptible y ambiguo placer venía a mezclarse con sentimientos de injusticia y soledad.

Entonces le dio por pensar que la culpa la tenía el vestido y de esta manera sintió cierto alivio. «Fue capricho suyo —se dijo—. Nunca quise comprar la tela y hacérmelo. ¿No habría sido preferible, ¡y perdóname, Dios!, ponerse ropa vieja y cubrirse la cabeza con ceniza?». Pero los juramentos hechos en la hora de la muerte son sagrados. Aunque eso, que lo sabe todo el mundo, en este caso era desconocido por la gente. Porque no había ni un solo testigo que pudiera dar fe de que lo del vestido no era su voluntad, sino la del propio difunto.

Enredada en estos pensamientos, Judit se sintió cautiva. Como en tantas ocasiones a lo largo de su vida. Como se había sentido desde el momento en que a su padre, Abdías ben Maimún, se le metió en la cabeza que ella debía casarse con Abén Ahmad, y con ningún otro hombre más que con él, porque estaba convencido de que sería el único que la haría feliz. Por haber tenido una premonición, una especie de señal el día que le cagó una cigüeña en la cabeza al pasar por delante de la puerta de su futuro yerno. Y este se ofreció gentilmente a limpiarle la porquería, momento que aprovechó para pedirle a su hija en matrimonio. «Nada en este mundo sucede porque sí —sentenció Abdías—. Una señal de lo alto no se debe despreciar». Y ya nadie le pudo convencer de que era una locura casar a una muchacha virgen de dieciséis años, tan dotada de hermosura que podía aspirar al mejor pretendiente, con un hombre común y corriente como Abén Ahmad, que se ganaba la vida poniendo tejas; un alarife maduro, débil y poco hablador, que se cayó del alero de un tejado a poco de celebrarse la boda y se quedó inservible para todo, incluso para los esfuerzos que exige el amor.

Apenas había dormido Judit durante la noche, dando vueltas a estos recuerdos en su cabeza. Y ahora, aunque su corazón palpitaba de tristeza, empezaba a vencerla el cansancio y se le cerraban los ojos, en la frescura y la quietud bajo la higuera.

El sueño la arrebató durante un instante y su mente pareció disolverse feliz en la nada. Pero una voz chillona y desagradable la despertó enseguida:

—¡Judit! ¿Dónde estás, muchacha?

Miró hacia la calle polvorienta y vio a su vieja cuñada Tova, que venía caminando trabajosamente, apoyándose en una vara de castaño.

—¡Judit! —insistía a gritos—. ¡Sal de una vez, que estoy a la puerta!

La Guapísima abandonó su placentero refugio con desagrado, pero lo disimuló.

—No grites, Tova. Estoy aquí, junto a la higuera.

La anciana veía poco y aguzó sus ojillos.

—¡Ah!

Ambas cuñadas permanecieron en silencio durante un rato. Después Tova se puso a gimotear y ensalzó al difunto como si aún estuviera presente:

—¡Ay, Abén Ahmad, hermano mío, Alá sea misericordioso contigo! ¡Ay, qué desdichado has sido, hermano mío! ¡Qué lástima! ¡El Bondadoso te dé su paraíso por todo lo que has padecido en esta vida! ¡Guárdale, Alá, con los que merecen tus jardines y tus huertos!

Judit fue hacia ella y la tomó del brazo.

—Vamos, cuñada, ven a sentarte aquí conmigo a la sombra, que hace calor.

Se sentaron la una al lado de la otra sin decir nada y estuvieron así, suspirando, hasta que la anciana prorrumpió de nuevo en lamentos:

—¡Ay, Abén Ahmad, mi hermano! ¡Ay, buen hijo de nuestro buen padre Ahmad al Fiqui!

Judit se refugió en el silencio, sin poder soportar lo que oía. Tova, como el resto de su familia, se había despreocupado de su hermano y apenas fue a verlo durante su larga enfermedad. Era la hora de la hipocresía y los remordimientos.

La vieja prosiguió entre sollozos:

—¡Ay, hermano mío!… Y esta viuda tuya, ¿qué hará la pobre, sin marido, sin hijos, sin…?

Judit empezó a sentirse incómoda y clavó en ella unos ojos feroces.

—Por esta viuda no te preocupes —replicó con enfado—. Ya cuidará Dios de mí.

—¡Ay, sin casa! ¡Sin casa siquiera! —exclamó Tova, haciendo como que enjugaba con el velo las lágrimas que no acababan de brotarle.

—¿Eh?… ¿Sin casa?… —preguntó Judit en el colmo de su confusión.

—Sí, hermana mía, sin casa… —susurró con una débil voz la cuñada.

—¡Qué dices! ¡Esta es mi casa!

Tova se levantó y se puso frente a ella. Su expresión afligida se tornó ahora dura y arrogante. Dijo:

—¡Nada de eso! ¿No sabes acaso que esta casa era de mi padre? Ya lo dijo bien claro ante el cadí: que mi difunto hermano la recibía solo en préstamo mientras viviese. Así que, querida, ahora que ha muerto Abén Ahmad, y por esas cosas de las leyes, la casa es mía.

Judit la miró confundida. Luego balbució:

—No sabía nada de eso…

Tova le cogió la mano y, con falsa ternura, le dijo:

—Me duele el alma… ¡Oh, cómo quisiera ayudarte, hermana mía! Pero tengo hijos y nietos…

Judit dio un respingo y gruñó, mientras daba vueltas alrededor de la higuera, tratando de espantar su rabia. Luego gritó:

—¡Nada! ¡Nada me queda de este matrimonio! ¡Ni marido, ni hijos, ni casa! ¡Maldita! ¡Maldita cigüeña!

Su cuñada alzó los brazos y miró al cielo:

—Dios es el refugio de los muertos y de los vivos, hermana mía. ¡Alá es Grande!

—¡Maldita cigüeña! ¡Maldita cigüeña! ¡Maldita cigüeña!… —repetía Judit.

3

Después de la oración de la tarde, el valí de Mérida Mahmud al Meridí se topó en la misma puerta de la mezquita Aljama con una multitud violenta y vociferante. No se lo esperaba y su aplomo se disipó. Le acompañaban el secretario privado, el muftí y un grupo de notables. Todos se extrañaron e intercambiaron miradas cargadas de preocupación.

El jefe de la guardia se adelantó y gritó en plena calle a los furiosos congregados:

—¿Qué os sucede? ¿Por qué protestáis de esta manera?

Se hizo el silencio. Ráfagas de enérgica luz se enfrentaban a los nubarrones oscuros que presagiaban lluvia. El aire llegaba fresco, pero los ánimos estaban caldeados.

—¡Abrid paso! ¡Apartaos de una vez! —rugió el jefe de la guardia—. ¡Dejad pasar al gobernador!

Nadie se movía. El valí Mahmud al Meridí permanecía hierático, decidido a no permitir que adivinasen su desconcierto. Vestía túnica de Berbería, zapatos de gacela africana y turbante damasceno; sus negros ojos brillaban en el rostro de piel oscura y su ancha barba se extendía ondulada y entreverada de canas por la parte superior de su pecho.

El secretario privado le sugirió al oído con toda modestia

que preguntase por el cadí de los muladíes. Escrutó el valí la muchedumbre con mirada dura, y al cabo preguntó:

—¿Está con vosotros Sulaymán abén Martín?

Emergió un denso murmullo que fue creciendo hasta convertirse de nuevo en un griterío. Luego varios hombres se abrieron paso avanzando hacia la puerta de la mezquita. Entre ellos destacaba uno alto, de constitución delgada y con una rojiza y cuidada barba, que, haciéndose oír por encima de los demás, exclamó:

—¡Aquí me tienes!

Las lenguas enmudecieron y todos los ojos se fijaron en él, antes de volverse curiosos esperando ver la reacción del valí. Este, mirando condescendiente al hombre alto de la barba pelirroja, dijo:

—Sulaymán abén Martín, amigo mío, hoy es viernes y acabamos de poner los corazones en las manos del Creador. ¿Qué puede turbar vuestras almas hasta el punto de reuniros aquí formando este jaleo?

El gentío se enardeció y prorrumpió de nuevo en su murmullo ensordecedor y confuso. Hasta que el jefe de la guardia gritó con severidad:

—¡Silencio! ¡Dejad que responda el cadí de los muladíes!

Se acallaron las voces. El tal Sulaymán se irguió y, con expresión afligida, habló de esta manera:

—Valí Mahmud al Meridí, gobernador y juez supremo de Mérida, ninguno de los que estamos aquí deseamos amargarte el viernes, ni traer a tu alma mayores preocupaciones que las propias de la dignidad de tu cargo. Dios es el Creador y Señor, quien dispone según sus deseos. Él dice «sé» y es; «no seas» y no es. ¿Y quién de nosotros puede añadir o quitar algo a lo que tiene dispuesto sobre nuestras vidas? Tampoco yo, ¡el Todopoderoso me libre!, añadiré nada esta mañana a lo que el muftí ha dicho con toda sabiduría en el sermón desde el *minbar* de la mezquita Aljama. Pero bien saben aquí todos los fieles agrupados que predicó sobre la purificación, que es la base de la fidelidad de los creyentes al Único Dios y su Profeta Mahoma, médula de la honradez que el hombre se debe a sí mismo y a los demás.

Sulaymán tuvo que interrumpir su discurso, porque a su alrededor todos habían empezado a aplaudir.

Entonces el valí alzó las manos con nerviosismo y exclamó:

—¡Dejadle terminar! ¿Cómo voy a enterarme de lo que os trae aquí si no cesáis en este escándalo?

El cadí de los muladíes elevó de nuevo la voz y dijo:

—¡Nuestra ciudad no está contenta! Ha sido un año muy malo para todo el mundo: no ha parado de llover desde el final del ayuno y las cosechas se han echado a perder; los caminos están intransitables y no hay manera de sacar nada de las huertas; es verdad que abunda la hierba, pero las ovejas tienen malas las pezuñas a causa de tanta agua... ¡El Omnipotente así lo ha dispuesto! ¡Bendita sea su voluntad! Pues Él da y quita, y nadie ha de osar poner en tela de juicio sus designios. Pero, habiendo sido tan poco favorable el tiempo y tan grandes las pérdidas, no por ello han disminuido los tributos, sino que son cada vez mayores. ¡La gente está desesperada!

Las voces arreciaron. Algunos gritaban furiosos:

—¡Es una injusticia! ¡No podemos pagar! ¿De dónde sacaremos el dinero? ¿Cómo vamos a dar de comer a nuestros hijos? ¿De qué viviremos? ¡Defiéndanos Alá! ¡Justicia! ¡Justicia y honradez en nombre de Alá!

Aunque el valí Mahmud se esforzaba queriendo aparentar serenidad, su rostro empezaba a transparentar la inquietud que le dominaba. Advirtiéndolo, el secretario privado se le aproximó y le aconsejó entre dientes:

—Será mejor ir al palacio. Esto puede complicarse...

El jefe de la guardia ordenó a sus hombres que se pusieran delante del cortejo. La gente les abría paso de muy mala gana y seguía gritando a voz en cuello:

—¡Alá es Grande! ¡Justicia en su nombre! ¡Misericordia! ¡Bajad el tributo!...

Por su parte, el cadí de los muladíes y sus acompañantes trataban de poner orden para proseguir la conversación. Pero la turba ya no estaba dispuesta a escuchar a nadie y solo quería manifestar su rabia.

El valí agarró entonces a Sulaymán por el brazo y le pidió:

—Vamos al palacio. Aquí ya no hay quien se entienda.

Debían cruzar la plaza y caminaban casi a empujones, flanqueados por los notables y por un reducido número de guardias. De repente, algunos escupitajos volaron desde la multitud y cayeron sobre el cortejo. También los revoltosos lanzaron con inquina puñados de tierra y piedras. Los gritos arreciaban:

—¡Alá os pedirá cuentas! ¡Ladrones! ¡Justicia! ¡No pagaremos ni un dinar!

—¡Sacad las armas! —ordenó el jefe de la guardia a sus hombres.

Obedecieron los guardias. Esto enfureció aún más a la multitud, que proseguía cada vez con más rabia:

—¡Perros! ¡A Córdoba! ¡Marchaos a Córdoba con vuestros amos! ¡Fuera! ¡Fuera!...

A duras penas, el cortejo cubrió los cincuenta pasos que separaban la mezquita del robusto alcázar del valí. Cuando entró el último de los notables, se cerró la puerta y el grueso de la guardia se organizó para custodiar el edificio. Más tarde llegaron refuerzos desde la muralla y despejaron la plaza a bastonazos. Pero la gente encolerizada recorría las calles pidiendo justicia y hubo tumultos y peleas en diversos barrios. Al final, tuvieron que salir los soldados e hicieron resonar sus tambores por toda la ciudad. Detuvieron a los perturbadores que se resistían a meterse en sus casas y a algunos ladrones que habían aprovechado la circunstancia para dedicarse a su oficio.

Era medianoche y todas las lámparas estaban encendidas en la sala de Justicia del palacio del valí. Este permanecía apesadumbrado y pensativo, sentado bajo el dosel del estrado, siendo el blanco de las inquietas miradas del Consejo.

El cadí de los muladíes tomó la palabra y le dijo:

—Esto, señor Mahmud al Meridí, no tiene nada que ver con la confianza que Mérida tiene puesta en ti.

El gobernador le miró y luego asintió, inclinando la cabeza para ocultar sus sentimientos.

El secretario privado quiso poner palabras al silencio del valí y manifestó:

—Poco más y nos apedrean esta tarde delante de la mezquita Aljama. ¡Es para preocuparse!

Los presentes se pusieron a comentar entre ellos con enojo lo que había sucedido y el temor que habían sentido al verse rodeados por la multitud amenazante.

—¡No exageremos! —alzó la voz Sulaymán, dando una fuerte palmada—. ¡Podría haber sido peor!

Entonces uno de los notables salió al centro de la sala y, muy indignado, mostró una pequeña herida que tenía en la frente como consecuencia de una pedrada. Se lamentó:

—¡Podrían haberme dado en un ojo!

El cadí de los muladíes aseguró:

—Se castigará a los que hicieron uso de la violencia. Nadie debería haber proferido insultos, mucho menos arrojar piedras y escupir. Descubrir a los que lo hicieron es ahora mi primera obligación.

El muftí se encaró con él y le recriminó:

—¿Por qué no avisaste al valí? Tú tienes parte de culpa en todo esto. Si sabías que la gente tramaba reunirse para protestar, ¿por qué no nos advertiste?

Todas las miradas ardientes de ira se clavaron en Sulaymán.

—¡Eso! —gritaron algunos—. ¿Por qué no los detuviste? ¿Por qué no advertiste al valí?

Haciéndose oír entre los gritos, el cadí replicó:

—¡Dios es testigo de lo que vengo anunciando desde hace meses!

Desde el estrado, el valí Mahmud pidió silencio agitando los brazos. Cuando enmudecieron todos, dijo con voz cansada:

—Doy gracias al Todopoderoso porque me ha ayudado a darme cuenta de lo que sucede sin que se haya derramado sangre inocente ni tengamos ahora males mayores. En verdad, Él es generoso en misericordia y perdón. Cierto es que el cadí Sulaymán abén Martín me advirtió hace tiempo de que había descontento en la ciudad. Pero de ningún modo sospeché que nos aguardaba esto. Y veo que el propio Sulaymán está desconcertado. Ahora no me parece oportuno mirar hacia atrás, sino adelante. Debemos juzgar la situación y obrar en consecuencia. En primer lugar, mando que los violentos sean castigados, pues nada debe turbar el orden de la ciudad. Una vez cumplida esa sagrada obligación, deberá convocarse a todos los cadíes de Mérida, a todos los jeques y a todos los notables, incluso a las autoridades dimmíes de los infieles cristianos y judíos de Mérida. Hay que saber cómo andan los ánimos y qué es lo que procede hacer. Pero nada será más pernicioso en este momento que estar divididos.

Los presentes asintieron muy conformes con expresivos movimientos de cabeza. Y el valí, dirigiéndose a Sulaymán, añadió:

—Y tú, fiel cadí de los muladíes, te encargarás de visitar a todos los notables y a las autoridades de las diversas comunidades que no están presentes en este Consejo. Confío en que tu elocuencia y tu prestigio sean suficientes para persuadirlos de que no debe haber divisiones entre nosotros. Ve mañana mismo y convócalos aquí para el próximo lunes después de la oración del alba. He dicho.

4

El duc Agildo, la máxima autoridad de los cristianos, se hallaba sentado en el atrio, bajo la galería que cubría la puerta principal de su palacio. Miraba hacia el horizonte sumido en sus pensamientos. Vestía fina e impoluta túnica de lana color marfil; la cabeza tocada con el gorro de fieltro grisáceo, desde el que asomaba el cabello plateado; la barba recortada y asimismo encanecida le daba aire severo al rostro con el bigote rasurado; la piel blanquísima y los ojos claros. Su expresión y su figura resultaban tan frías como los mármoles viejos de la escalinata y las columnas del pórtico.

Contemplaba el duc el cielo y parecía meditar en las nubes densas y negras que se acercaban desde el este. Hacía calor, pero de vez en cuando llegaba una brisa húmeda. Un día más de tantos iba a llover. Y decían ya los ancianos que no se recordaba tanta lluvia desde que había memoria. El río Guadiana discurría poderoso y turbio, lamiendo el pie de las murallas dos varas por encima de su cauce, y el arroyo Albarregas tenía desde el mes de marzo los huertos anegados bajo el acueducto.

Frente al atrio, en el jardín que se extendía entre el palacio y la puerta que daba al adarve, se encontraba Demetrio, el hortelano. Vivía allí mismo, en una minúscula casa de adobe adosada al muro que daba al poniente, y en aquel momento miraba las nubes como su amo. Era un hombre de pequeña estatura y miembros cortos, pero fuertes.

—¡Otra vez lloverá! —exclamaba desazonado—. ¡Todos los días lo mismo! ¡Todas las semanas, todos los meses…! ¡Esto es la ruina!

Alzó las manos con desesperación y, dirigiéndose al duc, prosiguió:

—Ya lo veis, señor, qué vida esta. ¡Como para ponerse a llorar! Siete años, siete, sin caer una gota y, cuando le da por llover, ¡esto! ¡Parece una maldición!

Agildo le miró inexpresivo y le recriminó:

—No te quejes tanto, hombre. Y no maldigas, que puedes ofender al Creador.

—¿Yo maldigo? —protestó Demetrio—. Dios sabe que no digo sino lo que hay en esta mísera alma mía… ¡Perdóneme Dios! Pero… ¡condenada lluvia!

—¡Calla, Demetrio! —se enardeció el duc—. ¡No hables así, que nos castigará Dios!

Se santiguó el hortelano y dijo:

—¿Más nos ha de castigar, señor? Nuestros amos los moros nos aprietan y nos sacan lo poco que tenemos. No se nos pega la ropa al cuerpo y encima ¡el diluvio! Muchos han de ser nuestros pecados, señor duc.

—¡Anda, calla la boca de una vez, insensato!

En esto, empezó a llover.

—¡Ya estamos! —refunfuñó Demetrio—. ¡Todos los días lo mismo!

Agildo optó por ignorar al hortelano. Se levantó de la silla y entró en silencio en su palacio, con cara seria. Un criado, al verle en el zaguán, se apresuró a quitarle el gorro de fieltro y le echó un manto por encima de los hombros, pues en las estancias del viejo edificio reinaba un frío húmedo.

También le acercó el sillón y le sirvió vino, mientras le decía con sumo respeto:

—Señor duc, si continúa lloviendo de esta manera, habrá que hacer algo. Las goteras caen por toda la casa y las paredes de la parte de atrás amenazan con desmoronarse…

—¡Déjame! —contestó Agildo dando un puñetazo en la mesa—. ¿Qué demonios os pasa? ¿Acaso es la primera vez que llueve sobre la tierra? ¡Ya cesará!

El criado se dobló en una reverencia y se retiró temeroso y abatido.

Suspiró entonces el duc y se llevó luego el vaso a los labios. Afuera llovía intensamente y las gruesas gotas crepitaban, con una obstinación que parecía marcar el ritmo de toda existencia en derredor. Mientras saboreaba el vino, miró hacia los techos negros de humedad y moho y pensó: «Dios tiene su propia sabiduría en su creación. Él habla y esta lluvia es como su voz. No hay por qué inquietarse. Por el contrario, debemos tener calma y paciencia».

Trataba de recobrar la paz con estos pensamientos, mientras se deslizaba el agua en el tejado, cuando la voz del hortelano le turbó nuevamente gritando desde el atrio:

—¡Señor duc, salid si os place! ¡Que yo no puedo entrar, pues temo ensuciar con el barro de mis pies la casa!

—¿Qué pasa ahora?

—Aquí está la gente del valí preguntando por vos.

Enarcó las cejas Agildo y se quedó como paralizado, mientras le sacudía el presagio de que algo grave debía de haber sucedido. Ordenó con voz áspera:

—¡Hazlos pasar!

Entraron en el palacio dos musulmanes notables a los que el duc conocía bien. Uno de ellos era el cadí de los muladíes Sulaymán abén Martín y el otro, el jefe de la guardia. Ambos saludaron con respeto invocando la paz. Después de corresponder con cortesía y ofrecerles asiento, Agildo preguntó:

—¿Qué os trae por aquí?

Tomó la palabra Sulaymán y dijo circunspecto:

—Ayer se formó un tumulto a las puertas de la mezquita Aljama. El gentío acudió a protestar a causa de los impuestos y se originó un altercado.

—Ya lo sé —contestó el duc—. Algunos cristianos estaban allí y fueron testigos. Pero me informaron de que todo se solucionó sin mayores contratiempos.

Los musulmanes se miraron en silencio, extrañados. El jefe de la guardia dijo:

—Hay veinte hombres presos. Dos de ellos son dimmíes de tu comunidad. Mañana habrá un juicio.

La cara de Agildo se ensombreció.

—No sabía nada... Veo que no me informaron bien. ¿Qué han hecho esos hombres?

—Arrojaron piedras e insultaron a los notables —contestó el jefe de la guardia—. No se pueden consentir faltas de respeto al gobierno de la ciudad.

—¿Qué penas los aguardan? —preguntó el duc.

—Se les cortará la mano derecha y la lengua a todos los que cometieron la infamia —respondió el cadí—, ya sean musulmanes o cristianos. La ley es igual para todos.

El duc quedó sobrecogido y se refugió en el silencio. Sulaymán añadió con voz solemne:

—La rebelión es un grave delito que se castiga con la pena de la vida. Pero el valí ha querido ser indulgente.

—No sé qué vida les espera a esos infelices sin lengua ni mano derecha —repuso Agildo—. ¿Para tanto ha sido? ¿Acaso no es verdad que esos impuestos leoninos traen de cabeza a todo el mundo? Si ya son duros para vosotros los musulmanes, pensad en lo que suponen para los cristianos, que además debemos pagar la *yizya* que corresponde a la *al dimma*. No os sorprendáis si la gente pierde la paciencia y se rebela.

Sulaymán se enderezó y dijo:

—El valí quiere poner remedio a ese estado de cosas.

El duc sonrió sin ganas y replicó con ironía:

—¿De veras? ¿Y qué puede el valí frente a Córdoba?

El cadí renunció a los rodeos y respondió con una gran franqueza:

—Por eso estamos en tu casa. Se ha convocado una reunión para aunar todas las fuerzas. El valí no quiere dejar de contar con vosotros los dimmíes a la hora de buscar soluciones.

El corazón del duc palpitó y sus ojos se encendieron. Abandonó su habitual frialdad y, muy complacido, dijo:

—¡Bendito sea Dios! Me traéis una mala noticia al comunicarme el castigo de esos hombres, pero veo que se quiere hacer justicia. Decidle al valí que cuente conmigo y con mi gente para todo. ¡Ojalá sea por fin el momento de hallar remedio a nuestros males!

Poniéndose en pie satisfecho, Sulaymán le indicó:

—Ve mañana, pasada la oración del alba, al palacio del valí.

5

El hombre más rico de Mérida y el más poderoso después del valí se llamaba Marwán abén Yunus. La casa en la que vivía desde que nació y que constaba a su nombre en el testamento familiar se hallaba en el extremo norte de la ciudad, fuera de la muralla, pero bien guarnecida por espesas fortificaciones. La puerta principal comunicaba directamente con uno de los puentes que cruzaban el arroyo Albarregas y miraba hacia la enorme heredad sembrada de olivos que también le pertenecía y cuyos lindes no se divisaban desde las terrazas.

Siempre, al mediodía, se propagaba por los patios y los jardines un apetitoso olor a cordero asado, a estofado de pato, a sopa caliente y a pan recién horneado, de manera que no se podía pasar por las inmediaciones sin que le entraran a uno ganas de comer. Esto ocasionaba frecuentes trifulcas entre los criados de la casa y la legión de mendigos que cada día aguardaba las sobras junto a la puerta trasera.

Cuando el cadí Sulaymán tuvo que ir para comunicarle a Marwán que el valí le convocaba a la asamblea, percibió los deliciosos aromas en el zaguán y comprendió que tendría que disculparse por presentarse precisamente a la hora de comer.

El rico hacendado Marwán, en efecto, se hallaba sentado ya a la mesa, rodeado por sus hijos, dispuesto a dar cuenta de un apetitoso guiso de pata de carnero con ciruelas y almendras. Era Abén Yunus un hombre corpulento al que precedía una orgullosa barriga y estaba todo él adornado por los rasgos propios de la mezcla de la raza árabe y la peninsular: ojos castaños, como el pelo liso, nariz prominente, labios carnosos y piel no demasiado oscura. Vestía ostentosa túnica de auténtico damasco, babuchas de seda y orondo turbante a la manera cordobesa; sin que le faltasen anillos con rubíes y vistosa espada al cinto con empuñadura de oro y marfil. No es que fuera viejo, pero la vida fácil y la mesa regalada le habían convertido pronto en un hombre macilento, que ya no era capaz de disimular la blanda papada con su barbita de chivo.

—¡Oh, cadí Sulaymán abén Martín! —exclamó sonriente cuando el emisario entró en el salón—. Siéntate a la mesa, amigo mío, y comparte esta sencilla comida con mis hijos y conmigo... —Después, con falso enojo, añadió—: Si me hubieras avisado, habría mandado preparar algo más exquisito.

Agradeció el cadí la hospitalidad con una cumplida reverencia y dijo:

—Señor Marwán abén Yunus, no es hora de visitar por sorpresa a nadie. Agradezco de corazón tu amable invitación, pero me trae un asunto tan grave que no admite demora. De no ser así, habría acudido en otras circunstancias. Es el valí Mahmud quien me envía.

Marwán le miró sin dejar de sonreír, con cierta expectación mezclada de cautela y curiosidad, insistiendo:

—Nadie viene a mi casa a la hora de la comida y se va sin probar bocado. Señor Sulaymán abén Martín, siéntate aquí a mi lado. Y dejémonos de conversación, que se enfría el estofado.

Se abrazaron, se sentaron juntos y Marwán añadió con suficiencia:

—No hace falta que me cuentes lo que pasa. Ya sabes lo ligeras que son las lenguas en nuestra ciudad. Me han contado todo lo que sucedió el viernes delante de la mezquita Aljama. ¡Dios perjudique a esa banda de perros sarnosos! ¡Tratadlos como se merecen!

Sulaymán replicó prudente:

—La gente de Mérida está descontenta y malhumorada.

Frunció Marwán el entrecejo:

—¿Sí...?

Ya no dijo nada más. Extendió la mano derecha, pellizcó la carne de carnero y se llevó un pedazo a la boca, lo saboreó y solo profirió un largo:

—¡Humm...!

Comió también el cadí y, agradecido, alabó la buena cocina de aquella casa. Entonces los hijos de Marwán consideraron que podían ya incorporarse y tomar cada uno su parte. Eran ocho, de edades comprendidas entre los diez y los veinte años; el resto, hasta un total de catorce, que componían la numerosa prole del potentado estaban todavía bajo el cuidado de las mujeres por ser niños. Y faltaba el mayor de todos, el primogénito Muhamad abén Marwán, que gobernaba en nombre del padre el señorío de Alange.

Sulaymán los miraba de reojo y admiraba lo guapos y sanos que eran todos. Al padre se le tenía por persona juiciosa y lista, que sabía leer y escribir, que administraba con talento sus vastas posesiones, sus molinos, graneros, ganados y negocios, y que gozaba de muy buenos contactos en la corte del emir de Córdoba. Por eso era hombre altanero y orgulloso de su estirpe.

Se entregaron durante un largo rato al estofado. Hasta que el cadí estimó que debía descubrir el objeto de su visita.

—El valí ha convocado una asamblea —dijo.

—Lo sé —contestó cortante Marwán.
Pero Sulaymán le atajó con mucho ánimo:
—La cosa está fea. Todo el mundo anda descontento. Los impuestos son cada vez más duros y las cosechas se echan a perder a causa de la lluvia. ¿Qué te voy a contar a ti, señor Marwán?
—Eso, ¿qué me vas a contar? —observó secamente el árabe.
El cadí le miró tratando de adivinar su actitud. Su rostro era un enigma. No se le veía enojado, pero tampoco parecía contento. Saboreaba la carne y de vez en cuando escupía en la palma de la mano algún hueso de ciruela. Cuando hubieron terminado entre todos con el estofado, los criados sirvieron albaricoques secos y dulces.
Sulaymán, en vista de que no se hablaba, decidió ir al grano y le preguntó:
—¿Acudirás a la asamblea?
Marwán dejó por un momento la comida, se volvió hacia él y contestó con altivez:
—¿A quiénes habéis convocado?
—Irán todos los notables, el Consejo, los cadíes de todos los barrios, los muftíes y cualquier autoridad reconocida.
Los ojos de Marwán brillaron entre escépticos y perplejos.
—¿Cualquier autoridad reconocida? —inquirió—. ¿Irán también los dimmíes?
El cadí sorteó la respuesta con habilidad:
—Es necesario saber a ciencia cierta cómo están los ánimos. No se trata de dar voz y voto a cualquiera, sino de estimar la actitud de todas las comunidades. En Mérida hay más cristianos que musulmanes y sería una insensatez no tenerlos en cuenta.
—¡Ah, esos! No han parado de incordiar desde que nuestros abuelos conquistaron estas tierras y no cejarán mientras

tengan esperanzas de echarnos de aquí. ¡Lo último que faltaba es que se les pida opinión!

Hablaba Marwán lentamente, con un resquicio de odio. Bebió unos sorbos de sirope de moras y, con los gruesos labios teñidos de un color azulado, añadió:

—Mi padre, Yunus al Jilliqui, tuvo que huir de Galaecia por culpa de los cristianos rumíes y se instaló aquí, en esta ciudad, cuando el emir Alhaquén premió a los señores que arriesgaron sus vidas y sus propiedades defendiendo la marca. ¡Cuidado con los dimmíes! ¡El Omnipotente nos libre de ellos! ¡No quiero nada con esos infieles hijos de Satán!

Sulaymán le interrumpió diciendo:

—Por eso precisamente debemos saber de qué lado están.

—¡Pues se les pregunta y en paz! No veo por qué razón tenemos que reunirnos en asamblea con ellos. Acabarán complicándonos la vida, como hace diez años, cuando las revueltas de los beréberes. ¿Hemos olvidado acaso lo que pasó hace diez años? ¿Tan necios somos?

—No habrá ninguna revuelta. De eso precisamente se trata. El valí quiere aunar todas las fuerzas para evitar las conspiraciones.

—El valí Mahmud es beréber —dijo con desprecio Marwán—. A los beréberes solo les interesa su gente. ¡Bárbaros africanos!

El cadí le puso la mano en el antebrazo y, conciliador, le dijo:

—Eso ya lo sabemos, amigo mío. Y por eso debemos hacernos presentes en esa asamblea. Tú y yo debemos velar por los nuestros. ¿Irás, pues, mañana al palacio del valí?

Marwán sacudió la cabeza y dijo con orgullo:

—Me lo pensaré.

—Ve, amigo mío, te lo ruego. Debemos solucionar de una vez lo de los impuestos, no podemos seguir así ni un año más. La ciudad sucumbe...

Marwán le miró fijamente y, bajando cuanto podía el tono de voz, murmuró entre dientes:

—¿Y si llegan a enterarse en Córdoba de que andamos haciendo reuniones?

—No se enterarán —contestó convencido el cadí—. El nuevo emir Abderramán acaba de subir al trono y necesitará tiempo para saber lo que sucede en sus dominios. Es un buen momento para hacerse valer.

Marwán se quedó pensativo un instante, con la mirada perdida.

—¿Irás mañana? —insistió Sulaymán.

—Está bien. Iré. Pero no consentiré que esos beréberes y esos dimmíes me líen con sus locuras.

—Confía en mí —dijo muy satisfecho el cadí mientras se ponía en pie—. Y ahora, discúlpame, pues he de continuar con las visitas.

Ya en la puerta, antes de despedirse, insistió una vez más:

—No te arrepientas.

—Tienes mi palabra.

Subió al caballo Sulaymán y se marchó al trote, sonriente, volviéndose de vez en cuando para decir adiós con la mano.

Nada más desaparecer de la vista de Marwán por entre los olivos, este llamó a uno de los criados y le ordenó apremiante:

—¡Rápido! Toma la mejor montura y galopa hasta Alange para decirle a mi hijo Muhamad que venga aquí lo antes posible. ¡Y no regreses sin él! ¡Convéncele de que debe obedecerme sin dilación!

El mensajero cabalgó toda la tarde. Tras la empinada colina donde se asentaba el castillo de Alange, languidecía el ocaso. Quedaba en el horizonte apenas una franja púrpura que menguaba al cubrirse de oscuras nubes, como la ceniza cubre las brasas. En el amplio llano que se extendía bajo la abrupta pendiente, se dibujaba el perfil oscuro de un bosque de alisos que acompañaban al cauce del río; a un lado verdeaba una vega poblada de campos de labor y al otro, un espeso encinar por donde correteaban los pardos corzos. Un pueblo clareaba en la ladera y el camino se dirigía hacia él, embarrado, flanqueado por linderos de pedruscos y arbustos espinosos.

Un caballo veloz podía llegar desde Mérida hasta la puerta del castillo en apenas dos horas, y la segunda de ellas transcurría desde el pie del monte, en una dura subida por retorcidos vericuetos entre los roquedales, siguiendo un recóndito sendero.

Cuando el criado de Marwán alcanzó la primera muralla a lomos del mejor corcel de su amo, caía un manto de oscuridad sobre la parte oriental del declive, donde se hallaba la llamada puerta del Sol. El aire era puro, sofocante, y el espeso matorral desprendía olores herbáceos y resinosos. El puente estaba echado y no se veía a nadie guardando la entrada. Pero una voz potente dio el alto desde la torre albarrana:

—¡Quién va ahí abajo!

—¡Soy Hasán, siervo de nuestro señor Marwán!

Se abrió el portón y el criado explicó el mandato que llevaba. Entonces el guardia le dijo:

—El señor Muhamad está con su azor en las orillas del río cazando patos. En tanto no caiga la noche no regresará, pues es a esta hora cuando se dan los mejores lances. Pasa y espérale en el castillo.

—No puedo esperar —replicó con ansiedad el criado—. ¿No sabéis acaso lo impaciente que es nuestro señor Marwán? Si no regreso esta misma noche con su mandato cumplido, no dudará en castigarme.

—Eso es cosa tuya —contestó con desdén el guardia—. Como comprenderás, no vamos a salir a estas horas en busca de nuestro amo.

—¿Dónde puede hallarse?
—Seguramente allá abajo, en la vega, donde se ensancha el río. Hay una orilla boscosa muy oportuna para ocultarse y hacer el aguardo con el azor en el puño. Pero te advierto que se enojará si le molestas y le espantas la caza...
—Más se enfurecerá mi señor Marwán si no doy el aviso. ¿Dónde está la vega esa?
—Allá, donde verdea la espesura —señaló con el dedo el guardia—. Vuelve sobre tus pasos y sigue el mismo camino que has traído, pero antes de cruzar de nuevo el puente, toma una desviación que hay a la derecha. A dos tiros de piedra más o menos se aprietan las zarzas y se adentra una estrecha vereda por medio de la alameda. Por allí verás el potro bayo del señor Muhamad abén Marwán atado a uno de los árboles; no muy lejos andará el amo con el azor.

Partió el criado al trote y descendió por la pendiente en busca de la ruta señalada. Alcanzó pronto la cabecera del puente, se desvió y no tardó en verse inmerso en una umbría fragante, donde los juncos y los matorrales crecían hasta el vientre de su montura. Por allí anduvo durante un largo rato con desazón, temiendo que cayera la noche, sin ser capaz de encontrar a Abén Marwán. Y como la luz era cada vez menor, decidió al fin llamarlo a voces:

—¡Mi señor Muhamad! ¡¿Dónde estás, amo?! ¡Muhamad! ¡Señor Muhamad!

Así recorrió la arboleda; ora se acercaba a la orilla, ora salía a los claros gritando más fuerte cada vez.

—¡Mi señor Muhamad!

En esto, se alzó de entre los juncos una bandada de patos y sobrevoló el cauce del río. El criado empezó entonces a agitar los brazos y espoleó al caballo.

—¡Señor Muhamad! ¡Amo Muhamad!

Un poco más adelante, encontró por fin el potro bayo y se sintió muy aliviado.

—¡¿Dónde estás, amo?!

Como era de suponer, no lejos andaba el cazador. Pronto apareció un joven enérgico, de buena estatura e inmejorable presencia; apuesto, de piel morena, negro pelo y grandes y expresivos ojos de iris oscuro. Venía caminando con decisión y garbo por entre los arbustos, llevando en el puño enguantado el azor con su caperuza empenachada con brillantes plumas de ánade. Estaba Muhamad muy enojado y despotricaba furioso:

—¡Idiota! ¿A quién se le ocurre…? ¿A qué vienen esos gritos? ¡Me has echado a perder el lance! ¡Maldito y estúpido hijo de esclava!

—¡Ay, mi señor Muhamad, perdóname! —se disculpó el criado arrojándose de rodillas a sus pies—. Tu padre mi señor Marwán me envía.

—¿Qué demonios quiere el viejo?

—Te manda ir a Mérida enseguida; esta misma noche, a ser posible. ¡Es muy urgente!

El rostro de Muhamad se demudó.

—¡Por el Misericordioso! ¡Alá el Clemente! ¿Qué ha sucedido? ¿Quién ha muerto?…

—Nadie, señor, nadie ha muerto y nadie ha sufrido mal alguno. Todos en tu casa están muy bien, gracias al Todopoderoso.

—No me mientas…

—Es la verdad, lo juro por el Altísimo.

—¿Entonces?

—Hay problemas en la ciudad y tu padre Marwán quiere que vayas.

—¿Problemas? ¿Qué clase de problemas?

—Eso no lo sé, amo mío. Solo puedo decirte que mañana, después de la oración del Aid, se reúnen todos los notables, los cadíes, el Consejo y hasta los magistrados de los dimmíes cristianos y judíos.

—¿Qué ha pasado? ¡Habla de una vez, estúpido!
—El viernes, después del sermón en la mezquita Aljama, hubo un amago de revuelta. Solo eso sé.

El sobresalto invadió la cara sudorosa de Muhamad y sus bellos ojos brillaron.

—¡Vamos! Dejaré el azor en el castillo y recogeré mis cosas. Debemos llegar a la ciudad antes de que se cierren las puertas. Si he de acompañar a mi padre a esa asamblea, necesitaré que esta misma noche me ponga en antecedentes.

Aunque galoparon, alcanzaron las murallas de Mérida cuando ya se había dado la orden de prohibir la entrada. Era ya noche cerrada y en la puerta que mira al puente romano el jefe de los centinelas sostenía una antorcha bajo el arco.

Muhamad discutía con él:

—Soy el señor de Alange. ¿No me conoces? Mi padre es Marwán abén Yunus. ¡Déjame pasar o te arrepentirás!

—Lo siento, señor, pero tenemos órdenes directas del valí; nadie puede entrar ni salir después de la oración de la noche.

—¡Yo no soy cualquiera! ¡Soy el señor de Alange!

—La orden dice «nadie», sea quien sea.

—¡Esto es el colmo!

—Lo siento.

Muhamad se llevó las manos a la cabeza y empezó a dar rienda suelta a su rabia y su frustración:

—¡Es indignante! ¿Qué forma de trato es esta? ¿No he dicho ya quién soy? ¡Mi padre pedirá cuentas al cadí por este desatino!

—Comprendedme, señor —decía con humildad el oficial—. No tengo la culpa. Ha habido problemas y la ley se ha hecho más rígida.

Muhamad gritó encolerizado:

—¡Ve a buscar a mi padre, el señor Marwán abén Yunus! ¡Veremos entonces si me dejas entrar!

Media hora más tarde la puerta se abrió y aparecieron el cadí Sulaymán y el padre de Muhamad.

—Señor, puedes pasar —dijo el guardia.

Entró el joven señor de Alange montado en su caballo y miró con orgullo y desprecio al jefe de la guardia.

—¿Órdenes? —le dijo con suficiencia—. ¿Has visto para qué han valido tus órdenes?

Después descabalgó y se fue a abrazar a su padre. Este le dijo:

—Vamos, hijo mío; vamos a casa a dormir, que mañana tenemos que estar descansados y con la mente despejada.

6

Abdías ben Maimún desayunaba con frugalidad y sin delectación un plato de lentejas frías cuando su hija Judit se presentó repentinamente, vestida de seda blanca y con lágrimas en los ojos.

El padre alzó la cabeza y la miró de arriba abajo. Después dijo, molesto:

—Una mujer que acaba de quedarse viuda no debería vestir de esa manera apenas una semana después de haber enterrado al esposo.

Ella se cubrió la cara con las manos y sollozó:

—¡Maldita cigüeña, padre! ¡Maldita y asquerosa cigüeña!

Abdías, sin inmutarse demasiado, contestó:

—No deberías maldecir tu suerte, hija mía. Solo sucede lo que el Eterno quiere. Y estamos aquí para cumplir sus deseos.

Esta respuesta agrandó la herida de Judit y ya no pudo evitar ponerse a gritar:

—¡Qué suerte! ¡No tengo marido, ni hijos, ni casa…! ¡Me han echado a la calle como a un perro! ¿Por qué tuviste que empeñarte en casarme con Abén Ahmad?

—Aquella cigüeña era una señal, hija —dijo el padre, alzando sus finas cejas plateadas y abriendo unos delirantes ojos.

—¡Maldita cigüeña!

—No hables de esa manera, Judit al Fatine. ¿Aún no has llegado a comprender que hay signos a nuestro alrededor para mostrarnos el camino?

A continuación siguió un silencio, en el que solo se oían los jadeos y los sollozos de Judit.

El padre se enterneció entonces y fue hacia ella para abrazarla.

—Me apena verte así, hija mía. Pero debes comprender...

Judit le miró desde un abismo de dolor.

—Tú eres el único al que pido consejo cuando lo necesito. ¿Qué voy a hacer ahora?

—La vida es larga —contestó con circunspección Abdías—. El Eterno te dará una señal.

Indignada, ella se apartó gritando con ironía:

—¿Tengo que esperar acaso a que me cague encima otra cigüeña?

El padre suspiró y dijo benevolente:

—Mira que eres terca, hija mía. ¿Cuántas veces tengo que contártelo para que comprendas y creas? A tu abuelo, el sabio Maimún, le cayó encima excremento de cigüeña el mismo día que conoció a tu abuela; la recibió como esposa y tuvo con ella diecinueve hijos, entre los cuales me cuento. Y años después, cuando yo era ya un hombre, a mí me cagó otra cigüeña en el ojo al detenerme a mirar a una joven que se asomaba a una ventana del barrio cristiano. ¡Era tu madre, hija mía! ¿Acaso no he sido yo feliz como mi padre? ¿Vas a convencerme de que esas cigüeñas no eran una señal?

—¡Mi abuelo y tú tal vez fuisteis felices! —berreó ella, fuera de sí—. Pero... ¡¿y yo?!

—Sé razonable, Judit al Fatine, preciosa mía. Aquella tarde, cuando pasaba por delante de la casa de Abén Ahmad...

—¡Me lo has contado cientos de veces! ¡No quiero escucharlo precisamente ahora! ¡Soy viuda, padre, con caca de cigüeña o sin ella! ¿Vas a decirme de una vez qué puedo hacer?

Estando en esta discusión, entró en la estancia la madre de Judit, Uriela, que regresaba de algún menester fuera de la casa, y exclamó muy conmovida:

—¡Mi pequeña Judit!

Madre e hija se estuvieron abrazando y besando a la vez que lloriqueaban. Judit se lamentaba:

—¿Qué voy a hacer, madre? ¡Me han echado de casa! No tengo marido, ni hijos, ni dónde vivir…

—Tienes padres, tienes esta casa —respondía Uriela—. Abén Ahmad ha muerto, pero la vida sigue para ti.

—¡Soy una desgraciada por culpa de aquella maldita cigüeña!

Abdías fue hacia ellas:

—¡No tientes al Eterno! ¡No maldigas tu suerte, insensata!

—¡Déjala ahora! —abogó la madre—. Pobre mía, necesita lamentarse…

—¡No consiento que ponga en tela de juicio mis vaticinios! —replicó el padre con autoridad—. Sabéis bien que nunca me he equivocado en mis intuiciones; heredé ese don de mis ancestros. ¿Por qué desconfiáis precisamente ahora de las cosas del Eterno? ¡Me estáis ofendiendo!

Uriela agarró la mano de su hija y tiró de ella.

—¡Vamos a la cocina! No exasperemos a tu padre…

Más tarde estaban ambas más tranquilas, sentada la una frente a la otra. Judit permanecía en silencio y solo suspiraba de vez en cuando. Su madre puso en ella una mirada compasiva y empezó a decirle:

—Ese vestido que llevas es precioso… —Quedó pensativa un instante y añadió—: Estoy segura de que Dios guarda para ti un marido que te hará feliz. La vida es larga…

Los ojos de la Guapísima brillaron con un fulgor sombrío.

Contestó displicente:

—¿Crees que es eso lo que quiero? Me puse este dichoso vestido de seda porque a Abén Ahmad se le metió en la cabeza que debía encargarlo para el día después de su entierro. Le juré en el lecho de muerte que cumpliría esa última voluntad suya.

Uriela le tomó las manos, se las apretó e, inclinándose hacia ella, dijo con voz cargada de convicción:

—Tu marido era una buena persona.

—Claro. Yo nunca he dicho lo contrario. Pero, aparte de ser una buena persona, ¿qué he recibido de él?

La madre, estremeciéndose, miró perpleja a su hija y, denegando con la cabeza, respondió:

—No deberías quejarte de esa manera. Hay muchas mujeres a quienes sus maridos les hacen la vida imposible, las tratan como esclavas, les pegan y las mantienen encerradas en casa sin que apenas puedan ver la luz del sol. Abén Ahmad al menos te dejó siempre hacer lo que te daba la gana.

—¡Solo hubiera faltado eso! Si encima de no hacerme feliz me hubiera hecho la vida imposible...

Uriela lanzó un ruidoso suspiro y observó:

—La vida no es fácil y mucho menos para una mujer.

Judit se la quedó mirando en silencio, como si esperara que añadiera algo más. Pero, como no decía nada, le apretó la mano y le preguntó, mirándola directamente a los ojos:

—¿Tú has sido feliz?

La madre, sonriendo asombrada, respondió:

—¡Qué pregunta!

—Vamos, contesta, ¿has sido o no feliz? ¿No puedes decirme la verdad? ¡Soy una mujer viuda!

Uriela rio bajito y dijo:

—Sí, mucho. ¡Muy feliz! En mi caso, la caca de cigüeña no se equivocó.

Al oírle eso, Judit se puso en pie y se refugió en un rincón de la cocina para no turbarla con sus lágrimas. La madre la siguió y la estuvo besando mientras le decía:

—Mi pequeña, mi querida Judit al Fatine, mi Guapísima. No sufras, te lo ruego. Debes saber que nunca he creído en lo de las cigüeñas… ¡Eso son cosas de tu padre! Pero es bien cierto que le quiero mucho. ¡Siempre le quise! Él estaba predestinado para mí, pero no porque lo dijera la inmundicia de un pájaro. Nunca he creído en eso… Pienso que fue solo la casualidad. A veces hay casualidades…

La hija se volvió y puso en su madre unos ojos tristísimos.

—¿Puedo hacerte una pregunta más?

—Claro, hija.

Se acercó y le dijo en voz baja:

—Yo nací en una familia de judíos y era judía cuando me casé con Abén Ahmad, que era musulmán. ¿Qué soy ahora, musulmana o judía?

Uriela miró a un lado y otro y contestó con voz queda:

—A las mujeres nos corresponde seguir por matrimonio la religión del esposo.

—No te he preguntado eso —replicó la hija—. Sabes muy bien a qué me refiero. Padre es un piadoso judío que cumple con todos los mandatos de su religión; en cambio, yo, ¿qué soy ahora que me he quedado viuda?

La madre perdió la paciencia y, mientras fingía estar ocupada colocando algunos cacharros de la cocina, contestó:

—¡Es mejor no hablar de ciertas cosas!

Judit la sujetó por los hombros y exclamó:

—¡Dímelo, por favor! ¡Necesito saber eso!

—¿Por qué?

—Porque soy la viuda de un musulmán y a la vez hija de padre y madre judíos. ¿No comprendes que debo encontrar mi lugar?

Como derrotada, Uriela se dejó caer sobre la silla. Guardó silencio un instante y después le dijo a Judit con tristeza en la voz:

—Será mejor que no andes por ahí manifestando estas dudas... Los musulmanes no consienten que alguien abandone su fe. Puede ser peligroso para ti que vuelvas con nosotros. Actúa con discreción y elude tener conversaciones con la gente sobre esto... El Eterno sabe lo que hay en cada corazón... Sé cautelosa, hija.

Seguían conversando en voz queda, cuando el padre entró en la cocina y dijo muy serio:

—Tu madre tiene razón, Judit, hija mía. Corren malos tiempos... Hay amagos de revuelta en la ciudad; unos y otros, musulmanes y cristianos, andan a la gresca. A los judíos nos corresponde ahora, como siempre, ser muy cautelosos... El cadí de los muladíes ha citado a todos los jefes. Mañana habrá asamblea en el palacio del valí y esperemos que no empeoren las cosas.

7

El aire tenía esa maravillosa transparencia que adquiere al amanecer después de toda una noche de lluvia. La primera luz del día ofrecía una visión admirable de Mérida, con el fondo gris sombrío de los lienzos de las murallas, las almenas recortándose en el cielo violáceo; los alminares, las torres, las cúpulas ilustres de las basílicas y los brillantes tejados iluminados por el sol que despertaba hacia el oriente completamente despejado de nubes.

Una quietud extraordinaria y un absoluto silencio parecían mantener todavía la ciudad sumida en el sueño. Hasta que repentinamente brotó en alguna parte el canto del primer muecín, nítido y en cierto modo lastimero, llamando a la oración del Aid. Después siguió otro y más tarde se les unieron varios más. Las alabanzas de los que exhortaban a rezar se mezclaban con el bullicio de los pájaros recién despertados, el vuelo de bandadas de palomas y la irreal negrura de los delgados cipreses que asomaban desde los patios.

Fuera de las fortificaciones, extendiéndose por el alfoz, destellaba el río crecido, ahogando parte del arrabal, cuyas casas de adobe emergían del agua embarrada. Más allá, asomaban en la riada las grandes choperas de la orilla y lo que podía verse de los ojos del largo puente de piedra. Al otro lado del Guadiana amarilleaban las tierras de labor y, al fondo del paisaje, se alzaba la silueta oscura de los montes lejanos.

En la puerta de su casa, el cadí de los muladíes, Sulaymán, recibió el primer soplo de aire del nuevo día y observó el precioso amanecer. Después se encaminó con pasos rápidos y decididos hacia la mezquita Aljama, uniéndose en las calles a varios notables que también iban a la oración del alba.

Caminaban todos silenciosos, con gestos graves, conscientes como eran de la importante reunión que debían celebrar esa misma mañana.

En la fuente principal concluía ya sus abluciones el valí Mahmud, al que acompañaban su parentela y los miembros del Consejo. Entraron juntos en la mezquita y se situaron cada uno en el lugar que le correspondía, esperando a que diesen comienzo las invocaciones.

En la otra parte de la ciudad, en el más antiguo de los barrios, los viejos caserones de los próceres cristianos se alineaban a ambos lados de una amplia calzada, con las puertas cobijadas por anchos soportales que se apoyaban en columnas de mármol. Servía esta calle principal de mercado y ya se hallaba extendida una hilera de tenderetes con tapices, brocados, tejidos, lanas y sedas; también, más adelante, se abría una plaza donde podía comprarse pescado seco, sebo, carne, cecina, verduras, legumbres y frutas. Los tonos pardos y crudos de las túnicas o las sayas de las mujeres, y de los jubones y mantos de los hombres, destacaban entre el colorido de los productos que se ponían a la vista por todas partes.

A medida que crecía la luz, se intensificaban las voces humanas y el sonar de los cascos de las caballerías en el pavimento de guijarros, porque hombres, bestias y mercaderías empezaban a confluir a esa hora por ser segunda feria y, por tanto, día dedicado con preferencia al comercio y a los negocios.

Al final de la plaza se alzaba un templo grande y de buena fábrica: la basílica de Santa Jerusalén, la más antigua de Mérida y la de mayor rango. En su interior, la sutil luz de las lámparas de aceite dejaba ver en la penumbra el esplendor de tres naves, separadas por arcos de herradura, y tres ábsides al fondo, de mayor tamaño el central que los laterales. En el altar que había en el ábside de la derecha, dedicado a san Pedro, el obispo acababa de impartir la bendición final al concluir la misa de feria. Asistía un reducido grupo de fieles entre los que destacaba el duc Agildo, vestido con túnica color marfil y llevando sobre los hombros un vistoso manto encarnado. A su lado, otros caballeros con buenos atavíos se alzaban en los reclinatorios; en cambio, el duc permanecía arrodillado, apoyando la frente en sus dedos entrelazados.

El obispo, en vez de retirarse, se quedó allí quieto, mirándole durante un rato, como si esperase a que saliese de su estado de meditación para decirle algo. Y cuando vio que se levantaba al fin Agildo, le exhortó:

—Confía en Dios y no temas. Ve a la asamblea y no vaciles ni te sientas inferior a esos ismaelitas. Dios y la Santísima Virgen velan por vosotros.

El duc asintió con una inclinación de cabeza y contestó:

—Rezad, rezad a partir de este momento. En efecto, solo esperamos en Dios…

El obispo era un hombre joven, alto, de espesa barba crecida y largo cabello color estopa, tocado con la mitra forrada en seda verde con bordados en oro; sostenía un largo báculo plateado y el pectoral dorado lanzaba destellos. Posó la mano grande y blanca sobre el hombro de Agildo y le pidió:

—Te ruego que vuelvas aquí nada más salir de esa reunión. Estaremos en vilo hasta saber lo que quieren de nosotros esos infieles.

—Así lo haré.

Dicho esto, el duc besó la mano del obispo, se puso en

pie y abandonó el templo seguido por sus caballeros. En la plaza le aguardaban los palafreneros que sujetaban por las bridas los caballos. La gente los rodeaba curiosa, observando con asombro la riqueza de los jaeces, las monturas de gineta, los ricos vestidos de los nobles, las empuñaduras de las espadas y el brillo de las coronas que lucían en sus testas.

Atravesó el cortejo el barrio cristiano y cruzó la puerta de la Aljama, para adentrarse después por un dédalo de retorcidas callejuelas que los condujo hasta el palacio del valí.

Cuando entraron, la sala de Justicia estaba ya atestada, sin que apenas quedase espacio para nadie más; de manera que tuvieron que situarse en el extremo, cerca de la puerta. Los árabes y los beréberes ocupaban los mejores asientos, en los laterales del estrado. Después se alineaban los muladíes, los cadíes de las aldeas vecinas, los ricos mercaderes, notarios, alfaquíes y maestros de la Madraza.

Entró el valí Mahmud con sus secretarios y ocupó su trono en el centro del entarimado mientras un mayordomo ensalzaba sus cargos, títulos y dignidades en una especie de canturreo con voz chillona. Inmediatamente después, se organizó una fila por el medio de la sala y, por riguroso orden de importancia, los asistentes fueron pasando para presentar sus respetos y obsequiarle con algún regalo. Este ceremonial se prolongó durante más de una hora, pues el gobernador intercambiaba preguntas y a veces se entretenía en breves conversaciones y gestos de aprecio.

Cuando todo el mundo hubo regresado a sus asientos, el valí extendió la mano y, con un silencioso gesto, otorgó la palabra al cadí Sulaymán. Este se colocó en el centro del salón y pronunció su discurso:

—Valí Mahmud al Meridí, gobernador y juez supremo de la ciudad de Mérida con todos sus territorios, pueblos y aldeas, en el nombre de nuestro emir Abderramán de Córdoba, a quien Alá el Compasivo, el Misericordioso, guarde siempre y te conserve a ti junto a los tuyos… ¡Alá es Grande! ¡Mahoma es su Profeta! ¡Bendición y paz!

Los musulmanes allí presentes exclamaron:

—¡Alá es Grande! ¡Mahoma es su Profeta! ¡Paz y bendición!

El cadí prosiguió:

—Alá es Justo, Alá es el único Juez, y el creyente tiene la obligación de ayudar al triunfo de la verdad y a la erradicación de la falsedad sobre la tierra, que es vasta hasta el infinito. Pero de esto no cabe deducir, de ningún modo, un deber de rebelión. ¡Nadie debe alzarse contra el poder establecido, en nombre de Alá, por su Comendador de los Creyentes! En cambio, siempre estará justificado el pacto con el buen gobierno para que se imponga la fe verdadera en el Omnipotente y su Profeta. ¡Paz y bendición!

—¡Alá es Grande! ¡Mahoma es su Profeta! ¡Paz y bendición! —respondieron los musulmanes.

Tomó de nuevo la palabra Sulaymán y, con tono grandilocuente, sentenció:

—Nunca la verdad humillará al que la busca, sino que lo ennoblecerá a los ojos de Alá y de los hombres… Hay que acoger la verdad dondequiera que se encuentre; ya lo dijeron los antiguos. Y esa verdad está cerca de la justicia. Luchemos, pues, por la justicia y hallaremos la verdad.

Los congregados aplaudieron admirados por estas sabias reflexiones. Incluso el valí sonreía emocionado y asentía con expresivos movimientos de cabeza.

Animado por tan favorable reacción ante su discurso, Sulaymán propuso:

—Los hombres que agraviaron a nuestro valí y a su Consejo el viernes frente a la mezquita Aljama deben ser castigados. Ya que, como hemos dicho, la obligación que tiene el creyente de pedir justicia y hallar verdad no justifica la rebelión. ¡Caiga, pues, sobre ellos la fuerza de nuestra ley!

—¡Muy bien! ¡Así sea! —asentían los presentes—. ¡Sean castigados! ¡Eso es justo!

—¡Sí! —prosiguió el cadí haciéndose oír entre el murmullo—. Pero tampoco debe olvidarse que, en nuestra obligación de hallar la verdad y la justicia en el gobierno de la ciudad, ha de ponerse de manifiesto lo que hoy nos ocurre... —Alzó el dedo con autoridad—. Y a nadie se le oculta que sufrimos duros impuestos, en estos tiempos malos... ¡Debemos hallar la manera de lograr justicia verdadera!

Se hizo un gran silencio de momento. Después algunas voces sueltas exclamaron:

—¡Muy bien hablado! ¡Vela por la ciudad, valí Mahmud! ¡Valí, justicia! ¡Justicia y misericordia en nombre de Alá!

Concluido el discurso del cadí, debía intervenir el valí Mahmud, que ya se había puesto en pie para dictar sentencia. Con voz decidida y grave, anunció:

—Los hombres que profirieron insultos, escupieron y lanzaron piedras sufrirán mañana el castigo que manda la ley: se les cercenará la mano derecha a cada uno y la lengua hasta la mitad del paladar. ¡Cúmplase!

Hizo un silencio y luego añadió:

—En lo que a los impuestos se refiere, antes de aportar ninguna solución, debemos saber si hay unidad entre todos los representantes aquí convocados.

—¡Estamos todos contigo! —expresó el cadí Sulaymán—. Cualquier cosa que hagas por defendernos será también cosa nuestra.

—¡Sí! ¡Así es! ¡Haz algo! ¡Haznos justicia! —exclamó la concurrencia—. ¡Hay que solucionar lo de los tributos!

El secretario privado pidió silencio para que el valí pudiese manifestar lo que proponía. Tomó este de nuevo la palabra y anunció:

—Un emisario irá a Córdoba y solicitará audiencia al emir Abderramán; le entregará una carta de la ciudad en la que se expresarán nuestras preocupaciones. Solicitaremos su gracia y misericordia en nombre de Alá, manifestándole con el mayor de los respetos que, si no nos atiende como merecemos, pueden causarse levantamientos y desórdenes en estos dominios.

En el salón se alzó un denso murmullo que parecía confirmar la aquiescencia de los presentes.

Complacido, el valí añadió con expresión grave en el semblante:

—Pero hemos de permanecer muy unidos en esto. Debe ser una petición colectiva, sin disensiones ni discordias entre nosotros. Debe ser el sentir de toda una ciudad dispuesta a defender la verdad y la justicia. ¡Grande es Alá! ¡Solo Él es Justo! ¡Paz y bendición a su Profeta!

—¡Alá es Grande! ¡Bendición y paz! —contestaron muy conformes los presentes—. ¡Manda ese emisario! ¡Hazlo ya! ¡Justicia y misericordia en nombre de Alá!

El cadí entonces los exhortó:

—¡Hagamos juramento por nuestra venerable fe! ¡Proferid las sagradas fórmulas de los juramentos!

—¡Por Alá y su Profeta! —juraron los musulmanes.

Pero uno de los nobles cristianos que estaban junto al duc Agildo se dirigió a él y le susurró al oído:

—¿Qué hacemos nosotros?

—Juremos también, pero por nuestra santa religión —respondió el duc—. Hemos esperado este momento con ansiedad... ¡Al fin Dios ha resuelto socorrernos!

Cuando parecía que todos allí estaban conformes y se iba a dar por terminada la asamblea, salió al centro de la sala el rico Marwán abén Yunus y pidió al valí que le dejara hablar. Cuando se le otorgó el permiso, dijo con tacto:

—Veo que todos estamos muy de acuerdo en que se envíe un emisario a Córdoba. Es una medida prudente y nada objetaremos a ella. Pero yo pregunto: ¿quién ha de ir? ¿Quién viajará a Córdoba y solicitará audiencia a nuestro señor el emir, ¡el Omnipotente le guarde!?

Respondió el valí:

—Irá el cadí Sulaymán abén Martín. Su elocuencia y sabiduría ha sido evidente esta mañana entre nosotros. Nadie mejor que él sabrá defender nuestros intereses ante el emir.

—Me parece muy bien —observó Marwán con estudiada parsimonia—. Yo también doy mi voto en esa decisión. Pero, a la vez, he de decir que Córdoba es Córdoba y... En fin, la corte tiene sus reglas y sus protocolos...

—¿Qué quieres decir? —le preguntó el valí—. Habla con claridad.

Marwán se expresó ahora con aire de suficiencia:

—No es tan fácil eso de llegar allí y ponerse cara a cara con el nuevo emir. Hay que conocer a los chambelanes privados y sortear obstáculos nada sencillos.

—¿Y qué propones, pues? —le instó el cadí—. Dime qué debemos hacer para vencer esas dificultades, tú que tanto sabes de eso.

Con aire presuntuoso, Marwán dijo:

—En fin... Cuando el emir Abderramán fue gobernador de Mérida en su juventud, estuve cerca del círculo de sus amistades... Todo el mundo aquí sabe eso. Después, cuando se fue de la ciudad, conservé mi relación con algunos hombres influyentes de su proximidad... Y puedo decir hoy que tengo buenos contactos en Córdoba. Si os parece bien, mi hijo Muhamad puede ir en la delegación. Por ostentar él mi apellido, allí se nos abrirán enseguida las puertas. De otra manera, es posible que el asunto se dilate y que los emisarios se pierdan en el laberinto de las instancias intermedias sin que llegue el mensaje a oídos del emir.

Un cierto murmullo puso de manifiesto en la sala que algunos no estaban demasiado conformes. A pesar de lo cual el valí otorgó:

—Sea como dices. Es loable todo lo que pueda beneficiar a esta causa. El cadí Sulaymán y tu hijo Muhamad abén Marwán partirán para Córdoba lo antes posible, en cuanto sea redactada esa carta de petición y se ultimen los preparativos y los obsequios que deben llevarse. He dicho. ¡Disuélvase la reunión!

8

Los edificios y monumentos de la vieja Mérida guardaban mucho del esplendor y la grandeza del reino godo, si bien podían apreciarse ya visibles signos de decadencia e incluso ruina en la mayor parte de ellos. Se conservaban, empero, en buen estado la basílica nombrada como Santa Jerusalén, la sede de los obispos; las iglesias de los mártires Cipriano y Laurencio; una dedicada a san Juan Bautista; otra a santa Lucrecia; un *xenodochium* extramuros destinado a enfermos, pobres y peregrinos en tránsito; varios conventos y cenobios y, también extramuros, un sinnúmero de eremitorios. Pero ninguno de los templos tenía para los emeritenses cristianos mayor valor que el santuario de Santa Eulalia, donde se guardaban las reliquias de la mártir. Era, por decirlo de alguna manera, el centro espiritual que ejercía mayor atracción sobre los fieles, ya en la antigua capital de la Lusitania, extendiéndose a toda la cristiandad. Y no cesaba esta celebridad, pues constantemente llegaban peregrinos atraídos por la fe en los milagros de la santa desde remotos lugares. Junto a la basílica había una amplia biblioteca, en el monasterio que se ocupaba de cuidar y engrandecer el culto, y una residencia donde vivían numerosos *oblati*, los jóvenes estudiantes que se consagraban al servicio del santuario durante el tiempo que duraba la enseñanza.

El abad de Santa Eulalia se llamaba Simberto; hombre de unos cincuenta años, de origen noble, decían que era el clérigo que atesoraba mayores conocimientos en Mérida. Había sido discípulo nada menos que del maestro Esperaindeo, el más insigne de los teólogos cordobeses. Pero, a pesar de sus dilatados estudios y su fama de prudencia y cordura, solía manifestarse con frecuencia agitado, nervioso, como si le atormentara una espera vaga e indefinida. Su cara era ancha, de salientes pómulos, barba canosa y espesa, piel pálida y ojos profundos que, pese a ese extraño destello de impaciencia, revelaban buen juicio e inteligencia. Pero los fríos rasgos de un sufrimiento continuo, genuino y profundo habían impreso en su rostro, como en un espejo, el reflejo de un alma acuciada por la lucha y por un temor incesante. Porque nunca, ni siquiera en sus tiempos de joven estudiante, Simberto gozó de buena salud. Siempre fue pálido, flaco y enjuto. Comía muy poco, dormía mal, y decían que encima se sometía a duras penitencias, prolongados ayunos y largas vigilias a la intemperie.

No obstante este temperamento del abad, los cristianos estimaban muy valiosos sus consejos y acudían a él cada vez que necesitaban el auxilio de su preclaro criterio. Por eso, el día siguiente a la asamblea, el duc Agildo y el obispo Ariulfo fueron al monasterio de Santa Eulalia para contarle lo que estaba sucediendo. Se reunieron en la biblioteca, con las puertas cerradas y con estricta orden de no ser molestados.

El duc explicaba con detalle lo que había sucedido en la reunión:

—… Y entonces se acordó que irían los emisarios de la ciudad a Córdoba para reclamar ante el reyezuelo sarraceno. Pero, cuando el valí dijo que el enviado iba a ser el cadí Sulaymán, salió el rico Marwán al que llaman Al Jilliqui, esto es, el Gallego, y se empeñó en que debía ir también su hijo. Al gobernador no le pareció mala idea y lo aprobó.

—¡Vaya! —comentó el abad, acariciándose la barba—. ¡Era lo que nos faltaba!

—¿Por qué dices eso? —le preguntó Agildo—. ¿Qué te preocupa?

—Ese Marwán no me gusta...

El obispo y el duc le miraron esperando que fuera más explícito. Simberto añadió malhumorado:

—Es un hombre interesado al que solo le preocupa aumentar su fortuna. Si se mete en esto, seguramente será para sacar tajada.

Se produjo un silencio. Los tres se miraban con semblantes preocupados. Parecía que Simberto iba a añadir algo más, pero enmudeció y permaneció caviloso.

Entonces Agildo le preguntó sin rodeos:

—¿Qué opinas, abad? ¿Crees que al menos se solucionarán en parte nuestros problemas?

Simberto sonrió con aire burlón. Después se puso a deambular por la biblioteca, meditabundo, como si ya no prestara atención. El obispo y el duc le miraban desconcertados.

—¡Di, por Dios, qué piensas! —le instó Ariulfo—. Sabes lo valiosas que son para nosotros tus opiniones.

De espaldas a ellos, el abad se puso a mirar por la ventana y, en voz baja, con frecuentes pausas, empezó a hablar como para sí mismo:

—A menudo sueño que converso con los hombres del pasado... Cuando era niño, mi abuelo me contó muchas cosas que sucedieron hace ahora cien años, cosas que jamás deben ser olvidadas; cosas que también contó a sus hijos, mientras les rogaba insistentemente que, por respeto a su memoria, las transmitiesen a su vez a los hijos de sus hijos...

Dicho esto, se volvió, se recostó en la pared y entrelazó los dedos, cerró los ojos y meditó un instante antes de proseguir:

—Mis mayores pusieron mucho cuidado en contarme con detalle cómo era la vida antes de que cayera sobre nosotros la fatídica plaga de los herejes sarracenos. Algunas veces me parece haber visto aquello e incluso lo guardo en mi memoria con imágenes muy vivas que me causan una dolorosa nostalgia. En mis sueños, la Mérida cristiana de antaño aparece habitada por hombres y mujeres que coexistían unidos por una misma fe, aun siendo godos unos y de origen romano otros. Pero compartían la misma manera de mirar el mundo y unas leyes que a todos obligaban. Libres o esclavos, señores y siervos, coexistían y participaban todos juntos en la rica vida religiosa de la ciudad: ceremonias concurridas en las basílicas y las plazas, procesiones en las que participaba todo el pueblo, cantos, aclamaciones, bautismos, el advenimiento de los obispos... y la benéfica vida de la Iglesia verdadera sostenida por el amor al prójimo: caridad con los sufrientes, atención a los enfermos, a los pobres, a las viudas, limosnas, hospitales y auxilio ininterrumpido a los peregrinos...

Tenía el abad una voz fuerte, con la que se expresaba con pasión y sinceridad, pero también con indignación y resentimiento. Incluso a veces hablaba con desprecio de sus conciudadanos, afeándoles su ignorancia y su pasividad somnolienta bajo el «execrable» yugo sarraceno.

Después de una larga pausa, añadió con amargura:

—Mirad, en cambio, lo que ahora tenemos: esta ciudad, ¡nuestra sagrada ciudad de entonces!, está en las sucias manos de esos herejes que nos aprietan por todos lados con feroces impuestos, injusticias sin cuento y desprecios. Cada año que pasa va siendo peor: imperan la vanidad, la sensualidad más descarada, el robo, las pendencias, los chismorreos, el favoritismo y la más burda charlatanería. Y para colmo de males, los jóvenes, ¡nuestros hijos!, ya no se quejan siquiera de su suerte. Van olvidando quiénes son, quiénes fueron sus antepasados... ¡Qué tristeza! Muchos incluso empiezan ya a olvidar nuestra lengua, e intoxicados por la elocuencia árabe, leen, escriben y hablan en caldeo, olvidando las riquezas de la antigua y venerada cultura latina... ¡Por Dios, mirad cómo visten ya muchos de ellos!

El obispo y el duc le escuchaban atentos, con aire de pesadumbre en los semblantes. Le habían oído muchas veces manifestarse de esa manera, con calor y apasionamiento. Aunque su discurso era desordenado y febril, como un delirio, en sus palabras y en su voz había una sinceridad convincente. Cuando Simberto decía estas cosas y otras semejantes, se reconocía a un tiempo al loco y al sabio que había en él, como también al místico. Además de sacar a la luz los males de la sociedad cristiana cautiva, enseguida era capaz de predecir lo maravillosa que llegaría a ser un día la vida sobre la tierra, cuando todos los males fueran vencidos y reinase al fin Cristo entre los hombres. Estos sermones, proferidos a veces en un monólogo deslavazado, donde abundaban las profecías que exaltaban los ánimos y movían a las lágrimas, le conferían una especie de aura beatífica, y casi nadie dudaba en Mérida de que era el abad una suerte de elegido.

Por eso el duc necesitaba sus palabras.

—Dinos qué podemos hacer —le rogó—. Queremos hallar soluciones... ¡Necesitamos actuar de una vez! Pero... ¿qué hacer? Nos tienen amarrados de pies y manos y nuestra gente está atemorizada. No se puede levantar siquiera la voz, pues los castigos son crueles para quienes osan defender siquiera de palabra la causa cristiana... ¡Tampoco podemos arriesgar las vidas de los nuestros!

—¡Tú lo has dicho! —observó con exaltación Simberto—. A nuestro pueblo le falta la audacia de la fe, la plena confianza en el Dios que nos sustenta y rige. ¡Somos gente desesperada! Somos como un reino dormido que espera que lo despierten. Y no hay fe cristiana sin la esperanza...

—¿Y qué hacemos, pues? —replicó con ansiedad el obispo—. ¿Nos pides acaso que nos dejemos matar? ¿Como ovejas llevadas al matadero? ¿Has olvidado lo que sucedió en las revueltas de hace diez años? También nos debemos a la caridad y no podemos exigir a nuestra pobre gente…

—Solo pido que actuemos con inteligencia —repuso el abad—. Nuestro pueblo debe instruirse, los cristianos de Mérida deben saber cómo era el pasado de esta ciudad y la grandeza de aquella cristiandad reinante. ¡No han de perderse esos recuerdos! Por eso mi padre se empeñó en que yo recibiese una educación esmerada y me mandó a Córdoba para ponerme en las manos de los ilustrísimos maestros Esperaindeo y Vicencio, varones doctos que me enseñaron la grandeza del saber cristiano con unción y sentimiento. Por eso sufro tanto al ver que todo se olvida… ¡Conservemos la memoria de lo que fuimos! Eso es lo que debemos hacer más que nada. Si perdemos nuestra identidad, acabaremos extraviados y a merced de Satanás. ¡Despertemos de una vez!

9

Muhamad estaba recostado, casi tumbado, sobre un montón de cojines, en el tapiz del salón principal del palacio de su padre, el rico Marwán abén Yunus. Con las manos detrás de la nuca y las largas piernas extendidas, toda su persona emanaba un aire de despreocupación y esa pasión suya, innata, de reservar su cuerpo joven y sano de manera exclusiva para la caza y el amor a las mujeres. Porque, junto a la fuerza para cabalgar o entregarse al placer, por sus músculos recios corría una pesada pereza, invencible.

Su padre, que estaba sentado a su lado, se incorporó de repente y, contemplándole con su rostro irritable, le dijo:

—Hijo mío, Muhamad, no sé si llegas a comprender la trascendencia de lo que tenemos entre manos.

—Claro que sí, padre —contestó el joven con desgana.

Marwán se puso en pie y empezó a dar vueltas por el salón, moviendo la cabeza en son de reproche.

—Es que me da la impresión de que no me escuchas; que estás siempre pensando en ir a los campos con el azor y en divertirte... cuando yo estoy tan preocupado. ¿No te das cuenta de que nos jugamos mucho en ese viaje a Córdoba? Es muy importante que te enteres bien de todo lo que allí debes hablar con los ministros del emir Abderramán… De eso depende que logremos una buena posición en los graves sucesos que se avecinan. Debemos congraciarnos con Córdoba, porque en Córdoba se sustancian los mejores negocios y allí tienen su sede las fortunas y los poderes más grandes de Alándalus. ¡Córdoba es la reina de las ciudades! Nosotros, hijo mío, no somos como esta gente de Mérida… ¿No te das cuenta de que aquí no hay otra cosa más que dimmíes, judíos, cristianos y muladíes? Por no hablar de quienes nos gobiernan: ¡piojosos beréberes africanos! ¿Qué se puede esperar de ese Mahmud al Meridí? ¿Quién le conoce en Córdoba? ¿Qué méritos o apellidos tiene para el cargo que ostenta?

Marwán calló de repente, se acercó a la puerta del salón, la entreabrió y echó un vistazo a la estancia contigua. Luego hizo lo mismo en la ventana que daba a un patio. Prosiguió:

—¡Ojalá pudiera ir yo a Córdoba! Y hacer las gestiones por mí mismo, pero sería sospechoso…, sí, muy sospechoso… Ahora debemos ser cautos, hijo mío…

Guardó silencio de nuevo, se volvió hacia su hijo y, enojado, gritó:

—¡Muhamad, préstame atención! ¡Al menos mírame cuando te hablo!

El joven entornó sus grandes ojos y, con candidez en la mirada, replicó:

—Bueno, bueno… No hay por qué ponerse así. Te estoy escuchando perfectamente.

—Es que tengo la sensación de que te aburre todo esto. ¡Participa de mi preocupación, hijo! ¡Pon entusiasmo!

Muhamad se incorporó, hizo como si estuviera ofendido y le reprochó:

—¿He dicho yo algo acaso? ¿Me he negado a ir a Córdoba? ¡No me trates como si fuera un crío! En cuanto me ordenaste venir a Mérida cogí el caballo y ¡aquí me tienes! ¡Con la de cosas que tenía que solucionar allí!... No creas que es tan fácil gobernar el señorío de Alange...

El padre se fue hacia él y le besuqueó como se hace con un crío.

—¡Compréndeme, hijo de mis entrañas! Comprende a tu padre... ¡Oh, estoy tan preocupado!

—Todo saldrá bien, padre —le dijo con tono tranquilizador Muhamad—. Confía en mí.

—Pues escúchame, hijo mío.

—A ver, explícamelo otra vez, más despacio, y yo lo memorizaré.

Marwán se sentó, se relajó, dejó caer las manos sobre su prominente barriga y suspiró profundamente. Luego dijo más tranquilo:

—Quisiera que llegaras a comprender y amar nuestra historia tanto como yo, hijo querido. Los Banu al Jilliqui, nuestra noble y valerosa familia, se enorgullecen de su sangre... ¡Dios sea loado! ¡Él nos dé toda bendición! Somos musulmanes cuyos antepasados estuvieron luchando junto al Profeta, ¡paz y bendición! Un día, hace cien años, mi bisabuelo ganó para la *umma* amplios territorios al norte, en lo que llamaban la Galaecia. ¿Te das cuenta? Puso el pie en los dominios de los infieles y depravados rumíes que no se encomiendan al Creador. Por eso nos apodan Al Jilliqui, los Gallegos, por nuestro predecesor, que fundó la dinastía. ¡Oh, fueron tiempos de gloria inenarrable!

De pronto calló y estuvo gimoteando emocionado durante un rato. Luego miró a su hijo con ojos tristes, enrojecidos, y prosiguió:

—Pero nada dura siempre, hijo mío. Solo es eterno el Rostro del Omnipotente y el futuro únicamente lo conoce su mano que escribe el destino... Por eso hay que seguir luchando. ¡Los fieles debemos defender lo nuestro! Porque hoy parece que todo se echa a perder... Sí, son otros tiempos, Muhamad, amado hijo mío… Y no quiero que tú, ¡sangre de mi sangre!, padezcas a causa de la inconsciencia de esos bastardos, nietos e hijos de infieles, y de la incompetencia de los beréberes. ¿No ves que podemos perderlo todo? Por eso tu padre está tan preocupado…

Muhamad se quedó conmovido por esas sinceras explicaciones que había escuchado muchas veces y por las lágrimas que brillaban en las mejillas de su padre.

—Dime qué he de hacer y yo lo haré —susurró, llevándose la mano al corazón—. ¡Cumpliré todo lo que me mandes!

Marwán sonrió complacido. Abrazó a su hijo, se enjugó las lágrimas con la manga y, con voz pausada y firme, le aleccionó:

—Irás a Córdoba acompañando al cadí Sulaymán abén Martín. Aunque es buen amigo mío, no se te ocurra contarle nada de lo que voy a decirte, porque de ninguna manera nos conviene. Pues bien, cuando lleguéis a la capital, deberéis esperar allí algunos días mientras se hacen las gestiones oportunas en la cancillería del emir. Te daré cartas con mis sellos para que acudas a mis contactos. Con solo saber tu nombre te atenderán sin dilación y te procurarán entrevistas con ministros y hombres importantes de la corte. En todo momento le dirás a Sulaymán que se trata de negocios míos, transacciones, cobros de deudas y favores, ocultándole lo que de verdad nos traemos entre manos. A ti te recibirán primero los chambelanes del emir y tú les contarás todo lo que yo te voy a transmitir. Pero el cadí, a quien atenderán más tarde, no sabrá nada de esto y creerá que lo único que ha de tratarse en la delegación es lo de los impuestos y todo eso de las quejas y las súplicas de Mérida. Y ten cuidado, pues el cadí es un zorro viejo que no dudará en intentar ganarte y querer saber todo de ti. Hazte el tonto… Habla de caza, de mujeres, de lo que te parezca… ¡Pero de esto nada de nada!

—¿Y qué es lo que yo he de decirle al emir?

Los ojos de Marwán brillaron e hizo un guiño con aire malicioso.

—Si consiguieras hablar con el emir en persona, ¡Alá lo permita!, convéncele de que aquí apenas hay adeptos a su persona; que Mérida está dominada por dimmíes, rumíes, muladíes y gentes de poca confianza. Hazle comprender que debe acudir aquí a poner orden y meter en cintura a esta díscola ciudad. Que si no lo hace acabará perdiéndola, como su padre perdió la Galaecia. Manifiéstale que nosotros somos leales y que le mantendremos informado en todo momento.

—¿Y si no me cree?

—Te creerá. ¡Gánate al emir, hijo mío! ¡Tu padre estará orgulloso de ti!

Muhamad le miró pensativo:

—¿Por qué estás tan seguro, padre?

Marwán sonrió socarrón.

—Porque ya hace tiempo que le envié una carta en la que le advertía de que se avecinaba en Mérida una revuelta aún peor que la que hubo hace diez años, en tiempos del emir Alhaquén, su padre. Ahora, cuando se presente en Córdoba como emisario el cadí Sulaymán para hacer la reclamación, Abderramán comprenderá que mi aviso fue cierto y oportuno. ¡Todo está de nuestra parte, hijo mío!

10

Abdías ben Maimún se levantó de la cama más temprano que de costumbre, cuando aún no había amanecido. Su mujer, que seguía acostada, se removió y emitió una especie de quejido; luego se incorporó y preguntó con voz somnolienta:
—¿Adónde vas? ¿No te das cuenta de que es todavía de noche?
Abdías la miró con apreciable ansiedad en el rostro, iluminado solo por la tenue llama de una vela. Contestó:
—No he pegado ojo… Hasta que no solucione lo del encargo ese que me han hecho no estaré tranquilo.
La mujer se echó nuevamente y, cubriéndose hasta la barbilla con la sábana, refunfuñó:
—A esta hora solo hay gatos en las calles. Anda, acuéstate.
El marido levantó el jarro, vertió agua en la jofaina y empezó a lavarse el cuello, los brazos y la cara con movimientos nerviosos. Era un judío con buena planta y miembros proporcionados, esbelto, de nariz fuerte y bien dibujada, cabello y barba grises, rizados y bastante largos, y una permanente preocupación en el rostro. A pesar de su aire melancólico y de su cara dulce, era hombre de arrestos.
Su mujer, Uriela, guapa, de mejillas sonrosadas y pelo

rubio alborotado, permanecía allí en la cama, contemplando en la penumbra de la alcoba el semblante pensativo y atormentado de su marido. Sintió lástima de él y le dijo:

—Anda, échate otra vez aquí conmigo. ¿No tienes todo el día para ocuparte de ese encargo? ¿Qué vas a poder solucionar tan temprano?

Él se asomó a la ventana mientras se secaba con un paño. Afuera había una niebla tan densa que no se veían las casas, solamente se divisaba una masa oscura en la cual destacaba la luz roja de una hoguera que parecía enorme. Abdías comentó:

—El fuego de la fiesta de Lag Baomer aún arde ahí afuera. Los muchachos debieron echar más leña anoche. Pero... ¡qué raro! Estamos en el mes de Iyar y hay una niebla espesa; ¡cualquiera pensaría que es Tevet!

A lo lejos, en el fondo de la oscuridad, en algún corral, cantó un gallo; respondieron de cerca otros, y desde lejos, desde más allá de la muralla, se oyeron otros interrumpiéndose hasta fundirse en un solo canto. Pero después todo alrededor volvió a estar completamente silencioso.

—Los gallos cantan por segunda vez —dijo Abdías—. Y esta niebla quiere decir que hoy no lloverá. ¡Menos mal!

—Anda, ven aquí —insistió Uriela.

—No. He de ir a primera hora en busca del almojarife para arreglar lo del encargo.

—Estará durmiendo.

Él la besó en la frente, sopló la vela y salió de la alcoba. En la calle no había nadie. Entonces pensó que debía haberle hecho caso, pero su terquedad le impedía volverse y darle la razón a ella. Así que anduvo un par de veces arriba y abajo, hasta la esquina de la casa, viendo a las ratas correr espantadas y trepar a las tapias. Finalmente se decidió a cruzar el barrio y se dirigió a la casa del almojarife, que estaba próxima al adarve, cerca de la que llamaban puerta de los Judíos.

Cuando llegó no se oía nada y todo estaba cerrado. Golpeó

la aldaba y el sonido pareció retumbar en el interior. Un perro que no debía de ser muy grande ladró chillonamente en alguna parte. Luego retornó el silencio.

Abdías se acercó a la ventana y se asomó por una rendija. Entonces una voz le sobresaltó por encima de su cabeza:

—¿Quién anda ahí?

Miró y vio al esclavo del almojarife asomado al balcón, vestido solo con un raído camisón de dormir.

—Soy Abdías ben Maimún —contestó—. He quedado con tu amo para cumplir un encargo a primera hora.

—¿A primera hora? ¡Es última hora de la noche! Mi amo está en la cama y no pienso despertarle. Es la fiesta de Lag Baomer y se acostó tarde. ¿No ves que aún están las hogueras encendidas?

Abdías se quedó petrificado, y permaneció así un rato. Pero, tan pronto como el criado volvió al interior de la vivienda, se acercó a la puerta de un brinco y, enfadado, se puso a golpear la aldaba con más fuerza que antes.

El almojarife salió con el torso desnudo. Era un hombre de unos cincuenta años, rechoncho, de ojos negros y cara redonda. Era también judío y se llamaba Datiel ben Ilan.

—Pero ¿qué es esto? ¿Se puede saber qué…? —decía con enojo—. ¡Abdías ben Maimún, qué demonios te ocurre!

—Es casi la hora del alba —respondió Abdías—. Debemos ir cuanto antes al barrio de los cristianos…

—Pero… ¡si aún no clarea!

—Yo sé lo que me digo. Los cristianos madrugan para ir a sus misas.

—Está bien, aguarda un momento —cedió el almojarife.

Poco después, ambos judíos caminaban en dirección al barrio que era conocido como *al dimma*, la parte de la ciudad donde habitaban los cristianos. No se veía a nadie, pero una campana emitió un débil tintineo en alguna parte. Abdías dijo:

—¿Lo ves? Ya van a misa antes del alba, como te dije. Madrugan más que los agarenos, por pura soberbia; porque dicen con orgullo que estaban aquí antes que ellos. Así de tontos son los cristianos, prefieren quitarse unas horas de sueño antes que dar su brazo a torcer. ¡Así les luce!

Llegaron a la puerta de una iglesia pequeña que estaba entreabierta. Salía un vaho caliente impregnado de olor a cera e incienso. Abdías se asomó, escrutó el interior y observó:

—Todavía están con sus rezos. Pero me ha parecido ver a la persona que buscamos.

Esperaron durante un largo rato mientras se hacía de día. Datiel protestaba:

—¿Para esto hemos madrugado tanto?

—Ten paciencia. Mejor es tener que esperar que llegar tarde y perder la oportunidad. Si no hacemos el encargo hoy, ya no tendremos tiempo. El rico Marwán abén Yunus me dijo que el encargo debía hacerse esta mañana sin falta, pues la embajada partirá en la próxima madrugada y los presentes deben ser embalados convenientemente y puestos en las carretas.

Se escuchó al primer muecín invocar a los musulmanes para la oración. Poco después empezaron a salir los fieles de la iglesia.

—¿Has visto? —observó Abdías—. Ya salen; la misa ha terminado.

La niebla dominaba el barrio y le daba un aire de pesadez y tristeza. El pequeño templo presentaba un aspecto ruinoso; las paredes estaban envejecidas por la humedad y el tejado poblado de hierbajos; los nidos de golondrina colmaban las cornisas y el barro seco y sucio caía en el atrio.

Cuando salió el que parecía ser el último de los fieles, los judíos se miraron con extrañeza. El almojarife preguntó molesto:

—¿No decías que estaba ahí dentro el hombre que buscamos?

—Vamos a ver —propuso Abdías.

Entraron en el templo. La cubierta mostraba un armazón de vigas fuertes y oscuras. Por un delgado vano abierto en el ábside se colaba un rayo de claridad y el aire húmedo de la mañana. Seis columnas marmóreas sostenían otros tantos arcos de ladrillo bajo la techumbre de madera. Las paredes serían humildes, si no fuera por las escenas bíblicas pintadas en ellas con vivos colores. Un precioso altar de alabastro tallado presidía el presbiterio; en sus laterales resplandecían adornos dorados y un par de candelabros.

Abdías y Datiel contemplaban maravillados las pinturas y los ornamentos, cuando alguien empezó a gritarles:

—¡Fuera, fuera los judíos de la casa de Dios! ¡Vosotros vendisteis al Señor! ¡Vosotros fuisteis los causantes de su muerte! ¡Fuera! ¡Fuera de aquí los judíos!

Era una anciana de melena blanca encrespada que venía hacia ellos armada con un garrote.

—¿Qué dices, vieja bruja? —le espetó el almojarife—. ¡Ni se te ocurra tocarnos!

—¡Vosotros vendisteis al Señor! —repitió ella a gritos—. ¡Por treinta cochinas monedas!

—¿Nosotros? —replicó Datiel—. ¡Habrase visto! Nosotros no sabemos siquiera quién es ese señor tuyo, ¿cómo vamos a venderlo?

—¡Sí, vosotros, vosotros le traicionasteis!

En esto, entró un hombrecillo vestido con una larga juba parda y se interpuso entre los judíos y la anciana, diciéndole a esta:

—Calla de una vez, Gregoria, y deja a estos, que vienen a visitarme a mí.

La mujer obedeció y, entre refunfuños, fue a ocultarse en la oscuridad de un rincón.

—No le hagáis caso —explicó el hombrecillo—; es una pobre loca que no sabe lo que dice.

—Ya me parecía a mí —observó el almojarife—, porque no hemos vendido a nadie. En todo caso, venimos a comprar.

El hombrecillo sonrió turbado y dijo:

—Venid por aquí, seguidme a mi casa.

Fueron tras él y abandonaron la iglesia por una pequeña puerta abierta en el lateral que daba a un patio. Allí pudieron verle mejor: era calvo, con cara inteligente llena de arrugas y ojos brillantes. El abrigo de color castaña tenía cuello de pelo de zorro.

—No sé si me conocéis —dijo forzando la sonrisa—; no suelo abandonar este barrio.

—Yo sí te conozco —respondió Abdías, tendiéndole la mano—. Eres el comes Luciano. Quizá tú no me recuerdes a mí, pero ya hace algunos años me vendiste algunas piezas de oro.

—¡Ah! —exclamó el hombrecillo, tratando de disimular su vergüenza—. Ya, ya me acuerdo…

Los que conocían al comes Luciano sabían que era un noble de antiguo linaje romano completamente arruinado. Malvivía en un destartalado palacio que estaba unido a la iglesia de San Cipriano por el patio.

Los judíos se miraron impacientes y Datiel le preguntó:

—¿Qué tienes por ahí para nosotros?

El noble los condujo a una especie de almacén en las traseras del caserón. En el suelo de maderas carcomidas y combadas se veían calabazas secas, largas o redondas, montones de cebada y manzanas arrugadas de intenso color amarillo. En las paredes colgaban ristras de ajos muy blancos y cebollas rosadas.

Una vieja manta cubría algo grande y cilíndrico en un extremo. Luciano la retiró y apareció una preciosa pila bautismal de bruñido bronce, cuyo fondo, de más de vara y media de diámetro, era de brillante ónice rojo. La forma era como la de un gran cáliz, en cuyo fuste y en la copa estaban representados en relieve pájaros y monstruos bípedos, entre un enredado follaje de ramas y hojas de hiedra. El conjunto resultaba muy hermoso.

Los judíos no pudieron evitar que sus rostros traslucieran el asombro que sentían. Y el comes, al verlos admirados, dijo con orgullo:

—En ninguna parte hallaréis una joya como esta. Ha de tener más de doscientos años. Y sabed que fue traída de Bizancio.

—Verdaderamente, es una maravilla —asintió Abdías—. ¿Cuánto pides por ella?

—Cien sueldos —respondió con seguridad Luciano—. Y no admitiré regateos. Me hago viejo y debo procurarme la sepultura.

—Setenta —repuso Abdías—. Pensábamos gastar solo cincuenta, pero hay que reconocer que esta pieza lo merece… No tenemos tiempo de porfiar; lo tomas ahora o lo dejas.

—Ochenta y ni una palabra más —replicó Luciano con voz temblorosa y sudor en la frente arrugada.

El almojarife miró a Abdías mientras se echaba mano al cinto para sacar la bolsa. Este dijo:

—Dale setenta y cinco.

—¡Es un abuso! —protestó el noble, alzándose cuanto podía desde su menguada estatura y clavando unos fieros y brillantes ojos en Datiel.

El almojarife entonces se dio media vuelta e hizo ademán de salir, mientras se recomponía la ropa ocultando la bolsa con estudiada afectación.

—¡Bien, bien, setenta y cinco! —corrió tras él Luciano, forzando la sonrisa—. La joya es vuestra.

11

El domingo amaneció sin niebla y sin nubes. Por la mañana, en compañía de su esposa Salustiana, el duc Agildo iba por la vía principal del barrio cristiano, en un carro ligero tirado por un solo caballo. Después de tantos meses de lluvia ininterrumpida, la ciudad parecía diferente, como nueva e inundada de luz primaveral; las calles, las iglesias y los viejos palacios resplandecían. Avanzaban deprisa y respirando el fresco aire, seguidos por toda su familia, que cabalgaba a lomos de hermosos potros o briosas mulas blancas: sus nueve hijos y sus yernos, nueras, nietos y criados de confianza.

Junto a la basílica de Santa Jerusalén, delante del *episcopium*, el palacio de dos plantas enjalbegado con tierra blanca, los esperaba ya el obispo Ariulfo. La escalinata estaba cubierta con arena fresca traída del río y juncias, y los acólitos sostenían la cruz y los ciriales de plata, los incensarios y los estandartes con las divisas de los santos.

Cogió Agildo a su mujer por el brazo y la condujo por un pasillo abierto entre una multitud de hombres y mujeres. También el vestíbulo del templo estaba abarrotado; olía a flores e incienso. Cruzaron la amplia nave por el centro y ocuparon sus sitiales en el presbiterio, en el lado derecho del altar mayor.

Se inició un solemne canto e hizo su entrada la procesión litúrgica que daba comienzo a la celebración. El obispo y el diácono avanzaban en el último lugar de la fila. Alcanzaron el ábside e incensaron el ara y las reliquias; del turíbulo saltaban chispas y se desprendía un denso humo perfumado.

El oficio religioso se celebró con solemnidad, sin omitirse nada. El coro cantaba muy despacio, en tonalidades diversas, y los acólitos se movían con parsimonia y orden en torno al celebrante.

Cuando llegó el momento del sermón, pusieron el báculo en la mano de Ariulfo y le calaron la mitra cubriéndole la frente hasta las cejas rubicundas. Ocupó el obispo la sede y, poniendo sus azules ojos en la altura de la bóveda curvada, empezó a decir con profunda voz:

—Caros hijos, no podemos ocultaros que estamos muy preocupados. Observamos por todas partes signos adversos que amenazan nuestra fe y nuestra manera de vivir. El ánimo de muchos de los nuestros decae al ver que pasa el tiempo y se dilata la espera de la ansiada hora de los justos, el Reino de Nuestro Señor Jesucristo. Hay ya quien no ve más horizonte que el que ofrece esta vida sometida a la oscuridad de las sombras y a la esclavitud de las pasiones.

»Vosotros, como nosotros, observáis a cristianos que se acomodan a la vida fácil y licenciosa de los ismaelitas; abandonan sus antiguas y buenas costumbres; dejan de acudir a las iglesias, de frecuentar los sacramentos, de rezar y leer en los libros santos, a la par que olvidan su lengua materna; dejan la moderación en sus vestidos e imitan los refinamientos orientales; sabemos que algunos incluso ofenden al Creador proporcionándose harenes para su recreo, y que abominan de algunas comidas, del cerdo, como ellos, considerándolo animal inmundo; también otros se apartan hasta el punto de dejarse circuncidar, como los agarenos y judíos… ¡Qué lástima!

»Y cabe preguntarse: ¿Este es el aprecio que hacemos a la sangre de los santos mártires? ¿Para esto ofrecieron sus vidas? ¿Para esto se entregó el inmaculado y tierno cuerpo de nuestra venerada mártir santa Eulalia? ¿De qué sirvió la conversión de los paganos de Roma?...

Los fieles le escuchaban turbados, entre suspiros y algunas lágrimas en los rostros de las mujeres.

Ariulfo concluyó diciendo:

—Hijos queridos, somos libres. No caigamos en la tentación de la desesperanza. Digamos con el apóstol san Pablo: «Nos aprietan por todos lados, pero no nos aplastan; estamos apurados, pero no desesperados; acosados, pero no abandonados; nos derriban, pero no nos rematan; en toda ocasión y por todas partes, llevamos en el cuerpo la muerte de Jesús, para que también la vida de Jesús se manifieste en nuestro cuerpo». Permanezcamos, pues, firmes y unidos, en un solo bautismo y una sola fe, caros hijos.

Una vez concluido el oficio, el obispo se acercó al duc y a su esposa y les alargó la cruz para que la besaran. El coro retomó sus cánticos y Agildo, muy conmovido, con los ojos llenos de lágrimas, la cogió y la apretó contra su pecho. Exclamó con voz desgarrada:

—¡Señor, ayúdanos! ¡Sálvanos, Santa Cruz de Jesucristo...!

Pero el canto resonaba con tanta fuerza que sus palabras no se oyeron. La gente empezó a moverse y avanzó hacia el presbiterio para besar la cruz y reverenciar el altar. Algunos miraban con pena al duc y a su esposa y se inclinaban. Otros, en cambio, movían la cabeza como en un reproche silencioso. Hasta que un caballero anciano se puso frente a ellos y, con expresión delirante, soltó:

—¡Estamos arruinados! ¡Somos carne de esos buitres sarracenos! ¿No vais a hacer nada? ¿Para qué vuestros títulos y honores, si no nos defendéis de esos diablos?

Se creó un espeso e incómodo silencio. Entonces alguien hizo una señal al maestro del coro. Este comprendió que debía retomar el canto y las voces iniciaron un salmo.

El anciano se cubrió el rostro con las manos y cayó de rodillas ante el obispo sollozando.

—¡Auxílianos, Dios Eterno! ¡Sálvanos, Cristo! ¡Justicia en tu nombre, Santo de los Santos! Yo ya soy viejo y no necesito nada; pero... ¡y toda esta juventud!

A la salida el duc y su familia iban cabizbajos. Debían compartir la comida en la casa del obispo como cada domingo, pero sus semblantes cariacontecidos no parecían tener ánimo después de aquellas amonestaciones.

Entraron en el palacio. El almuerzo estaba ya servido: carnero con habas, pan de centeno y queso añejo. Ocuparon sus asientos y Ariulfo, después de bendecir los alimentos, dijo en tono de disculpa:

—Hay que predicar y proclamar la verdad, aunque nos cause pesares. Por eso Nuestro Señor sufrió, porque fue libre y pudo decir con libertad: «Hágase tu voluntad, Padre del cielo».

El duc observó con preocupación:

—La gente no está contenta; los ánimos están caldeados y la mínima chispa hace que se encienda el fuego...

—A ver qué resulta de esa comitiva que partirá mañana para Córdoba —comentó Ariulfo—. No perdamos la esperanza.

Después comieron en silencio. Hasta que, a los postres, un octogenario clérigo que estaba sentado junto a Salustiana empezó de nuevo a hablar de lo peligroso que era vivir al margen de la familia y andar demasiado tiempo fuera del barrio cristiano: era necesario vivir juntos, ahora más que nunca, pues las disolutas costumbres de los infieles llevaban al desastre.

—Qué cierto es todo lo que ha expresado en su homilía

nuestro obispo —decía—. ¡Allá esos ismaelitas con sus costumbres orientales! Nosotros somos otra cosa... Somos descendientes de un pueblo de reyes y santos; ¡cómo vamos a envidiar a esa aristocracia árabe orgullosa y fanática! ¡El diablo los lleve!

Ariulfo le miró con gesto reprobatorio.

—Todos somos hijos de Dios —repuso—. Algunos yerran, pero también son hijos... No debemos odiar.

—¡Ellos nos desprecian! —replicó el clérigo.

—Recuerda: «Amad a los que os odian» —sentenció el obispo.

El anciano bajó la cabeza contrariado y todavía refunfuñó:

—¡Así no iremos a ninguna parte! ¡Estamos amarrados, cautivos, humillados...!

Cuando terminó la comida salieron a repartir el pan de los pobres. Pero llegó un alguacil muy sulfurado que exclamaba:

—¡La gente quiere linchar al comes Luciano! ¡Rodean su palacio y van a echar la puerta abajo!

Sobresaltado, el duc preguntó:

—¿Cómo es eso? ¿Qué ha pasado?

—Dicen que vendió a los judíos la pila bautismal de la iglesia de San Cipriano.

—¡Vamos allá! —dijo Agildo.

Subió al carro y arreó al caballo. El obispo y el resto de la familia también montaron en sus cabalgaduras. La iglesia de San Cipriano estaba a un par de manzanas de allí. Cuando llegaron, la gente rodeaba el palacio y gritaba a voz en cuello:

—¡Judas! ¡Sal de ahí! ¿Dónde está la pila? ¡Sal o echaremos la puerta abajo!

Descendió del carro el duc y se abrió paso entre el tumulto.

—¿Qué pasa aquí? ¡Deteneos! ¡¿Qué vais a hacer, insensatos?!

Un hombre le contestó furioso:

—¡Ese sinvergüenza ha vendido la santa pila bautismal a los judíos! En esa pila se acristianaron nuestros abuelos, nuestros padres, ¡nos hemos acristianado nosotros y nuestros hijos! ¡Debe restituirla a la iglesia o lo pagará con su vida!

—¿Es verdad eso? ¿Cómo lo sabéis? —preguntó Agildo al público indignado que tenía alrededor.

Una mujer avanzó y, llorando, respondió:

—Yo lo vi todo. Esta mañana muy temprano vinieron los esclavos del almojarife Datiel con un carro tirado por un mulo, cargaron la pila y se la llevaron. Yo avisé a la gente.

—¿Estás segura de que era la pila bautismal?

—Entra en la iglesia, señor duc, entra y verás si está o no está la pila en su sitio.

La puerta de San Cipriano estaba cerrada.

—¿Quién tiene la llave? —inquirió el duc—. ¿Quién ha cerrado esa puerta?

—¡Él ha sido! —gritó la gente—. ¡El comes la cerró para que no entrásemos! ¡Luciano vendió la pila a los judíos! ¡Judas! ¡Miserable! ¡Colguémosle!...

—¡Silencio! —ordenó Agildo—. ¡Callaos de una vez!

El obispo Ariulfo avanzó por entre la muchedumbre y se puso bajo el balcón principal del palacio del comes.

—¡Sal, comes Luciano! ¡Sal, en nombre del Dios Altísimo!

Se hizo un gran silencio. Todo el mundo estaba pendiente del balcón.

—¡Sal de una vez y responde a estas acusaciones! —insistió el obispo.

Se abrió el postigo y asomó la cara de Luciano, con la amplia frente brillando por el sudor.

—¡Renegado! ¡Judas! ¡Miserable! —gritó el gentío, mientras volaban piedras hacia el balcón.

—¡Quietos! —les ordenó el duc.
Cuando los alguaciles volvieron a conseguir que reinase el orden, se asomó otra vez el comes. Agildo le mandó:
—Baja y responde a estas acusaciones de la gente.
—Si bajo me matarán —contestó Luciano.
—Nadie te pondrá la mano encima, tienes mi palabra —le dijo el duc.
Pasado un rato, se abrió la puerta y salió el comes muy asustado, empuñando una gran espada para defenderse.
—¿Es cierto que vendiste la pila? —inquirió Agildo.
—Estoy arruinado, tú lo sabes —se justificó Luciano entre sollozos—. He de procurarme el sustento de la vejez y una digna sepultura conforme a mi linaje ahí en el cementerio de San Cipriano, como hicieron mis mayores... ¡Los impuestos me han dejado sin nada!
—¿La has vendido o no? —insistió el duc.
—¡Esa pila la trajeron mis antepasados de Bizancio! —contestó con orgullo el comes.
—No pertenece a tu familia —repuso Agildo—. Es una dádiva que hicieron los tuyos a la santa Iglesia. No te pertenece a ti, sino a los fieles. ¿Cuánto te han pagado?
El comes lloriqueó, cubriéndose el rostro con las manos. Decía:
—Esta iglesia la edificaron los míos... ¡No podéis venir aquí a pedirme cuentas de esta manera!
—¿Dónde tienes el dinero? —le exigió el duc—. ¿Cuánto te pagaron los judíos?
—Setenta cochinos sueldos —respondió al fin.
—¡Judas! ¡Judas! ¡Judas!... —gritó la gente.
—¡Silencio! —ordenó el duc.
Luciano hurgó en sus faltriqueras y desató del cinto una abultada bolsa. Pero, antes de devolverla, dijo:
—No es la pila lo que lava los pecados, sino la santa agua del bautismo...

—Suelta de una vez el dinero —le conminó el duc—. Nadie dispone de las cosas santas.

Arrojó el comes la bolsa y volvió a encerrarse en el caserón.

Agildo se dirigió a la muchedumbre y dijo:

—¡Cada uno a su casa! Ya no tenéis motivos para estar aquí. Yo me encargaré de ir a recuperar la pila. Y no se os ocurra ponerle la mano encima al comes; ya responderá ante nuestra justicia por este delito.

Corrió Agildo al barrio judío y se presentó en casa del almojarife Datiel para exigirle que deshiciera el trato y devolviera la pieza en cuestión.

—¡Lo vendido vendido está, a los ojos del Altísimo y a los de los hombres! —sentenció el almojarife—. No puedes reivindicar lo que fue tasado y pagado en su justo precio con dinero de curso legal.

—Nadie puede vender algo que no le pertenece —repuso Agildo—. Ese bien no es propiedad del comes, sino de la santa Iglesia.

—La pila estaba en casa del comes y es parte de su patrimonio. La venta es legal.

—Aquí tienes el dinero, devuelve la pila.

—Eso no sería justo y además es imposible.

—¿Por qué?

—Porque no puedo recibir dinero por algo que ya no es mío —respondió el almojarife con tranquilidad—. La pila es ahora propiedad de Marwán abén Yunus.

—¡La has vendido! —exclamó con vehemencia el duc.

—No exactamente. Ese objeto se adquirió por encargo de Marwán para ser llevado a Córdoba como obsequio al emir Abderramán.

—¡Judío miserable y…!

—¡Eh, no te consentiré que me injuries en mi propia casa! —rugió el almojarife—. Esa pila la vendió un cristiano y ¿ahora me vas a culpar a mí?

—Si no hubierais ido a San Cipriano a por ella vosotros los judíos...

—¡Ya empezamos! A ver si va a resultar que los cristianos y los musulmanes podéis comprar y vender cuando queráis. ¿No es acaso vuestro barrio un mercado? Pero cuando es un judío el que compra o vende... ¡Siempre igual! Tus antepasados te transmitieron todos esos estúpidos prejuicios y la absurda patraña de que vendimos a tu Dios. ¡Qué pesadez!

—¡Dime de una vez dónde está la pila y no me eches sermones! —inquirió Agildo.

Datiel comentó entonces:

—No te molestes siquiera en intentar recuperarla. La comitiva se puso en camino muy temprano y ya debe de estar a más de media jornada de aquí. Además, aunque la alcances, no te devolverán la pila, puesto que es el más preciado de los presentes que llevan, y estaban muy conformes con la compra, que, como te he dicho un montón de veces, es legal a todas luces.

A pesar de esta recomendación, galopó el duc durante horas, acompañado por uno de sus hijos y seguido por sus criados, en dirección a Córdoba, por la vieja calzada romana. Y alcanzaron la caravana a poco más de cinco leguas de Mérida.

Pero el fatigoso camino lo hicieron en balde, pues el cadí no consintió en devolver la pila alegando parecidos argumentos a los de Datiel.

—Si la pila estaba en la propiedad del comes Luciano, y no hay manera de demostrar que no es suya, la venta es legal, el precio justo y el trato correcto; no hay por qué resolverlo.

—Se causará un grave conflicto en mi comunidad —suplicó Agildo—. ¡Devolved la pila, por el amor de Dios! ¡Es un bien sagrado!

—Eso es asunto vuestro —replicó Sulaymán—. Nuestra ley no contempla esa condición de sagrados para los objetos cristianos vendidos. Pídele cuentas al comes Luciano y no al almojarife, ni a los judíos, ni a Marwán. Para nosotros es una preciosa fuente y nada más, por la que se ha pagado un precio más que suficiente. De manera que no nos entretengas. Sabes bien lo importante que es esta embajada para Mérida y lo que en ella nos jugamos. Consolaos los dimmíes pensando que la fuente servirá para contentar al emir y que nos facilitará las cosas en Córdoba.

12

La duración del camino entre Mérida y Córdoba para un jinete diestro era de cinco días; pero una caravana con tropa de escolta, mulas de carga, carretas, equipajes e impedimenta necesitaba diez.

Durante la última jornada del viaje, la comitiva enviada por el valí de Mérida descendía por la vertiente sur de Sierra Morena, soportando una desagradable tormenta que descargaba granizos y un feroz aguacero. Marchaban, pues, despacio, atemorizados por los relámpagos y los truenos que retumbaban en los montes.

En cambio, cuando a media mañana divisaron al fin la ciudad en la llanura que se extiende desde las orillas del Guadalquivir, cesó el viento y lució el sol bañando la campiña y haciendo destacar el rojo rabioso de las amapolas, como salpicaduras de sangre, entre los trigales. Más adelante verdeaban los naranjales, los olivos y los almendros que crecían al borde mismo del camino, y los frutales que se extendían hasta los muros. Las torres, los alminares y los tejados brillaron en un cielo puro y azul.

La vieja calzada romana desembocaba en los barrios orientales, que se abrían por la puerta llamada Bab al Yadid. Antes de entrar, el cadí presentó ante los oficiales los documentos que portaba y pagó la tasa. Recibido el permiso, avanzaron en fila por una calle larga, pasando junto a elevados caserones herméticamente cerrados, que preservaban sus intimidades con rejas apretadas y celosías. Nada se veía detrás de los muros, ni siquiera desde la altura del caballo, excepto las palmeras y los cipreses de los jardines. Atravesaron después un mercado con tenderetes de verduras, frutas y legumbres, entre los que humeaban puestos de fritangas, peces, carne braseada, buñuelos y dulces. El olor a especias y encurtidos era intenso. Los aguadores ofrecían en cada esquina el líquido de sus pellejos en escudillas de bronce.

Al ruido de los caballos y las carretas, la gente salía a las puertas y la caravana penetró en el corazón de la ciudad entre la expectación pública. Los ciegos y los menesterosos le salían al paso reclamando limosnas y una nube de curiosos se puso detrás de la última de las mulas y siguió a la comitiva encantada con el espectáculo de las monturas, los jaeces, los turbantes de seda, las capas y las libreas de los pajes.

Una vez acomodados en la mejor fonda, Muhamad abén Marwán y el cadí Sulaymán se acercaron hasta las oficinas de la cancillería del emir y solicitaron la audiencia, tal y como exigían las rigurosas reglas del protocolo. Dirigidos a los Alcázares por los funcionarios, allí les atendió uno de los chambelanes principales, un eunuco alto, estirado, de gestos comedidos y pocas palabras, que se llamaba Sahlul al Galís.

Cuando el cadí manifestó el propósito de la embajada, el chambelán se puso serio de repente y los despidió diciendo:

—Como es un asunto que atañe a los tesoreros reales, debéis esperar a que los ministros resuelvan con los consejeros de nuestro soberano emir qué ha de hacerse.

—Esperaremos —asintió el cadí Sulaymán—. Pero es necesario insistir en que no venimos solamente por cuenta del valí de Mérida, sino en nombre de toda la ciudad, y que los ministros deben advertir al emir de que los ánimos están muy enardecidos en aquellos dominios suyos.

Sahlul le miró fríamente y contestó circunspecto:

—Comprendo. Aun así, debéis admitir que hay asuntos más urgentes que resolver. Enviad cada mañana a uno de vuestros servidores y se le darán puntuales noticias de las resoluciones de la cancillería. Cuando sea oportuno convocar la audiencia, se os hará saber enseguida. Mientras tanto, disfrutad de la ciudad y no dudéis en solicitar lo que se os ofrezca. Sois huéspedes del emir y él se complace en la felicidad de sus vasallos.

Durante una semana, el criado de Sulaymán abén Martín fue regularmente a la cancillería cada mañana, y regresó un día tras otro con la contestación de que debían seguir esperando. El cadí empezó a ponerse nervioso y su impaciencia le empujó finalmente a volver él mismo y reclamar ante el chambelán Sahlul. Este le atendió con la misma cortesía que la vez anterior y volvió a despedirle sin comunicarle ninguna novedad.

A lo largo de todo este tiempo, el joven Muhamad actuó con la cautela y la reserva que su padre Marwán le había recomendado. Como disponía de dinero suficiente, se dedicó a gastarlo recorriendo la ciudad y divirtiéndose como uno más de los mercaderes que, venidos desde todas partes, aprovechaban su estancia para disfrutar de Córdoba.

Cuando el cadí regresó a la fonda, frustrado por la demora de la cita en la cancillería, se pusieron los dos a almorzar en el patio. Muhamad comía sin prisas y, mientras masticaba lentamente, observaba a Sulaymán, que callaba pensativo, disgustado.

El joven, con estudiada preocupación, le dijo:

—No está bien que yo lo diga, pero a la vista está que mi padre tenía razón cuando indicó que no sería fácil llegar a Córdoba y reclamar enseguida ante el emir.

El cadí levantó la mirada hacia él y le contestó:

—Ya me doy cuenta de ello y precisamente estaba pensando en que deberíamos llevar a efecto lo que tu padre propuso. ¿Qué te mandó hacer Marwán?

—No es lo más oportuno acudir directamente a los funcionarios del emirato... —empezó diciendo Muhamad, tratando de dar a su voz un tono desapasionado y sincero—. Hay en Córdoba hombres influyentes que comparten la mesa del emir con frecuencia...

—¿Tienes algún nombre? —le interrumpió Sulaymán.

—Sí. Mi padre me dio la dirección y una carta para uno de sus conocidos.

—¿Has ido ya a visitarle? ¿Le has hablado del asunto?

Muhamad sorteó la respuesta con habilidad:

—Estuve en su casa ayer y le llevé los obsequios de parte de mi padre... —Adoptó un tono serio—. Pero no se me ocurriría siquiera levantar en Córdoba la liebre y contar por ahí lo que está sucediendo en Mérida y el peligro de que se encienda una revuelta... ¡Sería una insensatez! Mi padre me instruyó bien con respecto a eso y me ordenó que no hablara del asunto sino en presencia tuya. ¿No es eso lo que debe hacerse?

El cadí sonrió satisfecho; la respuesta sobraba. Solo dijo:

—Creo que no debemos perder ya más tiempo...

—Yo opino lo mismo —observó el joven, muy seguro de sí—. Puedo ir a casa de ese amigo de mi padre mañana a primera hora... Si te parece oportuno, claro.

Sulaymán le miró y se quedó pensativo. Luego propuso:

—Te acompañaré.

Los ojos de Muhamad acusaron el desconcierto que sentía. Pero reaccionó pronto y repuso sonriendo:

—Ni siquiera le dije que vine a Córdoba contigo; ese amigo de mi padre cree que estoy aquí por cuestiones de negocios. No me gustaría ahora desdecirme y que pareciera que oculto cosas... Si estás de acuerdo, iré yo solo y le entregaré la carta de mi padre. Él me dirá lo que debo hacer y tal vez halle la fórmula para convencer a los funcionarios. Entonces iremos juntos al palacio del emir. ¿No te parece mejor?

El cadí pensó un poco y respondió:

—Está bien; ve cuanto antes y ¡Alá quiera que lo consigas!

13

Delante del puente romano de Mérida, al otro lado del río, se extendía una amplia explanada rodeada por un curioso arrabal de casas de adobe, holgadas fondas, cuadras y corrales. En esa zona se detenían las caravanas y se encontraban los negocios donde se concertaban los viajes con destino al sur y a las regiones occidentales del emirato. Era paso obligado para cualquiera que pretendiera entrar o salir. La ancha calzada desembocaba en la cabecera del puente, donde se debía pagar el portazgo en el puesto de guardia para poder cruzar hasta la puerta principal de la muralla.

Un caminante andaba despacio, mezclado con la densa fila de gente que avanzaba hacia el mercado que comenzaba nada más penetrar en la ciudad. Era un hombre de unos veintitantos años, con la cara ennegrecida por el sol, el cabello castaño, los ojos azules y un aire de inocencia extraño, la expresión serena y sonriente.

Su indumentaria era común y corriente; túnica corta, cinto y sandalias. Pero algo en su aspecto delataba un origen tal vez lejano, sin que por ello atrajera ninguna mirada extrañada. Porque por aquella época, a las puertas del verano, los mercados se convertían en un hervidero de gentes diversas que acudían aprovechando que el buen tiempo permitía transitar por los caminos.

El viajero se adentró por las calles que formaban el arrabal occidental, siguiendo el adarve río abajo, y pasando por una sucesión de establecimientos y sucias casas, cuyos dueños eran carniceros, desolladores, triperos y curtidores. Las basuras y los excrementos de los animales se amontonaban en todos los rincones y apestaba por la podredumbre de los desperdicios. Más adelante cruzó un arco de piedra y transitó por un descampado donde pululaba gente miserable: inválidos, ciegos, mendigos y borrachos. Apretó el paso ignorando las voces y las súplicas. Anduvo siempre cerca de la muralla y, al bordearla, encontró una fuente y un abrevadero rodeado de bestias. Allí le preguntó a un muchacho:

—¿Sabes dónde está el templo de Santa Eulalia?

—¿Santa Eulalia? Sí, es por ahí. Verás un eremitorio entre huertas y olivares, sigue el camino que discurre de una ermita a otra y encontrarás el santuario de la mártir.

El viajero enfiló por donde le había indicado y no tardó en ver la cúpula y las cruces que remataban los tejados del monasterio. A lo largo del camino, las ermitas formaban una hilera; todo ofrecía un aspecto agradable, apacible y ensimismado, con grandes nogales en los cercados y ciruelos con frutos en sazón.

El viajero se detuvo y estuvo contemplando el arroyo que discurría sinuoso, entre sus márgenes espléndidamente frondosos. En la otra orilla se veía un prado que amarilleaba, segado ya, y un rebaño de ovejas que pacía. Por encima volaban los arcos de un fabuloso acueducto. Justo en ese instante las campanas repicaron: era sábado. Los ermitaños que cuidaban del rebaño miraron hacia el santuario y se santiguaron.

El caminante retomó la marcha con pasos decididos y se adentró por entre los olivos. Al aproximarse al templo, empezó a oír los cantos y el rumor de las plegarias. Unos muros altos cercaban el conjunto y tuvo que rodearlos para encontrar la entrada. Dos hombretones armados con varas guardaban la puerta y le preguntaron a qué iba.

—Soy peregrino —respondió él.

Bastó esta sencilla respuesta para que le franquearan el paso sin pedirle nada más. Dentro hacía calor, merced a la gran cantidad de lamparillas de aceite y al gentío congregado. Al fondo los monjes entonaban salmos en torno al ábside, vestidos con cogullas blancas, y en el centro destacaban las vestiduras rojas del abad.

Se arrodilló el viajero y se unió a la oración, codo con codo con la apretujada masa de fieles y peregrinos que abarrotaban la nave. Cuando sus ojos deslumbrados se adaptaron a la penumbra interior, quedó admirado por la riqueza del atavío que adornaba el baldaquín que cubría el hipogeo de Santa Eulalia; los velos de seda y oro que colgaban brillaban a las luces oscilantes de las coronas que pendían de la bóveda, como los metales refulgentes, las alhajas y los candelabros que se veían por doquier.

El canto polífono de los monjes evocaba extrañas resonancias orientales y los rezos unían las voces moduladas que respondían a cada invocación:

Audi et suscipe praecantiun vota, delecta Dei virgo Eulalia…
Audi, delecta mea…

Concluida la oración de vísperas, los monjes abandonaron la cabecera del templo y los fieles avanzaron para venerar el sepulcro de la mártir. El caminante se puso en la fila y esperó a que le llegara el momento de descender a la cripta.

Cuando pudo entrar en la estrecha oquedad donde apenas cabían cuatro personas de pie, se inclinó con reverencia ante la urna revestida de plata y estuvo orando en silencio, hasta que el monje que guardaba el lugar le apremió:

—Vamos, que ahí esperan muchas almas.

Salió y, en la misma puerta, le preguntó a un clérigo:

—¿Dónde puedo encontrar al abad Simberto?

—Aún debe de estar en la sacristía. Pero si no te apresuras, ya no podrá atenderte hoy; el monasterio se cierra a esta hora y los monjes se reúnen dentro, en el refectorio, donde no se permite la entrada.

—¿Puedes acompañarme tú?

El clérigo miró de arriba abajo al peregrino desconocido.

—¿Has venido solo? No pareces ser de por aquí...

—He caminado durante días... —respondió el hombre con tono fatigoso, pero sin dejar de sonreír—. Vengo desde Sivihlla; he estado en Córdoba... Mas no soy de Alándalus. Navegué desde el Norte...

Al clérigo le embargó el entusiasmo y exclamó:

—¡Cada vez llega gente desde más lejos!

El peregrino miró en dirección al sepulcro y afirmó:

—Sí. Es grande la fama de nuestra mártir...

—Vamos, te llevaré con el abad.

Caminaron hacia el extremo izquierdo del templo y se detuvieron delante de una puerta.

—Es preciso llamar —indicó el clérigo.

La puerta se abrió. Atravesaron una habitación antes de entrar en la gran sacristía llena de monjes. Las miradas se volvieron hacia la entrada y se fijaron en el recién llegado, que pareció quedar intimidado.

Uno de los monjes dijo:

—El hospital de peregrinos está detrás del monasterio; allí te atenderán.

—Viene de muy lejos, del Norte —explicó el clérigo que le acompañaba—. Pregunta por el abad.

Simberto avanzó hacia él diciendo:

—Soy yo el abad. ¿Qué deseas de mí?
—Necesito hablar a solas contigo —contestó él—. Traigo un mensaje privado.

Los monjes los rodeaban con curiosidad y no se movían.

—¡Id al refectorio! —les ordenó el abad.

Cuando estuvieron solos, Simberto preguntó con ansiedad:

—¿Qué mensaje es ese?

El desconocido no respondió de momento a esa pregunta. Esto hizo que el abad se mostrase más inquieto y alzara sus frías cejas con aire de interrogación, mientras leía en el rostro y la mirada del recién llegado signos de sensatez y cordura que le hacían confiar. Le apremió:

—Habla, por favor, ¿quién te envía?

—El que me envía te ama mucho —dijo el enigmático viajero—. He venido porque tanto tú como él necesitabais saber el uno del otro.

Simberto pareció quedar mudo de momento, enrojeció, tragó saliva y alzó la mirada a la bóveda de la sacristía.

El desconocido añadió sonriendo:

—Enviaste una carta y yo soy la respuesta.

—¡No es posible! —exclamó en un suspiro el abad—. Si no me dices de una vez tu nombre, no acabaré de creerte.

—Soy yo... ¿No me reconoces?

—Distingo en ti los rasgos de tu padre —respondió emocionado Simberto—, el clarísimo varón Pinario, mi amado hermano; pero también la hermosura de tu madre, la piadosa Alba...

—En efecto, mi querido tío Simberto; soy Aquila, hijo de Pinario.

—¡Dios bendito! ¡Padre de misericordia! —oró el abad, abriendo los brazos para estrechar a su sobrino—. ¡Ha pasado tanto tiempo...!

14

El jardín que se extendía delante del palacio del duc estaba en silencio. Hacía calor y las plácidas y oscuras sombras de los cipreses se dibujaban sobre el camino que desembocaba en la escalinata de mármol. La sobriedad del viejo edificio parecía aún más triste a la luz de la luna. En alguna parte, no muy lejos, croaban las ranas. Todo hacía sentir el inicio del verano; sobre todo, el peculiar aroma de la mies recién segada y del grano que, fuera de la ciudad, bajo el cielo, se amontonaba en las eras custodiado por los campesinos. Las hogueras que estos encendían durante la noche dejaban ver sus resplandores más allá de la muralla.

El duc Agildo se hallaba sentado bajo la galería del atrio y miraba hacia la oscuridad de los campos sumido en sus pensamientos. Su esposa Salustiana se acercó por detrás y le dijo en un susurro:

—Me duele verte sufrir...

Agildo se volvió hacia ella y respondió:

—Si hubiera conseguido recuperar la pila bautismal, la gente no habría ahorcado al comes Luciano...

—Cuando las cosas no tienen remedio, es mejor dejar de pensar en ellas.

—No puedo evitarlo. Siento una desazón muy grande. Ese linchamiento no ha hecho sino confirmarme lo que vengo observando desde hace tiempo: que vamos hacia el desastre. Nuestra gente ya no confía en las leyes y cada vez resulta más difícil gobernar a los cristianos en esta ciudad.

—Siempre han sucedido cosas así... La venganza es una maldad humana, como tantas otras.

—Sí —asintió con amargura Agildo—. Pero ahora se hacen las maldades a las claras... Cuando esta mañana fui a San Cipriano con el prefecto para descolgar el cadáver de ese infeliz, la gente estaba allí arremolinada, con odio en las miradas, y sentí que muchos estaban satisfechos, incluso desafiantes. No pudimos saber quiénes eran los culpables, porque todos parecían serlo de igual manera. Hubiera tenido que cogerlos presos a todos... ¡Qué locura!

—No pienses más en ello —le dijo Salustiana suspirando.

—¡He de velar por la justicia! —repuso él con vehemencia—. ¡Esa es la encomienda que Dios me hizo! Soy el juez de esta gente cristiana. No puedo consentir que nos convirtamos en bárbaros sin ley.

Estando en esta conversación, se oyeron fuertes golpes en el portón que abría la propiedad a la muralla más allá del jardín.

—¿Quién será a estas horas? —se preguntó Salustiana muy extrañada.

El criado abrió y entraron dos hombres que recorrieron con decisión el sendero en dirección al palacio. Oteando la oscuridad, Agildo observó:

—Es el abad Simberto y viene acompañado por un desconocido.

Subieron los peldaños de la escalinata los recién llegados y, con alegría, el abad exclamó ya en el atrio:

—¡Mira, duc! ¡Mira quién ha venido hoy a Mérida!

Agildo escrutó el rostro del otro hombre con inquietud y preguntó:

—¿Quién es?

—¡Mi sobrino Aquila! ¡El hijo de mi hermano el *princeps* Pinario!

Salustiana dio un grito y se abalanzó muy emocionada sobre el joven.

—¡Aquila, el pequeño Aquila...! ¡Madre de Dios, cómo has crecido!

El duc también lo abrazó, mientras le preguntaba con la voz rota por la sorpresa:

—¿Qué es de tu padre? ¿Y de Alba, tu madre?... ¿Qué ha sido de ellos?

—Viven, gracias a Dios —decía Aquila, mientras se dejaba cubrir de besos y abrazos—. Gozan de salud y aún son jóvenes, ¡Dios ha cuidado de nosotros!

Permanecieron durante un rato en la penumbra del atrio, saboreando la alegría del reencuentro, que, al menos de momento, les hizo olvidarse de la trágica muerte del comes Luciano. Estaban fuera de sí, porque la llegada del joven Aquila no era esperada y porque además les traía felices noticias de parientes y amigos muy queridos que vivían lejos, en el Norte, que era como decir otro mundo.

Porque Aquila era hijo del príncipe Pinario, un noble que como su hermano Simberto pertenecía al más antiguo y prestigioso linaje emeritense. Descendían nada menos que de Cixilo, de quien siempre se dijo que llevaba la sangre del rey Atanaquildo y de la reina Agildona, y que por tanto heredaban el antiguo título de *princeps* de Mérida que se arrogó el suevo Rechila antes de su muerte, según una vieja tradición.

Pinario se implicó, junto con muchos cristianos nobles miembros de las principales familias de Mérida, en la rebelión llamada de los Banu Wansus, beréberes que se alzaron contra el emir Alhaquén hacía veinte años, aprovechando que los toledanos se habían levantado a su vez en armas un año antes. Como fracasaran estos intentos rebeldes, muchos de los cristianos tuvieron que huir hacia el Norte; entre ellos, los parientes del abad Simberto. Todos los que se marcharon perdieron sus casas y sus propiedades y ya nunca pudieron regresar. Porque las leyes musulmanas de la guerra consideraban que los bienes ocupados al enemigo pasaban a la propiedad suprema de la *umma*, y sus antiguos poseedores, si eran rebeldes, ya no se consideraban sometidos de buen grado y, por tanto, perdían la sujeción islámica que les garantizaba la pertenencia a la *al dimma* y la protección de sus derechos a cambio del pago de la *yizya*.

Cuando el alborozo cedió, vinieron los recuerdos. Entonces Salustiana les propuso que entrasen en el salón de la casa para verse mejor las caras a la luz de las lámparas y seguir conversando.

El duc, su esposa y el abad estaban pendientes del rostro del joven Aquila, a quien vieron por última vez hacía veinte años, cuando era un pequeño infante de cuatro años. Ahora, hecho un hombre, conservaba, empero, cierto aire inocente en aquellos grandes ojos azules de entonces.

Como si tuvieran necesidad de desahogarse con alguien de fuera, le contaron al joven las novedades de los últimos años, con tono sombrío, pues algunas no eran nada agradables. Hablaron de que Dios no había mandado la lluvia durante más de un lustro. Que después llovió como nunca antes se recordaba. Que los caminos quedaron borrados y que no se pudo ni andar ni viajar. Y encima estaba lo de los impuestos.

—¡Ellos, los sarracenos! —decía Simberto—. ¡Ellos son la causa de nuestras mayores desdichas! Siempre hubo sequías, siempre hubo inundaciones… ¡Pero ellos son la peor plaga que Dios pudo permitir por nuestros pecados!

Los musulmanes tenían la culpa de todo: de las deudas, de los abusos, de las malas cosechas…

—Mi hermano Pinario, tu noble padre —proseguía—, no puede allí en el Norte ni imaginar siquiera cómo están por aquí las cosas. Y lo peor de todo es que vamos cayendo en poder de la mayor de las desidias: los padres ya no enseñan ni siquiera a rezar a sus hijos, no les hablan de Dios, no les inculcan precepto alguno y tan solo les hacen cumplir si acaso el ayuno cuaresmal... ¡Como el Ramadán! Es penoso ver cómo tienden hacia las heréticas costumbres de los ismaelitas... ¿Querrás creer que ya se celebra en casi todas las casas de los cristianos el Eid al Adha?

—¿Qué es eso? —preguntó Aquila.

—¡Ah, cómo ibas a saberlo tú! —dijo con irónica sonrisa Simberto—. Pues aquí, sobrino querido, no hay muchacho que ignore que es la fiesta del Sacrificio. En todas las casas musulmanas y en las de muchos cristianos, ¡cada vez más!, se mata ese día un carnero siguiendo las tradiciones de los herejes. Para que te enteres de cómo están aquí las cosas. ¡Ay, cuando se lo cuentes a tu padre, el clarísimo varón Pinario, mi piadoso hermano!

Todos callaron. Meditaban con tristeza en lo que había dicho el abad. Y este aún no había concluido su lamentoso discurso. Luego contó a media voz, sin pausas, muchas otras cosas de la vida en Mérida, de cómo se perdían las buenas costumbres y todo se pervertía.

Hasta que Salustiana se puso en pie y, para cortar aquella retahíla de pesadumbres, dijo:

—¡Qué le vamos a hacer! ¡Hablando y hablando de estas cosas no arreglaremos nada! El joven Aquila ha venido a conocer la ciudad de sus padres y... En fin, no ensombrezcamos su alma con nuestras penas. Porque... ¿A que ya no te acordabas de Mérida? ¡Ha pasado tanto tiempo!...

—Algo recuerdo entre brumas —respondió el joven—; pero casi nada se parece a las imágenes que guardo en la memoria.

—Y dime, Aquila —le preguntó Agildo—, ¿cómo es que has vuelto? ¿Qué te impulsó a emprender tan largo viaje?

Simberto contestó por su sobrino:

—Yo escribí a mi hermano Pinario. Necesitaba saber de ellos. Le envié una carta con un mercader de confianza que me prometió llevarla a su destinatario. Siempre pensé que recibiría la contestación por escrito y… ¡Mirad! Mi hermano ha enviado a su primogénito. Quiere decir eso que no se ha olvidado de nosotros. Y debemos recuperar el contacto con todos aquellos que se fueron.

Se sentaron alrededor de la mesa, seguían muy atentos al recién llegado, a cada una de sus palabras y de sus gestos, pues hacía mucho tiempo que no sucedía en Mérida algo tan extraordinario. Su presencia y todo lo que tenía que contar del Norte resultaban una alentadora novedad en medio del ensombrecido panorama de las últimas semanas. Y el joven les puso al corriente de las vidas de todos aquellos que un día tuvieron que marcharse, de cómo se habían adaptado a las costumbres del reino de Galaecia, de cómo eran allí las cosas y de la conciencia que tenían de sentirse exiliados. Los comensales se enzarzaron en una discusión febril, alegre y nostálgica.

En cierto momento, el duc Agildo tomó la palabra y le preguntó discreto:

—¿Qué piensan allí de nosotros? ¿Qué se dice de los que aún permanecemos aquí, en esta cristiandad sometida a los agarenos?

El joven contestó sin esfuerzo:

—Ya os lo podéis imaginar…

—No, no nos lo imaginamos —dijo Agildo—. Debes contárnoslo tú.

El joven paseó su mirada por los presentes, sonrió y respondió:

—No quisiera ofenderos.

—¿¡Ofendernos?! —exclamó el duc—. Pero... ¿qué dices, muchacho? ¿Por qué habrías de ofendernos? Vamos, responde de una vez y sin ningún temor a lo que te he preguntado. ¿Qué piensan las gentes del Norte de nosotros? ¿Qué se dice allí de lo que aquí sucede?

—No penséis mal —respondió Aquila sin dejar su habitual sonrisa—. En el reino de Asturias no pueden soportar siquiera el pensar en que se pueda vivir sometidos a los sarracenos. Eso los pone muy furiosos...

Todos se miraron. Y el duc dijo circunspecto:

—Es de comprender. Aquella gente vive en guerra constante en sus fronteras y, desde allí, tal vez nos ven como pueblos sumisos y, en cierto modo, cobardes.

Aquila se puso en pie y contestó con expresión ardiente:

—¡Eso es! Pero de ninguna manera penséis que experimentan odio o desprecio hacia vosotros. Es solo caridad lo que sienten; caridad y mucha compasión.

Todos se quedaron en silencio, mirándole muy fijamente. El rostro del joven enrojeció entonces, sus pestañas parpadearon, pero no dijo ninguna palabra, solamente comía ya, como si se hubiera excedido hablando demasiado.

—¡Bueno, no hay que ponerse triste! —dijo Salustiana dando una fuerte palmada—. Lo principal ahora es que sabemos que nuestros parientes del Norte están bien y que muy pronto también ellos tendrán noticias nuestras. Porque... —se dirigió a Aquila—. ¿Hasta cuándo te piensas quedar entre nosotros?

Él se puso muy serio por primera vez, se volvió hacia el abad Simberto, que estaba a su lado, y le preguntó con comedimiento:

—Tío, ¿puedo decírselo?

El abad tenía grave el semblante, asintió bajando la cabeza:

—Debes decirlo ahora.

El joven recobró entonces su sonrisa y reveló con tono sincero:

—Yo no he venido solo de visita. Estoy aquí enviado por mi padre porque tanto él como la gente del Norte desean saber cuál es vuestra situación y buscar la manera de ayudaros.

—¿Ayudarnos? —le preguntó Agildo—. ¿Cómo?

El abad se puso en pie y, con gran exaltación, afirmó:

—¡En la Galaecia quieren restaurar el antiguo reino godo! ¡De eso se trata! ¿No os dais cuenta de lo que eso significa? Con la ayuda de Dios y el esfuerzo de todos, la antigua y sagrada monarquía puede volver a reinar y Toledo recuperará su dominio y su grandeza. Nuestro reino dormido despertará de su letargo...

El duc pareció horrorizarse repentinamente, enmudeció y se quedó con ojos espantados mirando a Simberto. Este prosiguió con mayor ardor aún:

—¡Es lo que siempre hemos esperado! ¡Es la parusía, el ansiado regreso de nuestros reyes! ¡Y nosotros debemos aunar nuestras fuerzas desde aquí! ¡Todos debemos luchar con denuedo por la causa! ¡Debemos sacrificarnos!

Salustiana soltó un gran suspiro y exclamó:

—¡Qué miedo! ¡Eso sería la guerra...! ¡La guerra otra vez!

—Vivimos en guerra hace tanto tiempo... —observó el abad—. ¡Nos hacen la guerra diariamente! ¡Nos acosan, nos extorsionan, nos asfixian a impuestos...! ¿Acaso vivimos en paz?

—Un momento... —dijo Agildo con gran inquietud en el semblante—. Debemos esperar a que esa embajada regrese de Córdoba. Ha sido decisión de todos reclamar al emir. Por una vez en muchos años, árabes, beréberes, muladíes, judíos y cristianos hemos estado de acuerdo en hacer algo unidos... ¿Vamos a tirar por tierra ese logro en aras de una guerra incierta?

—¡¿Incierta?! ¡Es nuestra causa, la causa de la cristiandad!

—No sé... —contestó dubitativo el duc—. Así, tan de repente...

—No es ninguna improvisación —repuso Simberto—. ¿No has oído que es algo meditado concienzudamente? El rey Alfonso II está decidido.

—Así es —añadió Aquila—. En el Norte se sueña con ello. Y nuestro rey ha solicitado la ayuda de los francos, como ya se hiciera en su tiempo cuando vino Carlos el Grande.

—¿Lo ves? —dijo el abad—. ¡Solo faltamos nosotros!

—Pero... ¿qué podemos hacer aquí? —respondió el duc—. No tenemos ejército, ni armas, ni organización militar alguna... ¡Todo lo perdimos en la última revuelta hace diez años!

Simberto le dijo a su sobrino:

—Anda, expón el plan tal y como me lo explicaste esta tarde.

—En el Norte se comprometen a enviar ayuda —dijo el joven—. Irán mandando poco a poco y con sumo secreto armeros y militares que vendrán camuflados entre los mercaderes. Ellos nos ayudarán a fabricar armas y todo lo necesario para organizarnos.

—¡Dios mío, qué locura! —gritó Salustiana—. Lo descubrirán y nos matarán a todos... ¡A mi padre lo mataron en la última guerra! ¿Cómo vamos a olvidarnos tan pronto? ¡Pereceremos todos!

—¡Confiemos en Dios! —alzó la voz Simberto—. ¿Somos acaso gente sin esperanzas? ¿Hasta eso nos han robado los demonios sarracenos?

El duc se levantó y deambuló pensativo por la sala. Luego dijo:

—Todo esto debe meditarse con detenimiento. Necesitamos más opiniones de la comunidad. Hay que hablar con el obispo Ariulfo.

—Ya sabes que no estará de acuerdo —dijo Simberto—. Es timorato y... En fin, ¡no es un hombre decidido!

—Pues acudiremos a solicitar el consejo del abad de Cauliana —propuso entonces el duc—. Él es un hombre anciano y sabio que sabrá decirnos lo que debemos hacer.

15

El rabino Nathan, un vejete barbudo, menudo y de mejillas cubiertas de venillas azuladas, escuchó todo lo que Abdías ben Maimún fue a contarle, sonrió con apreciable expresión escéptica y dijo:

—Querido Abdías, una y mil veces te he prevenido frente a esa obsesiva manía tuya de ver signos y señales en cualquier cosa... ¿No te das cuenta de que eso es pura y simple superstición?

—De lo que me doy cuenta es de que se cumplió mi premonición —repuso Abdías en tono serio—. El día anterior al que el almojarife y yo concertamos ese beneficioso negocio me picó una pulga en el dorso de la mano y supe, con toda claridad, que iba a ganar un dinero extraordinario. ¡Precisamente cuando más lo necesitaba!

El rabino Nathan estalló en una carcajada y replicó:

—¡Tonterías! Si estás constantemente prestando atención a lo que te sucede en cada momento, descubrirás señales por todas partes. Además, el pueblo de Israel tiene prohibido creer en supersticiones. Y te digo esto porque está escrito en el Libro del Levítico: «No hagáis las cosas de la tierra de Egipto, ni las cosas de Canaán; ni andéis según sus costumbres». Rabí Meir explica en el Talmud que este mandato se refiere a las costumbres supersticiosas de los amorreos. Como ves, nuestros sabios nos han aleccionado desde muy antiguo frente a tales peligros.

—Tú lo llamas superstición, rabino, y yo te escucho y te respeto siempre, bien lo sabes; pero tengo mis inspiraciones y cuando me guío por ellas no suelo equivocarme.

—¿Ah, no? —dijo el anciano maestro—. Mira lo que hiciste con tu preciosa hija Judit al Fatine, la Guapísima: te empeñaste en casarla con el tullido Abén Ahmad y… ¡mira cómo le ha ido a la pobre!

—¡Un momento! —respondió Abdías ofendido—. Abén Ahmad no estaba tullido cuando se casaron. El día que me cagó encima la cigüeña estaba como un jayán. El desgraciado accidente que le rompió la espalda sucedió después.

—Antes o después, no ha sido el matrimonio feliz que tú vaticinabas.

Abdías sacudió la cabeza y dijo visiblemente contrariado:

—Ya veremos si me equivoqué o no…

—¿A qué viene eso? —observó burlándose el rabino—. Tu hija es ahora una viuda. ¿Qué le ha quedado de ese dichoso matrimonio?

Abdías añadió entonces:

—Ya veremos si la viudedad va a ser finalmente el camino de su felicidad…

—¿Qué quieres decir?

—Que, para ser viuda, es necesario haber estado antes casada. Y digamos que ese primer requisito ya está cumplido…

Se quedó en silencio, como tratando de evitar decir demasiado.

Nathan notó su turbación y le preguntó en tono amenazador:

—¡Me asustas, Abdías ben Maimún! ¿Qué diablos se te ha metido ahora en la mollera? ¡No ofendas al Eterno con tus absurdos augurios!

Abdías contestó en tono amargo:

—¡Maldita sea! ¡No puedo evitarlo!

—Pues debes intentarlo al menos —le ordenó el rabino—. No puedes vivir como un ignorante que da la espalda a nuestra ley y a nuestras venerables tradiciones. Ahí afuera, entre los cristianos descendientes de los paganos romanos y godos, hay gente torpe y supersticiosa que se cree todas esas tonterías acerca de encender velas a sus ídolos, hacer procesiones y venerar cruces... ¡Nosotros, los hijos de Israel, no somos así! Ni siquiera el Talmud lo leemos como si uno esperara un mensaje divino, porque no nos dice qué debemos hacer en cada momento. Podemos estudiarlo una y otra vez y, con todo, mucho de lo que hay en él no nos dará señales ni signos. El Talmud nos hace comprender lo que somos, es una herramienta, pero no una ventana mágica para averiguar el futuro.

Abdías le escuchaba atentamente y pensativo, aunque algo avergonzado.

El maestro Nathan prosiguió con autoridad:

—¡Con lo que llevamos pasado! ¡Solo faltaba eso, que nos volviéramos ahora hacia las supersticiones de los paganos de antaño! Pues quedan ya muy lejos aquellos tiempos; muchas generaciones han pasado desde que nuestros antepasados pusieran el pie en estos suelos, tierra que para ellos, lejos de la madre patria perdida, acabó convirtiéndose en una segunda tierra de promisión, cuando Roma gobernaba aún el mundo. Luego llegaron los bárbaros y guerras continuadas... ¿No te das cuenta? ¡Cuántas tempestades del acontecer de los hombres en el mundo ha resistido el pueblo de Israel! Aparece un reino, otro desaparece, pero Israel permanece siempre...

—Está bien, está bien, he comprendido —dijo Abdías con una débil voz, vencido por estos argumentos.
—Pues no se hable más del asunto —zanjó la conversación el rabino—. Y ahora, dime: ¿qué va a ser de tu hija Judit?
—Ha vuelto a nuestra casa. ¿Qué otra cosa podría hacer? La hermana de Abén Ahmad se quedó con la casa y con las escasas pertenencias del matrimonio. Mi hija no tiene donde ir, si no es con nosotros.
—Eso está bien. Es joven aún y dotada de tal hermosura que no le faltará un buen pretendiente.
—Ella se niega a pensar siquiera en eso.
—Ya se le pasará por la cabeza. La naturaleza es sabia…
—Son tiempos difíciles estos —comentó Abdías—. Con los malditos impuestos y las malas cosechas, nadie piensa sino en salir adelante como puede… En mi casa somos ya veinte personas sentadas a la mesa… ¡Todo sobre mis espaldas! Ahí no hay más ganancias que las que yo aporto. Y menos mal que pudimos hacer el negocio ese de la pila. Al menos podré ir tirando durante el año; porque la cosa estaba ya muy mal. ¿Cómo no iba a creer en lo de la pulga, con lo que se me venía encima?

El maestro Nathan puso en él una mirada feroz:
—¡Deja de una vez lo de la condenada pulga! ¿No puedes pensar en que el Eterno se compadeció de ti?
—¡Ay, Él nos tenga a salvo! —suspiró Abdías.

El rabino se quedó pensativo y luego le preguntó:
—¿Y tus parientes de los baños? ¿Cómo les va?
—¿Los de Alange? —respondió él—. ¡Esos no tienen problemas! Allí están protegidos por el señor Abén Marwán y salen muy bien adelante con el negocio de las aguas. Mi hermana Sigal es muy lista, una criatura verdaderamente bendecida.
—¿Y por qué no envías con ella a Judit? —observó son-

riente Nathan—. Seguramente estará encantada y le dará alguna ocupación en la cocina o en los huertos.

A Abdías se le iluminó el rostro.

—¡Qué buena idea! ¡Bienaventurada la hora en que se me ocurrió venir a conversar contigo, maestro!

16

Durante el viaje a las fuentes de Alange, Judit dejó escapar algunas lágrimas. Su padre Abdías ben Maimún y ella cabalgaban a lomos de sendos rucios por el camino que discurría paralelo al cauce del río. La luz de la madrugada caía sesgada, bañando las orillas lisonjeras y haciendo refulgir el camino en un tono rojizo, como si de fuego se tratase. Las hojas de los árboles brillaban en movimiento y los guijarros de las corrientes lanzaban destellos semejantes al metal pulido. De vez en cuando alzaban el vuelo los extraños patos silvestres, escandalosos; o alguna garza, por contra, silenciosa, que se perdía como una sombra gris, río adelante, en la espesura.

—Vamos, hija, no estés triste —le decía su padre cuando ella lloraba—. Ya verás como te vas a alegrar... Es lo mejor que podemos hacer.

No obstante sus lágrimas, ella se sentía liberada, y realmente lo estaba tras salir de aquellos años de encierro e infelicidad y verse repentinamente bañada por la luz matinal del verano. Tal vez lloraba por eso y no por irse de casa, pero tales sentimientos no podía comunicárselos a su padre. Y él se creía en la obligación de convencerla durante el camino de que la mejor solución para su estado y sus problemas era alejarse de Mérida y hacerse una vida en otro lugar. Le decía:

—No puedes encerrarte ya de por vida y convertirte en una vieja. ¡Eso sí que no! A fin de cuentas, no hay mal que por bien no venga; porque si Abén Ahmad te hubiera dejado hijos y patrimonio, no te quedaría más remedio que seguir llevando la casa y sacarlos adelante, como una mujer musulmana. Y ya sabes cómo son ellos en sus cosas... Habrías perdido tu libertad para siempre. Sin embargo, en otro sitio, en otro pueblo, con gente diferente, pero entre familiares... ¡Ya verás como te vas a alegrar, hija mía!

No eran necesarios estos argumentos. Porque en el fondo de su alma Judit estaba llena de ilusiones y de curiosidad. Pensaba para sí, nerviosa, que posiblemente al fin iba a encontrar gente diferente; familiares y amistades que le permitirían vivir de manera más libre y más feliz. Y con estos sentimientos cabalgaba anhelante y esperanzada, porque la aflicción de los días anteriores se quedaba atrás a la misma velocidad que ella se alejaba de Mérida.

—¡Mira! —señaló el padre—. ¡Mira qué lindos campos! Allá arriba, en todo lo alto del monte, el castillo del señor Abén Marwán; y al pie, el pueblo, ¿lo ves? Al otro lado de la loma están las fuentes. ¡Qué maravilla!

—Me acuerdo de todo perfectamente —dijo ella—. Aunque la última vez que vinimos era yo muy niña. Es verdad que todo esto es precioso.

—¡Ay, qué alegría tan grande me da verte ilusionada! Yo te aseguro que no te arrepentirás.

Padre e hija tomaron una desviación y se apartaron del camino que iba paralelo al río. El nuevo sendero siguió al principio el linde del bosque y luego pasó junto a unos cerros completamente cubiertos de arbustos; atravesaron manchas de almendros jóvenes y olivos, con algunas encinas viejas, altas y nudosas, que se alzaban solitarias en los claros donde no hacía mucho se habían talado otras. Después la pendiente se hizo más dura al ir aproximándose a la aldea, cuyas casas rojizas se apiñaban, como perdices asustadas, sobre la colina.

Una vez que alcanzaron la cima, el sendero se bifurcaba delante de los pobres muros de adobe que las últimas lluvias habían deshecho y que caían como montones de barro seco ladera abajo.

Dubitativo, Abdías dijo:

—A las fuentes se puede llegar por dos caminos: cruzando la aldea y descendiendo tras la mezquita hacia la parte baja donde están los huertos, o bien por encima, por el pie del monte donde se asienta el castillo.

Finalmente decidió ir por arriba. Rodearon los derruidos muros y doblaron hacia el sur, pasando frente a una muralla más sólida, de pura piedra, que defendía la empinada subida al castillo de Alange. Mirando hacia la altura de la fortaleza, Abdías comentó:

—El señor Abén Marwán está en Córdoba con la embajada enviada por el valí. De haber estado aquí, le habríamos dejado algún presente. Nunca viene mal tener contentos a los señores. Además, el último negocio que hice se lo debo a su padre.

Comenzaron a descender dejando la muralla a sus espaldas. El camino transcurría ahora por delante de unos graneros de piedra cubiertos con tejas rojas. En esta parte las construcciones eran muy antiguas y tenían un aire pesado y sombrío, parecido al de los cuarteles de invierno de Mérida. Pero más abajo se divisaba un extenso vergel que brillaba muy verde en el lugar donde brotaban las fuentes.

Entraron por la menuda puerta del muro al recinto y llegaron a los huertos; las más bellas palmeras, los granados, las higueras y los manzanos se encontraban alineados o crecían en desorden entre pequeñas parcelas cultivadas con todo tipo de verduras. Entre los árboles se podía ver, pasando casi desapercibido sobre un montículo, el viejo edificio de los baños, cuadrado y macizo, y un conjunto de pequeñas casas adosadas a él.

—Hemos llegado —dijo Abdías—. Ya ves qué frondoso está; merced a las fuentes, esta es una tierra buena y fértil, que produce de todo. Pero lo mejor es el poder que tienen las aguas para sanar a los enfermos. Verás lo bien que vas a estar, hija mía.

A Judit le vino a la memoria todo aquello y lo encontraba igual, a pesar de los años transcurridos desde la última visita a sus parientes. Los huertos, dotados con pequeñas albercas repletas de agua limpia, eran tal y como los recordaba; todo seguía en su sitio: el minúsculo asno negro dando vueltas a la noria, la estrecha avenida con emparrados que conducía a una compacta torre, las acequias corriendo y el fondo pardusco de los muros matizado por el verde de las hiedras. Reconocía aquel paraíso familiar, cuya naturaleza era ciertamente majestuosa.

Nada más descabalgar, un hortelano salió alegremente de entre los frutales exclamando:

—¡Señor Abdías ben Maimún, alabado sea el Eterno!

Retirándose el sudor y el polvo del rostro, tras el cansancio del viaje, Abdías contestó:

—¡Jusuf!

—Tu hermana se sentirá feliz —dijo el hortelano—. Vamos, que estará en la casa. ¡Sigal! ¡Sigal, tu hermano está aquí!

Salió a recibirlos una mujer alborozada que, alzando los brazos a lo alto, gritó al verlos:

—¡Hermano del alma! ¡Bendito el Señor de los destinos!

Abdías y ella se abrazaron. Aun siendo hombre y mujer, tenían la misma estatura y una similar delgadez. Quien los mirase no podía dudar de que fueran hermanos, a pesar de que él se veía mucho más envejecido. Sus rasgos eran muy parecidos. Sigal tenía, como Abdías, el rostro alargado; los pómulos marcados; los ojos rasgados y las pupilas grandes; la mirada penetrante, todo ello indicio de fogosidad en el carácter. Aunque ella transparentaba un ánimo más jovial y alegre; sería por su lozanía.

—¿Cuánto hace que no nos vemos? —se preguntó contenta—. ¡Casi un año! Desde que fui a Mérida a visitaros por la fiesta del Pesaj.

—No hemos encontrado la oportunidad para devolverte la visita —se excusó él—. Pero… ¡aquí nos tienes!

—¡Alabado sea el dueño de nuestras vidas, hermano! ¿Cómo estás? ¿Cómo están todos en casa?

Abdías se volvió con el rostro ensombrecido hacia Judit y respondió:

—Aquí tienes a mi pequeña…

—¡Judit, mi Guapísima! —gritó Sigal yendo hacia su sobrina.

—Enviudó hace un par de semanas —le explicó el padre.

Su tía la cubrió de besos.

—¡Oh, mi vida! ¡Criatura! ¡Mi hermoso ángel!… ¿Murió al fin Abén Ahmad? ¿Cómo fue?

Caminaron apoyándose la una en la otra hacia el interior de la casa, compartiendo sollozos y muestras de cariño. Una vez dentro, se sentaron y rápidamente volvieron a sentir la necesidad imperiosa de intercambiar noticias, de explayarse, como hacen las personas que, después de una larga separación, no saben por dónde empezar y quieren recuperar enseguida el tiempo que se ha ido.

Judit contó apenada cómo habían sido los últimos días de su marido y la indigencia que le había sobrevenido después de que su cuñada la pusiera en la calle.

—¡Esa gente no tiene alma! —gruñó Sigal—. ¡Mira que casarte con un musulmán!

—¡Díselo a mi padre! —replicó Judit.

—¡Es verdad! —asintió la tía mirando a su hermano—. ¡Eso fue una locura, Abdías! Ya te lo dijo nuestra pobre madre.

El padre bajó la cabeza y quedó sumido en sus pensamientos. Entonces su hermana rio de repente y exclamó:

—¡Nada de penas! Lo pasado salvado está y... ¡No hay mal que por bien no venga! Ahora la Guapísima está al fin libre y aquí, conmigo.

Abdías le lanzó una mirada de aprobación y agradecimiento. Después, con un movimiento de cejas y sonriendo, afirmó:

—Eso mismo digo yo, ¿verdad, Judit? ¡No hay mal que por bien no venga! Y ahora podréis ayudaros mutuamente las dos viudas.

Porque Sigal también había perdido a su marido hacía dos años y ahora vivía sola con sus hijos en la casa que tenía junto a la fuente.

—¡Alabado sea el Eterno! —rezó de repente, loca de contenta—. ¡No necesitamos a nadie!

Abdías empezó a reírse. Le encantaba la jovialidad, la sencillez y el optimismo de su hermana. Y se sintió inmensamente satisfecho por haber encontrado al fin el remedio a los problemas de su hija, de los cuales todos le hacían culpable.

—Y ahora, ¡a comer! —dijo Sigal—. Tengo buenas berenjenas y pan tierno. Estaréis hambrientos después del viaje.

Antes de sentarse a la mesa, aparecieron sus hijos, dos varones y una hembra, adolescentes los tres, que venían de trabajar en los huertos. Comieron animados y, a los postres, Abdías les rogó a sus sobrinos que cantaran. Los muchachos eran tan alegres como su madre y se pusieron a cantar viejas coplas judías, y a marcar el ritmo con los pies. Judit se unió a sus primos y espantó sus penas dando saltos. Todos reían a carcajadas.

Luego volvieron a los recuerdos y salieron en la conversación las cosas de los abuelos y de los difuntos, revestidas con el ropaje feliz que suele adornar el pasado. Conversaron durante todo el día y, a última hora, se cenó y Sigal sacó un vino excelente.

Era muy tarde cuando se despidieron para irse a dormir. Judit se acostó con su prima, en una habitación fresca, en cama blanda, cubierta por una sábana limpia. Se sintió cómoda, segura y hasta feliz de momento, y se durmió enseguida.

Pero, por alguna razón, se despertó en plena noche y ya permaneció intranquila todo el tiempo. Retomaba el sueño a ratos y le parecía que no estaba en casa de su tía Sigal, ni en una buena cama, junto a su querida prima, sino aún en la pobre vivienda techada con cañas de Abén Ahmad, con la presencia desagradable y sudorosa del tullido al lado.

Antes de que amaneciera, estaba sentada en la cama, gimoteando y dando tiritones. La prima se asustó y fue a buscar a su madre.

Vino Sigal, la llevó a su cama y la abrazó con maternal ternura.

—Vamos, vamos, vamos…, mi pequeña, mi ángel, no estás sola…

17

Muhamad abén Marwán se hallaba postrado de rodillas, con la frente y los codos pegados a la seda de un colorido tapiz; el sudor le resbalaba hacia el cuello desde la nuca y tenía seca la garganta. Llevaba así un buen rato, desde que el gran chambelán del palacio del emir le advirtiera seriamente:

—No se te ocurra alzarte hasta que yo te lo diga. Y recuerda que no se debe mirar directamente a los ojos de nuestro señor Abderramán mientras él no lo permita. No hables si no se te pregunta y sé breve en tus palabras y conciso en las respuestas.

Nadie había tenido la gentileza de ofrecerle a Muhamad siquiera un vaso de agua desde que llegó a los Alcázares de Córdoba a primera hora de la mañana. Tampoco le concedieron el honor de aguardar en una sala fresca a que fuera su turno en la audiencia, sino que tuvo que permanecer durante horas en un caluroso patio secundario, junto a unos militares fanfarrones que le precedieron y que se estuvieron burlando de sus ropas, que les parecieron llamativas en exceso.

No obstante, se sentía muy afortunado, porque había conseguido ser recibido por el emir, después de que los importantes hombres que conocían a su padre le hubieran hecho el gran favor de recomendarle ante los mayordomos de palacio. También ellos le habían aleccionado: «No actúes con arrogancia, no te hagas el listo, no te empeñes en tus propias razones; antes bien, dale en todo la razón… y, ¡por el Dios Clemente y Misericordioso!, no nos dejes mal ante él». Toda esta retahíla de recomendaciones, y la reverencia y el temor con que se las hacían, acabaron minando la natural despreocupación de Muhamad. Estaba verdaderamente nervioso e incluso algo aterrado. Pero le reconfortaba pensar que al fin podría comunicarle en persona al emir la información que llevaba de parte de su padre.

Mientras seguía esperando de hinojos sobre la alfombra, iba repasando mentalmente todo lo que debía decir, con idénticas palabras y en el mismo orden que Marwán se las había dictado en Mérida: «… Somos siervos tuyos, nuestro amo Abderramán, como lo fuimos de tu padre Alhaquén, a quien Alá dé su paz y lo guarde en el paraíso; queremos serte fieles y por eso nos vemos en la obligación de correr a avisarte de los grandes peligros que amenazan tu soberanía y tus dominios en esa ciudad de Mérida poblada por hombres necios y contumaces, cristianos y nietos de cristianos que, haciéndose llamar musulmanes con lengua embustera, aún tienen las almas embotadas con las creencias de sus antepasados…».

Repetía estas frases memorizadas, cuando de repente sintió pasos a su lado y oyó el frufrú del tejido de una túnica. Entonces, empujado por un irreflexivo impulso, alzó la cabeza. Pero se encontró con la desagradable presencia de un eunuco rechoncho y lampiño, que le recriminó con voz desabrida:

—¿Quién te ha mandado levantarte?

Miró Muhamad a un lado y otro y no vio a nadie más. Replicó:

—¡Si no está el emir…!

—Claro que no está —dijo el chambelán—. Pero… ¿y si llega a estar?

—El caso es que no está —contestó con desagrado él—. Llevo ahí con la nariz pegada al suelo una hora. ¡Y este tapiz huele a pies que apesta!

—¡Será posible desvergüenza semejante! —chilló el eunuco.

En esto, se abrió la puerta y entró un hombre apuesto y ricamente vestido, que se adelantó seguro de sí mismo. Muhamad se inclinó y volvió a poner la frente contra el suelo. El eunuco anunció:

—Nuestro señor Abderramán, ¡el que ordena!

Sin que nadie le diera permiso, Muhamad se alzó de nuevo dejándose llevar por su nerviosismo y empezó a relatar apresuradamente:

—Los Banu Yunus al Jilliqui somos siervos tuyos, amo nuestro emir Abderramán, como lo fuimos de tu padre Alhaquén, a quien Alá…

Pero el eunuco le reprendió:

—¡Calla! ¿Quién te manda decir nada?

Muhamad enrojeció y se apresuró a replicar:

—¡Cualquiera se aclara aquí! ¿No quedamos en que después de la postración tocaba hablar?

El mayordomo dio un fuerte pisotón en el suelo con su pie menudo y redondo y refunfuñó:

—Hay que esperar, hay que postrarse y esperar…

Muhamad se volvió hacia el emir y clavó la mirada en sus grandes ojos saltones, que, a su vez, estaban fijos en los suyos, de un bello negro profundo.

El chambelán gritó entonces:

—¡No mirar! ¡No mirar! ¡No hablar ni mirar! ¡Qué insolencia es esta!

—¡Basta, Akif! —le ordenó el emir—. ¡Déjanos solos!

El eunuco enmudeció y luego murmuró entre dientes:

—Si nadie cumple las normas, para qué está aquí uno…

—¡He dicho basta!

Cuando estuvieron solos el emir y él, a Muhamad le resultó más fácil obedecer el protocolo y retiró la mirada de los ojos de Abderramán. Entonces se fijó por primera vez en la preciosa sala donde se hallaban: la luz penetraba por las estancias adyacentes, especialmente por el vestíbulo que permanecía abierto desde que salió el mayordomo; las paredes eran altas y, junto al artesonado dorado, se extendía un friso pintado de color verde, con escrituras en oro; las puertas y ventanas estaban trazadas con arte y formaban arcos que dominaban el muro por debajo del friso, como única decoración. Los rincones aparecían cubiertos con suaves cojines bordados y las lámparas descansaban sobre lujosos soportes.

Admirado, Muhamad apenas se dio cuenta de que el emir se había acuclillado en la alfombra con la nariz pegada a ella. Exclamó sorprendido:

—¡Mi señor! ¿Te inclinas ante mí?

Abderramán contestó muerto de la risa:

—¡De ninguna manera! ¡Serás presuntuoso…! Estoy comprobando si es verdad que el tapiz apesta a pies.

Avergonzado, Muhamad balbució:

—Ya me parecía… Discúlpame, señor, estoy tan nervioso…

Se alzó el emir y dijo:

—No tienes motivo para ello. No voy a entregarte al verdugo por haber dicho que mis tapices huelen a pies. Máxime cuando es verdad.

—¿Me oíste decirlo?… No quería ofenderte…

—Suelo esperar en el vestíbulo a que los chambelanes cumplan con su oficio de informar sobre el protocolo. Las paredes son tan finas que a veces se oyen hasta los pedos que se dejan caer los invitados a causa de los nervios que les entran. De eso se trata. ¿No es esa la finalidad del protocolo?

—¿Que se tiren pedos?

El emir rio otra vez con ganas.

—¡No, hombre, no! Se trata de infundirles temor y reverencia para que sean sumisos.

—¡Ah, ya decía yo! Porque…, si encima de que las alfombras huelen a pies, viene la gente a tirarse pedos…

Abderramán dijo riéndose:

—Muchacho, además de tu apostura y tu garbo… ¡Por el Profeta, qué gracia tienes!

—Lo que soy es un ignorante —respondió con ingenuidad y en voz baja Muhamad.

El emir le dijo entonces, echándole el brazo por encima:

—No lo creo. Tú no eres un ignorante. Ni yo tampoco; tengo informadores que me han hablado maravillas de ti, Muhamad, hijo de Marwán abén Yunus… Vamos, tomaremos juntos una copa de vino.

Atravesaron varias estancias y cruzaron un pequeño patio donde rumoreaba un surtidor.

El silencio reinaba en un estrecho comedor, rectangular y luminoso, en cuyo centro se hallaba dispuesta una mesa cubierta con un delicado paño, sobre el que brillaban una jarra de vidrio labrado y dos copas. Los pies descalzos del criado no hicieron el menor ruido cuando se aproximó sutilmente a servir el vino…

Bebió el emir, lo saboreó y dijo:

—Es de Sherish; lo pisan expresamente para mí.

Vaciló Muhamad cuando le alcanzó el aroma del licor y murmuró:

—¿Vino…? ¿Es vino esto?

—¿Eh? —observó Abderramán sorprendido—. ¿No te parece bueno el olor?

—No es eso… Es que nunca he probado el vino. Los ulemas de Mérida advierten de que es peligroso tomarlo y lo consideran cosa de infieles cristianos y judíos. No se bebe allí vino excepto en el barrio de la *al dimma*.

—¡Vaya tontería! No me extraña que piensen eso, cuando

gobiernan allí esos fanáticos beréberes de la tribu de Meknasa —comentó con desprecio el emir.

Sonrió entusiasmado Muhamad al oírle decir eso y, alzando la copa, añadió con las palabras aprendidas de su padre:

—Hombres necios y contumaces.

—¡Exacto! Anda, pruébalo de una vez.

Bebió Muhamad y, aunque no le agradó demasiado por ser su primer sorbo, exclamó:

—¡Humm...! ¡Qué delicia!

—Ya sabía yo que te gustaría; tienes brillo inteligente en los ojos y eso casa muy bien con el vino.

Muhamad lanzó sobre su copa una ávida mirada y la apuró hasta el fondo.

—¡Eh, despacio...! Es la primera vez que lo tomas... —le aconsejó Abderramán.

—Es que me está gustando cada vez más. Y siento como felicidad y un calorcillo por dentro.

—¡Ay, eso es el vino! Pero, sobre todo, sirve para conversar y para apreciar mejor la música. Ya verás... Pero, ahora, sentémonos y cuéntame, muchacho, qué es lo que hay en Mérida y por qué está tu padre tan preocupado.

Muhamad bebió un trago más y empezó a decir con voz arrebatada:

—Nosotros los Banu Yunus somos siervos tuyos, amo nuestro Abderramán, como lo fuimos de tu padre Alhaquén, a quien Alá...

—Bueno, bueno —le interrumpió el emir—; ya no es necesario hacer uso de fórmulas de pleitesía entre nosotros. Quiero que seamos verdaderos amigos. Hablemos, pues, como tales, tranquilamente... No tenemos prisa. A ver, cuéntame lo que sucede por allí... Sé sincero y no me ocultes nada, muchacho.

18

A dos leguas de Mérida, siguiendo un camino paralelo al cauce del río en la dirección de la corriente, se hallaba el renombrado monasterio de Cauliana. Próximo a la orilla y rodeado por frondosas alamedas, el sitio era silencioso y apartado; ideal para el retiro de los monjes por estar abstraído del bullicioso alfoz de la ciudad. El edificio no era grande y nada en él llamaba especialmente la atención, salvo quizá una bella galería que miraba al río, con arcos, columnas de mármol y capiteles delicadamente labrados. El resto de las construcciones eran toscas, de piedra y ladrillo, dispuestas sin demasiado orden por haberse ido levantando en la sucesión de las épocas y los siglos. Porque el monasterio era muy antiguo, y de él se contaban muchos hechos que le conferían su celebridad; como que tuvo siempre escuela y maestros de sagrada Teología, y que fue abad suyo el santo varón Renovato, que después sería arzobispo de Mérida. También se decía que en Cauliana buscó refugio el rey Rodrigo en su huida después de la última batalla de los godos, permaneciendo retirado en el santuario hasta su partida al exilio definitivo en los confines de la antigua Lusitania.

El duc Agildo, el abad Simberto y el joven Aquila salieron de Mérida al alba, a lomos de caballos, y enfilaron el sendero estrecho que seguía el curso de las aguas desde la puerta que abría la muralla al poniente. Hacía mucho calor y el aire era sofocante incluso a la sombra de los altos árboles de la ribera. Perdieron pronto de vista los últimos tejados, rojos y pobres, de las casuchas del alfoz y los cementerios que se extendían en las pendientes que caían sobre el río. Más adelante avanzaron por unos huertos echados a perder por la crecida del río y pasaron junto a tupidos bosques de ciruelos repletos de ambarinos frutos. Grupos de hoscos beréberes provistos de lanzas vigilaban estas propiedades.

El duc cabalgaba descorazonado y maltrecho, después de haber pasado una larga noche ocupado en pensamientos tristes e inútiles que le impedían dormir y parecían aumentar el bochorno. El baño que tomó antes de que amaneciera no mejoró su disposición.

En cambio, daba la sensación de que Simberto y su sobrino iban con entusiasmo, impulsados por ideas exaltadas, de guerra y de violencia, sobre las que no dejaban de conversar ni un momento por el camino.

—Si, como parece ser, el *ordo* de los godos ha sido restaurado en Oviedo —decía el abad—, no resultará muy difícil que los cristianos de Toledo quieran unirse a un levantamiento contra los sarracenos. A fin de cuentas, si se consiguiera reconquistar España, ¡quiéralo Dios!, ¿dónde habría de ponerse la capital sino en Toledo?

—Pues claro, tío —asentía Aquila—. Eso es lo que pretenden los próceres y condes de la corte de Asturias.

—¿Y el rey Alfonso II? ¿Cuáles son sus planes inmediatos? ¿Es verdad que está decidido a no cejar frente al moro?

—El rey es muy piadoso; se educó en un monasterio y no tiene mayor interés personal que la causa cristiana. ¿Quién sino él había conseguido anteriormente tantas victorias contra los sarracenos? Ha resistido año tras año, sin ceder ni hacerse vasallo suyo y logró nada menos que quitarles Lisboa. Ya os digo: no ha habido antes otro rey más decidido, sin contar a Pelayo, como es de justicia reconocerlo.

—Verdaderamente —sentenció Simberto—, no puede dudarse de que se trata de grandes signos. ¡Hay que decidirse de una vez!

El duc Agildo los escuchaba mientras cabalgaba en silencio, meditativo, sin manifestar demasiado interés por la exaltación bélica del tío y el sobrino.

De esta manera, fueron los tres jinetes bordeando el río y llegaron frente a los muros del monasterio.

—Qué raro —comentó Simberto—; no se ve ningún monje trabajando en los campos y las puertas están cerradas aun siendo ya completamente de día.

—Estarán orando —observó el duc.

—No es hora ya de oración comunitaria —repuso el abad—. Deberían estar en las faenas. Es junio y la mies está recogida. Aunque... ¡mirad esos huertos! ¡Qué descuidado se ve todo!

Llamaron con fuertes golpes a la puerta varias veces y tardaron en abrirles.

Al cabo apareció un criado y les dijo que los monjes se hallaban reunidos en la sala capitular.

—¿A esta hora? —preguntó Simberto extrañado.

—Han ocurrido cosas... —respondió el criado.

—¿Cosas? ¿Qué cosas?

—Nada puedo deciros, pues es mi deber ser reservado. Pero entrad y llamaré al portero para que os ponga al corriente.

Los visitantes se miraron perplejos, cogieron las riendas de sus caballos y penetraron en el silencioso recinto del monasterio. Salió a su encuentro el portero y los condujo al claustro.

—Esperad aquí —les dijo.

Al cabo de un momento regresó y les hizo pasar a la sala capitular. Había pocos monjes: el abad, una docena de clérigos y unos veintes legos. Todos vestían oscuro hábito de lana y sus rostros parecían preocupados.

Durante un rato hubo un gran silencio en la penumbra de la estancia. Pero después se adelantó el abad. Era un hombre anciano, de movimientos lentos, barba completamente cana, ojos azules y expresión melancólica. Como si esperase de antemano la visita, les dijo muy apenado:

—Dios os envía, hermanos queridos… ¡Oh, estamos tan afligidos!

—Pero… —le preguntó Simberto con asombro—. ¿Qué os sucede? ¿Por qué estáis aquí reunidos en capítulo con esta preocupación?

—¡Ah! —exclamó el abad de Cauliana—. ¿No os han puesto al corriente de nuestra tribulación? ¿No os han contado lo que pasó aquí ayer?

—No sabemos nada —respondió Agildo—. Hemos venido por nuestra cuenta sin que nadie nos lo pidiera…

El anciano abad alzó sus azules ojos y los puso, acuosos y tristes, en la bóveda. Exclamó:

—¡Ay, Señor de nuestras horas y nuestros días, tú los mandaste venir en esta hora amarga!

—Dinos qué ha pasado, padre —le rogó Simberto con ansiedad, clavando en él su mirada brillante y fuerte.

El anciano extendió la mano temblorosa y, como si se quedase sin fuerzas, le rogó a un orondo monje de negra barba que respondiera a la pregunta. El monje explicó con voz potente y desgarrada:

—¡Nos han robado! La noche antepasada, en plena oscuridad, una turba salvaje de hombres, ¡más de un centenar!, asaltaron los muros, mataron a nuestros perros y saquearon los graneros, las despensas y las bodegas. También se llevaron todo el ganado, las bestias y las gallinas y palomas que pudieron coger; arrancaron cuanto de provecho había en los huertos y en los árboles frutales… ¡Nada nos han dejado!

—¡Bendito Dios! —gritó Simberto—. ¿Quiénes han hecho eso? ¿Qué clase de vándalos han podido…?

El monje de la negra barba contestó con rabia:

—¡Moros del alfoz! Esos beréberes de las tribus que habitan fuera de la ciudad.

—¿Estáis seguros? —quiso saber el duc.

Los monjes empezaron a hablar todos a la vez:

—¡Eran ellos! ¡Los vimos! Aunque llevaban cubiertas las caras y nos amenazaban con horcas, palos y lanzas… ¡Ellos fueron! ¡Los moros del alfoz! ¡Los beréberes!

El anciano abad extendió las manos y pidió calma. Cuando todos se hubieron callado, manifestó con pesadumbre:

—Nunca antes nos había sucedido algo así… Solo cuando tuvimos que huir a causa de las revueltas de hace una década. ¡Oh, quiera Dios que no volvamos a aquello! Todo es a causa de la lluvia y de las malas cosechas. Esa gente del alfoz venía un día y otro al monasterio y nos rogaban desesperados: «Cristianos, gente de Dios, dadnos algo o moriremos de hambre». Pero… ¿qué podíamos darles? Si apenas teníamos lo necesario para subsistir nosotros… ¡También aquí hemos padecido a causa del mal tiempo! ¡No éramos mucho más ricos que toda esa gente! Y ahora… ¡Dios Misericordioso, socórrenos! Hay aquí, entre monjes, estudiantes y criados, más de un centenar de almas. ¿Cómo les daremos el sustento diario?

—¡Esto es intolerable! —rugió Simberto—. ¡Quieren acabar con nosotros!

El duc avanzó entonces y, colocándose en el centro, dijo con toda la entereza que pudo hallar dentro de sí:

—Debemos tener calma y hacer uso de nuestro fuero. Ahora lo que procede es acudir al valí y denunciar lo que ha sucedido.

—¡¿Al valí?! —gritó Simberto—. ¿Y qué poder tiene el valí? ¿Crees que el valí va a devolverles a estos pobres hermanos lo robado?

—Debe hacer justicia —contestó Agildo—. Tiene la obligación de guardar el orden en su gobierno. Estos monjes han pagado sus impuestos y les asiste el derecho de reclamar.

—Sabes bien que eso no servirá para nada —repuso Simberto—. Ese orden que invocas ya no existe en Mérida. Los beréberes están desmandados porque saben que Mahmud está muerto de miedo después de las revueltas de mayo. Aquí ya no hay más solución que decidirse de una vez a actuar.

—¿Actuar? ¿Qué quieres decir? —inquirió el duc con autoridad—. ¿Estás proponiendo acaso que nos tomemos la justicia por nuestra mano?

Simberto se dirigió entonces al abad de Cauliana y le dijo, señalando a su sobrino:

—Venerable padre, este joven es Aquila, hijo de mi noble hermano el príncipe Pinario. Tú sabes mejor que nadie que tuvieron que irse al exilio cuando las revueltas de los toledanos. Pues ¡aquí le tienes! Mi sobrino ha venido solo desde el Norte, arriesgando su vida en un largo viaje, con la única misión de alentarnos y comunicarnos que el rey de Asturias, Alfonso II, ha restaurado allí el sagrado orden de nuestros gloriosos antepasados. ¡Es la hora de unirse a ellos y poner fin a nuestro cautiverio! ¡Dios ha resuelto al fin acudir en auxilio de sus hijos! ¡Ha escuchado nuestras oraciones!

El anciano abad se le quedó mirando con espanto en el rostro. Luego se santiguó y, elevando los dedos crispados, forzó su garganta para gritar:

—¡La guerra! ¿Nos estás hablando de la guerra?

Simberto contestó con mesura:

—Hablo de defendernos; de hacer uso de lo que Dios ponga a nuestro alcance para librarnos del penoso yugo que nos oprime.

—O sea…, ¡la guerra! —observó el abad de Cauliana.

—Sí —afirmó Simberto—; el *bellum iustum*. ¿Qué otra cosa nos queda?

Un denso murmullo llenó la sala.

Los monjes empezaron a discutir entre ellos y se creó un momento de gran tensión.

—¡En nombre de Dios! —suplicó el anciano abad—. ¡Silencio, hermanos!

Cuando se hubieron callado, el duc tomó la palabra para decir:

—No podemos dejarnos arrastrar por el odio ni por feroces impulsos. Todo esto debe meditarse detenidamente. Por eso precisamente hemos venido y debéis creernos cuando os aseguramos que no sabíamos nada del robo. Ha sido una desdichada coincidencia...

—¡Es otro signo más! —le interrumpió Simberto—. No volvamos la espalda ante la realidad y obremos en consecuencia.

De nuevo se enardecieron los ánimos y los monjes volvieron a discutir entre ellos. Tuvo que pedir orden una vez más el abad de Cauliana y, hecho el silencio, ocupó su asiento y rogó a todos que se sentaran. Después meditó durante un rato, como si buscase en sus interioridades la solución a los dilemas planteados, manteniendo los ojos cerrados y una expresión hierática. Todos estaban pendientes de él. Al fin, empezó a hablar:

—Hay épocas en las que pareciera que todo se deshace a un tiempo; en las que, observando el mundo y la vida de los pueblos, se diría que Dios favorece a unos más que a otros. Como cuando miró con agrado a Abel y su ofrenda, pero no a Caín y la suya; por lo que se ensañó este en gran manera y decayó su semblante y acabó matando a su hermano Abel. Son épocas en las que los hombres se ven como despojados de sus esperanzas y arrojados en poder del miedo y del odio, abandonados por el auxilio de los ángeles y, desaparecidas sus ilusiones y sus deseos de paz y felicidad, se cerniera sobre ellos una densa oscuridad... Entonces, hermanos míos, es cuando se da rienda suelta a la guerra... ¡El mayor de los males!

—Padre —repuso Simberto—, no debemos olvidar que hay un *bellum iustum,* una guerra justa.

El anciano se puso en pie:

—¡No, no y no! ¡La guerra es el mayor desatino!

—Pero, venerable padre —replicó Simberto—, sufrimos una invasión; somos cautivos de un adversario que nos oprime.

—¿Has olvidado la doctrina de Paulo Orosio? —le dijo el abad de Cauliana, con la autoridad de un maestro que habla a su discípulo—. Todo está escrito en la mente divina; todo sucede como está predeterminado por Dios. Las invasiones, aunque parezcan terribles desgracias, pueden resultar un bien a largo plazo. Así ocurrió en los aciagos años en que sobrevino el derrumbe del reino de los godos, a causa de sus muchos pecados y maldades; por la división de sus jefes y por la inconsistencia de su fe. Cayó en la desgracia, como antes lo hiciera la Roma corrompida. ¡Oh, qué falso es eso de que el presente es peor que el pasado! La guerra no solucionará nada, sino que lo empeorará todo mucho más. El *Summum bonum* en la tierra reside en la paz. Recuerda a Agustín: «*Paz omnium rerum tranquillitas ordinis*».

—¡Claro que lo recuerdo! —asintió Simberto—. Y por eso sé que aún la guerra tiene como meta restablecer la paz. Pero es el reinado de la justicia lo que constituye la perfección de la propia ciudad; porque el orden y la paz pueden reinar sin justicia, pero no serán un orden y una paz justos. ¿Acaso es justo lo que os han hecho? ¿Esa es la paz que quieres? Paz es justicia. Y la justicia como tal exige el culto a Dios, tal como se le debe. Por ello un Estado solo puede ser justo si es cristiano.

—¡Bien dicho! —gritaron algunos de los monjes—. ¡Eso, justicia es lo que necesitamos! ¡No queremos paz sin justicia! ¡Queremos un reino cristiano!

El abad de Cauliana se dirigió a ellos y les recriminó:

—¡Insensatos! ¿Qué decís? Esta casa se rige por la regla de la paz... Los males que padecemos significan simplemente que el bien no es de este mundo, ni siquiera para los cristianos... ¿Qué esperabais? Nuestra tribulación no puede despertar en nosotros otra hambre que la necesidad del pan cotidiano, pero jamás el ansia de venganza... ¡Eso nunca entre los hijos de Dios!

—¡No es venganza lo que pedimos, sino justicia! —le gritó a la cara Simberto.

El duc Agildo se interpuso entre ellos consternado. Extendió los brazos y les rogó:

—¡Por el amor de Dios, dejad de discutir! Así no llegaremos a ninguna parte.

—Tienes razón —dijo el abad de Cauliana—. Dios habla por tu boca, hermano Agildo, duc nuestro. Yo no deseo reñir más... Debemos orar y confiar. No podemos olvidar que la obra es de Dios y que Él cuida de nosotros. ¡No perdamos la fe!

—Vayámonos, pues —propuso el duc—. No turbemos más la paz de este sagrado lugar. Pediremos a los cristianos de Mérida que entreguen donativos para socorreros e informaremos al obispo Ariulfo de todo lo que ha sucedido.

19

El día 24 de junio, al anochecer, la llamada basilícula de Sancti Iohannis tenía un aire fantástico, en el campo que se extendía al otro lado de las murallas, donde apenas se veía envuelta por una masa de altos y negros cipreses. Una gran hoguera ardía delante del templo, enviando resplandores anaranjados a la cúpula, y arriba, en el cielo, palpitaban ya las estrellas. Una muchedumbre de fieles cristianos se hallaba congregada como cada año, en los alrededores, para celebrar la fiesta del nacimiento del Bautista y pasar después la noche entera en torno a sus candelas. Como era costumbre, vestían sus mejores ropas: vistosos brocados las mujeres y buenas túnicas de fino paño los hombres. Y habían llevado sus cestas con las viandas propias de la velada: platos de pollo y cordero, papillas de harina con carne picada; alcachofas, espárragos y pepinos; tortas de sémola y almojábanas; aceitunas, pasas, higos, almendras y nueces. Aunque ese año, por la escasez, muchos de ellos tenían que conformarse solo con el llamado «pan de hambre», que estaba amasado con harina de bellotas, castañas, algarrobas y cualquier otro ingrediente considerado pobre por no ser de trigo. No obstante, corría el vino, pues las lluvias feroces no habían caído hasta diciembre y, pese a la sequía, no faltó una media cosecha en la vendimia pasada.

Antes de que la bóveda celeste se oscureciera por completo, el arcediano y el clero aguardaban en el atrio de la iglesia con sus lujosas sobrepellices bordadas de oro. Cuando llegó el obispo custodiado por los acólitos, recibió el sagrado libro del ritual y los turiferarios le incensaron convenientemente. Se inició un canto y se bendijo el fuego con mucha solemnidad, arrojando en él bolas de enebro, puñados de mirra y ramas secas de romero. Una columna de humo blanco y perfumado ascendió paralela a los derechos cipreses. Únicamente faltaba repartir el pan bendito para que se diera inicio a la fiesta.

Se adelantaron entonces dos filas de muchachos y muchachas que portaban sobre sus cabezas grandes cestas, en las que iban las roscas y hogazas que debían ser bendecidas. Estas primeras eran para los necesitados y los huéspedes o peregrinos del *xenodochium*, o casa de extranjeros, como se llamaba al hospital que había junto a la basílica de Santa Eulalia; después cada familia se acercaba con sus panes y los repartía según su conveniencia.

Concluido este rito, el obispo Ariulfo se adelantó como unos veinte pasos en el atrio y, dirigiéndose a la multitud, dijo:

—Caros hijos, el Dios de toda paz y todo consuelo esté con vosotros. Pido a *sancti* Iohannis que os colme de bendiciones y conduzca vuestros corazones al verdadero Cordero de Dios que quita el pecado del mundo. Pero este año, antes de que nos dispersemos por este sagrado campo para compartir el ágape que corresponde a la fiesta, debo deciros algo muy importante.

Se hizo un gran silencio. Todas las miradas estaban pendientes de él.

—Cierto es que son malos tiempos —prosiguió el obispo— y que a veces se tiene la impresión de que se ha dado larga licencia a Satanás para que nos fustigue por nuestros abundantes pecados. Por eso, ¡hay que hacer penitencia! Y con tal propósito, suplico a vuestra ardiente caridad que reunáis alimentos y limosnas de cualquier especie, cuanto podáis, cada uno según el alcance de su peculio, para socorrer a nuestros hermanos los monjes de Cauliana, que han sufrido el robo de todas sus vituallas. Viven para Dios en aquel santo cenobio, entre padres, hermanos legos, estudiantes y criados, más de cien almas de probada virtud. ¡No podemos dejarlos morir de hambre! ¡Nuestro Señor os lo premiará! ¡Él duplicará el valor de nuestras buenas obras! ¡San Juan os bendiga, caros hijos!

La muchedumbre prorrumpió en un gran clamor, como un rugido, y la indignación se extendió como fuego en un secarral. Varios jóvenes exaltados se alzaban por encima de las cabezas y gritaban a voz en cuello:

—¡Han sido los moros! ¡Los moros del alfoz! ¡Que lo paguen los sarracenos! ¡Muerte a esa canalla! ¡Ladrones! ¡Perros beréberes! ¡Fuera! ¡Fuera los moros!

El obispo trató de imponer silencio, pero reinaba ya la oscuridad y la gente, irritada, se esparcía formando grupos, vociferando y manifestando con aspavientos su enfado.

El duc, que había presenciado todo junto a su familia, se dirigió a su esposa y le dijo:

—El obispo ha obrado con muy buena voluntad, pero de manera harto imprudente. La noche de San Juan es muy propicia para los arrebatos y las pasiones. Temo que, tal y como andan los ánimos, pueda suceder algo.

—¿Y qué puede suceder? —observó ella—. Es verdad que hay mucho enojo, pero la gente está deseosa de reunirse para compartir la comida y pasar la velada con los suyos. ¡Ya está bien de pesares!

—Humm... —murmuró el duc—. Precisamente por eso...

—¡Vamos, esposo, no seas agorero! —replicó ella, sonriendo y agarrándole por el brazo—. También tú y yo necesitamos un poco de felicidad. He mandado que asen a fuego lento un cordero y tenemos buñuelos, dulces de avellana y turrón. ¡Es San Juan!

Agildo la besó y luego se puso la fina corona que, como una diadema de oro labrado, le ceñía la frente y distinguía su rango. Asintió jovial:

—Es verdad, ¡cuánta razón tienes, Salustiana! Beberé vino y trataré de serenarme. Hemos vivido juntos cosas mucho peores... ¿O no?

—¡Pues claro! —Le devolvió ella el beso—. Hace una noche bella y ya se van encendiendo las candelas. ¡Ay, siempre me acuerdo este día de mis padres!

—Como debe ser. ¿Quién no se acordará hoy aquí de su infancia?

Los criados habían dispuesto la mesa junto al tronco del ciprés más alto y viejo, el que correspondía al duc desde antiguo y a cuyo pie debían reunirse sus invitados. La hoguera estaba encendida un poco más allá e iluminaba a los presentes. Todos esperaban a que Agildo permitiese que se diera comienzo al banquete. Este levantó la copa, hizo la acción de gracias y luego bebió. Esta era la señal para los comensales y, como los platos estaban servidos, cada uno echó mano a lo que le pareció más apetitoso.

El pueblo se mezclaba y se divertía en esta fiesta sin demasiada diferencia por sus rangos o patrimonios, y no muy lejos resplandecían otras hogueras con familias de condición más humilde que aprovechaban la ocasión para acercarse y saludar al duc o llevarle algún regalo. Él los atendía con paciencia, pero sin ser capaz de manifestar otra cosa que distante aprecio; tal era la frialdad de su carácter.

Estando atendiendo a una de estas familias de súbditos,

en la mesa del duc se originó una fuerte discusión. Entonces él se volvió y vio que uno de sus hijos se encaraba con algunos de los invitados y les gritaba:

—¡Ya está bien! ¡No vamos a tolerarlo! ¡Hasta aquí hemos llegado! ¡Toda paciencia tiene su límite!…

El que daba estas voces era el mayor de los hijos de Agildo, Claudio, un joven de poco más de veinte años, alto como su padre, pero mucho más fuerte; rubio, de anchos hombros y altivos ojos grises. Bien le conocía Agildo y debía frenar con demasiada frecuencia su temperamento ardiente y su mucha energía. Por eso se fue hacia él y le recriminó:

—¡Claudio! ¿Se puede saber qué te pasa? ¿Por qué gritas de esa manera?

El joven, en vez de recatarse, alzó de nuevo la voz.

—¡Porque todo esto me parece absurdo!

—¿Qué es lo que consideras absurdo? —le preguntó el padre.

—Estar aquí de fiesta, celebrando la Sanjuanada como si tal cosa, mientras esos moros de Satanás se ríen de nosotros organizándose sus juergas a costa de los pobres monjes de Cauliana. ¡No hay derecho!

—Hijo —dijo el duc—, no sabemos quiénes han sido. Si lo supiéramos, habríamos forzado al valí para que hiciese justicia. Él me ha prometido que dará con los culpables.

Claudio estalló en una irónica carcajada.

—¿Que no lo sabemos? ¡Serás tú el único que no lo sabe, padre! Esta misma tarde, muchos de los que hemos venido hasta aquí hemos atravesado el arrabal y luego el alfoz y hemos visto a esos raposos hartos de comer, con las brasas aún encendidas, las cacerolas llenas y los huesos de los terneros desparramados por doquier. También había cáscaras de pepino, de sandías sin madurar y otras frutas tiradas a la puerta de sus chozas. ¿De dónde van a sacar todo eso sino de los pobres monjes?

El duc fue hacia su hijo y le ordenó entre dientes:
—Calla de una vez; no eches más leña al fuego.
—¿Más leña, padre? —contestó Claudio con suficiencia—. A ver si te enteras de una vez de quién es el que enciende el fuego.

Agildo le propinó una sonora bofetada a su hijo.
—¡Vete a casa! —le mandó con autoridad.

Todos los presentes permanecían en tensión, atentos a la desagradable escena.

El joven Claudio pareció no inmutarse, dejó su copa sobre la mesa, se echó la capa por los hombros y se marchó con una firmeza audaz y desdeñosa.

El padre entonces se dirigió a los invitados y les dijo:
—Aquí no ha pasado nada… ¡Que siga la fiesta!

Comieron y bebieron, pero ninguno parecía divertirse. Estaban como tratando de hallar el ánimo necesario para proseguir la velada. Pero de vez en cuando se quedaban en silencio, cariacontecidos.

Salustiana, que trataba a toda costa de disimular que estaba más triste que nadie, llamó a unos músicos y les pidió que cantaran.

Sonó el laúd melodiosamente y una guapa muchacha inició una copla:

¡Albo día, este día,
Día del ansara, haqqá!
Vestirey mieo al muddabaj
Wa-nasuqqu-r-rumha xaqqá.

(¡Albo día, este día,
Día de la Sanjuanada, en verdad!
Vestiré mi brocado
Y quebraremos lanzas).

20

Antes del amanecer, el valí Mahmud se encontraba de pie en la torre más alta de la muralla, mirando consternado a lo lejos, de donde había llegado en plena noche el resplandor de los fuegos que se alzaban en la parte oriental del alfoz. A su lado, el jefe de la guardia le aseguraba cansinamente:

—Han sido ellos, señor valí, los dimmíes cristianos; no hay ninguna duda. Ellos salieron anoche borrachos y anduvieron después de la fiesta de la Ansara dando vueltas por ahí fanfarronamente. Ellos fueron y nadie más. Bordearon las murallas, ocultos en las sombras; los vieron entre los olivares, por la orilla del río, en las alamedas y en el arrabal de los mercaderes... ¡Torpes y necios fueron, pues vociferaban en su delirio! Propagaron infundios y consignas contra la gente beréber del alfoz del poniente... Ya sabes, valí, lo que van diciendo desde hace cuatro días: que son musulmanes los que robaron a los monjes de Cauliana. ¡Esa cantinela corean para justificar su crimen! ¡Ellos, los dimmíes infieles! ¡Los *iblis* los perjudiquen! ¡Ellos han prendido fuego a las casas de los nuestros!

El desasosiego se apoderó de Mahmud y se revolvió en el sitio, dejando vagar la mirada confusa. Y cuando uno de los miembros del Consejo alzó la voz lanzando maldiciones y clamando venganza, se volvió hacia él y habló con amargura:

—Es lo peor que podía pasarnos precisamente ahora, cuando hemos elevado quejas al emir. ¡Esos dimmíes insensatos y preñados de necio orgullo! Si en Córdoba llegan a enterarse de esto, nos harán culpables a nosotros, a las tribus beréberes, por no mantenerlos a raya.

—¿Y qué? —replicó otro de sus consejeros—. ¿Va a reprocharnos Córdoba que venguemos a los nuestros? ¡Es una intolerable provocación!

El valí le agarró por la pechera y, con ira, le espetó:

—¡Estúpido! ¿No lo comprendes? ¿No os dais cuenta ninguno de lo que pasa? Los árabes están deseando vernos metidos en problemas para poner a uno de los suyos en el gobierno de Mérida... No debemos dejarnos guiar ahora por nuestras tripas revueltas, sino por nuestras cabezas. ¡Seamos sensatos!

El jefe de la guardia señaló con el dedo en la dirección del fuego y preguntó conteniendo su rabia:

—¿Vas a dejar impune eso? ¿No me vas a ordenar que vaya a por ellos para crucificarlos en la muralla frente a sus insultantes iglesias?

—No —respondió con rotundidad el valí—. Ahora no es el momento. Ya les daremos su merecido cuando sepamos las intenciones del emir. Si ahora provocamos un conflicto grave con los dimmíes, nos quedaremos solos en el caso de que Córdoba decida oprimirnos aún más. Esperemos a que regrese Sulaymán abén Martín con el resultado de la embajada. Entonces decidiremos lo que debe hacerse.

A media mañana, el rico Marwán abén Yunus se hallaba reunido en su casa con varios nobles árabes de la ciudad, hombres de su más íntima proximidad, familiares y amigos en los que sabía que podía confiar plenamente. Con sutileza, les estaba diciendo:

—Ahora no debemos alterarnos. Dejemos que el valí beréber Mahmud resuelva si tiene inteligencia suficiente para ello. Ahora deberá vengar a su gente; porque, a fin de cuentas, es en el alfoz donde viven la mayor parte de los suyos. Si se ganó el puesto de valí hace siete años fue gracias al apoyo de las cabilas, al de los muladíes y al de los cristianos que decidieron quedarse después de las revueltas. Mirad por dónde le han salido sus valedores infieles. A ver qué hace ahora…

—¡Por supuesto! ¡Tienes mucha razón! ¡Que lo resuelvan ellos! ¡Que el valí se implique! —reaccionaron los árabes tensando las espaldas.

Marwán guardó silencio. Paseó la mirada por la concurrencia y añadió:

—En Mérida hace falta una mano fuerte y decidida, alguien de linaje árabe que tenga contento al emir. Es decir, debemos darnos cuenta de una vez de que sin Córdoba no iremos a ninguna parte. Mérida ya no será nada sin Córdoba. Pero… ¡a ver quién le explica eso a las cabezas huecas de los beréberes!

Los estaba poniendo a prueba. Aun sabiendo que había algo turbio en sus razonamientos. Pero ya no aguantaba la curiosidad por ver la reacción de los suyos.

Estaba allí presente el viejo Arub al Zohevy, el más respetado de los jeques árabes; un hombre menguado ya por su edad muy provecta; consumido, de hundidos ojos y arrugada frente.

—Bueno —dijo el anciano—, pero hay que poner cuidado. Córdoba es una boca insaciable. Si nos mandan un valí forastero con un ejército guardándole las espaldas… ¡Cuidado con los ejércitos! Que arrastran una codicia infinita.

Marwán ya no pudo mantener cerrada la boca por más tiempo y declaró:

—¡Nada de forasteros! ¡Uno de nosotros! Si ha de nombrarse un valí, que sea un árabe.

—Sí —observó el viejo jeque—, pero... ¿quién? ¿Dónde está ese árabe?

—Pues aquí, en esta reunión —respondió Marwán, haciendo la propuesta sin pensar, sin triquiñuelas ya.

—¡Oh, eso es fácil de decir! —exclamó el viejo, echándose hacia atrás en su asiento—. Como que Córdoba lo consentirá...

Con palabras rebosantes de orgullo, Marwán aclaró:

—En Córdoba ya están al corriente de todo lo que pasa aquí.

Los presentes prorrumpieron repentina y confusamente en un amortiguado y atropellado murmullo.

Jactancioso, Marwán prosiguió:

—¿Dudáis de mí? Entonces decidme por qué motivo me empeñé en enviar a mi hijo Muhamad en la embajada que fue a Córdoba. No, amigos míos, yo no iba a consentir que a nosotros, los árabes de genuina cepa, nos considerasen igual que a esos beréberes y muladíes. Había que dejar bien claro delante del emir que nosotros no somos gente contumaz y soberbia como ellos. ¡Nosotros somos fieles! No conspiramos, ni preparamos revueltas que ponen en peligro la *umma*. Si se han de pagar tributos para apoyar la causa del Profeta, ¡paz y bendición!, aquí estaremos.

El murmullo se tornó aprobatorio. Decían:

—Sí, sí, sí, sí..., tú lo has dicho, Marwán, tú lo has dicho con gran acierto. Debemos organizarnos con Córdoba y con nadie más. Con el emir Abderramán hemos de estar. ¡Con el emir, con el emir...!

21

Un alguacil fue temprano al palacio del duc y le puso al corriente de todo lo sucedido:

—Fueron jóvenes del barrio cristiano. Sobre eso ya no cabe ninguna duda. Bebieron mucho vino en la Sanjuanada y, pasada la medianoche, cuando ya los mayores se habían retirado a dormir, se les encendieron los arrestos. Algunos de ellos, no sabemos cuántos ni quiénes eran, cogieron las teas que iluminaban el campo de San Juan y fueron con ellas al arrabal del poniente. Fue todo muy rápido: tiraron el fuego a los tejados de cañas y después corrieron a ocultarse en la oscuridad...

—¿Estás seguro de que no hubo muertos ni heridos? —le preguntó consternado Agildo.

—No, ni uno solo, ¡gracias a Dios! Los moros tuvieron tiempo de dar la alarma y, por tratarse de viviendas pequeñas de una sola estancia, escapó todo el mundo sano, pero no pudieron salvar las casas; un centenar de ellas ardieron.

El duc se quedó pensativo. Luego observó:

—Entonces, esos jóvenes debieron de ser muchos. ¿Cómo si no iban a ser capaces de quemar tantas cabañas?

—No creo que fueran más de una docena, señor. Es junio y todo está muy seco; las casas de los beréberes estaban muy juntas y el fuego se propagó rápidamente.

—¡Loado sea Dios! —oró el duc—. Ha podido suceder una gran desgracia. Es un milagro que no haya muerto nadie... ¡Santa Eulalia puso la mano!

—Sí —asintió el alguacil—, solo se han perdido casuchas.

—Hay que averiguar quiénes han hecho ese desatino —dijo Agildo con voz harto segura—. Hay que castigar a los culpables.

Ni siquiera titubeó el alguacil cuando repuso:

—Esos moros robaron a los monjes de Cauliana, señor duc, y el valí ni siquiera les ha pedido cuentas por ello.

—¡Calla! —le gritó Agildo—. ¿Qué locura estás sugiriendo? No somos salvajes; somos un pueblo con una sagrada ley; tenemos códigos y jueces... ¡Cómo dices eso tú precisamente! ¡Retírate de mi vista y haz tu oficio! Busca a esos jóvenes insensatos y aprésalos.

Cuando se hubo marchado el alguacil, el duc fue a encerrarse en un pequeño oratorio que había en el palacio. Allá acudió inmediatamente su esposa Salustiana a consolarlo. Le dijo:

—No te atormentes de esta manera; nuestro hijo Claudio no estaba con los incendiarios. Los criados me han jurado por la mártir que se acostó temprano, muy apesadumbrado por lo que pasó en la Sanjuanada. No, Agildo, él no estuvo...

—¡Es como si hubiera estado! —gritó el duc, con mucho sentimiento. Las facciones de su rostro, de suyo frías, expresaban un vivo dolor—. A buen seguro, ese hijo nuestro anduvo enardeciendo a los otros antes de venirse a dormir. ¿No oíste lo que decía esa misma noche en el campo de San Juan? Claudio está siendo arrastrado, como tantos otros, por los aires de pendencia que corren por esta ciudad.

—Eso es una suposición...

Él la miró moviendo la cabeza y, con amargura, murmuró:

—Le conozco bien… Es como su bisabuelo, el duc Claudio. Por algo lleva su nombre.

—¿Y qué tenía de malo el duc Claudio? La memoria de tu noble abuelo está impoluta.

—El duc Claudio era un guerrero, Salustiana; como su padre, mi bisabuelo Sacario, ellos habían nacido para eso y se murieron amargados por verse sometidos a los moros. Pero de aquello han pasado ya casi cien años y estos tiempos son diferentes. Nuestro hijo tiene alma pendenciera y puede crearnos muchas complicaciones.

—No exageres. Hasta ahora no ha hecho nada. Ni siquiera estuvo en esa locura incendiaria, cuando seguramente iban en la partida los hijos de toda la nobleza.

—¡No me digas eso, que se me abren las carnes! —exclamó él con vehemencia—. Si los ismaelitas de Mérida llegaran a verse amenazados, no dudarían en arremeter contra nosotros. Debemos parecer pacíficos para ganárnoslos, pues no son ellos el peligro, sino Córdoba.

—Pero… no olvidemos que empezaron los beréberes —repuso Salustiana—. Ellos robaron a los monjes.

El duc miró a su mujer con un recelo que no pudo disimular. Le dijo:

—¿También tú vas a ponerte en mi contra? ¿Es que consideras que tu esposo es un cobarde?

—No —contestó ella abrazándole—. ¡Cómo voy a pensar tal cosa! Eres un hombre fuerte, firme y justo. Nadie mejor que tú sabrá lo que debe hacerse.

—Rezaremos —dijo Agildo—. Solo Dios conoce el destino…

—Sí —suspiró Salustiana—. Vamos, échate la capa por encima, iremos al templo de la mártir santa Eulalia; encenderemos velas y daremos limosnas. La santa ablandará el corazón de Dios y nos ganará sus favores.

Atravesaban el barrio cristiano cuando vieron revuelo en

una pequeña plaza. Estaban allí reunidos más de un centenar de hombres de todas las edades en actitud agresiva, vociferaban bravucones, entrando y saliendo de las tabernas cercanas. A su paso, se volvían reservados; saludaban sin demasiado entusiasmo y murmuraban entre ellos.

—Esto me da muy mala espina —le comentó prudente el duc a su mujer, apretando el paso.

Cuando estuvieron frente a un caserón cuyas puertas abiertas de par en par dejaban ver un amplio peristilo con columnas de mármol, se dieron cuenta de que el alboroto parecía tener allí su origen y su centro. Era el palacio del comes Landolfo, uno de los nobles más poderosos y activos de la comunidad cristiana.

—¡Vamos a ver qué pasa aquí! —dijo el duc cruzando el umbral.

Una vez dentro, se escamó más aún cuando todos se callaron al verle.

—¿Dónde está el comes Landolfo? —inquirió haciendo valer su potestad.

Nadie respondió. La mayoría eran mocetones de entre dieciséis y veinte años, que le miraban con aire desdeñoso o con socarronería.

—¿No me habéis oído? —insistió Agildo alzando más la voz—. ¿Sois sordos? ¿Dónde está Landolfo?

—No tienes por qué gritar —contestó alguien a sus espaldas.

El duc se volvió y vio venir hacia él al dueño de la casa y al abad Simberto, que entraban seguidos por un buen número de caballeros. Se temió lo peor y dijo:

—¿Habéis perdido el juicio? ¿Creéis que es momento de hacer reuniones y estar aquí fanfarronamente, como al aguardo? ¿No sabéis que ha ardido el arrabal y que los moros estarán pendientes de nosotros?

—Por eso precisamente debemos permanecer juntos —respondió Simberto—. No sabemos lo que va a pasar ahora y hay que prepararse.

—¿Prepararse? —preguntó con severidad Agildo—. ¿Prepararse para qué?

Ignorando esta pregunta, el comes Landolfo avanzó hacia el centro del patio pasando por delante del duc. Era un hombretón de poderosa estampa y rostro colorado de expresión irritada; la barba pelirroja, larga, como una llamarada sobre su jubón de lino blanco. Con poderío, como si mandara allí, alzó la voz sobre los presentes:

—Hermanos, amigos todos, cristianos de Mérida… duc Agildo, regente nuestro… —Hizo una pausa y miró al duc con prepotencia. Prosiguió en el mismo tono—: Es cierto que algunos mozos han hecho una tropelía durante la noche. No negaremos que seguramente hayan sido jóvenes cristianos, pues no debemos faltar a la verdad y comportarnos como vulgares bandidos. Pero es de justicia reconocer que también hubo un robo en la abadía de Cauliana…

—¡¿A qué viene esto?! —le interrumpió el duc lleno de perplejidad—. No puedes impartir justicia sin mi permiso.

—No lo pretendo —repuso el comes—. Estoy haciendo uso de mi derecho a hablar a los preclaros de Mérida. Cualquier comes puede dirigirse a los nobles según el fuero, siempre y cuando no ofenda a nadie ni cause perjuicios graves con ello. Y tú debes escucharme.

—¡Vais a crear un peligroso conflicto! —le gritó Agildo.

—O tal vez vamos a solucionarlo —terció el abad Simberto—. No se pretende aquí otra cosa que enmendar un yerro.

—¿De qué me hablas? —inquirió el duc.

—De qué va a ser, sino de esos que prendieron fuego a las casas del alfoz… Algunos jóvenes lo han confesado y quieren librarse de la culpa.

Agildo no comprendía nada de lo que le decían. Estaba

nervioso y miraba a un lado y otro, tratando de hallar una explicación al tumulto que le rodeaba, cuando de repente vio a su hijo Claudio en un rincón, medio oculto tras un nutrido grupo de mozos. Se fue directamente hacia él y le recriminó:

—¿Y tú qué haces aquí? ¡Anda, ve a casa inmediatamente!

El joven bajó la cabeza.

—¿No me estás oyendo? ¡Anda a casa!

Simberto se puso delante del duc y terció con autoridad:

—Eres su padre, pero no puedes interponerte entre Claudio y la decisión tan importante que acaba de tomar... Él ya es un hombre.

—¿A qué te refieres? ¿Qué decisión es esa?

—Veinte de estos jóvenes emprenderán hoy un largo viaje —contestó el abad—. Y tu hijo Claudio irá con ellos.

—¿Un viaje...? ¿Adónde?

—Al Norte, a las lejanas tierras donde hallaron la sagrada sepultura del apóstol Santiago. Allí expiarán sus pecados e intercederán por nosotros. Así podremos responder ante el valí; le haremos creer que ellos fueron los causantes del incendio y que se han desterrado de Mérida como pena por el crimen. Como comprenderás, nuestra comunidad no puede consentir que sean castigados por esos sarracenos, cuando los que robaron en Cauliana ni siquiera han sido molestados por las autoridades.

Agildo enmudeció. Cogió a su esposa por el brazo y salió de allí, con el rostro demudado y los ojos grises perdidos en su desconcierto.

—¡No seas terco, duc! —le gritaba a las espaldas Simberto—. ¡Decídete y únete a los tuyos! ¡Quien no está con nosotros está en contra nuestra! ¡Hay que decidirse de una vez!

22

Muhamad y el emir Abderramán cabalgaban el uno al lado del otro, por un sendero que discurría atravesando agrestes y montuosos campos, donde crecían apretados arbustos entre peñascos y retorcidas encinas; dominaban el horizonte las copas verdes y redondas de los pinos. Las chicharras se empeñaban en recordar la plenitud del verano, con su frenético e ininterrumpido ruido. Ni la más mínima brizna de aire corría y el intenso calor parecía emanar de la tierra, surgiendo entre la vegetación agostada, arrancando el aroma amargo del cantueso seco.

Detrás de ellos, también a caballo, iban cinco secretarios portando en sus puños otros tantos halcones de diferentes razas: un gerifalte muy blanco, un oscuro peregrino, un pardo sacre, un borní grisáceo y un grácil alcotán.

Los seguían de cerca la guardia personal y una docena de sirvientes. Todos avanzaban sudando y en silencio, bajo el sol de media tarde, aliviados tan solo cuando el camino se adentraba por la umbría de algún desfiladero o en la apretura del bosque.

Ascendían y descendían cerros cada vez más altos y, finalmente, remontaron una sierra empinada.

Entonces el emir señaló con el dedo:

—Ahí está mi pabellón de caza.

Muhamad se asombró cuando vio, casi oculto por los árboles, un curioso edificio adornado por vívidos colores. A medida que se aproximaban, descubrió que era tal y como le había dicho Abderramán: un sitio perfectamente preparado, exquisito y secreto, construido para la contemplación de aquellos salvajes montes y para disfrutar en plenitud de la práctica de la cetrería.

Descabalgaron y ascendieron por una escalinata hacia un pequeño parque con un estanque entre palmeras y granados.

La puerta del pabellón se abría entre dos torres, protegido su arco perfecto por un tejadillo. Una vez dentro, el techo se apoyaba sobre columnas redondas de madera vieja, lustrada y reluciente, en número de seis, dispuestas en círculo; y en el centro, como si hubiera sido creada para tal fin, destacaba maravillosamente la preciosa pila de bronce y ónice traída como obsequio desde Mérida. Ahora servía de fuente y en la copa manaba un surtidor.

—¡Oh, la has mandado poner aquí! —exclamó Muhamad muy contento al verla.

—Como no podía ser de otra manera —afirmó el emir—. Es una verdadera joya y aquí, en el recibidor principal de mi pabellón, lucirá mejor que en ninguna otra parte. Pues es a este lugar adonde acudo yo solo para poder descansar cuando quiero apartarme de Córdoba, y también para algún encuentro íntimo, o para alguna privada reunión con pocas personas. Digamos que este es mi particular retiro. Y únicamente permito que lo disfruten conmigo los que componen mi círculo de confianza.

Muy honrado al oírle decir aquello, Muhamad suspiró profundamente.

Besó la mano de Abderramán y le preguntó:

—Entonces, ¿podré decirle a mi padre que su regalo te gustó?

—Por supuesto. ¡Me ha encantado! Díselo y no le mentirás, amigo mío. La fuente es extraordinaria. En Mérida se reunían en la antigüedad los más ricos tesoros de Occidente. Muchos de ellos fueron llevados a Damasco como botín de guerra cuando la ciudad se ganó a los rumíes. Aunque no todo fue esquilmado, pues no hubo saqueo, sino entrega de tributos a los vencedores; se reservaron muchas cosas y los dimmíes tenían en sus iglesias y palacios un gran tesoro. Cuando fui gobernador de la ciudad vi muchas joyas como esta y mandé luego traer bellas columnas para la ampliación de la mezquita Aljama de Córdoba. Y ahora dime: ¿quedan allí todavía objetos valiosos?

Muhamad se le quedó mirando con brillo en los ojos, sonrió ampliamente y respondió sin temor a exagerar:

—¡Te asombrarías! En sus basílicas se custodian aún alhajas de valor inestimable.

El emir se irguió e inhaló aire de forma profunda. Luego suspiró y, con timbre ronco, dijo muy serio:

—Con razón se manifiestan así de soberbios y rebeldes… Tienen mucho a lo que aferrarse esos de Mérida… Si fueran pobres como ratas, no darían ruido. Pero su rebeldía delata su mucha codicia.

—Eso mismo opina mi padre —observó Muhamad—. La gente de Mérida se obstina en su pasado; no quieren desprenderse de su añeja gloria. Deberías volver allí y ver cuántos recuerdos quedan de la grandeza que hubo un día: columnas de fino mármol pulido, antiguas estatuas, piedras labradas, antiquísimas casas con mosaicos, por no hablar del oro, la plata y las gemas de las iglesias.

Abderramán se acercó a la pila y acarició pensativo el borde delicado de ónice rojo, esbozando una misteriosa sonrisa.

Muhamad se aproximó a él y, con entusiasmo, añadió:

—¡Deberías ir! Prepara un viaje y ve a poner en orden aquello.

—Iré, pero a su tiempo... —murmuró el emir enigmáticamente. Y, dando por terminada la conversación, se volvió hacia los criados y les ordenó—: Preparad todo lo necesario para dentro de una hora. La tarde decae; hará fresco y será el momento oportuno para sacar los halcones. Mientras tanto, Muhamad y yo nos refrescaremos en la alberca.

Estuvieron chapoteando durante un rato en el agua fría que manaba en los montes y llegaba por un canal, renovando constantemente el estanque. El jardín que rodeaba al pabellón era grande, de unas dos fanegas. Crecían allí viejos arces y tilos, un solitario ciprés y el resto eran árboles frutales: guindos, perales, manzanos, castaños y almendros. Una ordenada y compleja red de acequias regaba los bancales y hacía que la tierra húmeda y caliente desprendiera un vapor sofocante.

Al atardecer, el aire de la sierra empezó a moverse y refrescó algo el ambiente. Entonces Abderramán dijo:

—Es la hora de la caza. Verás qué oportunos para las aves de presa son estos parajes.

Salieron del estanque, se vistieron, se calzaron convenientemente y cada uno se puso su guante.

—Empezaremos con el gerifalte —dispuso el emir—. Dentro de un rato llegarán las palomas para pasar la noche, pero podemos levantar antes algún bando de perdices.

En un altozano próximo descaperuzó al soberbio halcón, que alzó el vuelo enseguida, buscando dominar por altanería los claros que se abrían en el bosque. Y no tardó en avistar las perdices que escapaban, con un rumor asustado, ladera abajo. El gerifalte se lanzó como una centella y atrapó una al pie de un roquedal.

—¡Magnífico! —exclamó Muhamad.

Luego le llegó el turno al peregrino y era formidable verle perseguir una paloma torcaz a lo largo de una quebrada. Así fueron soltando las pihuelas de todos los halcones, y se hicieron con una veintena de capturas, antes de que la oscuridad les hiciera temer el extravío de tan valiosas aves de presa. Era la hora de regresar y estaban encantados por los espléndidos lances.

Entraron en el pabellón y calmaron la sed que traían bebiendo abundante agua en la fuente del recibidor. Después accedieron a una pequeña cámara, revestida de frescos zócalos pétreos y cubierta de inmensos cojines de cuero y seda bordada. Allí en el centro, sobre mesitas bajas, estaban dispuestos platos con fruta, tortas, pan y otros alimentos. Se sentaron el uno frente al otro, dejando las sandalias a un lado, y se pusieron a comer y a beber con avidez. Muhamad sonreía lleno de felicidad y pensaba: «¡Si mi padre me viera en este momento!».

Sin poder sujetar su emoción, estalló en un torrente de palabras agradecidas.

—Nunca pensé, emir Abderramán, que serías un hombre tan generoso y tan cercano. ¡Alá el Clemente, el Misericordioso, te ha colmado de simpatía y de gracia! ¡Resulta un auténtico gozo compartir tu compañía! Ahora comprendo por qué tienes tantos amigos y tanta gente te quiere... ¡Ah, cuando le cuente todo esto a mi señor padre Marwán abén Yunus!

El emir dijo riéndose:

—Me alegra mucho saber que lo estás pasando bien, amigo mío. Y he de ser sincero: tu compañía también me es muy grata. Tienes una manera de ser, ¿cómo decirlo?, ¡auténtica! Así eres tú, Muhamad. No creas que me resulta fácil encontrar gente que sea capaz de librarse del temor y la distancia en mi presencia. Tu naturalidad me complace sobremanera.

Muhamad se puso muy serio, se llevó la mano al corazón y le aseguró:

—Siempre te seré fiel. Sabes que puedes confiar plenamente en mí. Cuando regrese a Mérida, mi padre y yo sembraremos aquello de partidarios tuyos. ¡Lo juro!

Abderramán dirigió su mirada hacia él muy fijamente.

—Ya lo sé. Pero... ahora necesito hablarte con mucha sinceridad.

—Tú eres el que ordena —dijo Muhamad, y pensó para sus adentros: «Ahora me confiará lo que ha resuelto hacer con Mérida».

El emir empezó a decir:

—Aunque apenas hace poco más de un mes desde que viniste, es como si te conociera de toda la vida...

—¡Lo mismo me pasa a mí! —afirmó con entusiasmo Muhamad.

—Deja que me explique —le pidió Abderramán poniéndole la mano en el antebrazo—. Lo que tengo que decirte es muy importante para los dos.

Muhamad, recomido por la impaciencia, se recostó en el asiento y fijó en él unos ojos que denotaban todo su interés. Pensó: «¡Ojalá haya resuelto actuar pronto y con firmeza, como espera mi padre, y así podré regresar a casa!».

Pero el emir le apretó el antebrazo y, con una expresión firme, le dijo:

—Me gustaría mucho que te quedaras aquí en la corte.

El rostro de Muhamad se demudó:

—¿Aquí?... ¿En Córdoba?...

—Sí. Es aquí, junto a mí, donde hallarías un verdadero futuro. Podrías tener un gran palacio, un harén a tu medida, un centenar de criados... En ninguna parte encontrarás mejor lugar para educar a tus hijos.

—Pero... ¡señor! —balbució Muhamad tratando de disimular su contrariedad—, mi padre está allí... Él me necesita...

—Soy comprensivo… —dijo el emir—. ¡Nada hay como la familia! Y además… —añadió después de un silencio—, los Banu abén Yunus debéis prestarme un gran servicio. Pon mucha atención al plan que he trazado…

Muhamad se tranquilizó y pensó: «Ahora me lo dirá».

23

La comitiva emprendió su regreso el día 25 del mes de Sha'ban de los musulmanes, que coincidía con el 30 de agosto del calendario cristiano. Se pusieron en marcha dos horas antes de la salida del sol y salieron por el extremo septentrional de las fortificaciones, bordeando el arrabal y avanzando entre barbechos, antes de emprender el serpenteante camino que ascendía por las sierras. Era completamente de noche aún cuando remontaban el último altozano, entre encinas y jaras, y veían la ciudad extendida en la llanura, clareando a la luz de la luna.

Después la caravana se adentró por los intricados parajes montañosos cuando empezó a amanecer. Los soldados iban a la cabeza y detrás de ellos cabalgaban Sulaymán abén Martín y Muhamad abén Marwán, algo distanciados el uno del otro y en completo silencio.

Los seguían los comerciantes con sus mulas aplastadas bajo el enorme peso de las mercancías, y los viajeros que se habían unido a la caravana para cubrir seguros el peligroso trayecto de los montes, siempre tan asaltado por los bandidos. Detrás, cerrando la fila, guardaba la retaguardia otro medio centenar de soldados en monturas ligeras, siempre dispuestos a avanzar o retroceder con rapidez en caso de amenaza.

Así prosiguieron con mucho calor, por aquellos desiertos terrenos en los que se avistaban muy pocos pueblos. Se detenían cuando el sol subía a lo más alto y reanudaban la marcha a media tarde, hasta bien avanzada la noche, para librarse de la fuerza implacable del astro. Cuando encontraban un río, un arroyo o un abrevadero, aprovechaban y daban descanso a las bestias.

Transcurrieron de esta manera dos jornadas y luego el camino abandonó la sierra y culebreó por solitarios campos de labor; discurriendo más tarde, ya en el tercer día de viaje, recto e interminable en dirección al poniente.

Durante todo este tiempo, Muhamad iba con impaciencia, deseoso de llegar a Mérida, dándole vueltas en la cabeza a cuanto el emir Abderramán le había confiado, procurando retener cada palabra, cada instrucción y cada gesto, pues sabía que su padre querría saberlo todo con detalle. Y al mismo tiempo se mantenía esquivo y reservado, temiendo que el cadí le pidiera explicaciones y acabase poniéndole en un aprieto.

No obstante, Sulaymán se manifestaba caviloso y distante. Porque, estando todavía en Córdoba, el día anterior a la partida, se había dado cuenta de que el hijo de Marwán no estaba siendo del todo sincero. Ya durante las primeras semanas empezó a sospechar del joven, cuando intentó por todos los medios que le dejase acompañarle a los Alcázares y él se negaba siempre, con evasivas muy poco convincentes. No era tan necio el cadí como para no percatarse de que Muhamad había estado haciendo el juego por su cuenta y riesgo, sin contar con él para nada. Pero resultó mucho más desconcertante la manera tan simple con la que buscó contentarle y hacerle ver que debían regresar. «El emir ha manifestado que no debemos preocuparnos, que pronto tendremos noticias suyas», le había transmitido escuetamente Muhamad. Y cuando trató de que fuera más explícito, se escabulló insistiendo en que debían regresar a Mérida cuanto antes.

A pesar de esta actitud escurridiza de su compañero de embajada, Sulaymán estaba decidido a no dejar que transcurriese todo el viaje sin intentar sonsacarle algo más.

Y con tal fin, cumpliéndose la quinta jornada de camino, que era casi la mitad del trayecto, aprovechó que se encontraban detenidos por la tarde en la amenidad de unas frescas alamedas, junto a una fuente, y se aproximó a Muhamad. Buscando dentro de sí toda la simpatía que pudo hallar, le dijo astutamente:

—Debe de ser una gran experiencia para un joven como tú haber conocido en persona al emir de Córdoba.

Muhamad le miró sonriente y contestó escueto:

—Pues sí.

—Tengo mucha curiosidad —prosiguió el cadí— y me gustaría saber si has podido hablar con él largo y tendido; si has tenido tiempo para expresarle todo lo que debe saber sobre Mérida. Aunque… te ruego que no dudes de mí…

El joven apartó los ojos, pero no se movió, dominado por el mal humor que empezaba a brotarle dentro.

—¿No me respondes? —preguntó Sulaymán acercándosele—. Sería bueno que yo supiera lo que te dijo. Debes comprender que he de rendir cuentas de la embajada ante el valí y…

Muhamad se giró y puso en él una mirada dura. Aunque trataba de sonreír.

—Ya te he dicho lo que el emir manifestó: «Pronto tendréis noticias mías». ¿Qué más te voy a contar? Dile eso al valí y esperemos todas esas noticias.

Sulaymán también aguantaba su rabia y su impaciencia. Insistió:

—Has estado reuniéndote con el emir durante diez semanas… ¿Solo eso te dijo?

—¡Diez semanas! —replicó Muhamad—. ¡Qué exageración! Si apenas le vi un par de veces.

Sulaymán se enojó por esta respuesta, porque durante los últimos días le había estado siguiendo y sabía que mentía. Sin embargo, no quiso complicar las cosas y, conteniéndose, únicamente expresó:

—Si no quieres decirme nada más, no insistiré. Pero me veo en la obligación de advertirte: pon mucho cuidado en no dejarte utilizar. Los ánimos en Mérida están muy encendidos y no prosperará ninguna maniobra aislada.

—No sé a qué viene esa advertencia y no comprendo tus suspicacias —replicó Muhamad—. Habla claro.

—Sospecho que ocultas algo.

Muhamad se le quedó mirando con altivez y contestó:

—Pues allá tú con tus sospechas.

Se dio por zanjada la conversación y montó cada uno en su caballo. En los días siguientes ya ninguno volvió a sacar aquel asunto. Se trataban cordialmente, pero guardaban las distancias.

24

El duc Agildo se acercó a la balaustrada y contempló el campo desde la galería de su palacio. Ya había caído la noche y en el horizonte, por encima de la torre albarrana que se alzaba en la parte sur de la muralla, surgía una luna llena teñida de púrpura. Todo estaba en silencio, pero a él le zumbaban los oídos y le dominaba un raro malestar. En el fondo, le avergonzaba el recuerdo de su pusilanimidad de la víspera, en el patio del comes Landolfo. Porque había sido incapaz de adoptar una resolución valiente ante las dos contradictorias posibilidades que se le pusieron delante: ceder a las razones de Simberto y de la mayoría de los nobles o enfrentarse a ellos y hacer valer su legítima autoridad. En cambio, no optó por ninguna de ellas y se retiró; no por cobardía, sino porque se sintió como paralizado e incapaz de hallar dentro de sí la fuerza necesaria.

Oyó un suspiro a su espalda. Se dio la vuelta y vio a su mujer en la penumbra. Estaba muy quieta y parecía mirarle con pena. Él le rogó en un susurro:

—Es mejor que no digas nada, Salustiana. He meditado durante todo el día sobre lo que nos pasa y... ¡Estoy tan desanimado!

Ella le cogió la mano y permaneció callada.

—Toda esta responsabilidad es más fuerte que yo —prosiguió Agildo en voz baja—. No quiero que penséis que soy un cobarde… ¡Os ruego que no me juzguéis de esa manera! Solo pido paciencia; un poco más de tiempo para esperar a que regrese la embajada y saber qué debe hacerse… Pero todo se ha precipitado, y nadie parece darse cuenta de que lo peor ahora es una guerra entre nosotros, entre los emeritenses, cualquiera que sea nuestra religión u origen. Porque eso supondrá perder lo poco que nos queda…

Ella le apretó la mano y dijo:

—Tienes toda la razón. —Permaneció un rato en silencio y luego añadió con delicadeza—: Ni siquiera se me ha pasado por la cabeza venir a contradecirte, porque comprendo muy bien el calvario que atraviesas… Pero quiero que prestes atención a un ruego mío.

—Puedes pedirme lo que quieras, ya lo sabes —otorgó Agildo.

Salustiana se enfrentó a él, dejando que la luna iluminara su rostro. Dijo con tranquilidad:

—Ahí dentro está nuestro hijo Claudio esperando para despedirse de ti. Tienes muchos motivos para estar enojado con él, pero, hazlo por mí, entra y dale tu bendición.

Él se giró y, mirando de nuevo hacia la oscuridad de los campos, contestó con aire culpable:

—¡Yo no le he mandado al destierro! ¡No sé por qué tiene que irse!

Ella comentó con un suspiro:

—¡Entra y bendícele, por Dios!

—No puedo aprobar esa locura. No me parece sensato que emprenda una peregrinación precisamente ahora. Hay bandas de hombres desalmados pendientes de los caminos y los sarracenos vigilan sus fronteras. ¿Adónde piensan que podrían llegar veinte inexpertos mozos que nunca han salido de casa?

—¡Qué terquedad! —replicó Salustiana—. A mí me duele tanto como a ti, o más, que se vaya... ¡Soy una madre! Pero hay que comprender que la vida sigue su curso. ¡Los hijos se van tarde o temprano, Agildo! Hagamos lo que hagamos tú y yo, Claudio se irá mañana de madrugada. ¿Vas a atarle? ¡Nuestro hijo es un hombre!

Abrumado por esas consideraciones, el duc permaneció durante un rato en silencio, meditabundo. Después se dirigió hacia la puerta con decisión y entró en el palacio diciendo:

—¡Está bien! No cargaré con remordimientos el resto de mi vida si algo malo le sucede.

Cuando Claudio vio a su padre, se arrodilló delante de él. Agildo entonces se derrumbó y se puso a abrazarle sollozando:

—¡Hijo! ¡Hijo mío! ¿Por qué tienes que emprender esa peregrinación? ¡Tú no has hecho nada malo! ¡Tú no quemaste esas cabañas! ¡Oh, Claudio, hijo mío!

Estaba allí el resto de la familia y todos derramaron lágrimas. El padre, muy conmovido, los miraba y les decía con voz rota:

—Solo quiero lo mejor para todos... ¡Haceos cargo! Si supierais cómo temo que os pase algo... No siento temor por mi vida, sino por las vuestras, hijos míos.

Ellos nunca le habían visto así, vencido, agotado por el dolor contenido y por la tensión de los últimos meses. El duc les pareció por primera vez en su vida un hombre frágil al que la edad empezaba a doblegar.

Claudio, que seguía abrazado a él, le susurró al oído:

—Padre, debo hablar contigo a solas.

Salustiana dio una fuerte palmada y ordenó a la familia:

—¡Dejémoslos!

Cuando todos hubieron salido, el joven hijo del duc se aproximó a una lámpara de varias llamas que iluminaba la estancia en un extremo y le pidió a su padre:

—Si te parece oportuno, ven aquí. Será preciso que nos veamos bien las caras.

Una vez cerca de la luz, Claudio dijo:

—Mañana me iré, ya lo sabes. Necesito partir llevando tu consentimiento.

—Te doy mi permiso. He decidido no oponerme a tu decisión. Te bendeciré y rogaré a Dios por ti cada día que estés fuera.

El joven sonrió y miró con ternura a su padre. Luego volvió a ponerse muy serio y, con solemnidad, añadió:

—Esa bendición no me servirá si hay por medio algún engaño.

—No hay falsedad alguna en mis palabras —afirmó el duc—. Aunque otra cosa son mis sentimientos… Tienes mi sincera bendición.

—No me refiero a ti en lo del engaño —dijo Claudio—. Soy yo el que debe ser totalmente veraz. No quiero emprender el viaje cargando con un pecado…

—¿Qué quieres decir? ¿Qué pecado es ese?

—¡Nunca debieron mentirte, padre! —exclamó el hijo, haciendo un gesto de desagrado con la mano—. El diablo los tentó y urdieron una mentira para tenerte contento… Pero… ¡no es justo!

—No comprendo nada… —farfulló Agildo—. ¿De qué mentira hablas? ¿Quiénes me mintieron?

—El abad, padre, el primero; pero también el comes Landolfo y los demás nobles de la junta de preclaros… Y también yo, tu propio hijo. Todos acordamos decirte que partíamos a una peregrinación a la tumba del apóstol Santiago, a la Galaecia… Y eso no es verdad. Solo hay de cierto en ello que iremos al Norte; pero nuestro destino será la corte del rey de Asturias.

El duc se ofendió. Bajó la cabeza y dijo:

—Por lo visto, se han empeñado en no contar ya conmigo para nada en esta ciudad. ¿Qué necesidad tenían de inventar un burdo embuste? Hubiera bastado con que me declararan el plan limpia y llanamente. A fin de cuentas, ¿qué poder real tengo? ¿Cómo puedo oponerme a lo que han decidido entre todos sin mi opinión?

Se produjo un silencio. Padre e hijo se miraron con tristeza.

—¿Aun así piensas ir con ellos? —preguntó Agildo.

Claudio inclinó la cabeza y le rogó:

—Bendíceme.

Pero el duc puso la mano en el hombro de su hijo y le pidió:

—Anda, sígueme, te mostraré algo.

El padre cogió la lámpara y empezó a caminar por delante con decisión. Atravesaron el palacio, los corredores más antiguos y el último de los patios. Al final del viejo edificio, más allá de las viviendas de los criados, había unas cuadras destartaladas donde se amontonaban los aperos de labranza y muchos objetos inservibles. Allí el duc se puso a retirar trastos.

—Ayúdame —decía—. ¡Hace tanto que no vengo aquí!

El polvo acumulado durante años se esparció por el aire.

—¿Qué buscas? —preguntó Claudio, mientras apartaba canastos que se deshacían, sacos de yeso, tejas, ladrillos...

—Aquí, aquí debe de ser. —Señaló el padre un rincón despejado del suelo cubierto de tierra—. Solo hay que cavar un poco.

Enseguida apareció un arcón que estaba enterrado a poca profundidad. Lo sacaron y Agildo rompió a golpes las maderas podridas. Dentro había varios envoltorios de trapos y cueros; todo impregnado con grasas añejas y pez.

—¿Qué es eso? —le preguntaba su hijo—. ¿Qué guardas ahí?

El duc extrajo uno de los bultos, lo deslió y, a la luz de la lámpara, le mostró un antiguo yelmo de hierro, completamente embadurnado con una pasta viscosa y oscura que fue limpiando con los trapos. Emocionado, dijo:

—Esta es la armadura de tu bisabuelo, el duc Claudio. Fue ocultada aquí hace muchos años y solo yo conozco el secreto. Por lo que se ve, ha llegado el día de desvelarlo… ¡Vamos, ayúdame a sacarla! Mandaré a los criados que la limpien y la embalen convenientemente. Si vas a ser guerrero, lo primero que necesitas son las armas…

—Pero… ¡padre!

—No, no digas nada más… Yo sé cómo son estas cosas. No es difícil adivinar a qué vais esa tropa de mozos a Asturias: a que el rey cristiano os convierta en caballeros armados y os instruya en las artes de la guerra. Comprendo que se avecinan esos tiempos en que las espadas y las armaduras resurgen de sus escondrijos; como estas de tu bisabuelo, hijo.

25

—¡Bendito sea Alá! —exclamaba Marwán, manifestando con efusión su felicidad—. ¡Alabado sea el Clemente, el Misericordioso! ¡Muhamad, mi hijo querido, al fin ha regresado!

Los criados aplaudían y vitoreaban al joven y apuesto hijo de su amo, que venía por el camino entre olivares y llegaba ya a la cabecera del puente que cruzaba el arroyo Albarregas frente a la casa de los Banu Yunus. Volvía visiblemente contento, sonriente, llevando su corcel por la brida, seguido por su comitiva.

—¡Preparadle el baño! —gritaba Marwán, mientras corría a recibirle haciendo vibrar su blanda barriga—. ¡Cocinad una buena comida para él! ¡Matad ahora mismo un cabrito tierno!

Muhamad entró en la propiedad y se plantó altanero en mitad del jardín, con aire triunfal. Su padre se le quedó mirando con ojos maliciosos, guiñando un ojo, y, antes de abrazarle, dijo con una risita:

—¡Ay, que ya me lo imagino todo! ¡Mi hijo querido! ¡Ay, que lo leo en tu cara!...

Dicho lo cual, se colgó del cuello de su hijo. Y luego le

condujo hacia el interior de la casa, echándole su pesado brazo por encima de los hombros y comiéndoselo a besos.

—¡Cuánta razón tenías, padre! —decía Muhamad—. ¡Córdoba es una maravilla! ¡Qué ciudad, qué alcázares, qué mezquitas, qué palacios…!

—¿Y el emir? —preguntó impaciente el padre—. ¿Cómo está el emir? ¡Alá lo bendiga!

Muhamad le lanzó una mirada de complicidad que no necesitaba palabras. Y Marwán gritó:

—¡Lo sabía! ¡Ay, qué feliz me haces, hijo de mis entrañas! Vamos, vamos adentro, que me tienes en ascuas…

—Prepárate —le dijo Muhamad— y escucha sentado todo lo que voy a contarte.

—¡Fuera, fuera todo el mundo de aquí! —farfulló a los criados Marwán, agitando las manos—. ¡Dejadnos solos! ¡Id a preparar el baño! ¡Matad de una vez ese cabrito! Y… ¡por Alá, no nos molestéis!

Obedeció la servidumbre atemorizada y el rico árabe cerró dando un portazo.

—Sentémonos, hijo —propuso frotándose las manos nervioso—. Bebe agua primero y ¡cuéntame, por el Clemente!

Cogió Muhamad un vaso que estaba sobre la mesa, se refrescó la garganta y empezó a hablar con mucha tranquilidad:

—Como te digo, Córdoba me ha encantado…

—¡Deja eso, hijo mío! —le interrumpió el padre—. Vamos a lo que interesa: el emir, ¿lograste hablar con el emir en privado?

Muhamad ensanchó su sonrisa, bebió otro sorbo de agua, miró la impaciencia de su padre por el rabillo del ojo y contestó secamente:

—Pues no.

—¡¿Eh?! —exclamó Marwán con el rostro demudado—. ¡¿No pudiste hablar con él?!

El joven soltó una sonora carcajada y respondió burlón:

—¡Pues claro que sí! ¿Pensabas que iba a defraudarte?

—¡Muhamad, que no estoy para bromas! —le espetó el padre—. No seas crío, que esto es una cosa muy seria... ¡Y cuéntame de una vez! ¿Cómo es Abderramán?

Muhamad estaba acostumbrado a la impaciencia de su padre. Se dejó caer sobre los almohadones y empezó a hablar calmadamente. Explicó todo con detalle, soportando las constantes interrupciones de Marwán. Le contó cómo había sido la llegada a Córdoba y la habilidad con que sorteó el mando de Sulaymán; el trabajo que le costó convencerle de que debía ir solo a los Alcázares y la manera en que se fue librando de su permanente insistencia en que le tuviera al corriente de sus averiguaciones.

—¿Sabe el cadí algo de lo que trataste con el emir? —le preguntó Marwán con ansiedad.

—No, nada de nada. Y no es porque no pusiera empeño. Al final me acosaba todo el tiempo y llegó a importunarme. Pero no consiguió que yo soltara prenda.

—¡Muy bien, hijo! ¡A la mierda con ese entrometido cadí de los muladíes! Continúa..., ¿qué pasó luego?

Prosiguió Muhamad contándole cómo se había ganado con visitas y obsequios a los importantes cordobeses que su padre le recomendó y cómo estos le proporcionaron al fin la oportunidad de conocer al emir en persona.

—El palacio que hay dentro de los Alcázares de Córdoba es extraordinario —detallaba—; los patios y las estancias se suceden en un laberinto donde es difícil orientarse; hay zócalos de preciosos mármoles, galerías, frisos, columnas...

—¡No me interesa nada ahora el palacio! —protestó Marwán—. Ve al grano, hijo, ¡por el Profeta!

—Pues bien: Abderramán me recibió y me sorprendí mucho; porque, a diferencia de lo que me esperaba, resultó ser un hombre nada distante; ¡muy al contrario!, es cordial, amable, simpático... No habla con arrogancia, ni se manifiesta imperiosamente, como cabría suponer de alguien que ostenta tal poder. En cambio, me trató desde el primer día como a un amigo de toda la vida.

—¡Lo sabía, lo sabía, lo sabía…! —exclamó el padre con expresión delirante—. Nunca dudé de que fueras capaz de metértelo en el bolsillo. Vamos, hijo, sigue contando.

—Enseguida me citó para un segundo encuentro; esta vez de manera más privada, en la intimidad de los aposentos interiores del palacio. Hablamos y hablamos de muchas cosas. Quería saber muchos detalles; cómo es la vida aquí en Mérida; los linajes de los gobernantes, el origen de la nobleza, el ejército, los ulemas, los comerciantes… En fin, ¡todo! No parecía tener prisa y agradecía sobremanera que yo me explayase en las explicaciones.

—¡Ah, qué listo! Si su padre Alhaquén hubiera hecho eso mismo hace diez años, otro gallo cantaría aquí hoy día.

—Sí, tienes mucha razón en eso —dijo Muhamad—. El propio emir repetía una y otra vez que esto viene de muy atrás; que la gente de Mérida nunca ha estado decidida a someterse al emirato. En el fondo, él opina que ese es el problema.

—¿Lo ves? ¿Por qué repito yo que esta gente es contumaz y soberbia?

—Le transmití al emir esas observaciones tuyas, padre. Y me dijo…

—¡¿Qué?! ¿Qué es lo que te dijo?

—Dijo: «Tu padre ha de ser un hombre muy inteligente; servidores así es lo que yo necesito».

Marwán hinchó su orondo pecho y elevó a lo alto una mirada soñadora. Se regodeó en su felicidad y, volviendo luego a su expresión maliciosa, dijo:

—Ahora se van a enterar de una vez para siempre de quiénes somos los Banu Yunus.

—Entonces, ¿qué hacemos nosotros a partir de ahora? —quiso saber Muhamad.

—Esperar, hijo mío, esperar a que el emir decida la manera en que pondrá en su sitio a cada uno de estos mentecatos insurrectos.

—Pero... ¿y yo? ¿Qué hago mientras tanto?

—Pues regresar a Alange, a tu señorío. Quítate de en medio y no te muevas de allí de momento. Lo más prudente ahora es evitar que puedan sonsacarte. Yo me encargaré de tenerlos despistados.

26

—¿Noticias suyas? —repetía pensativo el valí Mahmud, acariciándose la barba larga—. ¿Noticias suyas? ¿Y qué demonios quería decir el emir con eso?

Frente a él, el cadí Sulaymán se manifestaba francamente avergonzado. No podía dar demasiadas explicaciones de la embajada, porque no las poseía, y solo pudo contestar:

—Creo que debemos tener paciencia.

—¿Paciencia? ¿Más paciencia? La poca que le queda a la gente se va agotando —dijo con semblante grave el valí—. ¿Acaso no sabes lo que ha pasado durante tu ausencia? Déjame que te lo cuente. Los cristianos ahorcaron a uno de sus nobles, a ese que vendió la fuente que llevasteis como obsequio al emir. Están muy revueltos los dimmíes últimamente y temo que nos causen problemas. Días después, para colmo, la gente del alfoz asaltó el monasterio de Cauliana y esto enardeció de tal manera a los jóvenes infieles que pegaron fuego al arrabal del poniente durante su fiesta de la Ansara. He sabido que desde aquella noche andan reuniéndose en secreto y que tal vez se estén organizando.

—Me asustas —observó el cadí muy preocupado—. ¿Y el duc Agildo? ¿Qué dice de todo eso?

—Según he sabido, al duc le han quitado ya los dimmíes toda su autoridad. Dicen que está metido en casa y que se siente impotente frente a los suyos. Ahora son el abad Simberto y el comes Landolfo quienes mandan. Mis informadores están haciendo averiguaciones y espiándolos cuanto pueden. No podemos perderlos de vista o pasará algo peor que hace diez años...

Sulaymán abén Martín escuchó todo esto con circunspección. Tenía un aire febril, y se veían en su rostro las huellas del agotamiento por el largo viaje que acababa de concluir. Le causaba un profundo dolor no haber podido traer una respuesta clara del emir y, además, empezó a temer que Mahmud perdiera su confianza en él, puesto que este era mucho menos listo de lo que se figuraba él mismo y de lo que se figuraban sus seguidores y los nobles del Consejo, que, por su parte, miraban al cadí como si viniera a quitarles algo, algo de influencia, de gloria o de prestigio.

Por eso, aunque Sulaymán no estaba al principio dispuesto a comunicarle a Mahmud sus apreciaciones y sus propósitos, después pensó que no le quedaba más remedio que confiarse a él y reconoció que, en efecto, la paciencia ya no iba a servir para nada.

—¿Entonces? —inquirió el valí con displicencia—. Si ya no podemos esperar nada de Córdoba, ¿qué piensas que debemos hacer?

—No creo que se pueda esperar mucho del emir —respondió el cadí—, porque, como te he dicho, en realidad no sé qué es lo que el hijo de Marwán habrá estado tramando en sus visitas... Pero pienso que debemos prepararnos.

—¿No te fías de Marwán? —le preguntó Mahmud enarcando una ceja—. ¿Sospechas de los Banu Yunus?

Sulaymán dudó antes de contestar.

—No tengo motivos para fiarme de ellos. Son gente escurridiza que no mira de frente.

—¡Es el colmo! —exclamó con intemperancia el valí—. Ahora resulta que tenemos que empezar a sospechar de todo el mundo...

—Haz lo que creas oportuno, pero debes prepararte para lo peor.

—Di de una vez lo que tienes pensado —le apremió Mahmud con enojo—. Y explícate con claridad, sin rodeos. Al menos necesito saber de qué parte estáis los muladíes, ya que, según me decís unos y otros, no me puedo ya fiar de nadie.

Sulaymán no tenía más plan que reunirse con el duc Agildo y proponerle que aunaran fuerzas entre todos, musulmanes y cristianos, a la espera de las misteriosas noticias del emir.

—¿Quieres convencerme de que debo poner toda mi confianza en esos dimmíes díscolos y orgullosos? —dijo Mahmud—. ¿Me pides que pacte con los cristianos frente al emir musulmán?

—No —contestó el cadí—. Te propongo un plan sencillo, para que cuentes con las fuerzas necesarias en el caso de que el emir decida mantenerse firme y no ceder ante nuestra reclamación. Tú mismo me has dicho hace un momento que la paciencia de la gente está agotada y que se hace evidente un peligro grave de desórdenes y tal vez revueltas. No olvides que los cristianos no son los únicos que están descontentos; también lo están los muladíes, los árabes, los judíos y los beréberes, tu gente. Si Córdoba nos encuentra divididos, nos manejará a su antojo y seguirá esquilmándonos o incluso nos tratará aún peor que hasta ahora.

Mahmud enmudeció y permaneció durante un rato dando vueltas en su cabeza a estas razones. Pero, como no era hombre de demasiada perspicacia e intuición, terminó diciendo:

—Debo consultar todo esto con mi Consejo. Así, tan de repente, no puedo darte mi conformidad. Temo que los míos no acepten el plan y me nieguen su apoyo.

Sulaymán pensó: «Este hombre tan indeciso acabará poniéndolo todo en peligro». Pero no tuvo más remedio que asentir:

—Está bien. Y te ruego que seas cauto y que obligues a los tuyos a guardar el secreto. ¡Pídeles juramento!

—Mi gente es leal.

—Lo sé, pero si alguno se va de la lengua por puro descuido, yo seré el que tendrá graves problemas. Impliqué mi palabra y toda mi persona en esa embajada y, ya ves, he vuelto sin poder decir otra cosa que seguimos como estábamos. Lo más prudente ahora es, pues, continuar firmes y unidos. Esta ciudad cuenta con las más poderosas murallas de todo Alándalus. Si nos lo proponemos firmemente, podremos defendernos.

—Ya perdimos frente a Alhaquén hace diez años —repuso Mahmud.

—Nada de eso —replicó el cadí—. Perdieron los dimmíes. Los musulmanes permanecimos firmes hasta que decidimos abrirle las puertas a Alhaquén. ¿Y cómo nos lo pagó?, echándonos encima estos impuestos que no nos dejan respirar. Desengáñate de una vez, Mahmud al Meridí: mientras Córdoba sea la señora, Mérida será la esclava, gobierne quien gobierne en ella, musulmán o cristiano.

27

Nadie sabía precisar cuál fue el origen de los baños de Alange, ni quién los mandó construir. Los más viejos se conformaban diciendo que estaban ahí desde siempre, como el manantial que le proporcionaba las aguas termales y curativas tan célebres que atraían a múltiples bañistas.

El edificio era grande y compacto, y su estructura se adecuaba a su finalidad. Los muros de hormigón y piedras sujetaban las altas bóvedas de ladrillo, que cobijaban sendas piscinas redondas recubiertas de mármol, destinadas una de ellas al agua caliente y la otra al agua fría. Antes de descender por una escalera y atravesar la galería que conducía a dichas piscinas, se pasaba por una primera sala que se llamaba *al bayt al maslaj*, que servía de guardarropa y lugar de reunión.

Aunque los baños eran propiedad del señor de Alange, estaban abiertos al público y el encargado de su aprovechamiento era un arrendatario, que dividía la recaudación en tres partes: una se entregaba al dueño, la segunda iba destinada al mantenimiento de una mezquita próxima al manantial y la tercera se la quedaba el encargado para el sostenimiento propio y el de las familias que le ayudaban proporcionando los mozos y mozas del baño, los masajistas, los que limpiaban y los hortelanos y jardineros que se ocupaban de la propiedad que rodeaba el establecimiento.

Hacía ya cincuenta años que los Banu Yunus otorgaron el arriendo del manantial, con todas las dependencias de los baños, al judío Maimún, el padre de Abdías, abuelo de Judit al Fatine, el cual se lo entregó como dote al esposo de su hija Sigal al darla en matrimonio. Desde entonces, la familia de esta se hizo cargo, y ahora, muerto el marido de Sigal, ella y sus hijos gestionaban el negocio.

Desde que Judit llegó a Alange tuvo que ocuparse de las tareas propias del balneario: atender a los bañistas, proporcionarles cuidados y masajes, y aplicarles aceites en la piel o teñirles el pelo con alheña, especialmente a las mujeres. Este delicado oficio lo fue aprendiendo poco a poco gracias a las enseñanzas de su tía.

Cada mañana, su prima Adine y ella se levantaban temprano y se dedicaban a preparar las esencias, los ungüentos y los jabones que se utilizaban, bajo la atenta supervisión de Sigal. Y más tarde, cuando iban llegando los clientes, se ponían a atenderlos; a los hombres por la mañana y a las mujeres por la tarde, como mandaban las normas de los baños.

No era ya demasiado temprano cuando Judit al Fatine y su prima Adine se hallaban sentadas, conversando placenteramente, con los pies descalzos metidos en el agua limpia de una acequia. La luz caía sesgada, tiñendo con una mezcla de extraños colores los huertos y los estanques. También el viejo y compacto edificio de los baños destacaba en un tono rojizo, y las hojas de los árboles brillaban en movimiento, otorgando a la vista el mismo fulgor plateado que los chorros de la fuente que manaba en un tosco paredón de piedras y ladrillos.

Adine era una muchacha risueña de quince años, de pelo suelto cobrizo, bello rostro y miembros largos, como los de su madre. Judit se confió a ella y le hablaba entre susurros. Le contaba cosas de su vida, de su matrimonio desdichado con el tullido Abén Ahmad, y a la vez la inducía a que le hiciera todas las preguntas que pudiera suscitar la candidez de una adolescente.

—Poco mayor que tú era yo —le decía—, y mi padre me entregó a un hombre de casi treinta años. Él sabía todo de la vida y yo nada. ¡Qué miedo la primera vez que me quedé sola con él!

Dicho esto, se calló y se puso a suspirar y a sonreír de manera extraña. También hizo algún ademán raro que Adine no fue capaz de descifrar; y la muchacha, que no estaba dispuesta a quedarse en ascuas, acabó por suplicarle que le diera detalles. Entonces Judit, de una manera sufrida y nerviosa, en voz baja, le contó:

—Me arrancó la ropa a tirones y me llevó al rincón de la habitación donde estaba la lámpara encendida…

—¿A la lámpara? —le preguntó la prima embobada—. ¿Y para qué?

—¿Para qué va a ser? ¡Qué candidez! Pues para mirarme y remirarme… ¡Se le caía la baba!

Adine se llevó las manos al rostro y se lo cubrió mientras se echaba a reír.

—Sí, ríete —le dijo Judit con resignación—. A mí no me hacía ninguna gracia aquello. Una cosa es que te lo cuenten y otra muy diferente estar allí… ¡Ay, no quiero ni acordarme! Imagina que te pasara a ti…

La muchacha se quedó pensativa y luego le rogó melosa:

—¿Y tú le viste? ¿Le viste a él? ¡Anda, cuéntamelo todo!, se me ha despertado la curiosidad…

—¿Qué quieres saber? ¡Pues claro que le veía! ¿Pues no te he dicho que había una lámpara?

—No me refiero a eso… Quiero decir… —La muchacha se ruborizó—. ¿Tú le viste a él…?

—¡Ah!… ¿Desnudo? —susurró Judit adusta—. ¡Por el Eterno, Adine, qué curiosidad!

Pero entendió que no debía enfadarse con su prima, ya que sabía que no preguntaba con malicia, pues no había caído aún presa del amor ni era culpable por querer saber ciertas cosas. Así que le pareció lícito hablarle sobre sus experiencias y continuó:

—Maldita la gana que tenía yo de ver aquel día a Abén Ahmad como su madre lo trajo al mundo. Además, ya te enterarás a su tiempo de lo reservados que son los hombres para eso: les gusta mirar, pero no soportan dejarse ver. Mi pobre marido no era nada agraciado y supongo que se avergonzaba al principio. Se remangaba la túnica y... ¡hala!

—¿Hala?

—Sí, ya sabes...

Adine volvió a cubrirse el rostro y se dejó dominar por una risa convulsiva y nerviosa, como un hipo.

—Hija mía —le dijo Judit—, cómo se nota lo verde que estás en estos asuntos y que todavía no te ha invadido esa desazón que... ¿Sientes algo por algún muchacho de por aquí?

Adine negó con tímidos movimientos de cabeza mientras trataba de contener su risa.

Judit la besó en la frente y añadió con ternura:

—Pues confórmate mientras puedas y continúa siendo feliz cotorreando con tus amigas, cantando y bailando como si todavía fueras una niña, que ya vendrá lo que tiene que venir...

La prima logró al fin ponerse seria y sacó de sí una repentina grandilocuencia para observar:

—Eso lo dices porque aún no has conocido a un hombre que te enamore de verdad. Te casaron con Abén Ahmad y tuviste que aguantarte. Pero, con todo lo guapa que eres, está claro que no te conformarás envejeciendo sin buscar ese hombre.

Judit se la quedó mirando con pasmo. Contestó:

—¡Anda! Y parecías una mosquita muerta… Si llego a saber que te burlabas de mí, no te cuento nada.

—Lo estabas deseando, prima —replicó con una sonrisa maliciosa Adine—. Necesitabas desahogarte.

—Es verdad —asintió Judit, bajando la mirada—. No sé por qué tengo que andarme con tapujos ya. Cuando ahora soy libre y puedo hacer lo que me dé la gana…

Proseguían con esta conversación cuando se presentó allí Sigal y les reprochó:

—Así que estáis aquí las dos, dale que te pego, toda la tarde parloteando, mientras que yo me ocupo del trabajo. ¡Ya está bien! Venid a echarme una mano, que están los baños hasta arriba de gente.

—Si no había nadie esta mañana —repuso Adine.

—A primera hora no, pero desde el mediodía no paran de venir mujeres.

28

El Ramadán transcurrió para los musulmanes consagrado a sus ayunos, coincidiendo con el mes de septiembre en el calendario cristiano. Cuando llegó el tiempo en que maduran los membrillos y las granadas, el primer día del décimo mes, Shawaal, se celebraba la fiesta del Aid al Fitr.

El valí Mahmud se levantó muy temprano ese día, hizo sus abluciones y abandonó el palacio cuando estaba amaneciendo; cruzó la pequeña plaza atestada de gente y se dirigió a la mezquita para la oración. Durante un largo rato, las alabanzas del Aid le ayudaron a olvidarse de sus muchas preocupaciones, pero, cuando dejaron de pronunciarse las repetidas fórmulas de *basmala* y de *hawlaqa,* volvió a disiparse su aplomo y no pudo evitar el deseo de mirar de reojo a su alrededor tratando de descubrir la presencia de conspiradores entre los fieles. Porque el valí había permanecido encerrado en sus aposentos de la fortaleza durante todo el mes de ayuno, sumido en una gran incertidumbre y en la desazón que le producía tener que esperar a que llegasen las inminentes «noticias» del emir.

No obstante, los notables que se aproximaron a él cuando concluyó la oración no manifestaron ninguna actitud sospechosa y le felicitaron con motivo de la fiesta igual que todos los años.

Incluso el rico árabe Marwán abén Yunus se abrió paso entre los del Consejo y se acercó, con su cara llena, sonrosada, su abultado turbante y una holgada túnica que cubría su imponente corpulencia; le miró sonriente y le dijo:

—¡Felicidades, valí Mahmud! Que Alá nos conceda un Aid venturoso, a nosotros los musulmanes de Mérida y a todos los creyentes.

El valí se sintió muy complacido y le devolvió la felicitación con un abrazo. Entonces Marwán, con cierta expectación mezclada de cautela y lisonja, le invitó a compartir con él el desayuno de la fiesta.

Mahmud se quedó retraído, frunciendo el entrecejo y, como era costumbre en él cuando le dominaban sus inquietudes, su rostro se convirtió en un enigma.

Pero Marwán hizo uso de su mucha astucia y le animó gozoso:

—Puedes traer si quieres a toda tu familia a mi casa, y también a los miembros de tu Consejo. No hay momento más hermoso que este, en el que los fieles que ayunamos disfrutamos en la mañana luminosa de la recompensa merecida con regocijo y alegría.

Los presentes asistían a la escena con expectación y parecían aguardar a ver qué decisión tomaba al fin el valí.

Mientras tanto, un poco apartado, el cadí de los muladíes Sulaymán abén Martín también observaba lo que sucedía con gesto hierático.

Mahmud paseó la mirada por el Consejo y, después de dudar durante un instante, contestó:

—Mejor vayamos a mi palacio, que está ahí al lado. Mis criados han preparado dulces suficientes para todos.

Marwán aceptó, pero su rostro delató la contrariedad que sentía por no haber podido completar su plan. No obstante, no tardó en volver a sonreír y se colocó al lado derecho del valí durante el trayecto que debían recorrer desde la puerta de la mezquita Aljama hasta la fortaleza. Caminaba lisonjero, manoteando y hablando en voz alta. El muftí y los miembros del Consejo parecían estar muy conformes, y todos atravesaron la plaza —como suele decirse— en amor y compañía.

Esto pareció no gustarle nada al cadí Sulaymán abén Martín, que, en vez de seguir al cortejo, se dio media vuelta y dirigió sus pasos apresurados hacia el interior de la ciudad, adentrándose por el dédalo de callejuelas que se extendía, como una maraña, desde el arco que llamaban «puerta de la Aljama».

Anduvo deprisa por el barrio de los muladíes, donde las fachadas de altas y antiguas casas estaban muy ennegrecidas por los humos y las humedades. Al pasar delante de los talleres de los carpinteros, herreros, talabarteros, armeros y perfumistas, los hombres salieron a felicitarle el Aid; le cogían las manos y se las besaban con respeto. Al cadí le poseyó entonces un raro asombro, una perplejidad, como si viera esto por primera vez en su vida; algo que venía sucediéndole de un tiempo a esta parte, cuando veía los rostros y las apariencias de esa infinidad de artesanos y tenderos, que empezaban a resultarle en todo diferentes a los del resto de la ciudad.

Estos hombres eran los de su pueblo, los muladíes, y al cadí le asaltaba la sospecha exasperante de que no eran del todo francos en su manera de vivir. Porque sentía que estaban convencidos de que su esfuerzo por engañarse a sí mismos y engañar a los demás en su empeño de ser a toda costa musulmanes era una ocupación aún más útil que afanarse en sus ancestrales oficios. El mismo aspecto tenían los agricultores que vivían en las afueras, con sus vestiduras pardas y sus barbas crecidas; los ganaderos, con sus dolmanes forrados con tiras de piel de borrego; los barqueros y pescadores con sus gorros de paja; las mujeres, con sus largos delantales y sus velos oscuros; y, sobre todo, los guerreros, con sus nucas rapadas y sus petos de cuero rígido, sentados indolentes delante de los viejos cuarteles y mirando a los que pasaban con desprecio y perversidad. Sin quererlo, ahora Sulaymán veía en todos ellos a gente simuladora, privada de sus orígenes, obligada por las circunstancias a tener que justificarse siempre, y por este motivo en cierto modo desarraigada. Porque algunos de aquellos muladíes, como antes sus abuelos y sus padres, habían sabido aprovecharse de las condiciones de la ciudad; se habían quitado de encima la fe cristiana y se habían hecho musulmanes para lograrse una mejor situación fuera de la *al dimma*. Sin embargo, los más de ellos seguían en iguales condiciones que antes, o llevaban una existencia más mísera aún, a pesar de lo cual parecían alegrarse y sentirse orgullosos por compartir la religión de los dominadores. Así le parecían al cadí los alfareros que vio por la ventana de un sótano trabajando la arcilla; los curtidores, delgados, pálidos, que, con las piernas huesudas al aire y los pies descalzos, revolvían las pieles en los grandes baños para teñirlas de color azafrán; los carniceros que, con sus brazos remangados por encima del codo, limpiaban tripas de vaca que humeaban todavía entre verdes excrementos calientes; los viejos malhumorados que reñían sin cesar a los niños que jugaban y las lavanderas que salían camino del río canturreando. Así eran los hombres y las mujeres, harapientos, con caras crispadas y miradas torvas, rodeados de muchachos y muchachas a quienes los esperaba semejante futuro. Las mismas caras se veían por las ventanas de las casas, en la pequeña mezquita de adobe que tenía la puerta abierta, en el mercado y en la minúscula plaza, donde se encontraban reunidos sacrificando unas cabras viejas para celebrar una fiesta cuyo sentido no comprendían demasiado bien.

Sulaymán atravesó el barrio y se detuvo en su extremo norte, antes de llegar al adarve, delante del viejo caserón donde vivía con toda su familia. La fachada era de ladrillo y el ancho portón daba a un zaguán amplio, donde una muchacha arañaba el suelo de piedra con una escoba de tamujo.

—¿Está mi hermano en casa? —le preguntó el cadí.

Ella dejó de barrer y se inclinó con respeto. Respondió:

—Todos los hombres están en las traseras matando el carnero.

Entró Sulaymán apresurado y cruzó la vivienda por un estrecho corredor. Al final de los corrales, bajo una palmera, tres hombres se afanaban despellejando un enorme carnero, ante la atenta mirada de un grupo de muchachos.

—¡Feliz Aid! —saludó el cadí.

Todos le miraron y contestaron:

—¡Felicidades, Sulaymán abén Martín! ¡Venturoso Aid! ¡Feliz día! ¡Bienvenido!...

Luego uno de aquellos hombres que sujetaban al carnero se aproximó; los ojos ceñudos, expresión de su estado de ánimo, y una mirada apagada y resentida. El pelo del pecho, aplastado por el sudor, le asomaba por la túnica abierta y sucia. Se secó la frente y las mejillas con la manga y le dijo al cadí:

—Hermano mío, ¿qué noticias me traes?

Sulaymán se encogió de hombros y respondió adusto:

—Paciencia y más paciencia, hermano mío, Salam abén Martín.

El hermano del cadí levantó los ojos al cielo y resopló con fastidio. El sol se alzaba por encima de la palmera con un halo incandescente y brutal. El aire inmóvil, estancado, era sofocante, y las moscas acudían en bandadas a posarse en la sangre seca del carnero.

—¡Al diablo con la paciencia! —rezongó Salam—. Ayer vinieron otra vez a reclamarme el maldito tributo y bien sabes que no tengo con qué pagar...

—Al menos tienes un buen carnero para el Aid —repuso Sulaymán, echando una mirada encendida sobre el animal desollado.

Los ojos de su hermano se clavaron en los del cadí, doloridos, malévolos, exasperados.

—¡Al diablo con el Aid! ¡Al infierno con…!

—¡Hermano, no blasfemes! —le cortó Sulaymán asustado.

Pero Salam se puso a berrear:

—¡Sí, sí que blasfemo! ¡Al diablo con todo! ¿Para qué queremos el Aid? ¿De qué nos sirven las condenadas fiestas y los rezos, si nadie nos hace caso?…

—¡Calla, por Dios! —le recriminó el cadí.

—¡No me voy a callar! ¡Deberíamos levantarnos de una vez y poner en su sitio a esta ciudad! ¡Alcémonos, hermano! ¡Unámonos a los cristianos y echemos de aquí a esa morralla sarracena!

Agarrándole por los hombros, con gesto aterrado, Sulaymán le reprendió:

—¿Qué dices? ¿Te has vuelto loco? ¡Calla de una vez! ¡Cómo te atreves a decir esas cosas, cafre…, cómo se te ocurre!

Salam respiraba pesadamente y sudaba a chorros. Los rayos del sol se estrellaban contra su amplia y brillante frente. Después de lanzar un escupitajo, gritó más fuerte:

—¡No pienso pagar ni un sueldo! ¡A la mierda con el impuesto! ¡Antes me dejo despellejar como ese carnero que pagarles nada más a los sarracenos! ¡Maldita la hora en que nuestro padre Martín se dejó engañar por ellos y consintió que nos cortaran el prepucio a todos en esta casa! ¡El diablo los lleve!

29

La vida de Judit en los baños de Alange fluía con una calma extra. A veces incluso se sorprendía por aquella tranquilidad. Era como si los pensamientos acerca de su pasado reciente se esparcieran, involuntaria e imperceptiblemente, sin dejar resquicios de añoranza, a la vez que se le iba despertando un sentimiento de meditativa contemplación. Especialmente cuando caía la tarde y se quedaba absorta en los huertos viendo declinar la luz, sentía como unas oleadas cálidas que batían su pecho, y sus pensamientos se dispersaban por doquier, como los finos rayos dorados que tocaban todo arrancando destellos. A sus ojos, los árboles, las plantas, las colinas y los animales relucían con el mismo brillo, reflectante, del espejo del estanque. Y las personas, bajo esa luz, le causaban el mismo efecto: parecían virtuosos seres celestiales sin asomo alguno de sombra o maldad. Así veía a su prima Adine, al hortelano Jusuf y a los mozos y mozas que se ocupaban de los baños; y a los bañistas, los hombres y mujeres de todas las edades que cada mañana y cada tarde acudían a recibir los benéficos efectos de las aguas termales. Toda esta gente iba y venía, pululaba por las dependencias de los baños, descansaba junto a las fuentes o se entretenía conversando bulliciosamente.

Y todo ello resaltaba demasiado en contraste con la serena firmeza de su tía Sigal, con la dulce e invariable gravedad y sabiduría de sus palabras. Le parecía que su tía sabía más acerca de la vida que nadie; y que, aun siendo joven todavía, era como una de esas ancianas afanosas de aparentar que podían conocerlo todo sobre las personas, y que podían permitirse ya considerarlas como juguetes curiosos.

Judit, cada vez más feliz, llevaba día tras día la misma existencia regular que pudiera parecer monótona: se levantaba perezosamente con la primera luz del amanecer, se lavaba y se ponía un vestido limpio. Después debía ocuparse de las cosas de la casa, limpiar, hacer la comida, moler trigo... Ya había aprendido a hacer las tareas propias de los baños, pero ello le exigía todavía una gran tensión y se cansaba pronto, porque, siendo de natural tímida, soportaba con dificultad tener que mantener un trato amable, dar conversación, sonreír y aparentar tranquilidad permanentemente, mientras daba friegas, aplicaba ungüentos o vertía esencias sobre los cuerpos desnudos de los bañistas. En cambio, le entretenía como a una niña verlos sumergidos en las piscinas, evolucionando en las aguas tibias, donde se le antojaban ser como extraños patos silvestres, aunque desplumados y mostrando sus blancas carnes.

Pero uno de aquellos días, en los inicios del otoño, sucedió algo que interrumpió repentinamente el fluir de la extraña y monótona calma de los meses precedentes.

De momento la jornada se inició como de costumbre. Por la mañana temprano los bañistas esperaban delante de la puerta de los baños. El chirrido metálico de la verja del jardín indicó que Jusuf se dirigía a abrir y, un momento después, se oyeron pasos de pies descalzos en las losas de barro de los corredores. El aire empezaba a llenarse con el vapor que desprendía la caldera donde se calentaba el agua. Si acaso, lo único diferente que podía advertirse era la poca luz que a esa hora entraba por los ventanucos, porque amanecía ya más tarde.

Judit estaba sentada en el catre y se sujetaba las rodillas con cara de aburrimiento, mientras observaba cómo su prima Adine se arreglaba el pañuelo delante de un pequeño espejo, cuyo azogue faltaba por muchos sitios.

Entonces irrumpió de repente Sigal en la alcoba, muy nerviosa, y les dijo apremiante:

—¡Vamos! ¿Todavía estáis así? Bajad inmediatamente a la cocina a beberos una taza de leche y... ¡Daos prisa!

—¿Qué pasa? —replicó Adine—. Es la hora de todos los días...

—¡Daos prisa he dicho! Abajo en la cocina os lo cuento.

Judit y Adine se miraron extrañadas y luego obedecieron la orden con la mayor disposición de ánimo.

En la cocina se pusieron a desayunar. Pero Judit se sirvió solo media taza de leche de cabra recién ordeñada y se la bebió sin demasiada gana.

—Se me revuelve el estómago a esta hora —le dijo a su prima.

—Come algo —le aconsejó Adine—, que hasta que llegue el mediodía..., ¡la mañana es larga!

—No, no puedo —negó Judit enjugándose los labios—. Algunas veces me dan arcadas y temo vomitar en las piscinas. No tengo costumbre de tomar nada por las mañanas.

—Allá tú —dijo Adine llevándose un higo seco a los labios.

En esto, entró Sigal encrespada alzando su voz sonora:

—¿No os he dicho que hay prisa?

—¿Qué pasa? —le preguntó Adine—. ¿Por qué estás hoy tan nerviosa?

Su madre respondió sin pararse, con la cara asustada y la voz temblorosa:

—El señor del castillo, Muhamad abén Marwán, viene

a los baños esta mañana. Un criado suyo me avisó a primera hora y… ¡Vamos, debemos atenderle!

—¡El señor Muhamad! —exclamó Adine con una sonrisa ardiente en los labios—. ¡El guapo Muhamad!

—¡Calla, insensata! —le recriminó su madre—. No hables de esa manera del señor, que podrían oírte.

—No he dicho nada malo —contestó Adine alegremente—. Si Muhamad es un hombre apuesto, ¿por qué no puedo decirlo?

Sigal se llevó ambas manos al pecho, echó una ojeada en derredor y repitió amenazante:

—No hables así del señor o te daré una bofetada.

La muchacha miró a su prima Judit con ojos soñadores e, ignorando la advertencia, le dijo:

—El señor Muhamad es alto, esbelto y hermoso. ¡En tu vida habrás visto un hombre así!

Su madre se abalanzó sobre ella y, agarrándola por los pelos, la sacó de allí violentamente gritándole:

—¡Enciérrate inmediatamente en tu alcoba, niña estúpida! ¡Y no salgas de allí hasta que yo te lo diga!

Judit, muy asustada, corrió tras Adine por el pasillo. Pero su tía, con voz quebrada, agitada, le ordenó:

—Tú quédate aquí… Atenderemos tú y yo al señor del castillo. Esta atolondrada hija mía no sabe lo que dice…

Judit guardó silencio dominada por su desconcierto. Estaba pálida y miraba a Sigal expectante.

—¿Qué hago yo…? —balbució.

Su tía la miró de arriba abajo, trató de serenarse y esbozó una forzada sonrisa, mientras le decía:

—Anda, ve a ponerte el vestido blanco de seda.

Judit, de pie junto a la puerta, bajó la mirada y contestó con voz sorda:

—¿Por qué el vestido blanco precisamente? No es adecuado para trabajar…

—Hazme caso; ve a ponértelo y baja cuanto antes a los baños.

Cuando llegó a la alcoba, encontró a su prima sentada en el catre, llorosa y enfadada. Judit trató de consolarla y excusó a Sigal:

—Tu madre está nerviosa, entiéndelo... ¡Es el señor del castillo! Tiene miedo de quedar mal...

Adine se puso en pie y, mirándola a los ojos, le dijo:

—Mi madre no tiene ningún motivo para temer a Muhamad abén Marwán, porque él nos tiene gran aprecio y nos trata muy bien. ¡Ya verás qué hombre tan simpático es! Por eso no comprendo por qué se pone tan nerviosa cada vez que viene a los baños últimamente.

—No le des importancia. Tu madre no quiere que metas la pata. Se tratará solo de eso.

—¡Es que me gustaría ver a Muhamad! —suspiró Adine con tristeza.

—¡Ay, estás enamorada! —exclamó Judit sonriendo con ojos maliciosos—. Por eso me hablabas ayer de amoríos y esas cosas. ¡Ya decía yo...!

Adine se echó a reír y se tapó la cara avergonzada. Y Judit, mirándola con atención y cariño, le dijo queda:

—Ya me parecía a mí que tenías demasiada curiosidad para tu edad. Ten cuidado, que aún eres pequeña para hacerte ilusiones. Y encima..., ¡mira que fijarte en un noble árabe! ¿No sabes que esa clase de hombres van a lo suyo?

La voz de Sigal sonó aguda y apremiante gritando:

—¡Judit! ¿Vienes de una vez o no?

Por el pasillo, la tía fue instruyendo a su sobrina:

—Cuando viene el señor Abén Marwán o alguien de su familia, no dejamos que los demás bañistas se mezclen con ellos. Procuramos que los señores estén solos y que se sientan lo más cómodos posible. ¿Comprendes?

—¿Echáis al resto de la gente? —le preguntó Judit.

—Les rogamos que esperen fuera, en los jardines. Los bañistas lo comprenden. ¡Se trata de los dueños!

Cuando llegaron a las estancias interiores que precedían a las salas donde estaban las piscinas, Judit percibió en los criados su nerviosismo; en sus sonrisas y miradas cambiadas, bajadas con turbación, había a su vez temor.

—Al señor lo atenderemos nosotras —le dijo Sigal antes de entrar—. Procura no mirarle demasiado y no te dirijas a él si no te reclama. ¡Y alegra esa cara, mujer!

Cruzaron la puerta y penetraron en la sala circular inundada de vapor, donde no se veía casi nada. Desde arriba, de la abertura redonda de la cúpula, caían unos rayos de sol, anchos como visillos blancos.

—Vamos, vamos… —le susurró Sigal al oído a su sobrina.

De repente, alguien surgió de entre la neblina. Era Muhamad, que se hallaba de pie junto a la piscina, vestido con un albornoz amplio, largo hasta los pies. La Guapísima se quedó muy quieta frente a él, mirándole, y solo pronunció un «¡oh!» respetuoso. Después retrocedió y sus labios sinuosos expresaron cierta alegría y sorpresa esbozando una sonrisa espontánea. Entonces el joven Abén Marwán avanzó hacia ella y agitó las manos para aventar el vapor y poder verla mejor. Él también sonrió.

La luz que entraba desde la cúpula les permitió contemplarse mutuamente durante un instante, y el encuentro no decepcionó a ninguno de los dos. Judit brillaba al completo, con su graciosa figura resaltando vestida de blanco y la cara radiante de perfección. Muhamad tenía la piel oscura y llevaba recogido el pelo negro y liso; la alegría colmaba sus ojos rasgados.

Como una sombra, Sigal desapareció entre la bruma, y los dejó solos, saliendo por la única puerta.

30

Cuando la azulada luz del amanecer empezó a filtrarse a través de la ventana entreabierta, Judit se levantó de la cama en silencio y salió de la alcoba procurando no hacer ningún ruido. Pero enseguida oyó tras de sí el correr de los pies descalzos de su prima. Se volvió y le reprochó:
—¿Adónde vas, Adine? ¿Por qué me sigues?
—Déjame ir contigo —imploró la muchacha.
—No.
—¿Por qué? ¿Por qué no me llevas?
Reflexionó Judit y contestó:
—Sabes de sobra por qué: Muhamad abén Marwán me pidió que fuera yo sola.
Adine sonrió maliciosamente y, mientras guiñaba un ojo, repuso:
—¡Ay, querida prima, qué tendrás pensado hacer con el bello Muhamad! Desde el día que le atendiste en los baños estás como distraída... Y ahora te vas por ahí sola con él...
Judit se enojó por la insinuación. Pero luego, moviendo la cabeza, replicó con mirada afectuosa:
—No es lo que te imaginas, malpensada...
—Entonces... ¿Por qué vas sola con él?

—Muhamad me dijo ayer que hoy, con la primera luz del día, iría al bosque que hay junto al río para coger un pequeño azor de su nido. Le dije que nunca había visto un nido de azores y le pedí que me llevara con él. Se trata solo de eso...
—¡De acuerdo! —dijo con viveza la muchacha—. A mí también me gustaría verlo.
—¡Ay, querida mía! —exclamó cariñosamente Judit. Le daba lástima y, al propio tiempo, había algo en su prima que la obligaba a sonreír con una sonrisa cálida, maternal—. Anda, te dejaré que me acompañes hasta el río; pero, en cuanto veamos a Muhamad, te esfumas.

Salieron las dos de la casa y atravesaron alegremente los huertos. Hacía fresco y junto a los graneros cantaba un gallo a voz en cuello. Cuando descendían por el sendero hacia el río, salía el sol. Ambas se sintieron felices al ver la neblina que erraba dispersa y la franja de luz que aparecía ya haciendo brillar los álamos y el prado.

Con voz cantarina, Adine no paraba de hablar.
—Ya te dije que te gustaría Muhamad... ¿Acaso no te lo dije? Esos ojos suyos, ¡tan negros!, pueden hechizar a cualquier mujer. ¡Ya sabía yo que acabarías enamorándote de él!

Judit se detuvo y puso en ella una mirada asombrada y ofendida.
—¡Pero bueno! ¿Y quién te ha dicho a ti que estoy enamorada de Muhamad?
—No me trates como a una niña tonta, prima. Aunque hayas estado casada, sé más de la vida que tú. ¿No te das cuenta de que por los baños pasa todo tipo de gente?
—¡Ese descaro tuyo me espanta!

Discutiendo de esta manera llegaron al río con pasos rápidos y agitados. En los arbustos verdes que se miraban en el agua brillaban las gotas de rocío. El cielo estaba ya azul y la mañana era preciosa. La altura enorme de la sierra que coronaba el castillo se veía dorada y bajaba de las rocas una pendiente verde que parecía mullida.

—¡Qué gracia! —exclamó Adine llena de entusiasmo—. Algo me dice que acabarás viviendo allá arriba, en el castillo de los Banu Yunus.

—¡No digas más tonterías, loca! —le espetó Judit.

Miraban ambas hacia el camino que descendía desde la muralla hasta el puente que cruzaba el río, cuando vieron descender por la cuesta un jinete a caballo.

—¡Ya viene! —dijo Judit nerviosa—. ¡Vamos, vuelve a los baños!

—Eres muy egoísta —refunfuñó Adine—. ¡Y dices que no estás enamorada! ¡Lo quieres para ti solita...!

—¡Vete de una vez o se lo diré a tu madre!

La muchacha hizo un mohín de disgusto y emprendió el sendero de muy mala gana.

Judit se puso a mirar hacia el río, disimulando, como si no esperase con impaciencia la llegada del joven señor del castillo. Pero, cuando oyó cerca los pasos del caballo, sintió que se le helaba la sangre. Pensó: «¡Perdóneme Dios!, pero esa deslenguada de mi prima no ha dicho nada más que verdades». Porque ya no podía negarse a sí misma que estaba enamorada de Muhamad. Era cierto que el joven le gustó mucho el primer día que le vio en los baños. Desde entonces, él iba cada vez con más frecuencia. Y, al parecer, ella también le produjo una grata impresión, porque, aunque durante el invierno no acudían bañistas, Abén Marwán aparecía por allí un día sí y otro no. Conversaban y, cuando se marchaba, Judit cerraba los ojos y se le representaba su cabello oscuro durante el resto del día o le parecía estar oyendo su voz imponente.

Esa voz que ahora, junto al río, la llamó a la espalda:

—¡Judit!

Se volvió y le vio montado sobre el caballo, alto y poderoso; no avanzaba hacia ella en línea recta, sino un poco al sesgo, realizando con las patas una especie de danza. Tras acercarse, el jinete sonrió y dijo:

—No estaba muy seguro de que vinieras.

De pie, frente al caballo, Judit veía sus ojos negros iluminados por una luz viva y cálida. Todo el cuerpo de Muhamad, delgado y esbelto, vestido de claro, se doblaba tendido hacia delante, como los juncos vueltos hacia el río. La luz del sol le bañaba. Parecía la visión de uno de esos personajes de los cuentos.

—Pues... ¡qué poca fe! —contestó ella con viveza, sin poder dejar de mirarle—. Yo nunca digo una cosa para luego hacer lo contrario.

Tampoco Muhamad podía apartar sus ojos de la Guapísima. Bañada por la luz clara de la mañana, parecía muy pálida, bella y extraña. Las sombras de los álamos y el brillo del sol sobre su piel y su vestido blanco saltaban vivamente a la vista. Destacaban el pelo dorado, la cintura estrecha y los pechos jóvenes y firmes bajo la seda.

Él se quedó pensativo un momento mientras la contemplaba y dijo:

—Vamos a buscar ese nido. ¿Montas conmigo en el caballo?

—Humm... Nunca he subido a un caballo... En asno sí sé montar... Pero tu caballo me parece enorme...

Muhamad descabalgó, la cogió con firmeza por el talle y la aupó. La piel delicada de una de las piernas de Judit rozó su mejilla.

Se adentraron sigilosamente por el bosque. El caballo parecía saber bien hacia dónde dirigirse. Ella temblaba sobre la grupa no por la altura, sino por la proximidad firme de la espalda del joven. Y él, de vez en cuando, sentía que le acariciaba la nuca el cabello suave de la joven viuda. Cabalgaban en silencio... Entretanto la penumbra de la espesura era cada vez más densa y los arbustos perdían sus contornos.

De repente, un ave oscura, como una sombra, pasó volando bajo por entre los árboles, casi a ras de suelo; batió alas y se perdió.

—Esa es la madre —indicó Muhamad—. El nido está cerca...

Allí se detuvieron, descabalgaron y prosiguieron caminando. Al cabo de unos pasos, él empezó a mirar hacia la altura de los álamos.

—Es por aquí —susurraba—; lo recuerdo muy bien.

Ella avanzaba trabajosamente entre los arbustos, molestada por el picor desagradable de las ortigas; pero no se quejaba.

—Aquí, aquí está. —señaló Muhamad mirando un árbol delgado—. ¿Lo ves ahí arriba?

No demasiado alto, como a unos diez codos del suelo, estaba el nido; un haz de palos secos entre las ramas.

—¿Y ahora? —preguntó Judit.

—Me subiré y cogeré un polluelo.

Ella le miró frunciendo las bonitas cejas con cara triste.

—¿Se lo quitarás a su madre?

—Digamos que a partir de hoy yo seré su madre —sonrió él.

Judit le miró con ternura, mientras reía bajito. Su azoramiento ante Muhamad desaparecía, sumiéndose en la profundidad de su alegría. Le palpitaba el corazón y sentía el alma densa, jugosa, como nunca antes en su vida. En su pecho cantaba y temblaba la felicidad, por tener tan cerca una presencia deseada que espantaba el último eco de los recuerdos. Y en su cabeza germinaba el ímpetu de un pensamiento: «Esto, esto es... Ahora ya sé lo que es eso de lo que hablan las canciones».

Entonces él se aproximó y la abrazó de repente, de una manera completamente inesperada para ella; a su cara se apretó la mejilla ardiente... Y al instante sobrevino un beso.

Judit alzó la frente para manifestar al cielo su agradecimiento y vio salir del nido un pájaro con el pecho claro que al momento voló y se alejó rápido y silencioso, mientras soltaba su blanco excremento, que les cayó encima, a él sobre la cabeza y a ella en los ojos.

—¡Ay, me ha cagado en la vista! —gritó Judit cegada repentinamente.

Muhamad se asustó y se apresuró a socorrerla.

—¡Vamos al río, debes lavarte inmediatamente! —le dijo tomándola en brazos.

Se acercaron hasta la orilla. Él recogía el agua fresca con las manos y se la echaba sobre los bonitos ojos color miel que no paraban de parpadear.

—¡Ea, ea, ea…! —decía—. Pobre, pobre Judit… Ha sido culpa mía.

Ella, a medida que recobraba la vista, era como si saliera de la oscura realidad de su pasado y resucitara ahora con alegre diafanidad. Y entre una catarata de risotadas, exclamaba:

—¡Era verdad! ¡La mierda de pájaro tiene que ver con la dicha y el amor!

31

Amanecía cuando una tropa de jóvenes caballeros, serían más de medio centenar, se aproximaba a Toledo atravesando enormes y ásperas altiplanicies con huellas de otoño, cortadas por los duros vientos de las montañas. Cabalgaban animosos campo a través, eludiendo los caminos transitados para no resultar sospechosos a las autoridades musulmanas de aquellos territorios. Por este motivo, el viaje que emprendieron desde Mérida a mediados de septiembre había sido largo y aventurado, errando por los montes, siguiendo el cauce de los ríos y deteniéndose en las aldeas solo el tiempo necesario para proveerse de víveres.

Antes de llegar al pie del monte donde se asentaba Toledo, decidieron separarse en grupos más pequeños para entrar en la ciudad discretamente. Detenidos en un claro del bosque, cerca del río Tajo, Aquila, que iba al frente de todos, les dio las siguientes instrucciones:

—Aquí mismo esconderemos las armas, pues no se permite entrar a gente armada que no pertenezca a los ejércitos moros. El valí de Toledo recela mucho de los forasteros y las leyes son muy estrictas, precisamente para evitar revueltas en el interior. Debemos, pues, ser muy cautos y movernos con sumo cuidado evitando despertar la curiosidad de los toledanos. Vestiremos al modo de moros y no haremos uso de otra lengua que no sea la de los ismaelitas. Guardaos de exhibir cualquier signo cristiano; fuera cruces de los pechos y nada de santiguarse al pasar por las iglesias. Cierto es que en Toledo viven muchos cristianos, pero será mejor no andar entre ellos, pues podemos levantar sospechas y no dudarían las autoridades en hacernos presos y darnos tormento para saber quiénes somos y a qué venimos. No olvidéis que aquí estamos solo de paso y que debemos proseguir el viaje hacia Asturias antes de que avancen los fríos. Ahora nos distribuiremos en grupos de cinco hombres e iremos subiendo a la ciudad separadamente, mezclados entre la muchedumbre de mercaderes y aldeanos que estará ya apostada frente a la puerta de la muralla esperando entrar. Pagad la tasa sin rechistar y disfrutad de la ciudad mientras os aprovisionáis para el resto del camino. Pasadas dos noches, a la mañana del día tercero, nos reuniremos otra vez aquí para recuperar las armas y proseguir la marcha.

Allí mismo cavaron unas fosas someras y guardaron armaduras, espadas y lanzas; echaron tierra encima y cubrieron los escondites con la hojarasca para disimularlos. Se vistieron con ropa sencilla y se pusieron turbantes semejantes a los que usaban los mercaderes y las gentes de paso. Luego, como había previsto Aquila, fueron saliendo en grupos espaciadamente en dirección al puente que cruzaba el río a una legua de allí.

Aquila se dirigió entonces al joven hijo del duc Agildo y le dijo muy serio:

—Tú y yo iremos juntos y solos los dos. Saldremos de aquí los últimos.

Así lo hicieron. El sol estaba ya alto cuando ambos caminaban por el linde del bosque, pasando junto a los troncos de viejos y enormes pinos, atravesando manchas de madroños y espesos arbustos. La ciudad se veía arriba, orgullosa y desafiante, encerrada en sus altísimas murallas. Al pie del monte fluía, verdoso y profundo, el río Tajo.

Claudio y Aquila ascendieron los últimos, según lo previsto, cuando ya la aglomeración se había disipado y el gentío se hallaba hacía rato en los mercados. Anduvieron llevados por sus ligeros pies por calles abarrotadas, bulliciosas, donde difícilmente se fijaría alguien en ellos si no fuera para ofrecerles sus mercancías.

Al pasar por delante de una fonda, Aquila se detuvo y dijo:

—Preguntaremos aquí.

Dentro se abrieron paso entre la gente que comía, conversaba y descansaba sobre sus esteras en el suelo. Avanzaron hacia un mostrador alto y, con mucha decisión y naturalidad, Claudio le preguntó a un grueso hospedero en lengua árabe:

—¿Puedes decirnos dónde vive el duc de los dimmíes cristianos?

El hospedero se encogió de hombros y respondió:

—¿Dónde va a ser? En el barrio dimmí.

—¿Y eso dónde está?

—Lejos de aquí, en la otra parte de la ciudad.

Claudio y Aquila se miraron perplejos. Entonces el hospedero les dijo:

—Buscad ahí afuera a cualquier muchacho; por media torta de pan os llevará hasta allí.

Obedecieron el consejo y, después de atravesar el enorme laberinto que era Toledo, llegaron a un viejo barrio que se extendía en recia pendiente por el declive del monte. En la parte más alta, en una soleada plaza, el muchacho que los guiaba les señaló un palacio antiguo.

La puerta estaba abierta de par en par y ambos penetraron, cruzando el zaguán, hasta un patio amplio con arcadas de ladrillo, caballerizas, almacenes y un par de pilares para abrevar las bestias. Alguien les gritó desde una ventana del piso alto:

—¿Qué queréis?

—Venimos en busca del duc Avidio —contestó Aquila.

—¿Con qué fin?

—Venimos de lejos…

—¿De dónde? ¿Quién os envía?

—Baja y te lo explicaré.

—Un momento…

Descendió aquel hombre, que era uno de los criados de la casa, y los atendió en el patio, acosándolos con preguntas. Quiso saber quiénes eran, de dónde venían, quién los enviaba, el motivo por el que querían ver al duc de Toledo… Y comoquiera que los dos jóvenes mostraban cierta reserva y se cuidaban de no darle demasiados detalles, acabó por decirles con desdén:

—Mi amo el duc Avidio no puede perder su valioso tiempo atendiendo a cualquiera. Si no me decís el motivo de la visita, no os anunciaré a él. Debéis comprender que es mucha la gente que viene a pedirle cosas en estos malos tiempos…

Al oír esto, Claudio se enojó y, con orgullo, reveló:

—Soy el hijo del duc Agildo de Mérida. ¡Estúpido siervo!, si no me conduces ahora mismo a tu amo, te daré una paliza.

Entonces se oyó una voz:

—¡Bueno, bueno, basta ya!

Apareció por una de las puertas un anciano vestido con un largo sayo; cojeaba y se apoyaba en un bastón.

—Yo soy el duc Avidio —dijo con una manera de hablar balbuciente, enseñando sus encías desdentadas—. ¿A qué habéis venido a mi casa? ¿Cómo os atrevéis a entrar aquí de esta manera arrogante?

Aquila y Claudio se aproximaron a él remisos y le saludaron inclinando la frente con respeto y presentando las manos. El anciano duc correspondió con una amabilidad desdeñosa.

—Pasad, os atenderé en el huerto... Mi casa no está en condiciones para recibir a nadie; mi esposa está en cama y no dispongo de más criados que este, a quien ibais a dar una paliza...

—Discúlpanos —le rogó Claudio—. Hemos hecho un largo viaje y estamos muy cansados.

El duc los condujo a un huerto triste, donde reinaban la sombra y el silencio; se divisaban desde allí las casas somnolientas, apiñadas, del barrio cristiano y la torre destartalada, sin campanas, de una pequeña iglesia cercana. Los naranjos altos parecían buscar el sol, y un granado mostraba en sus ramas su fruto almagrado, abierto ya y marchito.

El criado sacó agua de un pozo y se la ofreció a los jóvenes. Mientras bebían con avidez, el anciano noble los miraba con rostro frío y opaco.

Cuando hubieron saciado su sed, Aquila tomó la palabra y explicó:

—Me llamo Aquila y soy hijo del príncipe Pinario; mi padre está en Asturias, sirviendo en la corte del rey Alfonso II. Viajé hasta Mérida enviado para saber de los cristianos de allí y llevarles un mensaje de la cristiandad del Norte.

El viejo Avidio asintió con un leve movimiento de cabeza y no dijo nada.

Entonces habló Claudio:

—Y yo soy hijo del duc Agildo de Mérida; voy al Norte acompañando a este noble pariente mío para conocer aquel reino.

Con afectada indiferencia, el anciano les dijo:

—¿Y qué tengo yo que ver con todo eso? Vais a vuestros asuntos y no a los míos.

—Los asuntos que nos llevan al Norte son tuyos y nuestros; son de todos los cristianos —replicó Aquila—. Vamos allí para informar al rey asturiano de lo que sucede en estas tierras gobernadas por los sarracenos.

—¿Y a mí qué? —contestó el viejo noble—. No puedo ayudaros en nada y ya veis que no puedo ir con vosotros a causa de mi edad. ¿A qué habéis venido a esta casa?

La impertinencia y la frialdad de Avidio terminaron exasperando a Claudio, que le espetó con enojo:

—¿Eres el duc de Toledo y no te enseñaron en toda tu larga vida la virtud de la hospitalidad?

El anciano sonrió con ironía y contestó:

—Eres orgulloso, muchacho… ¿Y a ti nadie te ha enseñado a ser humilde? El orgullo es, sin duda, una hierba agria que crece en los reinos en ruina y en las viejas razas llamadas a extinguirse.

—¿Acaso no eres tú orgulloso? —le reprochó Aquila—. Estamos tratando de ser cordiales y nos tratas con desprecio. Solo queremos darte un mensaje de parte de tus hermanos cristianos. Dejemos de una vez esta estéril discusión y apartemos a un lado nuestro orgullo para hablar como patricios que somos los tres.

Avidio no contestó. Perdió la mirada en el horizonte y se quedó altanero y ensimismado.

—¡Vámonos de aquí! —le dijo Claudio a Aquila—. Este anciano nos habla de orgullo, cuando es lo único que le queda. Si es el jefe de los cristianos de Toledo, mal porvenir los espera gobernados por un hombre con tan poca ilusión.

Salieron del palacio, cabizbajos y desilusionados, sin volver la mirada. A sus espaldas, el antipático duc les gritó:

—¡Id con el diablo, mozos vanidosos!

32

El día segundo de su estancia en Toledo, Aquila y Claudio subían por la tarde hacia la parte más alta de la ciudad. Una languidez pesada parecía desprenderse del cielo, azul oscuro, y de las agrestes laderas de los montes. El río Tajo, verde e inmóvil, se veía al pie de la quebrada trazando su curva en torno a la pendiente amurallada.

Aquila se paraba a cada paso, a contemplar admirado el paisaje.

—¡Qué ciudad tan misteriosa! —exclamó entusiasmado, poniendo su mirada ardiente en las fortalezas que protegían la ciudadela—. Con razón los reyes godos asentaron aquí su trono. ¡Ojalá un día permita Dios que reinen aquí de nuevo las coronas cristianas!

Claudio sonrió y, con cierta impaciencia, murmuró:

—Debemos apresurarnos. Si vamos a visitar al obispo, será mejor llegar a su casa antes de que se ponga el sol.

Sus ágiles piernas les hicieron remontar pronto la cuesta y alcanzaron una plazuela, en la que resaltaba el bello pórtico de una iglesia.

—Aquí debe de ser —dijo Aquila, señalando una casa cuya puerta principal se abría bajo un arco entre dos columnas.

A un lado de la puerta había dos hombres que dejaron de conversar y se los quedaron mirando.

—¿Es esta la casa del obispo de Toledo? —les preguntó Claudio.

—Esta es —respondió uno de los hombres—. ¿Qué le queréis?

—Somos cristianos de Mérida que vamos camino del Norte.

Aquellos hombres los condujeron por un callejón hasta las traseras de la casa y les hicieron pasar por un portón que daba a un patio, donde los arrayanes, decrépitos y mal cortados, trazaban un cuadrado. En el silencio tibio del atardecer, les llegaba el ruido del agua de una acequia que corría cercana.

Tuvieron que esperar un rato, y al cabo salió el obispo, un hombre de mediana estatura, las barbas grandes, cobrizas y enmarañadas, como la cabellera que le salía por debajo del gorro colorado.

Los miró con curiosidad y luego dijo:

—Ya sé quiénes sois.

Aquila y Claudio se miraron extrañados.

El obispo sonrió y añadió:

—No poseo el don de la adivinación. Esta mañana vino el criado del duc Avidio y me contó que habíais estado ayer en su casa. Ya sé todo lo que pasó...

Los jóvenes se aproximaron para besarle la mano. Aquila le dijo:

—No teníamos intención alguna de discutir. El duc no nos trató con hospitalidad y nos pareció que era prudente irse de su casa y no importunarle más.

El obispo observó en tono ligero:

—Es un anciano; está enfermo y cansado...

—Lo comprendemos —dijo Claudio—. ¿Nos atenderéis vos, padre?

—Claro. Pasemos adentro. Cenaréis conmigo y me contaréis el motivo de vuestro viaje. Pero, antes de nada, aceptad un aposento en esta casa. Podéis tomar un baño y quitaros toda esa suciedad molesta del camino.

Los criados les calentaron el agua y los jóvenes se lavaron y se pusieron ropa limpia.

El caserón era austero, frío y oscuro; pero, después de tantos días viviendo a la intemperie, les pareció mejor que un palacio.

Después de cenar con placer una sopa caliente de coles y pan con puré de berenjenas, estuvieron hablando durante largo rato a la luz de un candil, sentados en torno a la mesa. El obispo, como tanta gente, tenía la preocupación de los impuestos que debían pagarse a Córdoba, y les hizo algunas preguntas.

Ellos le contaron lo que había sucedido últimamente; las revueltas que hubo y cómo se había decidido enviar una embajada al emir para pedir clemencia.

El obispo se quedó pensativo y luego dijo con circunspección:

—Todos sufrimos a causa de esta opresión injusta; nuestra cristiandad gime como si tuviera dolores de parto... Pero no debe perderse la esperanza.

—Por eso mismo estamos aquí nosotros —añadió Aquila—. Nos enviaron porque somos jóvenes, pero nuestro ímpetu y nuestro deseo de hacer algo por la causa cristiana no deben confundirse con orgullo o vanidad.

—Claro que no —dijo el obispo—. La vanidad es otra cosa..., mientras que ese ímpetu vuestro es el sentimiento propio de la juventud con todas sus ilusiones. Lástima que nuestro pueblo languidezca en la desesperanza... Por eso, cuando nombramos al malogrado y noble reino godo de España, decimos que es un reino dormido que aguarda ser despertado. No toméis en cuenta lo que el viejo duc Avidio os dijo ayer; se refería al orgullo que es lo único que les queda a las razas y castas caídas… Hablaba de sí mismo y no de vosotros… Lo que pasa es que aquí, en Toledo, hemos sufrido mucho… ¡No sabéis cuánto!… Bueno, ¿qué os voy a contar? También los cristianos de Mérida habéis padecido esta terrible plaga…

—¡Este compañero y yo —exclamó Claudio estremeciéndose— nos estamos jugando la vida! Hemos tenido que convencer a los nuestros y vencer muchos obstáculos en este viaje. Pero estamos dispuestos a llegar al Norte con la ayuda de Dios para conmover al rey de Asturias y hacerle tener caridad con nosotros.

El obispo se refugió en el silencio mientras le miraba muy fijamente, con una sonrisa escéptica en los labios. Luego repuso:

—Siento echar un jarro de agua fría sobre vuestros ardientes propósitos… Pero he de deciros la verdad: esperar que Alfonso II arroje de España a los sarracenos es hoy solo una vana ilusión, un ensueño… ¡Bastante tienen los asturianos con defenderse en sus territorios! No, no os hagáis ilusiones esperando que vengan a liberarnos…

Sin disimular su impaciencia, Claudio contestó impetuoso:

—¡Eso ya lo sabemos! En Mérida no se ignora que el reino del Norte de España no tiene fuerza suficiente para sacudir a los moros.

—Y, entonces, ¿por qué os dirigís hacia allá tan dispuestos? —les preguntó el obispo.

Aquila sonrió francamente y, tomando confianza, respondió:

—Vamos a Asturias, en efecto, para informar al rey Alfonso II de lo que les sucede a los cristianos del sur. Esa es la primera parte de nuestro cometido y nuestro inmediato destino. —Hizo una pausa y luego, mirando a Claudio, prosiguió—: Pero no nos detendremos allí, pues luego iremos a… Será mejor que eso se lo cuentes tú, Claudio.

El joven hijo de Agildo vaciló y después habló muy serio:

—Que Dios me perdone, pues esto que voy a deciros, señor arzobispo de Toledo, no lo sabe ni siquiera mi padre el duc de Mérida.

—Puedes confiar en mí —le dijo el obispo.

Con mirada sincera, Claudio reveló:

—Vamos mucho más al norte. Después de Asturias, viajaremos hasta Aquisgrán, a la tierra de los sajones, a la corte del emperador Ludovico Pío, para solicitar su auxilio.

El asombro asomó al rostro del obispo. Se quedó meditando durante un rato y luego murmuró:

—El auxilio del emperador… ¡Bendito sea Dios!

El corazón de Claudio palpitó a toda velocidad y dijo:

—Sí, solo él puede socorrernos… Como en su día lo intentara su antecesor Carlomagno… Por eso, te rogamos, venerable padre, que nos permitas acudir a él también en nombre tuyo. Portamos cartas de muchos prelados, abades y nobles señores que ya tienen resuelto levantar a sus gentes contra la tiranía del rey sarraceno.

La cara del obispo de Toledo se ensombreció. Con un movimiento de cabeza, observó aterrado:

—¿Y si os descubren? ¡Esas cartas serán vuestra perdición y la de todos los que las firman!

—¡Hay que arriesgarse! —exclamó Aquila—. ¡Debemos confiar en la ayuda de Dios!

Al obispo le invadió un sentimiento de admiración mezclado con temor. Permaneció caviloso y sumido en su miedo durante un largo rato, mientras los dos jóvenes esperaban su reacción.

Claudio, apremiante, le dijo:

—Venerable padre, esta era la capital del reino cristiano. ¿Vas a dejar pasar la oportunidad de hacer algo para liberarla?

Piensa en tu grey… La cristiandad necesita que te unas a su causa… ¡Decídete!

El obispo se puso en pie y llamó a su secretario. Y cuando este entró servicial en la sala, le ordenó:

—Trae un pliego, el cálamo, la tinta, el lacre… ¡y mis sellos!; he de redactar urgentemente una carta.

33

Un día del fin de la luna de Rabí al Awwal, que coincidía con mediados de marzo en el calendario cristiano, la fatigada ciudad de Mérida sacudía su sueño en el silencio del amanecer. El aire estaba muy claro y el último cielo descolorido del invierno había dejado todo impregnado de rocío, que empezaba a evaporarse enviando vahos perfumados de hierba fresca.

El centinela que concluía su turno en el puente miraba hacia el otro lado del Guadiana y vio adelantarse una larga fila de hombres a caballo que, a simple vista, le parecieron ser más de un centenar. Extrañado, se apresuró a dar el aviso al jefe de la guardia y este envió enseguida al más ligero de sus hombres para que alertara a su vez al destacamento que defendía la cabecera del puente. Pronto regresó a esta parte del río y, resollando aún, le dijo al oficial que se trataba del séquito de un magnate cordobés enviado por el emir solicitando ser recibido por el valí.

Cuando el gobernador Mahmud al Meridí fue informado de esta circunstancia, perdió la tranquilidad y ordenó que fuera convocado su Consejo inmediatamente.

Un poco más tarde, reunidos los próceres en la sala de

audiencias del palacio, debatían sobre lo que debía hacerse con aquella comitiva que esperaba al otro lado del río. El jefe de la guardia dijo con solemnidad:

—No cabe duda de que ese enviado del emir trae las noticias que el hijo de Marwán nos anunció.

El valí se volvió hacia él y, con una mirada apagada y resentida, atronó:

—¡Pues claro que son esas noticias! ¿A qué va a venir si no esa embajada? ¡No necesito que nadie me diga lo que ya sé!

Se hizo un gran silencio. Los presentes miraron al jefe de la guardia con enojo, solidarizándose con el valí. Y este, haciendo visible toda su preocupación, añadió:

—¡Qué tremendo problema! Si esas noticias que tanto hemos esperado son buenas… Es decir, si el emir ha decidido perdonarnos los impuestos… ¡Bendito sea Alá el Misericordioso! Pero… y si… En fin, y si ese enviado viene a decirnos que todo sigue igual…

Cuando Mahmud hizo una pausa y se quedó como abstraído con la mirada perdida en las alturas, todos allí estaban tan quietos y pendientes de sus palabras que se hubiera oído el caer de un alfiler. Entonces el valí paseó sus ojos ansiosos por ellos y se dio cuenta, con fulgurante y agitada percepción, de que era él y nadie más quien debía tomar una decisión al respecto. Entonces se irguió y, alzando las manos crispadas al cielo, gritó:

—¡Por la grandeza y la gloria del Profeta! ¡Ya no se puede exprimir más a esta ciudad! ¡No consentiré que nos lleven a la ruina!

Todos los miembros del Consejo se pusieron a gritar:

—¡No lo toleraremos! ¡Sería la mayor de las injusticias! ¡Nada de eso!…

El muftí se adelantó entonces y, encarándose con ellos, les preguntó angustiado:

—¿Y qué podemos hacer? ¡Decidme de una vez lo que pensáis!

Todas las miradas volvieron a dirigirse fijas y temerosas hacia Mahmud, dejando una vez más la solución en sus manos. Y él, tras dudarlo unos momentos, le ordenó al jefe de la guardia:

—Ve en busca del cadí de los muladíes Sulaymán abén Martín. Cualquier decisión que tomemos deberá ser de común acuerdo, según se juró aquí mismo antes de que se acudiera a Córdoba.

Pero todavía no había salido el jefe de la guardia de la sala cuando se presentó un oficial de los guardias muy azorado y anunció:

—El magnate de Córdoba exige la autorización para entrar en la ciudad; le ha dicho al oficial del puente que estamos faltando a la consideración debida.

El valí contestó fríamente:

—Hemos esperado esas noticias desde la luna de Rayab y se impacientan ellos por unas horas. ¡Es el colmo!

El tiempo transcurrió lento y espeso mientras iban a buscar al cadí de los muladíes. Los notables cuchicheaban y una atmósfera cargada de ansiedad se apoderaba de la reunión.

Y cuando al fin Sulaymán entró en la sala, el valí le manifestó con ansiedad:

—Ha llegado el momento de tomar una determinación. Las noticias de Córdoba están aquí, aguardando en las puertas de nuestra ciudad, puesto que un enviado del emir ha venido para parlamentar. Y ahora se presenta un gran dilema: si el emir ha decidido quitarnos de encima la pesada carga de los impuestos... ¡Oh, sería maravilloso! Entonces daremos una gran fiesta. Pero, ¡Dios no lo permita!, si ese enviado viene a cobrar, ¿cómo vamos a pagar tan enorme deuda?

Hizo una pausa para examinar en la cara del cadí el efecto de su declaración y siguió:

—Debemos estar prevenidos y ponernos en lo peor... Aquí mismo se juró no ceder en el caso de que no se nos hiciera justicia, y también permanecer unidos en cualquier circunstancia... Sulaymán abén Martín, fiel a Alá, jefe de los muladíes, ¿qué tienes que decir a todo esto? ¡Sabes cómo confío en ti, leal amigo!

El cadí dejó a un lado la hosquedad de su semblante y sonrió levemente correspondiendo a los afectos del valí. Contestó:

—Opino que debes recibir de inmediato a ese enviado. Y una vez que hayas escuchado lo que el emir tenga que decirnos por su boca, no le des ninguna respuesta; no respondas ni «sí» ni «no». Reúne después a los jefes de la ciudad y decidamos entre todos lo que debe hacerse.

El valí se quedó pensando un rato y, dirigiéndose al jefe de la guardia, ordenó:

—Preparad todo para la recepción. El Consejo debe estar presente, para que no haya duda alguna sobre el sentido de las palabras que se digan. Y convocad también a Marwán abén Yunus.

Poco antes del mediodía, cuando los muecines se aprestaban a convocar a los fieles para la oración del *zuhur*, el cortejo del magnate cordobés atravesaba Mérida en dirección al palacio del valí. Avanzaba delante el estandarte de Abderramán, custodiado por soldados con libreas verdes y capas blancas, seguidos por varios nobles con lujosos atavíos y vistosos jaeces en sus monturas. Cerraban la fila veinte aguerridos caballeros con armaduras, entre los cuales iba el legado del emir, cuyo yelmo empenachado resaltaba por encima de los demás.

Todo esto contemplaba con asombro y regocijo el rico Marwán, que estaba en una angosta bocacalle que afluía a la vía principal frente a la fortaleza. Iban con él todos sus hijos, excepto el mayor, Muhamad, a quien había mandado aviso a primera hora de la mañana, en cuanto tuvo noticias de que la comitiva cordobesa se hallaba a las puertas de la ciudad.

Los hombres principales de Mérida, jefes árabes, muladíes, beréberes, judíos o cristianos, convocados para la reunión, fueron llegando sin que faltara ninguno de ellos; y con los ojos ansiosos, expectantes, los semblantes graves y guardando un elocuente silencio, ocupó cada uno el lugar que le correspondía en la sala de audiencias.

Al fondo, sobre el estrado, aguardaba el valí de pie delante de su trono, decidido a manifestar el máximo aplomo y a que nadie pudiese adivinar que en su interior se revolvía un nudo de incertidumbres.

Entró el legado cordobés y avanzó por el pasillo central deslizando sus zapatos de seda verde oliva, como la túnica y el dolmán que cubrían su abultado cuerpo; llevaba bordados por todas partes, cual si fuera un ídolo de oro y pedrería. Sus negros ojos también brillaban en su cara de carrillos abultados; erguía la cabeza orgullosa tocada con turbante orondo repleto de brillantes alfileres y gemas de todos los colores; y sus manos asomaban entre los encajes de las mangas, tostadas por el sol y abarrotadas de anillos. Le seguían cuatro secretarios igualmente emperifollados, llenos de adornos y alhajas.

Al entrar el séquito en la sala hubo un gran movimiento de curiosidad. Se alzaron en sus sitiales los miembros del Consejo y se extendió un murmullo que pronto dio paso al silencio expectante.

El secretario privado del valí se puso frente al estrado y proclamó con solemnidad:

—Bienvenido, ilustre legado de nuestro altísimo señor el emir Abderramán, príncipe de los fieles.

El magnate cordobés se inclinó levemente y contestó sonriente:

—Mi nombre es Abdalá al Wahid y me anuncias bien al

revelar que me envía nuestro emir Abderramán, ¡Alá le conserve! Estoy aquí, en esta leal ciudad de Mérida, para manifestar la clemencia de nuestro buen príncipe.

Un murmullo alegre y aprobatorio estalló en la concurrencia. Los presentes se agitaron y empezaron a hablar entre ellos a media voz; meneaban las cabezas en expresivos asentimientos y un júbilo, aunque impreciso, se apoderó de la sala.

El valí Mahmud, de pie en lo alto del estrado, se puso a manotear y a ordenar con su voz débil y trémula:

—¡Callad! ¡Callad y dejad hablar a quienes deben hacerlo!

Retornó el silencio y tomó de nuevo la palabra el legado Abdalá para, con voz presurosa, añadir:

—Se perdonará un tercio del tributo a los musulmanes y…

Una explosión de aclamaciones discordes ahogó su voz.

—¡¿Cómo un tercio?!

—¡¿A los musulmanes?!

—¿Eso es clemencia?

—¡Dejadle terminar!

Los gritos de los presentes se hacían suplicantes, enervados, fundiéndose en una confusa agitación en la que sobresalían la desesperanza y la queja.

El valí volvió a elevar las manos y a gritar de manera casi inaudible:

—¡Silencio! ¡Callaos, por Alá! ¡Dejad que nos entendamos!

Entonces se abrió paso entre la multitud, a empujones, el comes Landolfo, alto, fornido; se encaró con el legado cordobés y le gritó:

—¿Qué has querido decir con eso de un tercio a los musulmanes? ¿Y los dimmíes? ¿Y nosotros? ¿Acaso nos vais a exigir la totalidad de ese impuesto injusto?

Abdalá al Wahid permaneció hierático, en arrogante silencio; puso su mirada en el comes y después volvió hacia otro lado la cara.

Desde el estrado, Mahmud hizo uso de su voz blanca, sin tonos y sin altibajos, para decirle a Landolfo:

—Nadie te ha dado la palabra... Te ordeno que abandones este salón.

El comes miró a la muchedumbre que le rodeaba en semicírculo y les habló con desesperación, alzando las manos por encima de la cabeza y agitándolas en el aire:

—¿Es acaso esto justicia? ¡Un tercio! Os perdonan un miserable tercio de todo lo que debéis... ¿Qué es eso? ¿Y nosotros? ¡Nosotros debemos pagar toda la deuda! ¡Qué justicia ni qué justicia...! ¡Clemencia dice! ¿Qué clase de clemencia es esta?

La espuma que se le había formado en los labios le descendió hasta la barba pelirroja; se la limpió y volvió a alzar la mano grande.

—¡Me voy! ¡Fuera todos los cristianos de esta sala! ¡Dejemos que se entiendan ellos solos con su justicia!

El duc Agildo contemplaba atónito la escena y descendió hasta donde estaba el comes. Le suplicó:

—¡Un momento! ¡Por Dios, no perdamos la calma!

Landolfo le miró con irritación; no contestó y, bajando la cabeza, se dio media vuelta y salió de la estancia por el pasillo central, braceando. Se oían sus pasos firmes y pesados mientras la multitud le abría camino. Las fisonomías de los presentes tomaron una expresión sombría, abatida. Se apaciguó el clamor de las voces y el valí Mahmud dijo con su voz aguda y sin matices:

—Será mejor disolver esta reunión. Yo me reuniré en privado con el legado del emir y después os comunicaré lo que se haya acordado.

No había terminado de hablar cuando alguien gritó:

—¡Nada de eso!

Todas las miradas se volvieron ahora hacia el lugar de donde había surgido el grito. Allí estaba Salam abén Martín, el hermano del cadí de los muladíes, avanzando hacia el legado del emir con rostro desencajado, furioso.

—¡De aquí no se irá nadie más! —rugió—. Hicimos un juramento y se cumplirá.

El valí, aunque estaba visiblemente nervioso, contestó con voz queda:

—Por Alá, no compliquemos más las cosas. Dejemos por ahora lo del juramento…

Pero una nueva explosión de aclamaciones ahogó su ruego:

—¡Hagamos como se acordó!
—¡Respetemos el juramento!
—¡No cedamos!
—¡Fuera! ¡Fuera el legado!

Completamente desconcertado, el valí Mahmud buscó con la mirada en la sala y puso sus ojos suplicantes en Sulaymán abén Martín, que se erguía entre los muladíes.

—¡Sulaymán! —imploró—. ¡Sujeta a tu gente, cadí!

Pero Sulaymán, ignorando esta petición, anduvo hasta donde estaba su hermano y también lanzó reproches al legado cordobés:

—Te atreves a venir aquí así, cubierto de oro de pies a cabeza, con toda esta arrogancia, ¡maldito espantajo! Anda, regresa a Córdoba y dile a tu amo que ya no nos exprimirá más.

Esto animó aún más a su hermano Salam, que seguía gritando fuera de sí:

—¡Un tercio! ¡Un miserable tercio de la deuda nos perdona ese tirano! ¡Cumplamos el juramento! ¡Rompamos de una vez con Córdoba!

—¡Fuera! ¡Fuera! ¡Rompamos! ¡Rompamos con Córdoba! —coreó la concurrencia.

Abdalá al Wahid, turbado, dio un resoplido y, alargando torpemente el cuello, miró al valí, con la boca abierta de un modo cómico:

—¿Vas a consentir este desprecio? ¿Este es el respeto que tributa tu ciudad al príncipe de los fieles?

Mahmud, alisándose con su manaza morena la barba rizosa, contestó irritado:

—Esperábamos clemencia y nos has traído ira y división. Será mejor que te marches ahora mismo o no respondo de lo que pueda pasarte.

El legado, muy sulfurado, se dio media vuelta y caminó hacia la puerta levantando los hombros, sacando el pecho y arrastrando su capa verde oliva. Aprovechando el silencio expectante que acompañó a su partida, se volvió antes de salir y proclamó con aire sombrío:

—Si yo estuviera en vuestro lugar, no dormiría tranquilo a partir de hoy.

34

Judit y Muhamad estaban echados el uno junto al otro en la torre más alta del castillo, en la alcoba desde cuya ventana podían contemplar la maravillosa visión del campo infinito; se dibujaba el perfil azulado de los montes y, más allá, donde la vista no podía distinguir en el horizonte el campo del cielo, centelleaba ya una estrella, porque caía la tarde. Los enamorados eran saludados por una fría fragancia, por una mezcla de perfume y de sudores. Se abrazaban, se besaban, y ella no podía dejar de mirar el cabello oscuro y brillante del joven, como tampoco sus ojos negros, sus pestañas, su piel saludable… Y, entre la suavidad de una manta de pieles de nutria, él desabrochaba el vestido blanco de Judit, y besaba con pasión sus ardientes hombros, mientras ambos guardaban silencio, y solo sus miradas destellaban, y ella se estremecía, gemía, suspiraba, cuando la piel de su pecho desnudo empezaba a templarse con el contacto de sus labios y el húmedo aire que entraba por la ventana…

Más tarde, alegremente, les dio por hablar. Como si le contara travesuras infantiles, Judit le refería a Muhamad cosas de su vida pasada. Había tenido que vivir con un hombre enfermo al que no amaba y al que tuvo que cuidar a todas horas. Pero, aun siendo la suya una historia aparentemente muy triste, en su porte, en sus palabras y hasta en el timbre mismo de su voz animosa resplandecía una jubilosa audacia.

Muhamad la escuchaba, con sus enormes ojos muy abiertos, en silencio, abrumado por el profundo contenido de aquella sencilla historia de una mujer prodigiosamente dotada de hermosura que durante algunos años, con resignación, se había sentido obligada a llevar una vida que no le pertenecía.

—Por eso he odiado siempre a las cigüeñas —concluyó Judit en voz queda, bajando la cabeza—. Porque me parecía que por su culpa me convertí en la criatura más desdichada de la tierra...

Él sonrió y sus ojos oscuros la acariciaron dulcemente.

Ella le tomó la mano y, estrechándola entre las suyas, prosiguió:

—Pero al fin he comprendido que en el fondo había algo de razón en las manías de mi familia... ¡Qué cosas pasan!

Después de decir esto, Judit dejó que su mirada se perdiera en la lejanía, hacia la franja color púrpura donde el sol acababa de ocultarse.

Muhamad no terminaba de comprender del todo el sentido de sus palabras y simplemente escuchaba riendo sus historias y la miraba con ojos cariñosos. Esbelta, de piernas bien formadas, ella descansaba apoyada en la almohada y sus ojos miraban todo con expresión juvenil. El corazón del joven se acercaba a aquella mujer tierna y desenfadada, de cuyo interior parecía brotar mayor belleza a cada momento, y trataba de hallar algo oportuno que decirle.

Mas, un instante después, Judit volvía a hablar con sencillez, inocentemente.

—¡Qué cosas! La vida es verdaderamente muy rara —dijo después de un suspiro—. Y yo que creía que todo eso del amor no estaba hecho para mí... ¡Y ahora me corresponde mi parte de mierda de pájaro!

Muhamad soltó una sonora carcajada y luego, acariciándole el pelo con el dorso de los dedos, repuso con ternura:

—Eres todavía muy joven. Y muy guapa…

Ella sonrió y movió la cabeza. Su pelo parecía desprender luz, como su rostro claro.

—No tienes necesidad de decírmelo todo el tiempo.

—Te llaman Judit al Fatine, la Guapísima…

Judit se estremeció.

—Y a ti deberían llamarte el Guapísimo.

Se besaron largamente… El silencio y la oscuridad se iban haciendo más densos. Abajo, en los patios del castillo, las voces sonaban más suaves.

—Te voy a ayudar —dijo quedamente Muhamad—. Me parece injusto todo lo que has sufrido y quiero hacer algo por ti.

Ella rio, se apartó un poco y respondió:

—No sabes cuánto me has ayudado ya.

Muhamad se levantó y se acercó pensativo a la ventana; se movía con esa lentitud tan suya, con pesadez, con una especie de precaución extraña, como si temiera asustarla. Inspiró aire, levantó la cabeza y, cerrando los ojos, murmuró:

—¿Por qué no te quedas aquí a vivir?

Judit sonrió con cara de felicidad, pero enseguida suspiró con pesadumbre y, con aire prudente, contestó:

—Debo regresar a casa de mi tía.

—Te acompañaré.

—Solo hasta la entrada de los huertos.

Ella se vistió, se envolvió con el pañuelo la cabeza. Bajaron por las escaleras de la torre y salieron cabalgando por el sendero que descendía en empinada pendiente. Pasaron por delante de los graneros y, antes de llegar a los muros medio derruidos que había delante de los huertos, Muhamad detuvo al caballo, echó pie a tierra y ayudó a Judit a desmontar.

En la puerta, ella se paró un instante, se arregló el pañuelo y echó en derredor una mirada. Él contempló la afectada soltura de sus ademanes, la expresión de cansancio y fastidio reflejado en su bonito rostro, y el tímido centelleo, confuso y mal disimulado, de sus ojos huidizos y dichosos. Allí se despidieron con una larga mirada.

Judit atravesó los huertos canturreando. No se dio cuenta de que su tía aguardaba bajo una palmera y se asustó cuando le salió al paso. Había oscurecido y Sigal surgió como una sombra.

—¡Ay! —gritó la Guapísima.

Con los brazos cruzados sobre el pecho y un ademán cariñoso, pero autoritario, la tía le dijo:

—No son horas estas para que una mujer joven ande por ahí sola.

—No he estado sola —repuso Judit—. Fui a buscar nidos con el señor del castillo.

Sigal soltó una carcajada ronca.

—Otra paloma en las garras del halcón —expresó con ironía.

—¿Qué quieres decir?

La tía le dirigió una mirada de mudo reproche, y Judit observó en tono de advertencia:

—No soy una chiquilla... ¡Soy una viuda! Nadie va a decirme ahora lo que debo o no debo hacer...

—Vamos adentro, se hace de noche —propuso Sigal, poniéndose muy seria.

Las sombras del crepúsculo acechaban ya tras los árboles. Entraron en la casa y fueron a la sala, iluminada con dos lámparas de aceite. Enseguida resonó la risa chillona de Adine, que estaba sentada sobre una estera en el suelo.

Judit se conmovió y se llevó una mano al pecho. Un sollozo, seco y fuerte, le oprimió la garganta; pero lo dominó y, con una tristeza que la rejuvenecía, manifestó:

—¿No tengo yo derecho a ser feliz? ¡Oh, si supierais...!

Hay veces en que parece que el cielo baja a la tierra… ¡Ojalá pudiera explicarme como esos poetas que hacen canciones!
Nadie le contestó. Vacilando suavemente sobre las piernas, ella se dejó caer de rodillas en la estera, se miró las manchas de excremento de ave en el vestido y, señalándolas con orgullo, prosiguió:
—¡Mirad! ¡Mirad esta mierda que me ha caído encima! ¿No os dais cuenta de que son las señales de mi felicidad? ¡Claro que amo a Muhamad! ¿Qué otra cosa esperabais? Es guapo, inteligente, amable… Cualquier mujer del mundo se sentiría feliz si se cruzase en su camino un hombre así…

Hablaba alzando la voz, con una sonrisa pensativa en los ojos brillantes, y tenía en la mirada el fuego de aquel júbilo no comprendido, pero que su tía y su prima podían ver con claridad.

Sigal se acercó a ella e, inclinándose, le acarició suavemente el cabello revuelto. Judit le tomó la mano y, alzando su cara ruborosa por haber estado todo el día al sol, suspiró con aire cansado.

—¡Cuántas tonterías he dicho! —Se levantó—. Ahora va a resultar que tengo tantos pájaros en la cabeza como mi padre Abdías ben Maimún.

Su tía se sentó junto a ella, la abrazó por los hombros y, mirándola a los ojos, le dijo con cariño:

—No pienses más en esas cosas. Toma una taza de leche caliente y ve a dormir.

35

Cuando Muhamad despertó, en su pecho palpitaba una alegría grande, ardiente. Un alentador sentimiento de gozo, que era a la vez ansiedad y deseo, daba ánimos a su corazón y le impulsaba a levantarse inmediatamente e ir hasta los baños para encontrarse con Judit. Quería saltar de la cama, reír, gritar y sacudirse esa pereza pesada que normalmente le embargaba por las mañanas y que, curiosamente, ahora le resultaba muy fácil de vencer.

Un rayo de sol matinal atravesó la ventana, jugueteando alegremente, y en alguna parte brotó un murmullo de voces que fue creciendo.

La puerta de la habitación se abrió despacio y alguien penetró con torpes movimientos, haciendo ruido. En la penumbra, Muhamad distinguió la silueta grande y desgarbada de su criado Magdi, que se aproximaba al lecho fatigoso, murmurando:

—¡Amo, debes levantarte! Tienes visita...

Muhamad, incorporándose calmoso, preguntó:

—¿Visita? ¿Qué visita?

El criado fue hasta la ventana y la abrió. La luz penetró a raudales en la estancia.

—Levántate, amo, y asómate. ¡Mira lo que hay abajo en el valle!

La alcoba de Muhamad estaba en la torre más alta del castillo. Desde la ventana podía contemplarse una amplia extensión de terreno; una franja montuosa al pie de la sierra, el puente que cruzaba el río y después una llanura con suaves ondulaciones. En el camino que atravesaba los campos, que fulguraban verdes bajo el sol, negreaba una interminable fila de hombres a pie y a caballo que avanzaba hacia el norte.

—¡Por el Profeta! —exclamó Muhamad—. ¡El ejército!

—Sí, amo. Y el general que va al frente está aguardando en el patio. Pide verse contigo.

Se vistió Muhamad y bajó para ir al encuentro del militar. Venía este envuelto en una larga prenda de cuero, con remaches de hierro, que descubría las piernas guarnecidas y los pies calzados con altas botas; sobre los hombros, capa de paño granate; unas manoplas negras le colgaban del cinturón y un gorro con plumas de garza cubría su cabeza. Era un general fornido, muy moreno, de nariz fuerte y bien dibujada, las barbas grandes y la mirada sombría; tenía un aspecto grave, misterioso, que infundía una vaga inquietud.

—Soy Harith abén Bazi —dijo escuetamente, con dura voz—. Me envía el emir.

Muhamad, parpadeando, exclamó asustado:

—¿Ha llegado el momento?

El general se acarició la barba con empaque y respondió:

—Sí. No hay tiempo que perder. Reúne a tu gente enseguida y únete a mi ejército, que nos espera en el camino.

Y volvió a guardar silencio, sombrío.

Muhamad estaba como paralizado. Fijó en él sus ojos oscuros y profundos, en actitud de interrogante espera. Su vigoroso cuerpo se inclinó hacia delante; su faz curtida parecía pálida, enmarcada por el cabello negro y liso.

—Pero... ¿ya va a ser? —balbució—. ¿Hoy mismo? ¿Así, tan de repente?...

Abén Bazi le miró desdeñoso.

—Acabo de decírtelo. ¿Sigues acaso dormido? ¡Vamos!

—Mi padre está en Mérida —contestó Muhamad con preocupación—; toda mi familia está allí...

—¿Y qué?

—Debo advertirlos de lo que se avecina. Si tus hombres asaltan la ciudad, no tendrán contemplaciones con nadie. Mi padre ha esperado ansiosamente este momento para ponerse con toda nuestra gente a las órdenes del emir y ahora esto les va a coger por sorpresa. ¡Hay que avisarle!

—Mi ejército llegará esta tarde frente a las murallas —dijo el general—. Todavía estás a tiempo para enviar a alguien.

Muhamad se dirigió entonces a un criado y, apremiante, le instó:

—Coge mi mejor caballo y galopa lo más rápido que puedas hasta Mérida. Dile a mi padre lo que sucede y convéncele de que deben salir de la ciudad antes del mediodía. Si no lo hicieran, sus vidas correrán peligro... ¡Corre! Y procura que nadie sepa que ese ejército pretende asediar la ciudad. Si alguien te pregunta, di que la hueste va camino del norte y que sorteará Mérida.

36

Desde la torre más alta de la fortaleza, el valí Mahmud y su Consejo observaban la nube de polvo que se alzaba al otro lado del río. La avanzadilla del ejército del emir se entretenía saqueando el arrabal que se extendía por las orillas. Ardían las fondas, las casas y las cuadras, y de los rebaños que solían concentrarse en la explanada no quedaba ya ni un solo animal vivo. Los despiadados guerreros montaban sus cabalgaduras veloces describiendo círculos, agitando sus lanzas empenachadas y lanzando agudos gritos. Se escuchaba el tronar de las hachas destruyéndolo todo, mientras una interminable fila de soldados, con sus manadas de bestias, iba aposentándose en los campos levantando sus negras tiendas.

Con angustia mortal, también las gentes de Mérida contemplaban el amenazador panorama desde sus terrazas y el clamor del pánico recorrió toda la ciudad.

El valí se dirigió al jefe de la guardia y, con la preocupación grabada en el rostro, inquirió:

—¿Cómo es posible que nos hayan sorprendido de esta manera? ¿Por qué no ha venido nadie desde la atalaya a dar el aviso? ¿Se puede saber qué ha pasado?

Azorado, el jefe de la guardia respondió:

—Es el castillo de Alange el que debería haber dado la alarma... No sabemos qué ha podido suceder. Nadie desde allí vino a comunicarnos nada...

—¡Es incomprensible! —exclamó con enfado Mahmud—. Nadie, ni un pastor, ni un campesino, ni un viajero... ¡Nadie nos ha avisado!

—Señor, la defensa de la ciudad está garantizada —indicó el jefe de la guardia tranquilizadoramente—. Por grande que sea ese ejército, no podrá hacernos el menor daño. El río está muy crecido y no pueden vadearlo por ninguna parte. Nuestras murallas son infranqueables y ya están todas las puertas cerradas y todos los bastiones guarnecidos... A estas horas los nuestros se están armando y se ha mandado aviso a los pueblos y aldeas de esta parte de las orillas para que la gente venga a defender Mérida. No hay por qué preocuparse.

El valí se dirigió al Consejo con pesadumbre en la mirada y dijo:

—No podremos resistir un largo asedio. Bien sabéis todos que el año pasado las cosechas fueron muy pobres y las de este año aún están en los campos sin recoger. ¡Esto será la ruina definitiva para Mérida!

Uno de los notables se adelantó entonces y dijo en tono reprobatorio:

—No debiéramos haber ofendido al legado del emir... Y ahora... ¿cómo saldremos de esta?

Mahmud le miró agobiado y contestó:

—¿Quién iba a suponer que detrás del legado venía todo ese ejército?

—¡La culpa es del señor de Alange, Muhamad, el hijo de Marwán! —intervino otro de los notables—. A él le corresponde vigilar los territorios del sur y avisar de cualquier amenaza que venga por esa parte. Es imposible no ver en la lejanía un ejército como ese. ¡No nos ha avisado como era su obligación! ¡Nos ha traicionado!

El silencio se hizo profundo al resonar aquella voz firme. Los miembros del Consejo se removieron con inquietud y empezaron después a gritar casi al unísono:
—¡Traición!
—¡Nos han engañado!
—¡Los Banu Yunus son unos traidores!
—¡Muerte a Marwán y a su hijo Muhamad!

El valí osciló pensativo de derecha a izquierda, se pasó la mano por las barbas grandes y rizosas, y gritó con cólera:
—¡Traed a mi presencia inmediatamente a Marwán abén Yunus!

37

El duc Agildo sentía una tristeza tumultuosa en el fondo de su alma. Después de comer, se dirigió a la basílica de Santa Eulalia. Se acercó hasta la cripta de la mártir y se arrodilló delante de la verja. El sepulcro estaba trabajado en piedra blanca; era sencillo y en él se leía una breve inscripción:

MARTYR EULALIA

Agildo se puso a orar y le rogó a la santa que iluminara su mente. Después estuvo pensando, divagando sobre lo que debía hacer.

Contempló las otras lápidas de granito y mármol, las pinturas de los altares, la bóveda ennegrecida por el humo de las lamparillas y la clave del arco, que tenía esculpidos un cáliz y una palma.

Rezó maquinalmente, pero, como no sentía el rezo a causa de su preocupación, acabó golpeándose el pecho con el puño y clamando en voz alta:

—¡Escúchanos! ¡Virgo Eulalia! ¡Danos una señal, mártir Eulalia!

Permaneció allí, en la penumbra de la cripta, sollozando durante un largo rato. Después salió del templo. Fuera hacía un día de sol espléndido. Pero el duc estaba dominado por negros presentimientos; una serie de ideas deprimentes y angustiosas le sobrecogía.

Se sentía dado de lado por los suyos, vencido, aniquilado, descontento y sin confianza en nadie.

De pronto, vio al abad Simberto entre un grupo de gente y corrió hacia él.

—Abad, debemos hablar tú y yo —le dijo angustiado.

Simberto, apreciablemente excitado, irguió amenazadora la frente y, con gesto retador, altivo e impaciente, paseó sus centelleantes ojos por la gente que le rodeaba y luego los detuvo en el duc.

—¿Hablar? —repuso—. ¿No hemos gastado ya todas las palabras? Ahora no es tiempo de hablar, sino de actuar.

—Me habéis despojado de mi autoridad —murmuró Agildo, a media voz—, y os negáis a escuchar mis palabras.

—Hemos gastado todas las palabras —repitió el abad con firmeza—. Ha llegado el momento de defenderse. Estamos reuniendo a nuestra gente y organizándonos, y tú vienes a… ¡hablar! ¿Es que no te has dado cuenta del peligro que se nos viene encima? ¡Pero qué hombre tan pusilánime eres!

—¡Debéis escucharme! —repuso Agildo—. ¡Soy vuestro duc! Si seguís con esa actitud, no haréis sino empeorar las cosas.

Acababa de decir aquello cuando llegó corriendo un joven, que gritó jadeante:

—¡El ejército de Córdoba se acerca! ¡Se aproxima a la cabecera del puente al otro lado del río!

Todos allí rebulleron y se sobresaltaron.

El abad miró con severidad al duc y exclamó con energía:

—¿Te das cuenta? ¡Este es el peligro! ¡Ha llegado la hora!

Aturullados, los presentes se agitaron y pusieron sus miradas interrogativas en Simberto. Y este, muy seguro de su autoridad, empezó a dar órdenes frenéticamente:

—¡Alzad las campanas al vuelo! ¡Tocad a rebato! ¡Convocad a todos los cristianos! ¡Reunid cuantas armas haya en la ciudad! ¡Todo el mundo a la plaza! ¡Dad la alarma en todos los rincones!

38

En la otra orilla del río, junto a los escombros y las ruinas resultantes del saqueo, se había terminado de levantar el inmenso campamento del ejército cordobés. La tarde estaba pesada y sofocante; grandes masas de nubes oscuras pasaban por el cielo y el viento del sur levantaba molestamente polvo que se metía en los ojos. Desde un altozano, el joven Muhamad abén Marwán y el general Abén Bazi contemplaban Mérida a lo lejos, encerrada en sus poderosas murallas. El tañido de las campanas, sonoro, agudo y constante, no había cesado en todo el día, y podía verse en la distancia a la multitud arracimada en las almenas, en las torres y en las terrazas.

Un ingente destacamento de atacantes avanzó hasta la primera puerta del puente y la destrozó a martillazos, mientras una nube de piedras y flechas les caía encima. Entonces, como una riada oscura, brotó de la fortaleza una tropa de guerreros guarnecidos con armaduras y se aprestaron a la defensa de la primera muralla, siendo cubiertos por los arqueros.

Pronto los asaltantes se retiraron en desbandada y abandonaron la cabecera del puente desordenadamente.

Abén Bazi, que veía lo que sucedía desde donde estaba, observó circunspecto:

—Es temeroso intentar el asalto. No se puede cruzar el puente y las murallas son demasiado altas.

Después de llegar a esta conclusión, ordenó a sus oficiales que detuvieran el ataque y que se iniciara el cerco para mantener el sitio de la ciudad. Dispuso que se cruzase el río a un par de leguas y que algunos destacamentos se apostasen por el norte para evitar que llegasen refuerzos.

Así se hizo. Antes de que anocheciera, dos mil soldados dirigidos por el más experto de los oficiales retrocedieron por el camino hacia el sur en busca de un vado, mientras que otros mil salieron hacia el norte con el mismo propósito.

Muhamad asistía con inquietud a estas operaciones y, aprovechando que el general estaba ya desocupado al haber dado todas las órdenes por el momento, le dijo:

—Estoy muy intranquilo. No sé nada de mi padre y mis familiares. Temo que sospechen de ellos... El criado que envié con el aviso no ha regresado y no sé si llegó a entrar a tiempo para advertirlos...

—¿Y qué podemos hacer? —contestó Abén Bazi encogiéndose de hombros—. Ya solo nos queda esperar a que el valí se rinda. Entonces sabremos lo que ha sucedido dentro de la ciudad. Mientras tanto, solo cabe la paciencia.

Un poco más tarde, cuando se estaba poniendo el sol, llegó un soldado a avisar de que un grupo de gente venía en son de paz pidiendo ver al general.

—¿Quién es esa gente? —inquirió Abén Bazi con su habitual mal humor—. ¿Y qué quieren?

—Dicen ser árabes y viene al frente de todos un tal Marwán abén Yunus.

—¡Mi padre! —exclamó Muhamad—. ¡Alá es Misericordioso! ¡Han podido escapar a tiempo!

Corrió el joven en pos del soldado que trajo la noticia y fue hasta las ruinas y los escombros que permanecían aún ardiendo en lo que fue el arrabal de los mercaderes. Como la luz reverberaba y el humo de las hogueras iba en esa dirección, no era posible distinguir las caras en un primer momento; solo se veían de forma fragmentaria tan pronto los turbantes y las barbas como algunas túnicas hechas jirones, o un montón de harapos desde los hombros a las rodillas y algunos cuerpos medio desnudos.

Muhamad gritó:

—¡Padre! ¡Padre! ¡Padre mío!

Con su cabeza redonda, sin cuello, colorado por el sol, espesas cejas negras y barbas llenas de canas, gordo, adiposo y con la voz quebrada y llorosa, Marwán salió de entre el grupo con los brazos abiertos.

—¡Muhamad! ¡Hijo de mis entrañas! ¡Alabado sea el Profeta! ¡Gracia y bendición!

Se abrazaron entre sollozos, dando gracias al cielo por haberse podido encontrar en medio de toda aquella situación.

Luego, Muhamad, reparando en el lamentable aspecto que presentaban tanto su padre como el resto de sus familiares, vestidos con andrajos, sucios y sin más adorno en sus malogrados y sudorosos cuerpos, les preguntó muy extrañado:

—Pero... ¿qué os ha pasado? ¿Qué os han hecho?

—Nos robaron, hijo —respondió el padre—. Salimos de la ciudad llevando con nosotros las pertenencias que pudimos sacar y... ¡nos lo robaron todo!

—¿Quiénes, padre? ¿Quiénes os robaron? ¿Los de dentro? ¿Los de Mérida os han hecho esto? ¡Malditos!...

—No, hijo, no. ¡Los de fuera han sido! ¡Los de Córdoba! ¡Ay, déjame que te lo cuente!

Sentose Marwán en el suelo, fatigado, jadeante y, entre lágrimas, se puso a relatar su peripecia:

—Después de recibir tu aviso, me pareció que lo más acertado sería ponerse a salvo... Reuní a nuestra gente y lo organicé todo para escapar antes de que recelasen aún más de nosotros. Cuando todavía no se habían cerrado las puertas, porque no se había avistado aún el ejército de Córdoba, salimos de madrugada después de sobornar a los guardias. Anduvimos errando río arriba río abajo durante una jornada entera, escondidos en la espesura de las alamedas, esperando ansiosos el momento oportuno. Y cuando divisamos la polvareda que indicaba la llegada de las fuerzas del emir, fuimos confiados a presentarnos a las tropas, creyendo que nos tratarían como amigos y aliados, pues somos árabes... ¡Nada de eso! Nos apalearon y nos lo robaron todo... ¡Qué ingratitud! Encima de que nos hemos jugado la vida por lealtad a Córdoba... El emir debe saber esto, hijo mío... ¡Qué gran injusticia nos han hecho a los Banu Yunus!

—Habrá sido un error, padre —dijo Muhamad—. Los soldados solo buscan su propia ganancia y consideraron que pertenecíais a los sitiados. Pero ahora mismo nos quejaremos al general Abén Bazi. Él hará que nos devuelvan lo robado.

Casi estaba ya anocheciendo cuando subieron al altozano donde el general había puesto su tienda y le contaron con enojo y despecho los agravios sufridos. Pero Abén Bazi, sin apenas prestarles atención, lejos de conmoverse, respondió con aire pensativo:

—La guerra es la guerra, amigos míos. Si los soldados encuentran por ahí a unos desconocidos cargados con sus tesoros, ¿van a dejarlos ir así, sin más? Es una locura salirle al paso a un ejército llevando encima cosas valiosas...

—¡En Córdoba sabrán esto! —gritó reventando de cólera Marwán—. ¡Mis amigos se lo harán saber al emir! Somos árabes de pura cepa y no consentiremos que unos bandidos nos humillen de esta manera.

El general se echó a reír y replicó burlón:

—A mí no me pidas cuentas. Haber sido más precavido. ¡A quién se le ocurre!

—Eres el responsable de esa gente —le reprochó Marwán—.

Debes tratarme con respeto y recuperar nuestras pertenencias. ¿A quién voy a acudir sino a ti?

—Amigo, mi único cometido aquí es la guerra —repuso Abén Bazi—. Me han encargado sitiar Mérida y castigar a los rebeldes, pero ningún asunto que tenga que ver con la población me concierne.

—¡Somos aliados! ¡Somos fieles al emir! Nosotros hemos estado informando a Córdoba de lo que aquí pasa. Este hijo mío fue a Córdoba y le contó en persona al emir que habría una revuelta. ¡Danos una solución!

El general le miró desdeñoso, se arrebujó en la capa y contestó:

—Ya te he dicho que no tengo otras facultades aquí que las puramente militares. Un día de estos, mañana o tal vez pasado o el otro, vendrá un importante magistrado, un visir enviado por el emir para poner orden en los demás asuntos.

Dicho esto, entró en la tienda y corrió la cortina.

—¡Esto lo pagarás caro! —le gritó desde fuera Marwán a voz en cuello—. ¡Ese visir sabrá cómo nos has tratado!

Salió de nuevo el general, bostezando, y dijo con voz somnolienta:

—No sé adónde quieres ir a parar. ¿No te das cuenta de que esto es la guerra? Andad, idos tu gente y tú a descansar, que nos quedan muchos días por delante.

Y, tras pronunciar estas palabras, se retiró definitivamente.

Marwán se sentó en el suelo y se echó a llorar.

—¡Alá el Misericordioso! ¡No hay derecho! ¡Con lo que hemos hecho por ellos! ¡Nos hemos jugado la vida y nos tratan así! ¿Quién iba a suponer esto? ¡Qué desprecio! ¡Qué ingratitud!

Muhamad se sentó al lado de su padre, le echó el brazo por encima de los hombros y le consoló.

—Padre, ya lo has oído: es la guerra. Esperemos a que venga ese magistrado y verás como todo se arregla.

No obtuvo respuesta. El padre gimoteaba cubriéndose el rostro con las manos.

—No te preocupes —insistió el joven—. Lo recuperaremos todo.

—¡Ah, Alá, Alá el Poderoso! —suspiró Marwán—. Ahora no tenemos nada; ni casa, ni pertenencias, ni dinero... ¡Ni comida! ¿Qué vamos a cenar, hijo mío? ¿Te das cuenta? ¡Qué cenaremos! Con el hambre que tengo... ¡Llevamos dos días sin probar bocado!

—Vayámonos al castillo, padre. En Alange tenemos de todo...

—¡Ay, tanto esfuerzo para acabar en Alange! ¡Malditos beréberes, malditos muladíes, malditos dimmíes...! ¡Malditos soldados! ¡Malditos todos! ¡Los *iblis* los lleven al infierno!

—Vamos, padre; tengo caballos para todos.

Era de noche ya cuando iban por el camino hacia Alange, cabalgando en silencio. De vez en cuando, Marwán lloriqueaba y, vencido por su desasosiego, murmuraba:

—A ver... A ver quién arregla ahora esto. Ese antipático general Abén Bazi va a lo suyo y... ¡Oh, qué desastre! Para esto hubiese sido mejor quedarse dentro de la ciudad...

Muhamad, buscando hacerle olvidar por un momento todo lo pasado, quiso cambiar de conversación y le dijo:

—Padre, me gustaría que supieras algo.

—¿Algo? ¿Qué algo? —preguntó Marwán sin demasiado interés.

—He conocido a una mujer y...

—¡Hijo, déjate ahora de mujeres! —le interrumpió el padre—. ¡Con lo que tenemos encima! Nunca acabarás de madurar, hijo mío, Muhamad... ¿No te das cuenta de lo que pasa? ¡Y tú solo piensas en mujeres y en halcones!

39

Como cada día, al amanecer, ya estaban Judit y Adine somnolientas desayunando en la cocina. La ventana estaba abierta y fuera soplaba un viento húmedo y cálido; olía a tierra mojada. Medio vuelta hacia su prima y con mirada lánguida, Adine se lamentó con desganada y gangosa voz:

—¡Ay, qué pereza! Ahora vendrá mi madre, como todos los días, y nos hará ir a los baños… Total, para nada, porque no viene nadie. La gente está tan asustada…

—No creo que haya una guerra —observó Judit.

Adine frunció el ceño e, inclinándose hacia ella, dijo con gesto malicioso:

—¿Por qué piensas eso? ¿Acaso el guapo Muhamad te lo ha dicho?

Judit sonrió y no respondió.

—¡Ya no me cuentas nada! —refunfuñó Adine—. Todo te lo guardas para ti sola…

—No empecemos, Adine. Te lo he contado todo.

—¿Todo? Seguro que después del beso hubo algo más…

Judit calló y se puso a beber la leche con parsimonia.

Adine, tamborileando sobre la mesa, indicó muy seria:

—No me voy a creer que durante tantas horas por ahí,

solos los dos, en esos campos, os hayáis conformado con un casto beso... ¡No soy tonta! Muhamad es un hombre ardiente; no hay nada más que verle para comprender lo que debe sentirse entre sus brazos... ¿Te acarició? ¿Dónde te puso las manos?

Judit clavó en ella una mirada furiosa. Pero Adine, lejos de arredrarse, prosiguió:

—Y tú tampoco serás tan fría como intentas aparentar; una mujer que ha estado casada, aunque sea con un tullido como Abén Ahmad, sabe ya muchas cosas... Me contaste que viste desnudo a tu marido y que te puso muchas veces las manos encima... ¿Has visto desnudo al guapo Muhamad?

—¡Adine! —le gritó Judit.

La muchacha se puso en pie y huyó hacia la puerta, temerosa de que su prima acabase dándole una bofetada. Salió y cerró dando un ruidoso portazo.

Judit, llena de confusión, dijo como para sí:

—Perdóneme el Eterno, pero... ¡esta criatura lo que está es celosa!

Después miró por la ventana y recibió en la cara el aliento húmedo y caliente del aire. Por encima de las copas balanceantes de los árboles flotaban masas oscuras de nubes. Todo estaba sombrío y sofocante, aguardando la tormenta.

De pronto, el hortelano Jusuf surgió de entre los frutales agitando los brazos y dando voces:

—¡Señora! ¡Señora Sigal! ¡Hay gente armada en el camino! ¡Hombres desconocidos vienen hacia aquí!

Judit se estremeció, le faltó la respiración y le flaquearon las piernas. Entonces oyó la voz de su tía, que gritaba aterrada:

—¡Adine, Judit! ¿Dónde estáis? ¡Hay que esconderse!

Después todo quedó en silencio. Judit miraba aturdida por la ventana y vio a Sigal y a su prima, que corrían por los huertos y se perdían entre los árboles. Pero ella estaba como paralizada, sin aliento y sin ser capaz de dominar su pánico. Hasta que pudo reaccionar y se apresuró a huir también.

Una vez fuera, intentó ir hacia la espesura de los frutales, pero tropezó en la misma puerta con algo y cayó al suelo. Cuando trataba de levantarse, entró al galope en el patio un gran caballo rojizo montado por un guerrero que agitaba en el aire una espada larga y resplandeciente.

Judit volvió a caer, desvanecida a causa del miedo. En derredor, todo se balanceaba con lento movimiento. Aquel guerrero echó pie a tierra y se aproximaba diciendo algo, pero ella, aunque oía su voz, sentía que las palabras se perdían en el vacío tembloroso y oscuro de su confusión.

Entonces una voz más nítida y reconocible gritó desde alguna otra parte:

—¡No toques a esa mujer!

Judit volvió en sí, recobrando el resuello. Junto a la puerta de los baños estaba Muhamad, que la miraba fijamente con sus ojos negros. Ella tosió y, restregándose la garganta con las manos entumecidas por el terror, exclamó con gran esfuerzo:

—¡Muhamad! ¡Gracias al Eterno!

Él corrió a levantarla del suelo y la abrazó.

—Ya está, no pasa nada —decía—. Nadie te hará nada malo. ¡Yo estoy aquí!

Judit rompió a llorar y, entre anhelosos suspiros, le indicó:

—Mi tía y mi prima han huido al campo… ¡Hay que ir a buscarlas! Las apresarán esos hombres y…

—No te preocupes —respondió Muhamad—. Ya he dado órdenes de que respeten esta propiedad y a cuantos viven aquí. Esos guerreros pertenecen al ejército del emir de Córdoba; son amigos nuestros y harán lo que les pidamos.

Su voz sonaba acompasada, tranquila, y ello serenó un poco a Judit. Pero se sintió más calmada cuando el guerrero volvió a montar en su enorme caballo rojizo y, sonriente, aseguró:

—Es verdad lo que dice el señor Muhamad, mujer; ninguno de nosotros os causará ningún mal. Todo lo contrario;

hemos venido para defenderos y para garantizar la paz en estos territorios.

Dicho esto, se marchó por donde había venido.

—¿Oyes? —le preguntó Muhamad a Judit en voz baja—. No hay por qué temer. Ya te dije que el ejército del emir vendría un día u otro para poner orden. Confía en mí. Dentro de muy poco tiempo se solucionarán todos los problemas y la vida volverá a ser tranquila para todo el mundo. ¿Todavía estás asustada?

Ella le miró atentamente y distinguió el brillo ardiente en sus ojos. Pero el miedo aún la atenazaba y el corazón seguía latiéndole con fuerza. Contestó con lentitud:

—Eso quiere decir que habrá guerra...

Él la apretó contra su pecho para infundirle seguridad y permaneció callado.

En esto, regresaron Sigal y Adine, con el resto de las criadas. Venían todas sudorosas y excitadas, con visible pánico en los rostros. Al ver a Muhamad corrieron a hacerle reverencias y a besarle las manos.

—¡Ay, señor Abén Marwán! ¿Qué va a ser de nosotras? —decían—. ¡Ayúdanos, señor del castillo!

Muhamad las tranquilizó:

—No debéis temer; esos guerreros pertenecen al ejército del emir. Han venido para buscar rebeldes, pero nada tienen en contra vuestra. El general me ha garantizado que nadie aquí sufrirá ningún daño.

Sigal tomó la palabra en nombre de todas y expresó:

—Deberíamos ir a Mérida a refugiarnos. Aquí, con gente desconocida y armada por todas partes, no estaremos seguras.

—Menos seguras estaréis en Mérida —contestó él—. Allí puede pasaros cualquier cosa...

—Eso quiere decir que habrá guerra —indicó Judit—. ¡Debes decirnos la verdad! ¿Habrá o no guerra?

—Es posible… —respondió Muhamad—. Por eso, lo mejor será que os refugiéis en el castillo. Recoged vuestras cosas y seguidme.

Las mujeres obedecieron comprendiendo que no les quedaba otra solución.

Mientras preparaban en la casa el hatillo con lo que podían cargar, Sigal parecía malhumorada y nada conforme.

—Ya se salió con la suya este zorro —murmuraba entre dientes haciendo visible su contrariedad—. Ahora no nos quedará más remedio que bailar a su son…

Judit se encaró con ella y le dijo:

—¿Encima de que se preocupa por nosotras hablas así de él?

Su tía la miró moviendo la cabeza con desazón y contestó:

—¡Pobre viuda ignorante! ¡Tú no conoces a los Banu Yunus! Pero yo llevo aquí toda la vida…

40

El viento bufaba rabioso, aullaba. Estaba amaneciendo. El duc Agildo permanecía todavía en su cama, después de una larga noche de vigilia e inquietud. Miró hacia la ventana y refulgió el resplandor de un relámpago, al que siguió el horrísono estallido de un trueno que retumbó en todo el palacio. A continuación hubo un silencio extraño. Luego se desató una lluvia violenta que crepitó en los tejados, en los árboles y en los enlosados del atrio.

La voz quejumbrosa y molesta del hortelano Demetrio resonaba entre sus rápidas pisadas en la arena mojada del jardín.

—¡Encima una tormenta! ¡Oh, Dios, qué condena! ¡¿Cuándo, Señor, podremos vivir en paz?!

El estrépito de la lluvia se intensificó y se convirtió ahora en un violento golpear, ensordecedor, como un estruendo.

—¡Ay, perdóname, Dios del cielo! —suplicó a gritos el hortelano—. ¡Ahora granizo! ¡Mártir Eulalia, socórrenos! ¡Ay, mis ciruelas, mis parras, mis albaricoques, mis manzanas...! ¡Todo echado a perder! ¿No teníamos suficiente con el castigo de los malditos moros?

El duc se levantó, se vistió, se acercó a la ventana y se

asomó. Fuera las cintas blancas de los relámpagos se precipitaban sin descanso más allá de las murallas, iluminando los campos solitarios. En los huertos se agitaban los árboles mientras el blanco granizo los fustigaba cruelmente. El viento arrancaba las hojas y las arrastraba por la tierra encharcada y cubierta de hielo.

Era muy triste ver a Demetrio, empapado, corriendo entre sus frutales con una desesperación rayana en la locura.

—¡El fin del mundo! —sollozaba—. ¡La hora de las tinieblas! ¡Perdón, Señor! ¡Jesucristo, ven con tu gloria y tu poder!

De repente, una de las ventanas se abrió y golpeó la pared; una ráfaga impetuosa de viento irrumpió en la habitación y revolvió las cortinas. El corazón de Agildo se agitó dominado por oscuros presentimientos. Cerró la ventana y se arrojó de hinojos al suelo para orar, confuso y aterrado.

Sintió que él solo tenía la culpa de cuantas desdichas estaban sucediendo; de que todo se deshiciera a su alrededor en aquella ciudad dividida; de que la estrella brillante de la Mérida Augusta de antaño ahora estuviese deslucida, confundida con aquella espesa tiniebla, sin ser capaz de retornar al cielo, y de que sus sueños de paz rodasen como ella por el suelo enfangado. Entonces deseó recuperar los días y los años pasados para sustituir su indecisión y su pusilanimidad por arrojo y autoridad; las palabras, por obras; el tedio, por la determinación; quiso tener la oportunidad de reconducir las cosas. Pero todo eso era ya tan imposible como devolverle a la ciudad su gloria antigua, porque la vida solo se concede una vez y no se repite. Y esa imposibilidad le llenó de desesperación.

La tormenta se fue calmando y fuera solo se oía ya el monótono caer de una pausada lluvia. Pero él seguía arrodillado, con la frente pegada al frío suelo. Musitaba oraciones esperando que, como en otras ocasiones de desolación, pudieran devolverle el sosiego y la fe.

—¡Restáuranos, Señor! —balbució entre lágrimas—. ¡Que brille tu rostro y nos salve! ¡Alma mía, recobra tu calma! Misericordia, Señor; por tu inmensa compasión borra mi culpa; lava del todo mi pecado..., pues yo reconozco mi culpa... ¡Perdónanos, Dios justo!

Se oyó el rumor de cascos de caballos. Después varias voces intercambiaron fuera algunas palabras, pero con las ventanas cerradas no se entendió lo que decían.

Después de un rato entró Salustiana en la habitación y, al ver a su marido postrado en el suelo, se detuvo y guardó silencio apretando los dientes. Luego, sonriendo tristemente, se acercó a él e, inclinándose, le puso con ternura la mano en el hombro y le preguntó:

—¿Qué te sucede?

Él contestó en voz queda:

—Nuestra vida se hace añicos...

Ella le comprendió y, por mucha que fuera también su pena, el deseo de ayudarle hizo asomar a su cara un ánimo grande.

—A nuestra puerta ha venido el abad Simberto con gente armada —dijo—. Vienen a pedirte que te pongas al frente del grupo que saldrá esta misma mañana hacia el monasterio de Cauliana para traer a los monjes a la ciudad.

Agildo se puso en pie y fue hacia la ventana; turbado, se alisó los cabellos y miró hacia el exterior.

—¡Los monjes de Cauliana! —exclamó volviendo los ojos hacia su mujer—. Si no los rescatamos, esos sarracenos de Córdoba los matarán. ¡He de ir allí!

Salustiana suspiró y le dijo animosamente:

—¿Te das cuenta? No has perdido toda tu autoridad, duc Agildo... ¡Quieren que tú los mandes! ¡Quieren que vayas con ellos a por los monjes!

—Sí, sí, sí —contestó él, presuroso, mientras iba hacia la puerta—. ¡No debemos perder tiempo!

En la sala principal del palacio, el duc recogió su grueso y nudoso bastón y salió al atrio. Había dejado de llover. Olía a tierra mojada y a romero. La mañana era gris y deslucida, los nubarrones de la tormenta se desplazaban hacia occidente y todo parecía hosco. A los pies de los árboles mojados, destrozados por el granizo, había montones de hojas rotas.

Junto a la puerta del jardín estaba el abad Simberto en compañía de dos jóvenes fornidos. El hortelano Demetrio les mostraba abatido los frutos perjudicados.

Agildo los saludó deseándoles la paz y ellos respondieron con una inclinación de cabeza. El abad dijo:

—Hemos venido para pedirte que nos acompañes hasta Cauliana.

El duc le miró adusto. Daba muestra de ese cansancio y malestar de quien se ha sentido dado de lado y ofendido en su orgullo. Simberto y aquellos jóvenes armados de botas empapadas le parecieron presencias agobiantes, innecesarias; algo que no guardaba relación alguna con la noche pasada, entre sentimientos de culpa y oscuros pensamientos. Pero sentía que debía hacer algo para acallar su conciencia maltrecha, y la oportunidad de ir a rescatar a los monjes de Cauliana se le antojaba providencial.

Por su parte, el abad Simberto estaba visiblemente alterado y trataba de disimularlo haciendo esfuerzos para demostrar que entre ellos no había pasado nada. Como el duc no contestaba, insistió:

—Queremos que vengas con nosotros a Cauliana. Los monjes están en peligro.

Agildo se dirigió a Demetrio y le ordenó:

—Anda, ve a las cuadras y di que ensillen el caballo.

El abad sonrió, dio dos o tres zancadas e, impetuoso, abrazó al duc y le besó en la mejilla.

—Ahora debemos perseverar unidos —dijo—. Perdonemos como buenos cristianos todo lo pasado.

Montaron en los caballos y se dirigieron hacia la puerta del Poniente. La ciudad permanecía cerrada y a lo largo de toda la muralla se estaban construyendo los artificios propios de la defensa: empalizadas de madera, plataformas, apostaderos, armazones y catapultas.

El oficial responsable de la puerta los advirtió de lo peligroso que resultaba salir, porque al otro lado de los muros se hallaba una enfurecida muchedumbre de beréberes esperando a que les permitieran entrar a cobijarse.

El duc le explicó:

—Debemos ir a por los monjes de Cauliana. Tenemos autorización del valí para ir hasta el monasterio y traerlos custodiados.

—Allá vosotros —dijo el oficial—. Podéis salir si es vuestro deseo, pero no os garantizo ninguna seguridad ahí fuera; los beréberes del arrabal del poniente están rabiosos esperando que los dejemos entrar.

No obstante estas advertencias, decidieron seguir adelante. Les abrieron las puertas y se pusieron en camino, a caballo, atravesando la multitud, recibiendo los insultos, las pedradas y el estiércol que les lanzaban a su paso. Cabalgaban delante el abad y el duc, seguidos tan solo por una docena de hombres; poca escolta para una misión tan difícil.

Dejaron atrás el arrabal y emprendieron el sendero que discurría paralelo al río, mirando a derecha e izquierda, guareciéndose en las matas y los árboles si veían a alguien.

Cuando habían recorrido las dos leguas del alfoz que se extendía entre la ciudad y el monasterio, vieron una columna de humo oscuro que se alzaba por encima de la alameda.

—¡Santo Dios, Cauliana está en llamas! —exclamó Simberto llevándose las manos a la cabeza.

El duc arreó entonces a su caballo y avanzó al galope hacia el monasterio.

—¡Quieto, no seas loco! —le gritó a la espalda el abad—.

¡Detente! ¡Los cordobeses han debido de cruzar el río! ¡No te expongas!

Pero Agildo cabalgaba ya por la arboleda y alcanzó pronto los muros del monasterio, sin reparar en el peligro que podía correr.

La puerta estaba destrozada y el edificio permanecía en pie, aunque los tejados habían ardido. En todas partes se veían señales de destrucción y abandono. El sol caía a plomo y levantaba de la tierra húmeda un cálido vaho que se mezclaba con el olor a quemado. Entró el duc en el recinto y no encontró a nadie en la franja de terreno que se extendía delante de él.

De repente, le alcanzó el denso y repugnante hedor de la putridez. Avanzó y penetró en el cenobio por su puerta principal. Estaba silencioso y desierto. Pero, al llegar al claustro, se topó con una visión espantosa: decenas de cadáveres, decapitados, yacían sobre el enlosado cubierto de sangre oscura y seca; las cabezas estaban amontonadas al pie de las columnas y un enjambre de moscas sobrevolaba la carne corrompida.

—¡Oh, Jesucristo! —gritó Agildo—. ¡Los han asesinado!

Salió de allí profundamente afligido, aterrado, y se recostó en el brocal de un pozo, donde estuvo sollozando durante un largo rato. Después recorrió las dependencias del monasterio: el refectorio, la sala capitular, las celdas, la capilla, las despensas, las cuadras… Todo había sido revuelto, saqueado y destruido. A nadie con vida encontró y nada que tuviera el mínimo valor quedaba allí.

Cuando regresaba al camino, le salieron al paso Simberto y los demás caballeros cristianos. El duc, en medio de su dolor, les comunicó lo que había visto.

—Dios tenga misericordia de todos nosotros —dijo el abad con abatimiento—. El demonio anda suelto y ha puesto precio a nuestras cabezas. Si los cordobeses han asesinado a esos pobres monjes, es señal de que no se apiadarán de nadie y menos de los cristianos. Marchémonos ahora mismo; aquí ya no hacemos nada.

—Debemos dar sepultura a esos santos varones como Dios manda —repuso el duc.

—No hay que arriesgar las vidas innecesariamente —observó el abad—. Será mejor regresar a Mérida cuanto antes. Los cordobeses han cruzado a esta parte del río y no deben de andar muy lejos de aquí. Volvamos a la ciudad y avisemos al valí de lo que ha sucedido. Cuando todo esto haya pasado, ¡Dios quiera que sea pronto!, vendremos a enterrar con dignidad a esos hermanos nuestros.

Cabalgaban de regreso sumidos en un triste silencio, roto solo por el ruido de las pisadas de los caballos. Ante ellos, y hasta los primeros árboles que crecían en la orilla, se extendían los campos de labor sembrados de trigo, aún sin recoger, que surcaban el camino. Alrededor de esta zona, se veía una densa masa de encinas y jaras.

De repente, la tupida vegetación se agitó y estalló un feroz griterío. Del bosque salieron cientos de guerreros, y los zarzales junto al río se agitaron cuando los hombres que estaban ocultos aparecieron y comenzaron a aproximarse, amenazantes, con sus armas, espadas y lanzas en ristre.

Los caballos se encabritaron y aquella tropa enfurecida los rodeó por todas partes. Eran muchos para luchar con ellos y se entregaron.

Los cordobeses los prendieron y los ataron a cada uno a un árbol, sufriendo los chaparrones de agua tibia y abundante de la tormenta que se desató poco después. Allí mismo permanecieron durante toda la noche. Cuando los relámpagos iluminaban fugazmente el claro del bosque donde estaban, veían a los soldados que dormían en torno suyo, cubiertos con sus pardas mantas. Pero ellos no pudieron conciliar el sueño ni un momento.

Por la mañana les hicieron marchar cautivos, amarrados

de dos en dos por los codos. Eran aquellos cordobeses aguerridos, los ojos fieros, la tez oscura, la expresión suspicaz y sonriente. Hablaban entre ellos con aire de triunfo y crueldad.

Esta partida llevaba un gran número de presos, entre los cuales se encontraban algunos monjes de Cauliana que se habían librado de la matanza. También iban beréberes del alfoz. Uno de estos, que no dejaba de mirar al duc fijamente, de repente empezó a dar voces:

—¡Estos cristianos son gente importante entre los dimmíes de Mérida! ¡Son los jefes de los cristianos!

El oficial que iba al frente de la tropa prestó atención a lo que decía y mandó que se detuvieran. Se acercó y le preguntó al delator:

—¿Qué estás diciendo? A ver, dime quiénes son estos.

—Es el duc de los dimmíes, el que manda en todos ellos, y los otros son nobles y clérigos importantes de la ciudad.

El oficial, con gesto amenazador y sonriente, le puso a Agildo la punta de su espada en el cuello y le preguntó:

—¿Es cierto lo que dice este?

Agildo estaba rendido y febril; miró con frialdad al oficial cordobés y este repitió la pregunta:

—¿Quién eres? ¿Es verdad lo que dice este? ¿Eres el jefe de los dimmíes?

—Sí; soy el duc de los cristianos.

El oficial se echó a reír.

—¡Vaya! ¡Menuda caza hemos hecho! El general nos recompensará hoy. ¡Marchando al campamento!

41

La esposa del duc, Salustiana, recostada contra la pared y con la cabeza echada hacia atrás, escuchaba las palabras del comes Landolfo, pronunciadas en voz baja, que brotaban, no obstante, de aquella boca grande rodeada de la espesa barba pelirroja como surgiendo contenidas del fornido corpachón:

—No deberían haber ido a Cauliana precisamente ahora... Ya se lo advertí al abad Simberto: es una gran imprudencia salir de una ciudad sitiada. Pero ellos se confiaron suponiendo que los de Córdoba no habrían pasado todavía el río... ¡Qué atrevimiento! Total, para nada; porque nada podían hacer ya por los pobres monjes.

El pecho de Salustiana se agitó y sus ojos brillaron antes de que le brotaran las lágrimas. Luego preguntó en un susurro:

—¿Qué sabes de mi esposo? ¿Está vivo?

—Sí —respondió el comes—. Han respetado sus vidas, porque les interesa servirse de ellos para negociar...

—¿Para negociar? —le interrumpió ella en voz queda.

—Es algo frecuente en estos casos. Si los que mantienen asediada una ciudad consiguen capturar a alguien importante de los de dentro, lo usan como rehén para presionar e imponer sus condiciones. Seguramente buscarán que los cristianos de

Mérida negociemos la liberación del duc y el abad a cambio de...

El comes calló. Salustiana veía en la sombra el vago contorno de su imponente figura, perfilada sobre el fondo claro del amanecer y, con voz temerosa, preguntó:

—¿Qué vamos a hacer?

Landolfo tardó un poco en contestar.

—De momento, lo más sensato es esperar.

—¿Esperar? ¿A qué hemos de esperar?

—A saber lo que piden.

Salustiana se incorporó desazonada, comprendiendo que en el fondo de aquella contestación había incertidumbre solamente. De pronto, resonó su voz fría:

—La muerte de mi esposo no os la perdonaré... ¡Nunca!

—Señora, tu esposo aún vive —replicó el comes.

Ella se irguió y, mirándole fijamente a los ojos, dijo sujetando su rabia:

—Ya tenemos aquí la guerra... Mi esposo trató de haceros comprender que era mejor tener paciencia y esperar a que Dios nos mostrara el camino. Y vosotros... ¡A las armas! ¿Qué pensabais obtener? Y al final mi pobre Agildo ha tenido que pagar las consecuencias de vuestra obstinación.

La voz pastosa y contenida de Landolfo contestó:

—Señora, el ejército de Córdoba está ahí, al otro lado del río, con la única intención de ocasionarnos mayores perjuicios. Ellos son los únicos causantes de nuestros infortunios. Si no nos defendemos, pereceremos todos. ¡Debemos defendernos! No me culpes a mí de lo que ha pasado...

Estando en esta discusión, llegaron dos hombres muy alterados gritando:

—¡Señores, han abierto las puertas de la ciudad! ¡Los cordobeses están entrando en Mérida!

—¿Qué estáis diciendo? —inquirió el comes—. ¿Os habéis vuelto locos?

—¡Es cierto lo que decimos! Lo hemos visto con nuestros propios ojos y hemos venido a avisarte… ¡Las puertas han sido abiertas y el ejército cordobés entra en Mérida! ¡Poneos a salvo!

Los ojos de Landolfo pestañearon con viveza y su rostro sobresaltado enrojeció de ira.

—¡Qué felonía! —rugió—. ¡Nos han vendido! ¡Malditos sarracenos! ¡Nunca debimos confiar en esos moros del demonio!

Salustiana, en cambio, suspiró y, alzando la mirada al cielo, repuso esperanzada:

—Quizá todo esté ya solucionado… ¡Dios nuestro, ayúdanos! ¡Mártir Eulalia!

42

En el barrio de los muladíes, unos recios golpes en la puerta despertaron al cadí Sulaymán. Llamaban sin cesar, con paciente tenacidad. Aún estaba oscuro; en el silencio, aquel obstinado repiqueteo le produjo inquietud.

Se vistió con premura, corrió hasta el patio de la casa y se encontró allí con su hermano Salam, que les gritaba a los criados en ese momento:

—¡Necios! ¿No estáis oyendo? ¡Abrid de una vez!

Uno de los sirvientes descorrió el cerrojo y tiró de la puerta. Entraron varios hombres exclamando angustiados:

—¡Los cordobeses! ¡Los cordobeses han entrado y están ya frente a la mezquita Aljama!

Los hermanos Abén Martín se miraron con espanto y confusión en los rostros.

—¡Vamos allá! —dijo Sulaymán.

Salam, turbado, dio un resoplido y murmuró con rabia:

—¿Qué diablos…? Esto huele a traición…

—Sí… —asintió el cadí frunciendo el ceño, estremecido—. Ayer había rumores de que el valí se estaba dejando convencer… Finalmente se habrá acobardado y les ha abierto las puertas… ¡Qué gran error! ¡Vamos allá!

Salieron de la casa seguidos por un nutrido grupo de muladíes armados y atravesaron el barrio en dirección a la mezquita Aljama. La ciudad estaba desierta; las puertas y ventanas, cerradas; un silencio frío dominaba las calles.

Al pasar bajo el arco, se encontraron de frente una tropa de cordobeses a caballo, en actitud amenazante, con sus lanzas apuntando en todas direcciones.

Sulaymán se fue directamente hacia ellos y les gritó con autoridad:

—¡Dejadnos pasar! Soy el cadí Sulaymán abén Martín y estos son mis hombres.

—¿Adónde vais? —inquirió el jefe de la tropa.

—Voy al palacio del valí; es mi obligación unirme a su Consejo.

—Pasa tú solo; los demás deben quedarse ahí.

Sulaymán, en tensión, avanzó entre los caballos dejando atrás a los suyos; torcía el cuello hacia una y otra parte, mientras las puntas afiladas de las lanzas casi le rozaban; sus ojos miraban todo, sin creerse aún lo que veían. Aquella celeridad tan sorpresiva de los acontecimientos le había aturdido embotándole la conciencia.

Cuando llegó a la puerta principal del palacio, uno de los guardias se precipitó a su encuentro y le anunció:

—Nadie puede pasar, cadí; tengo órdenes…

Sulaymán le apartó bruscamente, agitó las manos y exclamó ofendido:

—¡Qué dices, imbécil! Ve y anúnciale al valí que estoy aquí.

—Señor, no puedo…

—¡Haz lo que te digo!

El guardia entró en el palacio. Pasó un rato y salió el jefe de la guardia. Miró al cadí con aire sombrío y le dijo:

—El valí te espera, puedes pasar.

Todo el Consejo estaba reunido en la sala de Justicia, en

completo silencio. Sulaymán avanzó hacia el estrado y, alzando la voz, le preguntó al valí:

—¿Por qué les has abierto la puerta? ¿Qué te ha pasado? ¿Por qué les has franqueado el paso?

Mahmud se puso en pie, dejó vagar la mirada por el salón y respondió tosco:

—Las circunstancias han cambiado.

—¿Las circunstancias? ¿Qué circunstancias? —replicó el cadí—. ¡Exprésate con claridad!

El valí se inclinó hacia delante y empezó a hablar con su voz monótona:

—Ayer, querido cadí Sulaymán abén Martín, hermano nuestro, recibí una misiva del general de los cordobeses… Una misiva que me hizo reflexionar…

Guardó silencio durante un momento mientras se daba tirones de la barba. Después prosiguió:

—Se me anunciaron una serie de cosas…, cosas importantes que me ayudaron a recapacitar. Al fin y al cabo, ¿no soy yo el responsable de esta ciudad? ¿Y quién me nombró? Fue el emir, el príncipe de los creyentes, quien depositó en mí este poder y esta responsabilidad; fue Alhaquén de Córdoba quien me otorgó su confianza y ahora… En fin, querido Sulaymán abén Martín, ahora es su hijo y sucesor, Abderramán, quien me pide en persona que le abra las puertas de Mérida y le reciba como le corresponde, pues es nuestro señor y dueño.

El valí guardó silencio cuando se presentó azorado uno de sus consejeros y le cuchicheó algo al oído. Palideció Mahmud y le hizo una indicación con la mano al secretario privado. Este fue hacia el ángulo izquierdo de la sala y abrió una alta puerta, dando paso a un viejecillo vestido de blanco, de andar vacilante. Bajo su turbante abultado, temblaban una pequeña cara gris y una larga barba completamente cana. Tras él iba un hombre joven, alto y apuesto, ricamente vestido; los ojos vivos, saltones, y la mirada orgullosa y ardiente.

Todos en la sala, incluido el valí, se arrojaron de bruces al suelo y el anciano anunció con aguda voz:

—Nuestro señor Abderramán está aquí, ¡el que ordena! ¡Alá es Grande! ¡Gracia y bendición a su Profeta!

43

En la plaza que se extendía entre el palacio del valí y el arco de Aljama, delante de la puerta principal de la mezquita, habían construido un gran entablado en cuyo centro se veía un trono encumbrado. Los aguerridos miembros de la guardia del emir estaban por todas partes; sus armaduras brillaban y los negros penachos de sus altos yelmos sobresalían por encima de todas las cabezas, como las afiladas puntas de sus lanzas. La multitud, cohibida y expectante, se iba congregando y no se atrevía a situarse cerca del estrado.

Un rumor tenue, hecho del murmullo de las voces temerosas, susurrantes, crecía en esta parte de la ciudad a medida que la gente llegaba, como en oleadas, afluyendo desde los diversos barrios. De vez en cuando, se oía el restallar de los látigos o el estridente golpear de las varas contra el suelo, cuando un noble preeminente, un miembro del Consejo o cualquier otro prócer llegaba a la plaza precedido por su cortejo o acompañado por su parentela.

Salustiana y toda su familia llegaron caminando, pues estaba prohibido terminantemente acudir con bestias. Custodiaban a la esposa y los hijos del duc el comes Landolfo y un buen número de preclaros cristianos emeritenses, caballeros y también algunas damas. Fueron avanzando lentamente, pasando entre la muchedumbre, mirando de reojo a la derecha y hacia atrás a la gente sombría; todos se hallaban sobrecogidos por un mismo sentimiento de aflicción.

Poco después, aparecieron los jefes de los muladíes: el cadí Sulaymán abén Martín y su hermano Salam, los seguían el prefecto y un grupo de hombres importantes de su barrio. Caminaban con aplomo y dignidad, serios y orgullosos, luciendo sus grandes espadas en los cintos, pertrechados con petos antiguos, lorigas, cotas de malla y holgados capotes de paño basto.

Los judíos se quedaron algo distanciados de la mezquita, en el ángulo izquierdo de la plaza, donde desembocaba el callejón estrecho que conducía al intrincado laberinto de la judería. Estaba entre ellos el almojarife, Datiel ben Ilan, rechoncho, de vivos ojos negros y cara redonda, vestido ricamente con ropón de Damasco y manto morado. A su lado, resaltaba la figura esbelta y bien proporcionada de Abdías ben Maimún; la barba y el cabello rizados, canosos y largos, la nariz bien dibujada y un aire entre dulce y melancólico. A sus espaldas, los rabinos y los jueces hebraicos tenían graves los semblantes bajo sus oscuros gorros.

De esta forma, se estuvieron acomodando como podían cuantos de una manera u otra tenían algo de autoridad en la ciudad. El espacio era reducido y no había sitio para el resto. Además, eran muy estrictas las órdenes dadas por los secretarios del emir: solo debían acudir a la recepción quienes tuviesen un título, un cargo o un nombre reconocido en las diversas comunidades, pues no le estaba permitido a cualquiera poner sus ojos directamente en la presencia del poderoso Abderramán.

Así transcurrieron algunas horas, en un ambiente de tensa y curiosa espera, con todas las miradas pendientes de aquel estrado, del trono vacío y de la puerta principal de la mezquita Aljama, que permanecía oculta tras los rígidos pliegues de unas pesadas cortinas escarlata.

De pronto, en algún lugar, se escucharon voces fuertes y cargadas de autoridad.

—¡Paso! ¡Paso! ¡Abrid paso!

El gentío se estremeció y las cabezas se volvieron hacia atrás, poniéndose ahora las miradas fijas en el palacio del valí, de donde procedían aquellas voces.

Quedó abierto un pasillo por el medio de la plaza. Por él llegaba caminando el valí Mahmud; le acompañaban el secretario privado, el muftí y sus hombres de mayor confianza. Avanzaban todos despacio, con circunspección y pesadumbre en los rostros, y fueron a situarse al lado derecho de la mezquita, delante de la fuente de las abluciones. Un impresionante silencio reinó a partir de aquel momento.

Entonces, detrás del estrado, se descorrió la espesa cortina escarlata y dio paso a dos enormes guardias con sus espadones al hombro; tras ellos aparecieron el general Abén Bazi, el legado Abdalá al Wahid y cuatro visires cordobeses que, con el brillo dorado de sus ropajes, las alhajas que lucían, los orondos turbantes y los ademanes con que irrumpieron en el estrado, hicieron más luminosa la plaza. Y en todos los rincones, donde hasta entonces la gente había aguardado aplanada, se alzó ahora, como un eco de estas presencias imponentes, un sordo rumor.

En medio de tanta expectación, salió de la mezquita el secretario principal del emir, anciano, de andar vacilante, completamente vestido de blanco, que, con voz aguda, anunció:

—¡Nuestro señor y guía, el príncipe de los creyentes, el que ordena, Abderramán emir de Córdoba!

Subió al estrado el príncipe, precedido por dos eunucos cubiertos de brocados de oro. Venía el emir vestido de brillante seda verde oliva y exhibía, con andar lento, parsimonioso, toda su dignidad; paseó su ardiente mirada por la plaza y luego sentose en el trono con aire distante, inalcanzable.

Transcurrió un largo rato de absoluto silencio. Después hubo suspiros, exclamaciones sofocadas, toses y algún que otro desmayo; tal era la fascinación curiosa y tensa que la multitud mantenía mientras sus ojos detenidos contemplaban al hombre más poderoso que jamás habían visto. Y, en su arrobamiento, casi nadie advirtió que varios centenares de arqueros tomaban posiciones en los tejados, las terrazas y las ventanas alrededor de la plaza; ni que afluían nutridas tropas de soldados por todas las bocacalles.

Cuando estuvo rodeado el espacio, el viejecillo vestido de blanco inclinó la cabeza hacia el emir y le susurró algo. Abderramán arqueó las cejas y echó una mirada oblicua a sus visires. De entre ellos, salió uno de faz atezada y luenga barba negra que se arrodilló y gritó a voz en cuello:

—¡Póstrese todo el mundo!

Nadie en la plaza dudó en cumplir esta orden, y también los arqueros y todos los guardias y soldados, aun sin dejar de amenazar con sus armas, echaron las rodillas a tierra.

Desde el alminar de la mezquita, un muecín lanzó un prolongado canto, ensalzando a Alá, dueño de la grandeza y la generosidad, y proclamando:

> *No hay dios sino Alá,*
> *A Él pertenece toda soberanía,*
> *Toda alabanza es para Él.*
> *Oh, Alá, no hay impedimento para lo que tú mandas.*
> *No hay dador para lo que tú has impedido.*
> *Y ni la riqueza ni el poder pueden proteger a su dueño de ti,*
> *Porque de ti proviene toda la riqueza y la majestad.*

Después del rezo, resonó de nuevo la voz potente del visir de la barba negra y luenga:

—Nadie puede gobernar esta ciudad si no es en nombre de

Alá y nadie sino nuestro príncipe Abderramán ha recibido de lo alto esa potestad. No hay, pues, perdón para los que se oponen a los designios de nuestro emir.

Cuando terminó de decir esto, centelleó en los ojos de los cordobeses un belicoso ardor. Y miraron hacia uno de los extremos de la plaza, desde donde se veía venir a una fila de guardias que arrastraba violentamente a una cuerda de cautivos, entre los que estaban el duc Agildo y el abad Simberto.

La multitud se agitó, balanceándose, y avanzó llena de curiosidad hacia el estrado. Pero los guardias la hicieron retroceder, dejando despejado un amplio espacio. La gente permanecía ceñuda y muy atenta a lo que estaba sucediendo mientras temían todos a los arqueros que los vigilaban apostados en las alturas. Solo en las últimas filas de la multitud, donde estaban los cristianos, se oía el sofocado rumor de las conversaciones.

El visir de la voz potente prosiguió su enérgico discurso:

—Se acabaron en esta ciudad la rebeldía, el orgullo, la desobediencia y la obstinación. ¡Basta ya! Ha llegado aquí la hora de inclinar la cabeza; la hora de la sumisión y la reparación.

Dicho esto, se dirigió hacia donde estaba postrado el valí y, apuntándole con un dedo acusador, le reprochó:

—Mahmud al Meridí, has vacilado y te has dejado vencer por habladurías y malas influencias. ¡Se acabó la confianza puesta en ti! ¡Al destierro! Hoy mismo, sin demora, tú, tus hijos, tus esposas, tus esclavos…, ¡toda tu gente! Saldréis de Mérida hacia la tierra de nadie. Esta es la decisión de los supremos jueces, refrendada por el emir.

Mahmud acogió sumisamente esta sentencia, y con gesto triste, abatido, cerró el puño y se golpeó el pecho.

El visir se detuvo un instante clavando en él su fiera mirada y luego le dio la espalda, dirigiéndose ahora hacia los cautivos.

—¡Vosotros sois los causantes de todos los males! —les

espetó con desprecio a los dimmíes—. ¡En vez de estar agradecidos a nuestra benevolencia! ¡Ralea de perros orgullosos, gente contumaz y díscola!

Alzó la cabeza, dio una fuerte palmada y añadió:

—¡Cúmplase!

Los soldados rodearon a los cautivos. Unos los sujetaron por brazos, cabellos y ropas, a la vez que otros sacaban sus afiladas espadas y, en un rápido movimiento, les cortaron las gargantas.

Gritos de pavor brotaron entre el gentío cuando el rojo brillo de la sangre roció el empedrado frente a la mezquita. Entre los degollados que convulsionaban agonizando, se veía al duc, flaco, pálido como el mármol, y al abad Simberto, con los ojos en blanco. Ambos se desangraban ante la mirada impotente de los cristianos de Mérida. Los alaridos de las mujeres rasgaban el aire y un impetuoso torbellino de ruidos discordes, de pisadas sobre la tierra seca, voces ahogadas y crujir de las maderas de las vallas producía una insoportable sensación de espanto.

Impasible, sin pestañear, el emir Abderramán permanecía como una estatua sedente que se hallara ajena ante la terrible realidad de aquellas muertes. En tanto sus visires proclamaban a voz en cuello:

—¡Perezcan de esta manera los enemigos de Alá! ¡Grande es Alá! ¡Gracia y bendición a su Profeta!

44

Una larga fila de hombres caminaba deprisa en la oscuridad, se dirigía hacia el norte, esquivando las aldeas de pastores, las casas de postas y los tramos más transitados del camino. Eran veinte, hambrientos y enfermos muchos de ellos, agotados por la fatigosa marcha; venían de muy lejos. Conservaban las vidas de puro milagro, pues habían navegado desde Barcino en un viejo barco, sorteando las costas de Levante, hasta el puerto de Awnaba en Alándalus, donde desembarcaron para seguir a pie en dirección a Mérida. En la noche, procuraban guiarse por las estrellas, pero con frecuencia erraban perdidos, adentrándose por hostiles bosques saturados de espesa maleza, entre peñascos o por los cauces tortuosos de los arroyos, entre montañas. Sabían que apenas les quedarían dos jornadas de camino, pero eran las más peligrosas de su derrotero.

Estos esforzados hombres, que aventuraban sus vidas atravesando los dominios del emir de Córdoba, eran todos cristianos; aquellos veinte jóvenes dimmíes que partieron un año antes hacia el reino de Galaecia. Al frente de todos iba Claudio, el hijo del duc Agildo. Su compañero Aquila se había quedado en el Norte.

Amanecía y estaban detenidos en un claro, sobre una colina, con la piel de las piernas y los brazos cubierta de arañazos, magullados y con los miembros pesados. El sol se asomaba en un horizonte turbio y delante se extendían un declive tras otro, monótonamente sembrados de pardos arbustos y espesos encinares. Aunque no les faltaba el ánimo, porfiaban entre ellos acerca del lugar donde se hallaban, mientras avizoraban la enorme extensión que tenían delante.

Uno de ellos comentó:

—No me resultan familiares estos paisajes. Sigo pensando que nos hemos desviado demasiado de la ruta.

Claudio le miró muy serio y le dijo en voz baja:

—No debemos perder la paciencia precisamente ahora... ¡Con lo que llevamos caminado! No os preocupéis, estamos cerca de casa...

—¿Qué vamos a hacer? —preguntó otro, perdiendo la mirada en la lejanía agreste.

—Seguir. ¿Qué otra cosa cabe? —contestó con resolución Claudio—. No creo que nos queden más de dos días de camino. Lo que pasa es que tal vez nos hemos desviado algo de la ruta, pero no tanto como para perdernos. Mirad donde sale el sol... No os preocupéis, vamos en buena dirección. Pronto hallaremos nuestra ciudad.

Allí mismo permanecieron durante todo el día, calmando su calor y su sed con el agua somera que manaba entre zarzas al pie de un roquedal. Y por la tarde emprendieron de nuevo el camino, ascendiendo por una abrupta pendiente. Divisaban desde lo alto lejanos campos que estaban en el mayor abandono, y pocas veces veían a alguien trabajando en los viñedos o junto a las alquerías.

Iban marchando hacia donde suponían que estaba el norte, cansados, embebidos en sus pensamientos, cuando oyeron ladrar a un perro.

—¡Hay pastores cerca! —exclamó uno de los jóvenes.

Corrieron todos hacia el lugar de donde provenían los ladridos. Al pie de un cerro, junto a un riachuelo, había un pequeño poblado de chozos. Las cabras triscaban ladera arriba, mientras algunos hombres, mujeres y niños corrían, escondiéndose entre los matorrales.

—¡No huyáis, no somos bandidos! —les gritó Claudio—. ¡Somos hombres de Dios!

Pero aquella gente asustada desapareció en la espesura.

En el poblado, ocultos en sus cabañas, solo quedaron algunos ancianos que apenas podían moverse. Y resultó que aquellas gentes también eran cristianas; rudos cabreros que vivían en los montes y que únicamente bajaban a los pueblos cuando había mercado.

En el tosco dialecto de los pastores arcaicos, extraña mezcla de lenguas rústicas y antiguas, el viejo patriarca que gobernaba la aldea les rogaba que respetaran sus vidas. Claudio le repetía una y otra vez:

—No somos malhechores; somos cristianos hermanos vuestros. No os haremos nada malo.

Tardaron en convencerle, pero al fin comprendió el anciano que no había peligro alguno y se puso a llamar a su gente. Regresaron los demás cabreros, timoratos, silenciosos, y les ofrecieron lo poco que tenían para comer: pan de bellotas y queso.

Claudio les preguntó si había novedades por los contornos, y el anciano jefe de la aldea, con semblante grave y parcas palabras, le respondió que había pasado cerca de allí un gran ejército camino de Mérida.

—El rey era; el rey de todos los moros.

—¡El emir de Córdoba! —exclamó Claudio.

Al día siguiente, de madrugada, partieron de allí repuestos y con paso más seguro. Descendieron de los montes dejándose guiar por un muchacho de la aldea que los condujo hasta unas alquerías próximas al camino principal que unía

Córdoba y Mérida. A su vista se ofrecían rastrojos que amarilleaban, barbechos, viñas muy verdes y grandes choperas en las orillas de un río.

La luz de la mañana pronto les permitió distinguir la calzada a lo lejos, cruzando algunas míseras aldeas, cuyas casas de adobe apenas se destacaban del suelo rojo hecho de barro seco. Y al norte, al fondo del paisaje, se veía la silueta oscura de la prominente loma que coronaba el castillo de Alange.

45

Salustiana entró en la basílica de Santa Jerusalén y avanzó por la nave amplia, oscura y sofocante. Se dirigió al presbiterio y se arrodilló frente al ábside. Al pie del altar, estuvo mirando un sepulcro sencillo, en el mismo suelo, cubierto con una lápida de piedra en la que se leía esta inscripción:

AGILDO MARTYR DUC

La viuda del malogrado duc era alta, ligeramente encorvada; su cuerpo, roto por el sufrimiento de las últimas semanas, parecía vencido de costado; y su largo y pálido rostro, surcado por arrugas e hinchado levemente alrededor de los párpados, estaba iluminado por unos ojos muy claros, de expresión triste y lejana. Asomando por los lados bajo el velo negro brillaban unos mechones de cabellos canosos. Toda ella respiraba sumisión, dolor, aflicción... Y por sus mejillas resbalaban lágrimas lentas.

La acompañaban sus hermanas, sus hijas y sus nueras. Todas se habían quedado prudentemente a distancia y la observaban compadecidas y apenadas.

También estaba allí el obispo Ariulfo, de pie junto a la

sede, rodeado por el cabildo y los acólitos; vestían ropajes litúrgicos blancos, en contraste con los oscuros telones de terciopelo negro que cubrían los altares.

En el lado derecho del presbiterio, algunos nobles permanecían arrodillados, con gravedad en los semblantes; miraban con estática veneración la doliente estampa que componían Salustiana, la tumba y el áureo brillo de una cruz tachonada con piedras rojas que se alzaba en la cabecera.

Se inició un enfático canto de aire fúnebre, y el diácono se aproximó al obispo para entregarle el incensario. Ariulfo, con movimientos comedidos, se acercó hasta el sepulcro y lo fue rodeando a la vez que lo incensaba.

Después se detuvo junto a Salustiana, también la incensó y la bendijo.

Ella se santiguó tres veces con gestos bruscos y se echó a llorar.

Entre los presentes brotaban suspiros y el sollozo de alguna mujer.

Regresó el obispo a la sede y los acólitos pusieron el báculo en su mano. Todos estaban muy pendientes de él; anhelantes y desangelados, esperaban sus palabras. Sentose Ariulfo y, poniendo los ojos fijos en la altura de la bóveda curva y honda, empezó a hablar pausadamente:

—Caros hijos, estamos muy afligidos… —Hizo una pausa y se enjugó con los dedos los regueros de lágrimas que descendían por sus mejillas—. Esta sangre vertida por Cristo es vuestra propia sangre; es la misma que vertieron aquellos mártires gloriosos; la de Eulalia, la de Servando, la de Germán, la de Vicente, la de Félix…, ¡la de Santiago, la de Esteban, la de Pedro, la de Pablo…! ¡Es la misma sangre de Cristo!

Algunas mujeres rompieron a llorar. Entre sollozos, decían:

—Descansen en paz… Descansen en paz… Intercedan ante Dios por nos…

Ariulfo pareció cobrar brío y, alzando su voz con mayor energía, prosiguió:

—Mas no hay que perder la esperanza, caros hijos. ¡Eso jamás! Pues tenemos el respaldo de la santa palabra de nuestro Dios: «Estamos atribulados, pero no angustiados; en apuros, pero no desesperados; perseguidos, pero no desamparados; derribados, pero no destruidos...»; porque esta tribulación momentánea produce en nosotros un excelente y eterno premio de gloria; no miremos, hijos, a estas cosas terribles que se ven, sino a las que son invisibles, pues esto que vemos es temporal, pero lo que no vemos es eterno.

Muy pendientes de sus palabras, los fieles asentían con resignados movimientos de sus cabezas. El obispo los exhortó entonces:

—Pidamos, caros hijos, al Dios de toda dádiva que nos fortalezca y nos dé la capacidad que viene de lo alto para sobrellevar este momento de dolor y tribulación. ¡No nos cansemos de orar!, sabiendo que Dios tiene un propósito eterno para cada uno de nosotros, y por eso permite que seamos afligidos por un poco de tiempo.

Y señalando ahora el sepulcro con el índice, añadió:

—Nuestro duc Agildo ya ha vencido; él ha recibido ya el premio de gloria... ¡Y qué premio! Ahora es nada menos que un mártir, un testigo, un santo entre los santos de Dios. Y nosotros, siguiendo su ejemplo, de igual forma que él debemos sentirnos llamados a estar firmes en la fe, aun sabiendo que nos esperan tribulaciones, cárceles, azotes, persecución... ¡Y si Dios quiere la muerte! Porque vivimos bajo la protección y esperanza de Aquel que nos ha llamado de las tinieblas a su luz admirable.

Su rostro se ensombreció y, perdiendo la mirada en el fondo del templo y volviendo a su voz lóbrega de antes, concluyó:

—Porque sabed, caros hijos, que viene el príncipe de este

siglo con el claro objetivo de hacernos la guerra y amedrentarnos para que perdamos la comunión que disfrutamos con nuestro Dios. ¿O acaso ignoramos que Dios, en su misericordia, permite que seamos afligidos por el enemigo de nuestras almas, como lo fuera el santo Job? ¡El tentador está ahí para probar nuestra paciencia! ¡Satán ha sido soltado! ¡Él está aquí, en nuestra propia ciudad, para no darnos tregua!

46

La calma del mediodía caía sobre Mérida, que soportaba, sumida en un silencio denso, la canícula de junio. En el extremo norte de la ciudad, fuera de las murallas, las poderosas fortificaciones que rodeaban la casa de Marwán se hallaban custodiadas por un ingente destacamento del ejército emiral. Y, como era habitual en aquella propiedad, por los patios, jardines y olivares se propagaba un gustoso olor a guiso de pato, a cordero asado, a sopa caliente y a pan recién horneado. De manera que a los hambrientos soldados se les había intensificado el apetito y lanzaban lánguidas miradas hacia las chimeneas de las cocinas, desde donde se alzaban hilillos de humo blanco.

Marwán estaba en el salón principal de la vivienda, rodeado por sus hijos, su parentela, su servidumbre y toda la gente de mayor confianza de sus propiedades. El rico hacendado vestía su mejor túnica de auténtico damasco, babuchas de seda y abultada faja a la manera cordobesa; no le faltaban oros sobre el pecho, ni anillos en los dedos; la vistosa espada con empuñadura de marfil sobresalía en el cinto, precediendo a la orgullosa y oronda barriga. Hecho un manojo de nervios, sudoroso, acalorado e inflado de pura felicidad, hablaba ora sonriente, ora serio y con preocupación.

—Hoy, queridos míos —decía—, es el día más grande de los que hayan podido amanecer en esta casa y en esta familia nuestra, desde que fuera fundada, ¡para gloria de Alá!, por mi noble y valeroso bisabuelo Yunus al Jilliqui... ¡Oh, qué gran día es hoy! Porque...

La voz se le quebró y ya no pudo seguir hablando. Emitió una suerte de quejidos y luego, rojo de emoción, se tapó la cara y estuvo lloriqueando. Los hijos se contagiaron del estado de ánimo de su padre y le rodearon cubriéndole de abrazos y cariño:

—¡Padre, no llores! ¡Padre, te queremos! ¡Padre, padre, padre...!

Marwán, muy conmovido, se puso a besarlos y contestaba:

—¡Ay, mis hijos queridos! Estas lágrimas mías son de puro gozo... No sabéis lo que he tenido que luchar en esta vida... ¡Hoy es nuestro día! ¡Alá sea loado! Nuestros denuedos han dado sus frutos... Porque, amados míos, a partir de hoy ya no seremos más gente de segunda fila.

Todos le escuchaban con fervorosa atención, compartiendo su orgullo y su dicha. Y él, con voz más pausada y firme, les seguía explicando:

—... Porque hemos sido relegados durante años, apartados, no considerados... Cuando somos nosotros los únicos que en verdad teníamos derecho a ocupar los primeros puestos en esta ciudad. Somos musulmanes cuyos antepasados estuvieron luchando junto al Profeta, ¡paz y bendición! Un día, hace cien años, nuestro tatarabuelo Yunus ganó para la *umma* amplios territorios al norte, allá en la Galaecia. ¿Os dais cuenta? Puso el pie en los dominios de los infieles depravados rumíes que no se encomiendan al Creador. Por eso nos apodan Al Jilliqui, los Gallegos, por nuestro predecesor que fundó la dinastía. ¡Oh, qué tiempos aquellos!

Todos los que le escuchaban se sabían de memoria aquel relato, porque Marwán se lo había contado mil veces, en el mismo orden, de la misma manera, con una mezcla de orgullo y amargura, con lágrimas y rencor.

—Y ya veis —proseguía—. ¡Nadie en esta díscola y soberbia Mérida nos ha considerado como nos merecíamos! ¡Pero eso se acabó! ¡Alá nos hace al fin justicia! Nuestra paciencia es hoy nuestra gloria. Ved con qué sabiduría y acierto el emir Abderramán ha degollado a esos dimmíes petulantes y cómo ha expulsado al destierro al torpe valí Mahmud. ¡Fuera nuestros problemas! Porque sabed, mis hijos queridos, que hoy recibiremos el premio a nuestra fidelidad, a nuestra lealtad, a nuestra inteligencia, a nuestro…

Estaba diciendo esto, cuando irrumpió en la sala uno de los criados que venía muy nervioso anunciando a gritos:

—¡El emir, el emir…! ¡El emir viene ya por el camino! ¡El emir de Córdoba está aquí en persona!

Marwán empezó a tambalearse de sorpresa, espanto y alegría, se le extravió la mirada y exclamó:

—¡Vamos a recibirle!

Salieron todos a la puerta de la casa y vieron llegar el cortejo, todavía a distancia, atravesando primero los olivares y después el puente. Resaltaba a simple vista la imagen de Abderramán, que cabalgaba delante sobre su gran yegua alazana, cuyo pelaje tenía tanto brillo que parecía toda ella pulida, dorada; los jaeces eran de un rojo vivo. La capa del emir, larga y de un verde oliva puro, ondeaba; como las banderolas, gallardetes y grímpolas. También los estandartes eran muy verdes; el color de los omeyas. Pero, salvando las divisas, lo demás en la comitiva era sencillo y poco destacable, pues venían con el príncipe apenas una veintena de acompañantes, menguado séquito para atravesar una ciudad que acababa de vivir un belicoso trance. Aunque bien era cierto que la gente en Mérida estaba atemorizada y refugiada en sus casas.

No obstante esta sencillez de la llegada del emir, Marwán, emocionado, exclamaba:

—¡Qué magnificencia! ¡Qué grandeza! ¡Mirad, hijos míos, mirad la gloria que nos visita!

Entró Abderramán a caballo en la propiedad y todos los Banu Yunus, los familiares, los amigos, los criados y los esclavos se arrojaron de bruces al suelo. El emir los miró y buscó entre ellos al joven Muhamad, que estaba postrado junto a su padre; y al verlo, descabalgó y se dirigió a él diciendo:

—Amigo mío Muhamad, ¡qué gran alegría volver a verte! Aquí, en tu propia casa, entre los tuyos.

Alzó la cabeza el hijo mayor de Marwán y contestó:

—Mayor alegría es la nuestra, amo nuestro Abderramán.

—Anda, ponte en pie y abrázame —le ordenó el emir.

Con gran confianza, Muhamad fue hacia él y le abrazó. Y Marwán no salía de su asombro al ver a su primogénito tratar al príncipe con aquella familiaridad.

Entraron en la casa y fueron al salón principal. Allí, ante la sorpresa de todos, Abderramán se arrodilló y pegó su nariz a la espléndida alfombra que pisaban.

—¡Oh, no huele a pies! —expresó admirado—. ¡Huele a rosas!

Muhamad se echó a reír y contestó divertido:

—¡Naturalmente! ¿Qué esperabas?

Rio también con ganas el emir y contestó:

—Es una magnífica idea, amigo mío. Cuando regrese a Córdoba ordenaré que esparzan perfume por todos los tapices de mis palacios.

Marwán asistía a esta conversación, entre su hijo y tan egregio invitado, sin llegar a comprender el misterioso juego que había entre ellos. Y, tratando de elevar la voz para atraer la atención de su ilustre huésped, se fue hacia él, le besó las manos, señaló el asiento principal y le rogó:

—Siéntate a nuestra mesa, dueño y señor nuestro; goza de nuestra hospitalidad, pues esta es tu casa.

Sentose Abderramán y contempló con delectación la riqueza de la vajilla, los manteles de hilo y los vasos de vidrio labrado. Pero enseguida volvió a poner toda su atención en el joven Muhamad y, esbozando una amplia sonrisa, le dijo:

—Créeme, me siento muy feliz por estar en tu casa. ¡No sabes las ganas que tenía de venir! Anda, siéntate a mi lado, amigo mío. ¡Es maravilloso estar aquí!

Marwán empezaba a estar desconcertado, pues no acababa de disfrutar del protagonismo que le correspondía como patriarca. Así que, poniéndose muy solemne, inició el discurso que tenía preparado desde hacía algunos días:

—Emir Abderramán, amo y dueño nuestro, nosotros, los Banu Yunus, somos siervos tuyos, como lo fuimos de tu padre Alhaquén, a quien Alá dé su paz y lo guarde en el paraíso; queremos serte fieles y por eso hemos cuidado con diligencia de la gloriosa memoria y el poder de Córdoba en esta ciudad de Mérida, la cual, hasta que tú viniste a poner orden, ha estado dominada por hombres necios y contumaces, cristianos infieles y nietos de cristianos que, haciéndose llamar musulmanes con lengua embustera, aún tenían las almas embotadas por las creencias de su antepasados…

El príncipe hizo un mohín de poco agrado y le interrumpió diciendo con gesto aburrido:

—Bien, bien, lo sé, todo eso ya lo sé. —Y volviéndose nuevamente hacia Muhamad, añadió sonriente—: ¡Qué olor tan delicioso a rico guiso! ¿Se come o no se come en esta casa? ¡Es mediodía!

—¡Oh, claro! —exclamó Marwán solícito—. ¡Claro que se come en esta casa!

Y les dio las indicaciones oportunas a los criados para que comenzasen a servir el banquete.

Llevaron una preciosa olla de barro y, al quitar la tapadera, apareció el jugoso guiso de pato con ciruelas, aceitunas y almendras. El emir se puso a degustarlo enseguida, en silencio, concentrado en mojar pedacitos de pan en la salsa. Todos le miraban sin atreverse a comenzar sin su permiso, hasta que él otorgó:

—Pero... ¡vamos, comed conmigo! Dejémonos de una vez de ceremonias y pamplinas. ¡Obremos con naturalidad!

A partir de aquel momento, todo fue mucho más distendido. Fueron sucediéndose los platos y las conversaciones. Abderramán hacía preguntas a unos y otros, pero se dirigía siempre con preferencia y predilección a Muhamad. Lo cual seguía manteniendo en suspenso el ánimo de Marwán, y le impedía tener la serenidad que exigía el momento tan esperado. Máxime porque el emir parecía no querer hablar de cosas importantes, sino de comidas, de caza, de cetrería, de diversiones...

Solo a los postres se puso el príncipe más serio de repente y le dijo a su amigo Muhamad con cierta pesadumbre:

—¡Oh, cuánto me gustaría que te vinieras conmigo a Córdoba! Aunque comprendo que hay que poner en orden esta díscola ciudad, como bien ha dicho tu padre. Y eso requiere de tu presencia aquí, muchacho.

—Eso, eso es —intervino Marwán, por fin satisfecho—. Se trata de meterlos en cintura. Si ya lo decía yo...

Pero Abderramán, ignorándole una vez más, prosiguió dirigiéndose a Muhamad:

—Porque ya tengo pensado quién gobernará Mérida: tú, mi querido Muhamad, aunque eres aún joven, serás el valí. Así tendrás tiempo, ganas y fortaleza suficiente para meter en cintura a esta Mérida, como bien dice tu padre.

Hizo una pausa para examinar en su cara el efecto de esta declaración y añadió:

—Mañana te proclamaré valí en la mezquita Aljama. Tomarás posesión del cargo y del palacio. No hay por qué demorarse en esto. Yo he de proseguir mi viaje hacia el norte, pues he de poner orden en otras posesiones rebeldes. He tenido noticias de que en Toledo también andan los ánimos caldeados. Pero dejaré aquí una parte de mi ejército para que te ayude a mantener el orden.

Marwán escuchó atónito estas palabras. Se produjo en él una violenta sacudida y miró a su hijo furioso, fulminante, negro de desesperación; el rostro abotargado, congestionado, las venas del grueso cuello monstruosamente hinchadas. Quería hablar, romper a gritar, dispuesto a todo, pero sus labios estaban cerrados, como si se los hubiesen cosido.

Y Muhamad, que se daba cuenta de lo que le pasaba a su padre, se puso muy nervioso y, dirigiéndose al emir, farfulló:

—¿Yo?… ¡Oh, señor, no me hagas esto!

Abderramán le miró extrañado y le preguntó:

—¿Te da miedo acaso? ¿Temes el cargo? ¡Me defraudas!

—No, señor, no es eso… Me siento muy honrado por tu elección… Pero… —vaciló—. Pero es mi padre… ¡Él debe ser el valí! —dijo al fin con firmeza—. Él tiene experiencia; sabe mucho de estas cosas. Mi padre está más preparado que yo. No puedo hacerle esto, compréndelo.

Abderramán se puso muy serio y permaneció durante un largo rato mudo e inmóvil como una estatua. Las miradas estaban fijas en él y todos los alientos de los presentes contenidos.

Entonces el emir tomó de nuevo la palabra y dijo con rostro impresionantemente severo:

—¿Te atreves a contradecirme, amigo mío, Muhamad? No esperaba esto de ti. He dicho mi última palabra y no voy a modificar mi voluntad: ¡tú serás el valí!

Marwán quería hablar, romper a gritar, pero estaba como paralizado. Luchaba con una fuerza oculta y contenía su impulso feroz; aunque se resistía a una ola de furia. Hasta que, de improviso, rompió a llorar amargamente y, entre sollozos, expresó:

—Sí, hijo mío, Muhamad… ¡Obedezcamos! ¡Alá lo desea! ¡El que ordena habla por su boca! ¡No podemos tú y yo enfrentarnos al destino!

Muhamad entonces se levantó de la mesa, se fue hacia su padre, se arrojó en sus brazos y empezó a decir entre lágrimas:

—No, padre mío, no lo aceptaré... ¡Tú eres quien merece ese cargo! ¡Lo has esperado toda tu vida! ¡No puedo aceptar eso! ¡Aunque tenga que morir!... ¡Yo no puedo traicionarte!

—Sí, hijo mío, sí... ¡No compliquemos las cosas!

El emir asistía atónito a esta escena y empezó a sentirse conmovido. Apuró el vaso de sirope que tenía en la mano y gritó:

—¡Haya calma! ¡Me estáis partiendo el corazón! ¡Callaos!

Se hizo un impresionante silencio y todas las miradas se volvieron hacia él de nuevo. Y Abderramán volvió a quedarse callado y pensativo. Pero al cabo, recuperando su sonrisa, sentenció:

—No hay por qué hacer un drama. No cargaré en mi conciencia con la culpa de enfrentar a padre e hijo. Reconduzcamos, pues, la cuestión. Marwán abén Yunus será el valí de Mérida y tú, Muhamad, tendrás derecho a sucesión. Es mi última palabra.

Después de declarar esto, se puso en pie y se dirigió a la salida añadiendo:

—Mañana a primera hora te daré posesión del cargo, del palacio y del mando del ejército, Marwán. El pato estaba buenísimo... ¡Alá os bendiga!

De este modo terminó la conversación y la visita, hábilmente, sin permitir que nadie dijera ni una palabra más, para evitar nuevas complicaciones. Y salió sonriente el emir, como había llegado, con aplomo y elegancia.

47

El jueves por la tarde, cuando se contaban ya diez días de la estancia del emir en Mérida, la guardia del palacio del valí se presentó repentinamente en la casa del cadí de los muladíes. Arrestaron a Sulaymán abén Martín y a su hermano Salam y les quitaron las espadas. Luego los llevaron ante el jefe de la guardia, el cual les comunicó apesadumbrado que cumplía órdenes.

—¿Órdenes? ¿Órdenes de quién? —le preguntó Sulaymán.

El jefe de la guardia tenía la mirada grave, cargada de pensamientos. Permaneció en silencio durante un rato escrutando el rostro de los prisioneros, y luego contestó:

—No me queda más remedio que obedecer al nuevo valí.

—¿El nuevo valí? ¿Quién es el nuevo valí? —inquirieron los hermanos Abén Martín.

—Marwán.

Los Abén Martín se quedaron estupefactos.

—¡No es posible! ¡Será traidor! ¡Ahora se comprende todo!

El jefe de la guardia parecía nervioso y envuelto en dudas.

—¿Y qué voy a hacer yo? —exclamó—. ¡Cumplo órdenes!

Sulaymán, muy excitado, le gritó:

—¿No te das cuenta, estúpido? ¡Ahora nos cortarán las

cabezas a nosotros! Pero, cuando se hayan servido de ti según sus conveniencias, también te quitarán de en medio.

El jefe de la guardia estaba visiblemente confundido.

—¡Cumplo órdenes!

—¿Qué ordenes ni qué...? —insistió el cadí con autoridad—. ¡Suéltanos inmediatamente! ¿No te acabas de enterar de lo que pasa? ¡Aquí todo va a cambiar! El valí Mahmud ha sido desterrado, el duc Agildo y el abad Simberto, degollados, y ahora acabarán con nosotros... ¡Nadie estará ya seguro en Mérida! ¿Crees que te respetarán mañana a ti? ¡Suéltanos!

Después de pensárselo durante un instante, el rostro del jefe de la guardia se iluminó de repente y respondió:

—Tenéis toda la razón. ¡Marwán es un traidor! Aquí nadie está ya seguro.

Enseguida dio órdenes a sus hombres para que cortaran las ligaduras que amarraban a los presos y que les devolvieran las espadas. Luego, con aire sobresaltado y presuroso, exclamó:

—¡Hay que huir inmediatamente! ¡Todos debemos escapar!

Sulaymán y Salam sintieron un inmenso alivio, que al momento cedió ante la prisa y la excitación. Y todos allí echaron a correr: ellos, el jefe de la guardia, los oficiales y los guardias que custodiaban la prefectura. Ahora debían ir a buscar a sus familias y ponerse a salvo, antes de que los aires de sospecha y delación que corrían por la ciudad los condujeran a mayores peligros.

La madrugada del día siguiente, que era viernes, se cumplió la venganza del nuevo valí. Cuando todavía no había amanecido, los soldados de Córdoba recorrieron el barrio de los muladíes e hicieron presos a muchos hombres; luego los condujeron en grupos a descampados. De nada sirvieron las quejas y los juramentos. Mataron a algunos, a otros los molieron a palos y a los que quedaron con vida los expulsaron de Mérida, bajo severa advertencia de que serían ejecutados sin contemplaciones si se les ocurría regresar. También fueron violadas muchas mujeres. No tuvieron miramientos ni siquiera con los ancianos; por más que rezaban con fervor a Dios o suplicaban clemencia en nombre del Profeta.

Un manto de pavor y sumisión envolvía a la ciudad cuando, la mañana del sábado, Marwán recorría sus calles a lomos de su mejor caballo, acompañado por todos sus hijos, su parentela, sus amigos, criados, esclavos y fieles partidarios. Antes de que el sol alcanzase su punto más alto, tomó posesión de su cargo y del palacio. Después se sirvió un gran banquete, presidido por el emir, en el que hubo derroche de obsequios, muestras de gratitud, parabienes, lisonjas y adulaciones.

Mientras, el cadí Sulaymán se enteraba de todos estos sucesos en su escondrijo en los bosques, fuera de la ciudad, pues había podido escapar a tiempo con los suyos por la puerta del Poniente. Su ira y su desolación empezaban a abonar el terreno al odio más inexorable.

48

Cuando tuvo la certeza de que Mérida estaba sometida a su voluntad y que, vencidos por un terror irresistible los espíritus díscolos, no volvería a alzarse ninguna testuz, Abderramán se fue al fin. Solo se despidió del gobernador Marwán y de su hijo mayor. La gran hueste del emir cruzó el puente y puso rumbo al norte por la antigua calzada de Toledo. No miraban los altivos cordobeses a derecha ni a izquierda, pues nada les interesaba ya de aquella ciudad humillada, donde subsistía apenas lo viejo de su pasado y muy poco de valor estimable. Dejaban tras de sí la aflicción y la inconfundible estela de polvo estéril que arrastran los ejércitos a su paso.

Transcurrió después el resto del verano, cargado de silencio e incertidumbre. El miedo atenazaba los corazones; igualmente los de quienes tenían el poder que los de los subyugados; palpitaba en todos ellos el recuerdo sombrío de lo que había sucedido. Nada se sabía de los desterrados, ni de los huidos, ni de los ocultos. Sobrevino el invierno acarreando la fría sospecha de que pudiera estarse urdiendo en alguna parte la venganza. Y si bien en un principio el rico Marwán se sintió feliz por haber alcanzado su sueño, pronto empezó a imaginar lo que podía estar tramándose entre los descontentos.

Entonces perdió la alegría, el sosiego y hasta el apetito, poseído por una presión hecha de conjeturas y apariencias que sentía vivamente fundadas en visos de verdad. De un día para otro el nuevo valí de Mérida se convirtió en un hombre viejo y roto. No se había visto anteriormente en situaciones peligrosas y le obsesionaba la tenebrosa imagen de los vengadores reunidos por ahí para decidir la forma y la fecha de su muerte: el dardo certero desde alguna terraza, el frío puñal oculto entre los mantos, el veneno invisible, el asalto repentino en la noche... Empezó a desconfiar de todo el mundo y se refugió con los suyos en el palacio interior del robusto alcázar.

Sin embargo, la habitual calma del joven Muhamad no parecía alterada, por más que su padre tratara a toda costa de hacerle participar de sus miedos y preocupaciones. El primogénito del valí no percibía las cosas de la misma manera que su padre y no tardó en cansarse del encierro. Una mañana impávida de aquellas, se levantó temprano y vio salir el sol en un cielo puro, haciendo brillar el verde de los campos solitarios al otro lado del río. Entonces decidió que era el momento de retornar a su ansiada libertad de antes.

Enterado Marwán de que su hijo estaba en las cuadras ensillando el caballo para salir de la fortaleza, corrió a disuadirle lleno de angustia.

—¡Dónde vas, insensato! ¡Hijo mío, Muhamad! ¿No te das cuenta de lo peligroso que es salir de Mérida?

—He de ir a Alange. Desde el verano no he ido y nada sé de mis cosas, de los criados, de los caballos, de los halcones...

—¡Y de esa mujer! —gritó el padre sofocado—. ¿Es por esa mujer por lo que te vas a jugar la vida, hijo?

Muhamad le miró muy serio.

—He de ir, padre.

—¡Qué locura! ¿No hay mujeres suficientes aquí? ¿No

puedes conseguir aquí mujeres, halcones ni caballos? ¡Toda Mérida es nuestra!

Muhamad bajó la cabeza ligeramente mientras afirmaba la silla tirando de las correas. Dijo con voz queda:

—¿De qué nos ha servido ser los amos de todo? ¿Acaso no hemos arruinado nuestra felicidad?

—¿Nuestra felicidad? —replicó el padre agitado—. ¿Qué dices?

Dejó el hijo lo que estaba haciendo y se fue hacia él para hablarle con franqueza.

—Sí, nuestra felicidad; porque la felicidad significa ser libre, tener descanso, comodidades y trato con la gente.

—¡No caigas en fantasías absurdas! ¡Todo eso lo tenemos! Y además ahora mandamos nosotros...

—¿Y qué, padre? Vivimos encerrados, entre sospechas y temores. Si no podemos salir, ¿de qué nos sirve lo que hemos conseguido? Mírate al espejo, padre, estás pálido, desmejorado y triste. No te fías ni de tu propia sombra... ¡Hasta el apetito has perdido! Que ya es decir... ¿Y quieres convencerme de que somos felices?

Marwán se quedó mirando a su hijo en silencio. Su semblante reflejaba un estupor impresionante.

Muhamad añadió:

—Deberíamos hacer algo... No vamos a pasarnos el resto de nuestras vidas en una ciudad que nos odia y a la cual odiamos... Deberíamos hacer algo, padre.

A lo que respondió Marwán:

—¿Hacer algo? ¿Y qué podemos hacer?

—No sé... Tratar de ganarnos a la gente.

—¿Ganarnos a la gente? ¡Oh, Dios Creador de cuanto hay! ¿Ganarnos a la gente? ¡Qué tonterías dices!

—Sí. Al menos deberíamos saber con quién podemos contar.

Marwán contestó con tono despectivo:

—¿Estás tratando de sugerirme que le ría las gracias a los muladíes y a los infieles dimmíes? ¡Con lo que llevamos pasado! ¡A esa gente no hay quien la pueda contentar! Solo serán dichosos cuando vean nuestras cabezas rodando por los suelos… ¡Qué inocentón eres, hijo mío, Muhamad!

—¿Te das cuenta, padre? No te sientes nada seguro… Llevamos meses encerrados en la fortaleza. ¡Así no se puede vivir!

49

A la caída de la tarde la ciudad estaba casi desierta, como cada día al final de la jornada, cuando los mercados se habían cerrado y la gente se apresuraba a encerrarse en sus casas. Un aire de pesadez y tristeza lo envolvía todo. Reinaba ya la oscuridad en el barrio cristiano y al final de la vía principal, detrás de la basílica de Santa Jerusalén, empezaba a remontarse una pálida luna.

Un hombre joven, delgado y vigoroso atravesaba la plaza con decisión; la mirada perdida en los viejos edificios, como en trance de vidente, mirándolos a través de las lágrimas y buscando en ellos deslumbrantes recuerdos de pasada felicidad. De algún lugar se desprendía un olor a incienso muy suave, apenas perceptible, y esa fragancia traía a su memoria la imagen y la presencia de su padre, el duc Agildo. Porque aquel joven lloroso era Claudio, que, después de conseguir entrar en la ciudad camuflado entre unos mercaderes, acababa de enterarse de que en su ausencia habían sucedido cosas terribles.

En dos saltos subió la escalinata y estuvo frente a la puerta cerrada del *episcopium*; la golpeó con fuerza con los nudillos, impaciente, mientras un estremecimiento nervioso le recorría las piernas, y le atormentaba que fuera cierto lo que acababan de decirle.

Abrió un muchacho asustado, pálido, que musitó algo con tembloroso acento; pero Claudio le echó a un lado de un manotazo y, con la misma decisión, avanzó por la penumbra del vestíbulo y golpeó una segunda puerta con mayor ímpetu aún.

—¿Quién es? —preguntó una voz profunda desde el interior.

—¡Obispo, ábreme!

Hubo un silencio. Al cabo salió el obispo Ariulfo, alto, lívido, vestido con opaca túnica de lana, sobre la que brillaba el gran pectoral de plata. Miró con espanto en sus ojos grises al hijo del malogrado duc y exclamó:

—¡Claudio! ¡Bendito sea Dios!

El joven se inclinó para besarle la mano y luego alzó hacia él un rostro tristísimo e interpelante.

El obispo suspiró, se santiguó tres veces y murmuró:

—Dios le ha concedido la gloriosa corona del martirio… Supongo que ya te habrán dicho que… ¡Dios premiará el sacrificio y la sangre derramada de tu buen padre!

Y, tras pronunciar estas palabras, abrazó a Claudio y le condujo con afecto al interior del palacio, a una pequeña sala donde había una mesa y cuatro sillas.

El joven se sentó y se echó a llorar. Porque de pronto todo le pareció tenebroso, opresivo, terrible, y tuvo la impresión de que el techo se hundía y las paredes le aplastaban.

—¡Padre! —sollozó—. ¡Oh, mi pobre padre! ¡Debería haber muerto yo! ¿Por qué? ¿Por qué él…?

No obtuvo respuesta. El obispo se había situado detrás de la silla y le puso las manos sobre los hombros, dejando que se desahogara.

Claudio daba rienda suelta a su amargura e incluso pataleaba como un niño enrabietado.

—¡Padre! ¡Padre mío! ¡Malditos moros del demonio! ¡Los mataré! ¡Los mataré a todos!...

Ariulfo estaba atento a sus sollozos y trataba de infundirle calma sin decirle nada, simplemente con la presión de sus manos. Sentía que el corazón del joven latía con fuerza y que toda su angustia se expandía por la habitación, ya casi completamente a oscuras.

Guardaron silencio un rato. Mientras, se escuchaban solamente los sollozos y la respiración agitada de Claudio.

Después el obispo salió de la sala y al cabo regresó trayendo un vaso de agua.

—Bebe un poco —dijo—; debes serenarte. Pareces muy cansado.

Claudio se puso en pie, bebió el agua con grandes sorbos y balbuceó con aire culpable:

—Si yo hubiera estado aquí, esto no habría pasado. Debimos armarnos entonces, cuando aún estábamos a tiempo... Debimos defendernos.

—Sucedió todo muy rápido —dijo Ariulfo suspirando—. ¡Fue terrible, terrible! Satanás actúa así; de manera intempestiva, fulminante...

—¡Cuéntamelo todo! —le rogó el joven mientras se enjugaba las lágrimas con los dedos.

El obispo fue hacia una pequeña cómoda que estaba en un rincón, abrió el cajón y buscó a tientas algo dentro. Sacó un pañuelo y se lo dio a Claudio. Le dijo con semblante grave:

—El rey de Córdoba vino dispuesto a dar un gran escarmiento. Creímos que podíamos esperar clemencia de él, pero nos equivocamos...

—¡Te ruego que me cuentes lo que pasó! —insistió el joven, viendo por la actitud del obispo que no estaba dispuesto a entrar en detalles—. ¡No soy un niño! ¡¿Cómo fue?!

En ese momento se abrió la puerta. Brilló la pálida luz de

una lamparilla y apareció la delgada figura de un clérigo, todo de blanco, que dijo:

—Es la hora del rezo de vísperas.

—Deja aquí la lámpara —contestó el obispo—. Yo iré más tarde.

Se quedaron de nuevo a solas los dos. Ahora podían verse las caras. Ariulfo se fijó en los rasgos ligeramente duros del joven, en sus ojos grises que brillaban reflejando la llama, con pupilas insólitamente grandes, y sus cejas rubias y finas, que, cuando fruncía el ceño, formaban una sola línea. Estas facciones, arrogantes incluso en la tristeza, causaban al obispo una extraña impresión y le recordaban, aunque de forma leve, al duc Agildo. Pero en Claudio había una fuerza, una energía y una decisión que nunca tuvo su padre.

—Sí, sí… —dijo Ariulfo sintiéndose repentinamente anegado por una confianza inesperada—. ¡Dios Bendito, Señor nuestro!… He de contártelo todo, porque ya eres un hombre hecho y derecho. Acabo de darme cuenta de que tú, Claudio, hijo de Agildo, eres ahora el duc de Mérida. Sí, así ha de ser… Tu padre ha muerto y tú eres su primogénito y sucesor de pleno derecho. Por eso debo contártelo todo, sin ocultarte nada, duc de Mérida.

Después de decir esto, el obispo le contó al joven todo lo que había sucedido durante su ausencia: cómo había llegado primeramente una parte del ejército de Córdoba y después el resto de la hueste con el emir al frente; el asesinato de los monjes de Cauliana, el apresamiento del duc, su muerte…

—¡Ah, Dios mío, Dios mío! —suspiró Claudio, tapándose el rostro con las manos—. Es terrible, terrible…

—Nunca pensamos que matarían a tu padre —añadió Ariulfo—. ¡Quién iba a pensarlo! Tu padre era un hombre pacífico…

—¡Era un santo! —exclamó Claudio—. Mi padre solo quería el bien de la gente. ¡Ay, Dios lo guarde en su reino!

—Amén —asintió el obispo santiguándose.

Claudio se le quedó mirando. Contemplaba su rostro agitado, pálido y bondadoso, y se acordaba en ese momento de los empeños de su padre por buscar la paz, empeños que ahora le parecían incluso más inútiles que antes de su viaje. Por eso dijo:

—Mi padre era prudente, pero se equivocaba... ¿Para qué ha servido su sangre? Ahora los sarracenos lo tienen todo en sus manos... ¿Para qué ha servido tanto diálogo y tanto intento de paz? ¡Mi pobre padre fracasó!

—No digas eso —replicó Ariulfo—. Esa sangre está ya unida a la de Cristo. Ningún sacrificio es en vano. Tu padre fue un buen cristiano y obró como le dictaba su conciencia. No fue un cobarde. ¡Tenías que haber visto su cara en el momento de la muerte!

El joven seguía mirándole fijamente. Estuvo un momento sin pronunciar palabra, apenado, serio; luego se levantó y declaró con frialdad:

—Comprendo eso, pero mi voz interior me habla... Y me dice que no debemos dejarnos matar todos, así, sin más... Debemos luchar. Hay veces en que al hombre no le queda más remedio que defenderse.

El rostro del obispo expresó terror, extremo desasosiego y al tiempo cierta esperanza. Se puso también en pie. Temblando de inquietud, le preguntó:

—¿Qué noticias nos traes del Norte? ¿Qué has visto allá, en las tierras cristianas?

El joven no contestó a esta pregunta. Se quedó abstraído en sus pensamientos y, al cabo, dijo:

—Todavía no he ido a mi casa; no he visto a mi pobre madre. He venido a tu casa porque quería saber a ciencia cierta lo que le sucedió a mi padre, y ahora debo ir con los míos...

—Tienes razón —asintió el obispo—. Pero vayamos primero a la basílica; te mostraré la tumba del duc. Después debes descansar. Ve con precaución. La ciudad está muy vigilada durante la noche y los guardias que hacen la ronda pueden detenerte. No pongas tu vida en peligro innecesariamente. Mañana, cuando comiencen a funcionar los mercados a primera hora del día, iré a tu casa con los clarísimos cristianos y con los jefes del barrio.

En la basílica concluía el rezo de las vísperas. Los clérigos entonaban un quejumbroso miserere en la penumbra; en la bruma de los humos sagrados, las cogullas blancas resplandecían.

Sobre la tumba del duc Agildo había rosas secas, de un rojo oscuro que recordaba la sangre, y lamparillas de aceite. Claudio se arrodilló, besó la fría piedra y lloró de nuevo.

El obispo expresó con voz grave:

—Le veneramos e invocamos su intercesión… ¡Intercede por nosotros, santo duc Agildo!

Claudio alzó la cabeza y dijo:

—Reúne mañana a todos los preclaros cristianos. He de transmitiros un mensaje del Norte; una exhortación del emperador de Roma, el más grande de los reyes de la cristiandad. Se acerca nuestra liberación…

50

Muhamad estaba sentado en la cama, recostado en una almohada y con el cobertor cubriéndole hasta el pecho. Los brazos y los hombros parecían aún más cobrizos en contraste con la blanca lana. Sus ojos traslucían una mirada feliz. Judit, a sus pies, tenía las bellas y largas piernas cruzadas y le miraba con embeleso. En el centro de la pieza un gran brasero regalaba generosamente el calor de unas ascuas abundantes. Ella tendió la mano hacia una mesita próxima al lecho y tomó un puñado de incienso, lo roció poco a poco sobre el fuego y comenzó a elevarse una espiral de humo que fue ascendiendo mientras esparcía su perfume agradable.

Él suspiró profundamente y, de una manera espontánea, dijo con calma:

—Alá me ha hecho un regalo maravilloso...

En los ojos de Judit relució una mirada de sorpresa.

—Dime qué regalo es ese.

Muhamad parecía un tanto dubitativo.

—Las mujeres sois una cosa rara —dijo mirando al techo—; os han creado para traer la felicidad... No sé. No debería decirte esto... Hasta el día de hoy he conocido a algunas mujeres, ¡y no es que no me gustasen!, pero terminaban aburriéndome a causa de sus manías, sus celos, sus reproches…

La inquietud de Judit creció y, anhelante, le pidió:

—Muhamad, por favor, cuéntame lo del regalo.

Él se irguió levemente y puso en ella unos ojos plenos de seriedad.

—Tú eres un precioso regalo.

El silencio se adueñó de la alcoba, mientras ella se quedaba como absorta, saboreando estas tiernas palabras. Después se estremeció y, permaneciendo inmóvil, derramó algunas lágrimas.

Al cabo, se echó a reír y balbució:

—¡Qué tonto eres! ¿Crees que me voy a tragar que piensas eso de verdad?

Muhamad, un tanto enojado y con firmeza, contestó:

—Debes creerme. Si no lo pensara, no te lo diría. No soy uno de esos que se ganan a las mujeres con zalamerías. ¿No te he demostrado cuánto te quiero?

Los ojos de Judit se dilataron, a la par que se fruncían las comisuras de sus bonitos labios, como una niña a punto de llorar. Apartó la vista, confusa.

Él agregó con obstinación:

—No tengo ninguna necesidad de andarme con mentiras ni juegos de muchachos enamorados. ¡Te acabo de decir que te amo! Y tienes que creerme.

Ella rompió a llorar y se refugió en las lágrimas para escapar a sus pensamientos. Pero no pudo evitar nuevamente la sospecha de que, tal vez, la propia naturaleza hubiera concedido al hombre esa facultad de mentir con tanta soltura, de modo que fuera capaz de adueñarse completamente del corazón de la mujer para subyugarla a sus caprichos.

Entonces Muhamad se le acercó y, alargando la mano hacia ella, la atrajo hacia sí, preguntándole dulcemente:

—¿Por qué lloras?

Judit le miró a través de las lágrimas, sollozando entrecortadamente.

—Lloro porque estoy segura de que habrás ido muchas veces con ese cuento del regalo a unas y otras de esas que dices haber conocido... No me fío de las palabras de los hombres, porque he visto muchas veces sus miradas sucias...

Él la observó sombrío y contestó en tono abatido:

—¿Ahora me vienes con esas? Acabo de decirte que no soporto los reproches de las mujeres ni sus celos absurdos.

Atormentada, Judit suspiró.

—También lloro porque temo que se acabe mi buena época. ¡No sabes lo feliz que he sido durante todos estos meses!

Asintiendo con la cabeza, Muhamad dijo comprensivo:

—Tienes miedo porque antes has sido infeliz. Pero debes ver las cosas igual que yo. Solo vivimos una vez y uno debe aferrarse a las oportunidades que encuentra en su camino. Hay que disfrutar sin temer la pérdida...

El silencio volvió a invadir el aposento sin que Judit apartara sus ojos, confusos, del rostro del joven. Él prosiguió:

—Deberías creerme, Judit, cuando te digo que no he encontrado antes a ninguna mujer como tú. En vez de atormentarte y hacerte suposiciones, deberías pensar que, probablemente, todo es mucho más sencillo. Hay hombres y mujeres cuyos caminos se cruzan en esta vida, y se enamoran, y deciden que pueden confiarse sus secretos más íntimos. Tú te casaste con Abén Ahmad y no te salió bien. Tal vez Alá quiera concederte otra oportunidad.

Estas palabras reanimaron el espíritu de Judit. Suspiró y, señalándose el pecho, dijo con ansiedad:

—Guardo aquí desde hace semanas un gran secreto que ya no puedo soportar yo sola.

Con un movimiento espontáneo, su cabeza se dirigió hacia la puerta cerrada de la habitación; luego la retornó en dirección a Muhamad y añadió suplicante:

—¿Es verdad que tú y yo podemos confiar el uno en el otro?

Él se impacientó:

—Te he hablado de mis secretos… ¡Cuéntamelo!

La inquietud de Judit crecía, se irguió, se abrazó a él y le susurró al oído:

—Creo que llevo una criatura tuya.

Muhamad dio un respingo; tragó saliva y empezó a menear la cabeza con ansia, en tanto ella le urgía con una mirada cálida. Al fin, él gritó:

—¡¿Por qué no me lo contaste enseguida?!

—No estaba segura del todo…

—¿Y ahora? ¿Estás completamente segura?

—Creo… que no me equivoco…

Él se quedó pensativo y sonriente. Preguntó con voz temblorosa:

—¿Lo sabe alguien más? ¿Se lo has contado a tu tía Sigal?

—No. Ya te he dicho que yo sola he aguantado con el secreto. Nunca he estado preñada, pero sé lo que pasa cuando eso sucede…

Repentinamente, Muhamad se puso a abrazarla y a darle besos. Estaba como fuera de sí y exclamaba:

—¡Esto lo cambia todo! ¡Es maravilloso! ¡Tan pronto! ¡Gracias a Alá! ¡Es una gran noticia!

Judit no salía de su asombro por verle tan contento. No se lo esperaba y rompió a llorar de nuevo.

—¿Y ahora por qué lloras? —le preguntaba él—. ¿No ves lo feliz que soy?

—No sabía que te haría tanta ilusión… Estaba asustada y temí que no te cayera bien la noticia.

—Pero… ¿qué dices, mujer? ¡Soy el hombre más feliz de la tierra! ¡Esto hará también feliz a mi padre! Anda, vístete, vamos a contárselo a todo el mundo. ¡Oh, Alá, qué gran noticia!

51

Judit fue por la mañana a los aposentos de las mujeres y, al entrar en la pequeña habitación donde dormían Sigal y Adine, las halló sentadas cada una en un rincón, en una penumbra triste.

Su tía estaba sobre los cojines, con las piernas cruzadas, el cuerpo arqueado y el rostro cubierto con las manos; lloraba, con sollozos convulsivos, y el cabello grisáceo le caía en desorden sobre las rodillas.

La alegría que traía Judit, por la noticia de su embarazo y la feliz impresión causada en Muhamad, se esfumó súbitamente, y el corazón se le oprimió. Preguntó extrañada:

—¡Tía Sigal! ¿Qué os pasa?

Pero Sigal, retirando una mano de su cara, le hizo seña de que se marchase.

—¿Por qué lloras? —insistió Judit sentándose a su lado.

—Por nada..., por nada... —se apresuró a contestar su tía—. No, no es nada... ¡Márchate, por favor!

Llena de turbación, Judit se echó a los pies de su tía.

—¿Qué os pasa? ¡Decídmelo! ¿Qué tenéis en contra de mí?

Adine se puso entonces en pie y, con amargura, se encaró con ella.

—¡Márchate! ¿No has oído a mi madre? ¡Eres una desconsiderada! ¡Ingrata! ¡Egoísta!…

—¿Yo? —balbució Judit muy asustada.

—¡Tú!

—¡Basta, basta! —exclamó Sigal—. ¡Callaos las dos de una vez! Me va a estallar la cabeza…

—Pero… —rogó con temblorosa voz Judit—. ¿No podéis decirme qué os pasa? ¿Se puede saber lo que os he hecho yo?

—¿Y encima lo preguntas? —contestó con desprecio Adine—. ¡Malnacida! Eres una verdadera egoísta, prima Judit. ¡El Eterno te perjudique y castigue tu pecado! Nos abandonaste aquí, entre estas mujeres musulmanas del castillo, mientras tú te despreocupabas de nosotras y te dedicabas a revolcarte en la torre con el señor Muhamad… ¡Zorra!

Judit estaba lívida; sin embargo, reaccionó rápidamente y propinó a su prima una fuerte bofetada.

Entonces Sigal se puso en pie, se interpuso entre ambas y gritó:

—¡He dicho basta! ¡Por el que todo lo puede, no os peléis!

Adine, cambiando de tono, le dijo a su madre:

—¿No vas a reprocharle el trato que nos ha dado? Se ha olvidado de nosotras… Encima de que la acogimos en nuestra casa, nos dejó aquí y se va a las alcobas de ese carnero en celo… ¡Dile cuánto daño nos ha hecho! ¡Díselo, madre!

Sigal, llorosa y pensativa, puso una mirada triste en Judit y le preguntó:

—¿Es cierto eso que dicen las mujeres del castillo? ¿Es verdad que vas a tener un hijo?

—No lo sé a ciencia cierta… —respondió con prudencia Judit—. Pero creo que sí…

Quedaron las dos calladas, mirándose una a otra, y luego se abrazaron.

Entonces Adine empezó a gritar de nuevo:

—¡No la perdones, madre! ¡Dios la castigará! ¡Pecadora! ¡Adúltera!...

Pero la madre se volvió hacia ella y la regañó:

—¡Basta ya de insultar, Adine! Deja de una vez de injuriar a tu prima. No es una adúltera, puesto que es viuda y no tiene marido. Es libre para unirse a quien quiera.

—¡Que se una al diablo! —replicó Adine saliendo de la habitación.

Judit abrazó entonces de nuevo a su tía y le susurró al oído, alborozada:

—¡Gracias! Gracias, gracias... Muchas gracias por ser tan comprensiva... Me sentía muy insegura...

—¡Pierde cuidado! —murmuró Sigal, bajando la cabeza—. No merece la pena pensar ahora en eso... Lo importante en este momento es pensar en lo que debe hacerse...

El corazón de Judit latía acelerado y la cabeza le daba vueltas por la excitación. Sin soltar las manos de su tía, dijo:

—Él me ha dicho que quiere casarse conmigo... ¿Te das cuenta? ¡Quiere que nos casemos!

Sigal volvió a sentarse sobre los cojines y se quedó pensativa. Judit, sentándose a su lado, prosiguió:

—¡Se siente feliz! Muhamad quiere ir cuanto antes a Mérida para decírselo a su padre. Si consigue pronto su autorización, podremos casarnos dentro de un par de semanas.

Gacha la cabeza, meditativa, mordiéndose los labios y retorciéndose las manos, su tía murmuró:

—El padre de Muhamad es un hombre de temperamento difícil...

—Sí, eso lo sabe Muhamad; pero, aunque de momento Marwán se enoje y se oponga, pronto terminará consintiendo, pues jamás le niega nada a su hijo.

Sigal levantó la cabeza y añadió con lentitud:

—Ya te advertí; te dije dónde te metías... Los Banu Yunus son orgullosos... Pero si eres feliz... Tú debes decidir.

—¡Soy muy feliz!

—Entonces no se hable más. Ahora deberás ir tú también a Mérida y contárselo a tus padres… ¡Qué susto se darán! Marwán es ahora el valí de la ciudad y su hijo Muhamad, el heredero… ¡Dónde te has metido, Judit al Fatine! Estaba por verse que tu singular belleza acabara llevándote a la felicidad. Las cigüeñas no se equivocaron…

Judit se puso en pie bruscamente, sonreía nerviosa, excitada, y respondió:

—Mis padres también se alegrarán. Estaban preocupados… Después de todo, la solución de venir a los baños ha sido la mejor para mí.

Reflexionó Sigal y, abandonando su aire triste, dijo apremiante:

—¡Hay que darse prisa! Vamos, te ayudaré. Debes recoger tus cosas y partir inmediatamente a Mérida. Ahora lo mejor es que vuelvas a vivir con tus padres. Si no sabemos el tiempo que falta para el parto, debemos organizarlo todo para que parezca lo más natural.

—¿Y vosotras? —le preguntó Judit—. ¿No venís conmigo?

Su tía iluminó el bondadoso rostro con una sonrisa y respondió:

—Yo iré contigo a Mérida. Pero Adine se quedará aquí. Corren malos tiempos y en ninguna otra parte estará más segura que en este castillo. No te preocupes, cuando las cosas vuelvan a estar tranquilas, nos reuniremos y regresaremos a los baños, que es donde debemos estar las tres.

—Entonces, ¿por qué llorabas antes? ¿Era por lo que me ha reprochado Adine?

—¡Qué ocurrencia! —exclamó Sigal—. ¿Qué pena podía yo tener por eso? Lo que tenía era un gran disgusto a causa de esta dichosa hija mía, a la cual se la llevan los demonios por cualquier motivo… ¡Está como amargada! ¡Mira que enfurecerse porque tú seas feliz!

—Es una niña —observó comprensiva Judit—. Está aquí encerrada y es de entender que pierda de vez en cuando la paciencia...

En esto, entró una criada y avisó:

—El señor Muhamad dice que partiréis inmediatamente para Mérida.

—¡Vamos! —exclamó Sigal—. Debemos preparar tus cosas.

52

En el barrio judío empezó a correr el vago e impreciso rumor de que se tramaba algo contra el valí Marwán. Abdías ben Maimún había salido muy temprano y, antes de llegar al mercado, vio gente arremolinada que hablaba en voz baja con aire de intranquilidad. Decidió indagar y se detuvo en casa de unos parientes para ver si estaban enterados de algo. Lo que le dijeron le puso el alma en vilo. En efecto, se hablaba de rebeldía y se juzgaba con mordacidad a Marwán. Se esperaba que, de un momento a otro, beréberes, muladíes y cristianos se levantaran unidos.

Abdías volvió a su casa preocupado y dio órdenes para que se cerraran todas las puertas y ventanas.

—Nadie debe salir… —le dijo balbuciente a su mujer—. Durante los próximos días permaneceremos aquí dentro, sin movernos para nada…

—Pero… ¿qué pasa? —le preguntó Uriela asustada, pasándose la mano trémula por el cabello ensortijado.

—Va a haber una revuelta.

—¿Cuándo?

—Es imposible saberlo… Tal vez hoy mismo, mañana… Nadie lo sabe…

La mujer, con la mirada perdida, se dejó caer lentamente en una silla.

Su cara se tornó pálida y dijo con un hilo de voz:

—Nuestra hija Judit está en Alange...

—No temas por ella —la tranquilizó Abdías—. El peligro no está allí, sino aquí. En la casa de mi hermana estará a salvo. Nadie las molestará en los baños.

—¿Y nosotros? —observó ella.

—¡No hay que tener miedo! Los judíos no nos hemos puesto de parte de nadie. Y si echan abajo a Marwán, será un beneficio para todo el mundo en esta ciudad. No se puede prosperar aquí con estos impuestos. ¡La gente está harta de Marwán!

Se levantó Uriela, fue hacia la ventana y miró por una rendija.

—No hay movimiento alguno en la calle —dijo—. ¡Qué miedo!

Abdías fue hacia ella de una zancada y la apartó de la ventana. Después, mirándola a los ojos, afirmó con seguridad:

—Nada malo puede sucedernos. Permaneceremos en casa hasta que todo haya pasado. Tenemos alimentos suficientes en la despensa para sobrevivir durante más de un mes.

—Me da miedo; sí, mucho miedo... —observó ella—. Los judíos salimos siempre malparados en todos los conflictos. Mi padre decía que, en caso de guerra, nosotros somos los primeros que debemos poner tierra de por medio...

—De nada sirve tener miedo. Hagámonos a la idea de que esto no va con nosotros. Confiemos en el Eterno...

El día pasó lentamente.

Por la tarde llamaron a la puerta.

Con voz sofocada, Uriela exclamó:

—¡Llaman! ¡Abdías, están llamando!

—Ya lo he oído —dijo él—. Tú quédate aquí.

Abdías, andando con precaución, atravesó el zaguán y

pegó la oreja a la puerta. Oíase en la calle un cauteloso murmullo de voces. Y, al cabo, resonaron de nuevo unos insistentes golpes.

—¿Quién anda ahí? —preguntó Abdías sin abrir.

—Soy yo, padre —contestó una voz conocida—. ¡Soy Judit!

—¡Oh, Judit! ¡Es Judit! —le gritó él a su mujer.

Abrieron y, con extraña rapidez, se introdujo en la casa una figura esbelta, la cabeza y la cara cubiertas con velos, y tras ella otra, igualmente embozada; eran Judit y su tía Sigal.

Llevándose las manos a la cabeza, Abdías exclamó:

—¡Vosotras aquí! ¡Precisamente ahora! ¿Por qué habéis venido?

Ambas mujeres descubrieron sus caras. Sonreían despreocupadamente.

—¿Qué os pasa? —preguntó Sigal jadeante—. ¿No os alegráis de vernos?

Uriela corrió a abrazarlas.

Las tres, felices por el encuentro, empezaron a lanzar suspiros y a dar gritos de emoción.

Resoplando, Abdías les ordenó:

—¡Callad, mujeres! ¡Bajad la voz!

Surgió un silencio. Todos se miraban.

—Vamos al interior —propuso Uriela—. Tenemos que contaros lo que está pasando en Mérida, pues se ve que no estáis enteradas.

Una vez en el pequeño patio que había en el centro de la casa, Abdías, con las manos en la espalda, empezó a pasear lentamente mirando de reojo a su hermana y a su hija. Luego carraspeó y, acercándose, les dijo en voz baja:

—No sé cómo habéis podido entrar en la ciudad… ¡Están sucediendo cosas horribles!

Con naturalidad, Judit contestó sonriendo:

—Hemos venido con el señor del castillo.

Palideció Abdías, se demudó su rostro. Temblándole las aletas de la nariz, gritó:

—¡¿Con Muhamad abén Marwán?!

Cerró un instante los ojos, apretó los labios. En un rápido ademán, se agarró el pecho con ambas manos y, mirando a Judit con enrojecidos ojos, añadió:

—¡Qué locura! ¡Os habrá visto todo el mundo con él!

Tras un instante de silencio, su hija preguntó completamente extrañada:

—¿Por qué te preocupas de esa manera? ¿Qué hay de malo en que hayamos venido con el señor del castillo? Él nos ha estado protegiendo durante todo este tiempo...

Abdías aspiró ruidosamente aire por la nariz, como si estuviese ofendido.

—¡Marwán es un tirano! ¡Está aplastando nuestra ciudad! La gente está harta y puede ser que muy pronto haya una revuelta. Por eso estamos aquí, encerrados en casa sin salir. ¿No os habéis dado cuenta de que no hay nadie en las calles? ¡El peligro es inminente!

Sus palabras fluían pesadas, cargadas de preocupación, pero libremente, mientras se acariciaba la barba con su delicada mano y miraba con fijeza a su hija.

Judit sonrió, tenía los dientes blancos y un bello rubor en las mejillas. Dijo tímidamente:

—Marwán es el valí y tiene al emir de su parte...

—¡Calla, insensata! —rugió Abdías—. ¿Por qué dices eso? ¿Qué sabes tú de estas cosas?

Judit se cubrió el rostro con las manos, asustada por esta inesperada reacción, tan violenta, de su padre.

—¡No grites a la muchacha de esa manera! —replicó Uriela echando el brazo por encima de los hombros de su hija—. Acaba de llegar a nuestra casa, ¡a su casa! Y debemos recibirla con cariño. Ella no sabe nada de lo que está sucediendo.

Sigal se abrió paso hacia delante y se puso frente a su hermano. Le dijo:

—Muhamad fue a los baños a por nosotras para defendernos de los hombres que andaban por allí merodeando. Si no hubiera sido por él, cualquiera sabe lo que nos habría pasado...

Abdías, ya dueño de sí, empezó a hablar con mayor cordura y calma.

—Tenéis razón —dijo—. No debemos juzgar al hijo igual que al padre. Seguramente Muhamad no es tan avaricioso como Marwán... Pero debéis comprender que las cosas se van a poner muy feas para esa familia... Aunque tengan de su parte al emir, los Banu Yunus están acabados.

Al oírle decir aquello, Judit empezó a sollozar sonoramente, estremeciéndose, abrazada a su madre.

—Pero... ¡hija! ¿Qué te pasa? —le preguntaba Uriela cubriéndola de besos.

Entonces Sigal propuso sensatamente:

—Será mejor que vayamos a sentarnos. Judit y yo debemos contaros algo...

Fueron los cuatro a una sala y se sentaron junto al fuego. Recorriendo con la mirada las caras atentas y sombrías de su hermano y de su cuñada, la tía de Judit prosiguió con dulzura y fuerza:

—Judit va a tener un hijo.

Aquellas palabras hicieron temblar a Abdías. Estaba pálido, tenía la barba revuelta y temblorosa. Balbuciente, preguntó:

—¿Un hijo? ¿Quién es el padre?

Irguiose entonces Judit y contestó con dulces lágrimas y voz clara:

—Muhamad abén Marwán, el señor del castillo.

Guardó silencio y todos callaron sombríos, dominados por oscuros presagios.

Abdías se puso en pie y comenzó a ir y venir por la estancia. Se acercó a la ventana, miró a la calle, volvió a andar, enarcó las cejas, se estremeció, miró a su hija y buscó algo. Luego cogió una jarra y se sirvió un poco de vino. Bebió sin poder mitigar su sed ni extinguir en su pecho el fuego abrasador de la angustia y el agravio.

—¡¿Qué hacer ahora?! —exclamó al fin, con el semblante dominado por una gran perplejidad.

53

Bordeando el barrio cristiano por su parte baja, dos hombres vestidos con túnicas raídas y capas viejas se encaminaban hacia los lagares abandonados, cuyas portadas miraban al adarve norte. Entraron en el mercado de los labradores, materialmente abarrotado por una multitud andrajosa que se detenía en los puestos de verduras, donde apenas se veía algún puñado de berzas ajadas, nabos terrosos, habas secas y castañas. De ahí pasaron a la calle del aceite y el vino, y se detuvieron en una pequeña tienda donde vendían velas. Salió el tendero, que era un hombrecillo más pálido aún que la cera que trabajaba, y les estuvo haciendo algunas indicaciones con sigilo y visible miedo en su rostro macilento. Después el cerero echó el cierre a su establecimiento y los tres hombres, juntos, se metieron en una estrecha calle que discurría paralela al murallón.

Todo aquel barrio tenía un aire infame, sucio; el empedrado, de pedruscos en punta, estaba sembrado de hoyos llenos de basura. Deambulaban mujeres harapientas, niños héticos, mendigos, tullidos y perros infectos.

Una vieja vestida con andrajos les salió al paso a los tres hombres y les gritó con desprecio:

—¡Dios os pedirá cuentas por tenernos así! ¡Dios juzgará el mundo!

El vendedor de velas se volvió hacia ella y le recriminó:

—¡Calla! ¡Calla, vieja, no alborotes!

Pero la anciana, en vez de callar, se enardeció aún más, alzó el palo en que se apoyaba y gritó con mayor enojo:

—¡Nos habéis echado a los dientes de Satanás! ¡Esto es el infierno! ¡Mirad! ¡Mirad a la gente enferma y muerta de hambre! ¿Cuándo nos vais a sacar de encima el yugo de los sarracenos?

Viendo que la vieja no se iba a callar y que la gente los miraba ya, los tres hombres apretaron el paso. Cruzaron ahora otro pequeño mercado que apestaba a pescado podrido. Se detuvieron delante de un caserón alto, negro y sucio, entraron en su portal y avanzaron por un corredor lleno de cestos vacíos apilados hasta el techo. Se respiraba dentro un aire pestilente, agrio, avinagrado. De allí pasaron a una antigua bodega, donde se mezclaba el olor aceitoso, el del sebo rancio y el del vino añejo. Salieron por una puerta trasera y fueron a parar a un patio donde se veían aperos de labranza desvencijados: trillos, yuntas, arados, carros...

El cerero señaló el portón de una bodega e indicó:

—Ahí es la reunión.

Llamaron con tres golpes, fuertes y espaciados. Al cabo salió un hombrecillo con unas barbas negras, largas y espesas, y una gran cruz de madera colgándole de un cordón sobre el pecho. Dijo en un susurro:

—Pasad y poneos donde podáis.

Dentro apenas se cabía; se apretujaba una masa de hombres que estaban en silencio. Todas las miradas permanecían muy atentas, fijas en el fondo de la bodega, donde, sobre un armazón que sujetaba las tinajas a la pared, se veía al obispo Ariulfo, que le hablaba a la reunión con aire sombrío y monótona voz:

—¡¿Quién podrá, pues, narrar todo lo que nos ha sucedido?! ¡¿Quién podrá enumerar desastres tan lamentables?! Pues no podrá de manera alguna la naturaleza humana referir la ruina de nuestro reino cristiano, ni tantos ni tan grandes males como hemos soportado en los últimos cien años. Porque, dejando de lado los innumerables desastres que desde Adán hasta hoy, por incontables regiones y ciudades, causó cruelmente este mundo caído en el pecado, todo lo que según la historia aguantó la conquistada Troya, lo que soportó Jerusalén, según vaticinaron los profetas, lo que padeció Babilonia, según el testimonio de las Escrituras… y, en fin, todo cuanto aquella Roma, enriquecida por la dignidad de los apóstoles, alcanzó por la sangre de sus mártires; todo esto y mucho más lo sintió España tanto en su honra, como también en su deshonra, pues antes éramos un reino grande y atrayente, y ahora un reino sumido en el sueño y la desdicha. ¡Despertemos, hermanos!

Los oyentes prorrumpieron en un murmullo sordo, contenido, pues se había dado orden de no alzar las voces, por ser la reunión secreta.

Ariulfo carraspeó y prosiguió su discurso:

—Y así, con la espada, el hambre y la cautividad fue devastada no solo la España ulterior, sino también la citerior, más allá de nuestra Lusitania, al norte, al este y al oeste. Con el fuego quedaron asoladas aquellas hermosas ciudades, reducidas a cenizas, con sus monumentos e iglesias; fueron mandados crucificar señores y siervos, y descuartizados jóvenes y lactantes… Y de esta forma, sembrado en todas partes el pánico por la furia agarena, las pocas ciudades restantes se vieron obligadas a pedir la paz… Y los cien años de cautiverio que sobrevinieron ya se cumplen… ¡Ya es demasiado tiempo, Señor de los ejércitos!

En el silencio de la concurrencia, resonaban suspiros y algún que otro lamento sordo. Entonces el obispo crispó la mano sobre la cruz de plata que llevaba en el pecho y gritó:

—¡Dios ha de perdonarnos! ¡El Altísimo nos dará la libertad! ¡Dios de los ejércitos, ven a socorrernos! ¡Hagamos por fin algo, hermanos! ¡Despertemos de nuestro sueño, pues pasa la noche y el día está cerca!

Como si atendiera a esta llamada, subió al improvisado estrado el voluminoso comes Landolfo y anunció:

—Cristianos de Mérida, preclaros, patricios y plebeyos, hombres todos de buena voluntad, hoy os vamos a comunicar una gran noticia.

Hubo un silencio. La expectación era muy grande. Después el comes hizo un gesto con la mano invitando a alguien de la concurrencia para que también subiera.

Un joven robusto se encaramó en el armazón. Vestía un holgado sayo, largo hasta los pies, bajo cuya tela parda su figura parecía descomunal. Llevaba la cabeza cubierta con un gorro de lana y su mirada tenía una especial fiereza. Una especie de delirio parecía poseerle.

El comes Landolfo se dirigió nuevamente a la reunión e indicó en tono triunfal:

—¡Mirad! ¡Este es el duc Claudio!, el primogénito y heredero de nuestro duc Agildo.

Se escucharon aclamaciones de asombro, y todos le miraron con ojos de incredulidad. Landolfo añadió entonces:

—¡Es él, en persona! ¡Ha vuelto! Como los veinte jóvenes que emprendieron hace año y medio un viaje al Norte, a los reinos cristianos. ¡Todos han regresado! ¡Sanos y salvos! Ninguno de ellos ha sufrido percance alguno que deba destacarse. ¡Parece un milagro!

—¡Bendito sea Dios! —rezó alguien.

Y Landolfo aseveró:

—Dios es testigo de lo que hoy tenemos que contaros. Estos jóvenes han estado en Asturias y han sido recibidos por el rey cristiano, ¡el rey legítimo de todos los godos! Allí se ha vencido al fin a los sarracenos. ¿Os dais cuenta? ¡Los agarenos

no son invencibles! ¡Su ruina ha comenzado! ¡Ha llegado la hora de nuestra esperanza! ¡Dios nos va a ayudar!
El comes repitió estas últimas palabras, pero en el tono de su voz había ahora algo de misterio.
—¡Dios nos ayudará!
Dicho esto, sacó un cuchillo que llevaba en el cinto y se aproximó al joven Claudio. La hoja afilada resplandeció en la penumbra de la bodega.
Todos pusieron en él sus ojos, sorprendidos, desconcertados, sin comprender lo que estaba pasando.
Landolfo agarró con su mano grande el sayo de Claudio y comenzó a desgarrarlo ayudándose del cuchillo. Mientras tanto, se alzaba entre los presentes un clamor temeroso. La tela rota cayó al suelo y apareció ante la mirada de todos la armadura que vestía el joven, bruñida, refulgente, y la capa color púrpura sobre sus hombros.
Una aclamación unánime brotó en la concurrencia.
—¡Duc de Mérida! —decían—. ¡Dios sea loado!
Cuando Claudio se quitó el gorro de lana, su rubio cabello brilló y se convencieron de que era él. Entonces se aproximó el obispo y coronó su cabeza con la diadema de oro.
A continuación, el comes Landolfo le entregó la espada, dobló la rodilla ante él y le besó la mano. Exclamó:
—¡Tenemos duc! ¡Viva el duc!
—¡Viva!
—¡Viva el duc!
—¡Dios le guarde!
Cuando se hizo de nuevo el silencio, todos clavaron sus miradas llenas de interés y veneración en Claudio, y él, que había permanecido hierático y serio, sonrió repentinamente con embeleso; tomó la palabra y expresó triunfante:
—En efecto, he viajado al Norte y he estado en la corte del rey Alfonso II, al que todos conocen ya allí como el Casto. ¡Tendríais que haber visto con vuestros propios ojos lo que

allí vimos nosotros! En Asturias, en la Galaecia y más al sur incluso, en los amplios territorios que los cristianos han recuperado, reina el *ordo* godo; y nadie está dispuesto a que las cosas sean de otra manera. Les hemos contado cómo vivimos nosotros, la tiranía que soportamos y las duras cargas que los agarenos ponen sobre nuestros hombros... ¡Verdaderamente, somos dignos de compasión! ¡Somos corderos entre lobos! Por eso el rey cristiano del Norte se ha compadecido de nosotros e incluso derramó muchas lágrimas por causa nuestra y encargó a sus obispos y sacerdotes que celebrasen misas para rogar a Dios por esta ciudad. Pero asimismo nos conminó a levantarnos contra el tirano de Córdoba y a unirnos a todos los cristianos que ya luchan por la liberación.

Se oyó un murmullo de intranquilidad. Durante unos instantes, los grandes ojos grises de Claudio pasaron revista a los rostros de los que estaban allí y después prosiguió:

—Quizá no tenga necesidad de recordaros que todo en la vida tiene un precio. No podemos desear ser libres sin hacer nada para lograrlo.

Los presentes se miraban asombrados mientras su joven duc continuaba:

—¿De qué os espantáis? Ya no podemos aguantar más. Nuestra gente se muere de hambre y de enfermedad y cada vez son más los que emigran a otras tierras. ¡Mirad nuestra augusta ciudad! ¿Qué nos queda? ¿Dejaremos que nos sigan pisoteando en el barro?

Se hizo un impresionante silencio y el ambiente empezó a cargarse de odio contenido. Tomó ahora la palabra el comes Landolfo y dijo:

—¿No os dais cuenta? ¡Era esto lo que estábamos esperando! Si ese Marwán se piensa que es el amo de esta ciudad, se equivoca, porque... ¡le queda poco tiempo!

Todos se quedaron perplejos y con el espíritu rebosando propósitos asesinos, pero todavía no eran capaces de ver con claridad cómo debían actuar. Entonces Claudio les expuso el plan que había concebido con determinación.

—Comprendo que sintáis temor —dijo—. Porque ciertamente el poder de Marwán es muy grande. Fuera de la ciudad acampa todavía una parte del ejército de Córdoba y ese enemigo no es despreciable. Pero tampoco nosotros estamos solos.

Después de decir esto, paseó la mirada por la bodega como si buscara a alguien entre los presentes y, deteniendo sus ojos en el vendedor de velas y los dos hombres que habían entrado con él, añadió:

—Aquí, entre nosotros, hay unos enviados del cadí Sulaymán. Si os digo que no estamos solos es porque la gente muladí y los beréberes del antiguo valí Mahmud están dispuestos a aliarse con nosotros en contra de Marwán.

Todos se volvieron para ver a los hombres que habían entrado con el cerero. Y uno de ellos, alzando la voz, precisó:

—¡Es verdad lo que dice el duc! Sulaymán nos envía para deciros que ha estado reuniendo gente por todas las aldeas. Ha formado un ejército que viene dispuesto a enfrentarse a Marwán y a ponerse de nuestra parte.

Los presentes estallaron en un murmullo jubiloso. Algunas voces destacaban por encima de las demás:

—¡Por fin! ¡Ha llegado la hora!

—¡Hay que armarse! —gritaban otros—. ¡Ahora o nunca!

Claudio alzó entonces la espada por encima de su cabeza y exclamó:

—¡Cada uno a su casa! ¡Apenas tenemos el tiempo necesario para armarnos! Reunid a todos los hombres que podáis y permaneced a la espera. Cuando oigáis repicar las campanas de todas las iglesias llamando a rebato, echaos a las calles y acudid a concentraros frente a la basílica de Santa Jerusalén.

54

A la hora del almuerzo, Marwán estaba en su palacio, sentado ya a la mesa, delante de una empanada de liebre, humeante, que tenía muy buen aspecto; pero él había perdido por completo el apetito. Pálido de ira, le gritaba a su hijo Muhamad:

—¡¿Cómo se te ocurre pensar en bodas precisamente ahora?! ¿Es que no eres consciente de lo que nos pasa?

Muhamad contestó débilmente:

—Tengo edad suficiente para casarme... Ya te he dicho que voy a tener un hijo...

Marwán suspiró y su lamento retumbó en la estancia:

—¡Un hijo! ¡Un hijo! ¡Un hijo! ¿Y qué? ¿Qué tiene que ver eso? Una cosa es ser padre y otra muy distinta casarse... ¿Tienes que hacerlo precisamente ahora? ¿Cuando tenemos miles de problemas?

—¡Siempre tenemos problemas! —replicó con aspereza Muhamad—. ¡Siempre hemos tenido problemas! Nunca hemos podido vivir con reposo.

—¡¿Cómo dices eso, hijo mío, Muhamad?! ¡Precisamente tú! Tú, que te has criado como un príncipe, entre caprichos y comodidades, ¡nada te he negado! Y ahora que te pido comprensión, ayuda… ¡Ahora que tanto te necesito, me vienes con bodas!

Muhamad se encogió de hombros, desesperanzado, y advirtió con voz casi imperceptible:

—Estoy viendo que al final tendré que irme a vivir a Córdoba.

Su padre se levantó de la mesa y fue hacia él, haciendo un movimiento convulsivo con la cabeza, como si le fuera a dar un ataque.

—¡Me vas a matar! ¡Acabarás matándome tú a disgustos en vez de esos asesinos que conspiran en mi contra ahí afuera! ¡Entre todos acabaréis matándome!

—¡No digas esas cosas, padre! —exclamó Muhamad, inclinándose hacia él—. ¡Nadie quiere matarte!

Tambaleándose, Marwán caminó hasta un diván y se dejó caer en él pesadamente, sollozando:

—¡Ten piedad de mí, Alá el Misericordioso!

Muhamad, muy conmovido, se echó a sus pies.

—¡Dime lo que debo hacer, padre! ¡Dime quién conspira contra ti!

Marwán lloraba, estremeciéndose, mientras las manos de su hijo le agarraban las piernas con fuerza. Los sollozos le sacudían de tal forma que Muhamad sintió una pena enorme y volvió a rogarle:

—¡Dime qué hago!

Pero el padre parecía desconsolado, sumido en tristes pensamientos, ausente… Y permaneció así durante un largo rato, con el pecho agitado. Hasta que, de repente, lanzó un profundo suspiro y movió la cabeza hacia su hijo con un gesto rápido; clavó en él unos delirantes ojos y dijo entre dientes:

—Hijo mío, Muhamad, tú no sabes nada… No sabes nada de lo que nos pasa… ¡Es terrible!

—¿Qué? ¿Qué es eso que tanto te preocupa?

Marwán gimoteó un poco más. Después se puso en pie,

se ajustó la túnica alrededor del grueso cuerpo y, arqueando sus pobladas y triangulares cejas, le dijo:

—Ve a cerrar esa puerta, nadie debe oír lo que voy a decirte... ¡No me fío ya de nadie!

Muhamad también se levantó y, de unas cuantas zancadas, cruzó la amplia sala para cerrar la puerta. Después regresó junto a su padre y quiso decir algo, pero Marwán se le adelantó y le pidió:

—¡Déjame que te cuente! Sentémonos y procuremos hallar algo de serenidad.

Muhamad respondió a estas palabras sin apartar de su padre unos atentos ojos y sentándose a su lado. Marwán, visiblemente preocupado, empezó a hablar con enronquecida voz:

—He intentado por todos los medios, ¡Alá es testigo de ello!, meter en cintura a esta díscola ciudad donde parecen mandar solo la demencia y la rebeldía... ¡Chusma miserable, que no son más que eso, chusma! Aquí uno no puede fiarse de musulmanes, ni de judíos ni de..., ¡ni mucho menos de cristianos! Ya me lo decía mi padre... ¡Ay, cómo me acuerdo ahora de él! Hace mucho que nosotros, los Banu Yunus, debimos habernos marchado de este lugar inmundo...

Muhamad, con visible disgusto, observó:

—¡Vayámonos a Córdoba, padre! Estamos a tiempo.

Marwán se le quedó mirando pensativamente, meneando la cabeza, y después replicó con tristeza:

—No, hijo mío, no ahora... Ya no hay marcha atrás posible. Debemos afrontar nuestro destino.

—¿Y qué podemos hacer?

Su padre, haciendo una mueca de asco, contestó:

—¡Aplastarlos como a cucarachas! ¡En el fondo no son nada; son solo un hatajo de mercachifles e infieles piojosos! De gente así no podrá salir jamás un jefe, pues siempre acaban peleándose entre ellos... Tenemos a nuestro favor la invencible fuerza de Córdoba y debemos actuar con la mayor premura. Si no nos hacemos hoy mismo con esta ciudad, correremos un gran peligro. Pero no temas, hijo mío, porque tu padre ya lo tiene todo pensado...

Muhamad se puso en pie, tenía el rostro acalorado a causa de la rabia que habían infundido en su espíritu estas palabras, y la vitalidad de la juventud corría por su cuerpo esbelto y fuerte.

—¡Eso es! ¡Aplastémoslos de una vez y para siempre! ¡Acabemos con nuestros problemas!

—Siéntate, hijo —le pidió Marwán—; que aún no he terminado de decirte todo lo que he pensado. —Y, con voz más pausada, prosiguió—: No creas que tu padre ha perdido el tiempo durante estos últimos meses, mientras tú pensabas en bodas...

Se quedó pensativo unos instantes, sintiendo sobre sí la intensa y furibunda mirada de su hijo. Después explicó:

—Tengo espías en todos los rincones de la ciudad. Esos apestosos rebeldes se creen que estoy metido en mis cosas y que no me entero de nada... Pero estoy al tanto de cuanto traman... ¡De todo! Sé quiénes, cuándo y cómo...

Muhamad dijo violentamente:

—¡Pues démosles lo que se merecen hoy mismo!

El padre emitió un breve y sarcástico sonido, parecido a una risa, pero enseguida su rostro volvió a revelar un verdadero sufrimiento. Replicó:

—En estas cosas hay que ser prudentes, muy prudentes... Precisamente a ellos, a esos necios, les perderá su impaciencia; pero no así a nosotros, hijo mío.

Muhamad protestó con vehemencia:

—¡Pues dime de una vez tu plan!

—Es muy sencillo. Esos miserables dimmíes andan metidos en sus madrigueras como ratas esperando el momento. Pero no saben que yo también estoy preparado. Ellos pretenden hacerse con la ciudad de una manera rápida, sin darnos tiempo a reaccionar, para después abrirles las puertas a los de fuera, al astuto cadí Sulaymán y a Mahmud con sus beréberes. Mas yo tendré información con suficiente antelación para tener sobre aviso a los de Córdoba...

—¿Quién te dará esa información, padre? ¿Cuándo lo sabrás? —preguntó con impaciencia Muhamad.

Marwán aproximó a él una mirada ardorosa y respondió:

—Sé quién me dirá la hora y el día, aunque no sé cuándo vendrá. Todas las noches espero a que venga el hombre que ha de darme el aviso. Puede ser hoy mismo, mañana, pasado mañana...

—¿Y, cuando lo sepas, qué hay que hacer?

—Ese día la ciudad arderá y los aplastaré. Saldrán de sus guaridas y se sabrá al fin quiénes son los que conspiran... ¿Te das cuenta, hijo mío, Muhamad, por qué no es este un tiempo oportuno para bodas?

55

Era cerca de medianoche. El palacio del valí se encontraba ya casi totalmente sumergido en las tinieblas, a excepción de la débil claridad que se escapaba de la sala donde Marwán permanecía solo, junto a la chimenea donde ardía un grueso tronco de encina. Se había apoderado el terror de su espíritu y le impedía conciliar el sueño. La imagen de los confabulados le visitaba en medio de terribles pesadillas y las sombras de la noche propiciaban los negros pensamientos que le angustiaban. Se decía a sí mismo en la oscuridad: «Es necesario estar despiertos, aguardando, pues a buen seguro esas malditas serpientes no duermen». Su corazón latía con fuerza; se imaginaba quién y cómo tramaba levantarse en contra de él y el deseo que tenían sus enemigos de ver su cabeza rodando por el suelo. «Acabaré con ellos —se decía—. ¡Los aplastaré como a cucarachas!».

Su corazón se aceleró aún más cuando oyó que alguien subía apresuradamente los peldaños de la escalera y se dirigía después por el corredor hacia la sala donde esperaba. Era su servidor de mayor confianza. Entró despacio, con aire misterioso, y le dijo escuetamente:

—Ya está aquí.

Marwán suspiró profundamente, elevó la mirada y contestó con aplomo:

—Vamos allá.

Después, seguido por el criado, salió de la sala y caminó deprisa por el pasillo, descendió hasta los patios y fue a encerrarse en un pequeño almacén donde se guardaban armas. El criado se quedó fuera. Marwán permaneció en la total oscuridad un rato. Al cabo, golpearon suavemente con los nudillos en la puerta y él abrió. Alguien entró sigilosamente; cubierto con un manto negro de la cabeza a los pies, parecía formar parte de la oscuridad. Marwán dijo despacio:

—Las velas deben encenderse solo cuando hay necesidad.

La voz del que había entrado contestó:

—Y yo sé trabajar muy bien con cera de abejas.

Marwán emitió un suspiro y exclamó nervioso:

—¡Ah, cerero! ¿Eres el cerero de la calle del vino y el aceite?

—Sí, señor. Te prometí que vendría en cuanto supiera algo y aquí estoy.

Marwán no dijo nada más. Buscó en la oscuridad a aquel hombre y, tomándolo por el brazo, salió con él a tientas al patio. Bordearon el edificio, hasta un cobertizo, cuya puerta abrió de un empujón y entraron. Allí ardía una vela y ambos pudieron verse las caras. El cerero era un hombre delgado, pálido y asustado. Marwán le apremió:

—¡Habla! ¡Di lo que sabes de una vez! ¿Quiénes son? ¿Qué pretenden? ¿Cuándo será?

El cerero se hincó de rodillas delante de Marwán y, mirándole con unos brillantes y grandes ojos, exclamó servil:

—¡Valí, Alá lo pone todo en tus manos! ¡Nada tienes que temer! ¡Nada!

Estupefacto, Marwán replicó:

—¿Qué dices? ¿Qué quieres decir con eso?

—Los dimmíes cristianos están solos —contestó el cerero—. ¡Han sido traicionados! Hubo una reunión secreta en una bodega, a la que acudieron todos los nobles, el obispo y sus sacerdotes. ¡Yo estuve también! Al frente de todos estaba el primogénito del difunto Agildo, al que hicieron duc allí mismo y le coronaron con el consentimiento de todos. Ese joven, llamado Claudio, enarboló la espada y clamó llamando a la venganza y a la guerra contra ti...

Marwán, espantado, crispó los dedos y exclamó:

—¡¿Qué me estás contando?! ¡¿Quiénes se creen que son?! ¡Los aplastaré!

—No te será difícil —aseguró el cerero, alzándose y yendo a besarle las manos—. ¡Alá te regala sus cabezas! ¡Están solos! ¡Nada tienes que temer! ¡Nada!

—¿Y qué pasa con los muladíes? —preguntó con ansiedad Marwán—. ¿Y los beréberes? ¿Dónde se esconden esas ratas asquerosas?

—Ya te lo estoy diciendo, valí: ¡nada tienes que temer! Los dimmíes cristianos están solos, aunque siguen convencidos de que el cadí Sulaymán y Mahmud están de su parte; yo mismo me encargué de que se lo creyeran, porque llevé a la reunión a dos hombres que los engañaron. Pero debes saber, valí, que Mahmud no va a volver, porque va con toda su gente hacia el norte, camino de Galaecia, y nada quiere ya saber de esta ciudad a la que aborrece por haberse sentido ofendido y humillado. Por su parte, ¡y esto es lo mejor de todo!, el cadí Sulaymán y su hermano Salam están atemorizados y arrepentidos y solo desean regresar a Mérida, a su barrio.

El cerero se animó más al ver la cara que ponía Marwán.

—¿Te das cuenta, valí? ¡Quieren pedirte perdón públicamente y someterse a tu autoridad!

Abriendo los ojos de par en par, Marwán exclamó:

—¡Oh, Alá, qué gran noticia me traes! ¡Al fin, Poderoso Alá, me quitas de encima a esa gente díscola e insoportable!

—¡Naturalmente, valí! ¡Así debe ser! Porque nosotros, los muladíes, somos buenos musulmanes y no queremos estar sometidos de ninguna manera a los dimmíes cristianos. ¡Queremos vivir en paz y levantar esta ciudad!

Pletórico de satisfacción al oír aquello, Marwán se abalanzó sobre el cerero y le abrazó con tal fuerza que le hizo daño.

—¡Qué gran noticia me has traído! ¡Te recompensaré, cerero! ¡Qué bien ha salido todo!

El cerero repuso:

—Sabes que no pido otra cosa que recuperar mis colmenas y poder salir y entrar en la ciudad como antes, dedicado a mi negocio.

—Eso está hecho y además te daré muchas más cosas. ¡Tú no sabes lo generoso que yo soy! Pero dime, cerero, ¿qué es lo que pretenden los dimmíes?

—Eso es lo que me queda por contarte. Los cristianos, como bien suponías tú, valí, tienen tramada una gran revuelta para hacerse con la ciudad. Pero, por desgracia, no puedo decirte el día ni la hora que tienen previsto levantarse en armas, porque eso solo lo conocen sus jefes y no se lo revelarán a nadie más. Aunque debes saber que será al toque de las campanas, lo que ellos llaman «a rebato», entonces saldrán de repente y, a la par, se harán con las puertas y las murallas, después piensan conquistar esta fortaleza y...

—¡Zorros orgullosos! ¡Los aplastaré! —le interrumpió Marwán.

—Podrás hacerlo con toda facilidad, porque, como te he contado, nadie en la ciudad los seguirá y se verán solos. Porque nadie está con ellos, ni los beréberes, ni los judíos, ni los muladíes... ¡Ni siquiera la mayor parte de su propia gente! Ahora todos están metidos en sus casas, esperando el momento, que seguramente será mañana o pasado mañana. Pero debes estar tranquilo porque se verán solos.

Marwán se quedó pensativo, saboreando lo importante que era para él toda esa información. Después dijo:

—¡Ea!, ahora lo primero es hacer las paces con el cadí Sulaymán y con su hermano Salam. Ellos nos ganarán a todos los muladíes. ¡Menuda tranquilidad! Y cuando eso esté bien atado, sacaremos de sus madrigueras a los dimmíes cristianos orgullosos y les daremos un escarmiento; eso, ¡un gran escarmiento!, que sea definitivo... —Sonrió con placer—. Así el emir de Córdoba se alegrará y... ¡todos contentos!

Dicho esto, fue hacia la vela y sopló sobre la llama. En la completa oscuridad, añadió:

—Ahora vete, cerero, y síguelos teniendo bien convencidos a esos necios de que todos los seguirán al toque de las campanas. ¡Que toquen, que toquen sus campanas!

Y soltó una tormenta de risas...

56

Antes de que amaneciera, Marwán entró en el cuarto donde dormía su hijo Muhamad. Llevaba una lámpara encendida en la mano, y sus ojos y sus labios, iluminados por el resplandor, exultaban de entusiasmo.

—¡Despierta, hijo mío Muhamad! —exclamaba—. ¡Despierta, que comienza una larga y dura jornada para nosotros!

Fastidiado, Muhamad se removió entre las mantas y emitió una especie de gemido, como un refunfuño.

Su padre insistió ansioso:

—¡¡¡Muhamad!!!

—Necesito dormir un poco más —rezongó el joven—; anoche tardé en conciliar el sueño, a causa de tanta preocupación...

—¡Será posible! —rugió Marwán—. ¡Preocupaciones las que yo tengo! ¡Sal inmediatamente de la cama! Han pasado cosas grandes, hijo mío, Muhamad; anoche Alá hizo prodigios en favor nuestro. ¿Te das cuenta? ¡El Omnipotente ha resuelto poner fin a nuestros problemas!

El joven sacó la cabeza de entre las mantas, miró a su padre con una mezcla de sorpresa e incredulidad en su rostro somnoliento y preguntó con ironía:

—¿Se han ido todos al infierno? ¿Nos dejan en paz de una vez?

Marwán sonrió, acercó la lámpara y, con voz susurrante, explicó:

—Yo aún no me lo puedo creer, hijo mío, porque parece un milagro: ¡los muladíes han decidido unirse a nosotros! ¡Los dimmíes están solos! Anoche vino al fin el cerero para decírmelo. Ese hombre era mi única posibilidad para entrar en contacto con el cadí Sulaymán y para conocer sus propósitos; pues, si verdaderamente podríamos temer algo, era a que los muladíes y los beréberes se uniesen a los dimmíes cristianos. ¡Eso sí que sería peligroso! Pero esa posibilidad se ha esfumado: Mahmud está ya muy lejos, va camino de Galaecia, y Sulaymán me pide perdón y amistad.

Hizo una pausa para saborear la reacción que causaba en su hijo la noticia y, al cabo, añadió:

—Ese vendedor de cera ha estado informándose sobre lo que unos y otros piensan hacer. Él es muladí, pero los cristianos dimmíes confían en sus gestiones…

—¿Y nosotros? ¿Podemos nosotros fiarnos, padre?

—¡Claro que sí! Lo tenemos de nuestra parte. A él solo le interesa que se arreglen las cosas para poder seguir con sus negocios de abejas y colmenas, que se han echado a perder a causa de la revuelta. Por eso fue a ver a Sulaymán, para hacerle comprender que lo mejor para ellos, los muladíes, es volver y acogerse a mi autoridad… ¡Y el cadí se ha convencido al fin! Regresará con toda su gente a la ciudad, pues no quieren saber nada ya de rebeliones ni guerras; los muladíes solo quieren vivir en paz, en su barrio, en sus casas, con sus negocios de siempre… Se han dado cuenta de que pueden perderlo todo si se unen a los dimmíes rebeldes… ¡Se acabó el problema!

—¡Es sorprendente! De repente cada cosa se pone en su sitio…

Marwán, contento, revolvió cariñosamente los cabellos de su hijo y afirmó orgulloso:

—Mejor digamos que es... ¡natural! En el fondo nada tenían que ganar los muladíes obstinándose. Ahí, al otro lado del río, acampa una parte del ejército del emir... ¿Cómo pensaban que podían enfrentarse a Córdoba? Esos dimmíes cristianos han sido temerarios y pretenciosos. Y por eso se han quedado solos, como era de esperar. A nadie en su sano juicio se le ocurriría pensar siquiera que, a estas alturas, los musulmanes podamos estar atendiendo a las ínfulas de unas gentes sometidas, de unos siervos nuestros. Al final ha triunfado el sentido común y la cordura. En fin, lo que yo dije...

—¡Padre, eres portentoso! —exclamó el joven riéndose—. Ahora podrás poner en orden la ciudad, como tanto has deseado. El emir se dará cuenta de lo inteligente que eres y se alegrará mucho por haberte nombrado valí. Seguramente también te recompensará.

El rostro de Marwán se iluminó al oír aquel elogio, pero enseguida se puso muy serio y advirtió con reserva:

—Bien. Todavía no tenemos resuelto del todo el asunto. Ahora debemos apresurarnos para recibir cuanto antes a los muladíes y actuar luego con energía, para que no piensen que estábamos deseándolo... —Satisfecho por su perspicacia, se acarició la barba y añadió—: Como no he podido pegar ojo en toda la noche, he estado meditando con detenimiento y ya tengo decidido qué pasos tenemos que dar a partir de este momento y la manera en que debemos responder ante cada incidente que pueda presentarse. Vamos, hijo, sal de la cama de una vez y te lo explicaré todo.

Muhamad se levantó y se estuvo lavando, con los mismos movimientos lentos de siempre, como ajeno a tanta premura como requería el momento. Mientras tanto, Marwán le seguía contando sus planes lleno de excitación:

—A estas horas, el cerero debe haberle transmitido ya a

Sulaymán y a Salam abén Martín que los recibiré hoy mismo, dispuesto completamente a olvidar el disgusto que me dieron y a devolverles sus casas y sus negocios.

—¿Y no se crecerán los muladíes al ver que los tratas como si no hubiese pasado nada, a pesar de que han estado conspirando contra nosotros? —repuso Muhamad.

—Ya he pensado también en eso —contestó el padre—. Pero de momento no me importa lo más mínimo. Atiende a este consejo, hijo mío: para ganar, siempre hay que estar dispuesto a perder algo; esta es una regla de comerciante viejo. No todo van a ser ganancias y algunas pérdidas resultan beneficiosas a la larga.

—No lo comprendo —observó el joven, mientras mojaba sus largos dedos en aceite para repartirlo por su pelo negro y fino.

—Es muy sencillo: ahora lo que más me interesa es no tener enemigos entre los musulmanes, y eso, ¡gracias a Alá!, ya parece solucionado. Sin el peligro de los beréberes de Mahmud y con los muladíes a favor nuestro, no será nada difícil darles el golpe definitivo a los rebeldes dimmíes. Así que, una vez hecha la paz con Sulaymán y Salam, cercaré todo el barrio cristiano y mandaré que entren calle por calle y casa por casa, hasta que hayan apresado a todos sus jefes. Después daremos un escarmiento: aherrojaré al obispo y a los sacerdotes y castigaré ejemplarmente a todos los conspiradores. Recurriré a los tormentos y a la confiscación de sus bienes; les cerraré las iglesias de momento y mandaré ajusticiar a todos los hijos del duc Agildo. El primero que debe caer es ese Claudio que se ha proclamado jefe. Cuando no tengamos enemigos entre los dimmíes, no nos resultará difícil ir metiendo en cintura poco a poco y con paciencia a los muladíes. Pero eso es otro cantar…

Marwán escrutó el rostro de su hijo con mirada penetrante y, comprobando que vislumbraba sus planes, añadió:

—Al fin y al cabo y resumiendo, no es demasiado difícil

enderezar todo esto. Pero, ¡eso sí!, debemos ser todavía cautelosos y anticiparnos. Los dimmíes tienen previsto alzarse en cualquier momento. Les caeremos encima sin darles tiempo...

—¿Y los judíos? —preguntó Muhamad.

—No me preocupan. Supongo que estarán advertidos de lo que se avecina y que serán prudentes. No creo que los hebreos estén de parte de los cristianos, pues, si estos llegaran a gobernar la ciudad, ¡pobres judíos!

Muhamad se quedó pensativo y al cabo dijo:

—Entonces debo ir a casa de Abdías ben Maimún, el padre de Judit. Creo que será mejor advertirlo de lo que se avecina, para que ponga a salvo a su familia.

—¡Qué dices, insensato! —replicó enloquecido Marwán—. ¡Creía que te estabas dando cuenta de lo que pasa! Y tú, como siempre, pensando en tus propios asuntos. ¿No comprendes? Ahora no debemos movernos de aquí, pues podemos poner en peligro todo el plan. Imagínate por un momento que los judíos dan el aviso...

—No harán eso.

—No lo sabemos a ciencia cierta. Ahora, todo puede ser... Ya tendrás tiempo para ir a por esa mujer cuando tengamos toda la ciudad en nuestras manos. Entonces haremos esa boda, hijo, y la celebraremos como corresponde. Pero ahora haz caso a tu padre y dediquémonos con todas nuestras fuerzas a resolver lo que más debe preocuparnos.

Muhamad frunció el ceño y preguntó con una extraña calma:

—Pues dime entonces lo que debo hacer yo.

Los ojos de Marwán brillaron al contestar:

—Coge tus armas y a tus hombres de confianza, montad en los caballos y salid por la puerta del Puente. Antes de la primera luz del amanecer debes estar en el campamento de los cordobeses. No cuentes a nadie el plan; el general Abén Bazi no debe tener conocimiento exacto de nuestros problemas, pues no nos beneficiará nada si le dice al emir que no hemos sido capaces de gobernar Mérida. Pero debemos convencerle de que esté prevenido y en guardia, por si los dimmíes cristianos traman algo. Aunque, si eso sucediera, ya tendría yo de mi parte a los muladíes. ¡Anda, ve y haz lo que te digo!

57

Amaneció un día helado, con blanca escarcha en los tejados y sobre la hierba, pero el cielo estaba extraordinariamente claro, sin una sola nube y sin apenas bruma en el río. Pronto lució el sol y disipó el último hálito de frío y humedad. La ciudad estaba en completo silencio, y hasta los perros y los gatos permanecían ocultos en las casas. En la plaza, delante de la mezquita Aljama, se veían dos hileras de soldados bien pertrechados, con sus corazas y sus lanzas largas. También había arqueros en las terrazas y vigías en las torres oteando desde la altura las calles y lo que había en los campos, más allá de las murallas.

Marwán salió al patio principal de la fortaleza y allí se encontró con sus hombres de confianza. Parecía el valí desmejorado, a pesar de vestir una rica y holgada túnica de lana encarnada y una vistosa capa de piel de nutria; la ansiedad se reflejaba en su rostro, redondo y macilento, y la prematura vejez se plasmaba en las ojeras y bolsas de sus ojos, prueba evidente de las malas noches pasadas y las preocupaciones sufridas. Un criado le llevó el caballo y le ayudó a montar trabajosamente, a causa de su aparatosa barriga.

La puerta principal del palacio se abrió y Marwán hizo

una seña con la mano a los que le escoltaban. Enseguida fue rodeado por la guardia. Salieron y pasaron entre las dos hileras de soldados, después bajo el arco de la Aljama, adentrándose en el corazón de la ciudad para atravesarla en dirección a la puerta del Poniente. Nadie había en las calles, los mercados estaban vacíos y tampoco se asomaban siquiera a curiosear desde las ventanas.

Mientras cabalgaba, Marwán empezó a preocuparse, pero luchó contra sus miedos y halló en su espíritu algo de calma al pensar que pronto contaría con el apoyo del cadí Sulaymán.

En la explanada que se extendía frente a la puerta del Poniente todo estaba tranquilo. Los soldados permanecían apostados en las almenas y el sol bañaba la muralla, dándoles a las piedras un tono dorado que infundía confianza. Descabalgó allí el valí, y acompañado por sus secretarios y oficiales, subió por una empinada escalera a la torre más alta. Desde ella se contemplaba la calzada, que iba blanqueando entre los campos verdes y las alamedas, paralela al río primero y después desapareciendo entre unos cerros pelados. Mirando hacia la ciudad, se veían las cúpulas y los tejados del barrio cristiano. Suspiró el valí y murmuró:

—Demasiada calma.

Estuvo avizorando el horizonte durante un largo rato, sin decir nada, y al cabo empezó a impacientarse.

—Es muy raro todo esto —se lamentaba—. El cerero dijo «al amanecer», y no se ve a nadie…

Pero cesó su inquietud cuando un centinela anunció:

—¡Ya vienen!

—¿Por dónde? —preguntó Marwán, visiblemente nervioso, paseando sus ojos por la lejanía.

—Al pie de aquellos cerros; no vienen por la calzada, sino campo a través.

Hacia donde señalaba el centinela, se veían unos terrenos baldíos, cubiertos de una vegetación rala saturada de pequeñas margaritas, como una nevada. Una gran cantidad de hombres, más de un millar, venían a caballo despacio y fueron dando un rodeo, hasta alcanzar la calzada.

—¡Son muchos! —exclamó Marwán—. ¡Nunca pensé que fueran tantos!

—Y aún vienen más —indicó el centinela.

Otra larga fila, mayor que la primera, venía descendiendo por la suave pendiente de un altozano y también se encaminaba hacia la ciudad. Marwán, en un tono que mostraba inequívocamente su sorpresa, comentó:

—Muchos son, ¡demasiados! No podemos dejar entrar en la ciudad a toda esa gente armada aun viniendo en plan amistoso.

Y dicho esto, se volvió hacia los oficiales y les gritó:

—¡Rápido! ¡Enviad enseguida a un mensajero para que advierta al general Abén Bazi de lo que sucede! ¡Y decidle a mi hijo Muhamad que se apresure a cumplir mis instrucciones!

Pasado un rato, la primera columna de muladíes estuvo al fin próxima a la puerta de la muralla y se detuvo a prudente distancia. Entonces se acercó al galope un jinete enarbolando un pedazo de tela blanca y, cuando estuvo al pie de la torre, gritó:

—¿Está ahí el valí?

—¡Aquí estoy! —contestó Marwán.

—El cadí Sulaymán quiere hablar contigo —anunció el jinete.

—Puede acercarse, nada tiene que temer —juró Marwán—. ¡Alá es testigo!

De entre los hombres a caballo salió Sulaymán y se aproximó hasta el pie de la torre. Vestía una poderosa armadura, con yelmo en punta, coraza, grebas y lanza. Cuando se pudo distinguir su rostro, a Marwán le pareció descubrir una mirada de reproche en él.

El cadí, con voz fuerte y seca, dijo:

—Hemos venido para recuperar lo que nos corresponde. Los muladíes tenemos derecho, por legítima herencia, a vivir en nuestro barrio y en nuestras casas.

Haciendo un gran esfuerzo para sobreponerse de la impresión, Marwán contestó:

—Estoy dispuesto a que hablemos como hermanos de religión. Pero, como comprenderás, no puedo dejar entrar a toda tu gente. Si has venido para que solucionemos de una vez nuestras diferencias, estoy dispuesto a parlamentar.

Sulaymán, que seguía mirándole receloso, le amonestó:

—Hay entre nosotros los muladíes muchos que fueron despojados cuando vino el emir, y sabes bien que a algunos los asesinaron.

Marwán, bajando la cabeza, contestó:

—Debes comprender que no nos quedaba más remedio que imponer el orden.

—¿Y por qué nos metiste en la cárcel a mí y a mi hermano? —replicó el cadí cobrando cada vez más brío.

—Bueno, bueno... —contestó nervioso Marwán—. Nunca pensé causaros ningún daño. Estaba preocupado por culpa de los dimmíes cristianos... ¡Ellos tienen la culpa de todo lo que nos pasa! ¡Son unos rebeldes criminales!

El cadí dijo con obstinación:

—No te hice nada que mereciera la humillación que nos causaste. ¡No me vengas ahora con lo de los cristianos! ¡Eso es historia aparte!

Marwán crispó las manos y, enfurecido al fin, replicó:

—¡Solucionemos esto de una vez! No podrás asaltar estas murallas, por muchos hombres que hayas reclutado. Ya sabes que el emir lo intentó y no pudo entrar hasta que le abrimos las puertas. ¡No hay murallas tan poderosas como estas en todo el mundo! Así que avente a razones y pongamos paz entre nosotros. Yo solo pretendo que esta ciudad recupere su prosperidad perdida.

Pero Sulaymán dijo tajantemente:

—Nadie se fía ya de ti.

El rostro de Marwán se nubló de cólera y, echando fuego por los ojos, contestó:

—¿Y os fiais de esos dimmíes orgullosos? ¿De esos conspiradores engreídos?

A lo que el cadí respondió, en un tono que mostraba inequívocamente su resolución:

—Si quieres que pongamos paz entre nosotros, tendrás que restablecer todo lo que nos has quitado.

Marwán, completamente desorientado, hizo un gesto de súplica con la mano y dijo:

—¡Olvidemos el pasado! ¡Alá es Grande!

Sin perder la calma, pero con cierta irritación en sus palabras, Sulaymán respondió:

—¡Alá es Grande! Y tú responderás ante Él. ¡Traidor! ¡Impostor!

Y dicho esto, tiró de las riendas, dio media vuelta y galopó hacia su gente.

La ira de Marwán estalló. Su rostro se volvió repentinamente ceniciento y, temblando de la cabeza a los pies, gritó a sus oficiales con todas sus fuerzas:

—¡Id a avisar a los cordobeses! ¡Decidle a Abén Bazi que defienda el puente y la fortaleza! ¡Aprestaos todos a la defensa de las murallas! ¡Defended las puertas!

No había terminado de dar estas órdenes, cuando los muladíes empezaron a hacer sonar un estruendo de tambores y emprendieron el ataque.

Entonces, las campanas de la basílica de Santa Jerusalén iniciaron un repique frenético al que se sumaron al momento el resto de las campanas de la ciudad. Era la señal para que una turba de furiosos hombres se echaran a las calles en el barrio cristiano. El rumor de voces fue creciendo y no tardó en brotar un río de gente armada que avanzó tumultuosamente hacia la puerta del Poniente, arrastrando a cuantos les salían al paso.

La gente del valí estaba asustada y con los nervios destrozados, porque no eran suficientes para contener a los que los atacaban tan repentinamente desde dentro y desde fuera. Intentaron dar voces de alarma, pero no se los oía en medio de tanto ruido. Y Marwán, completamente pálido, miraba hacia un lado y otro de la muralla, sin saber qué hacer ni por dónde escapar. Entonces descendió de la torre y se le vio correr por las almenas, buscando refugio entre sus soldados, pero estos tenían ya suficiente preocupación y hacían bastante esfuerzo tratando de ponerse a cubierto bajo la nube de piedras, flechas y lanzas que les caía encima.

También en las terrazas, en las ventanas y en los tejados aparecían hombres con cestos de piedras, palos afilados y cuchillos. Porque aquel ataque, aun pareciendo espontáneo, respondía a un plan cuidadosamente trazado, y tanto los muladíes que atacaban por fuera como los cristianos que lo hacían desde dentro tenían cada uno asignada una tarea, de modo que se lograra abrir la puerta del Poniente lo antes posible para que los asaltantes pudiesen conquistar la ciudad. Y el ímpetu y la sorpresa del ataque eran tales que los soldados del valí se dieron cuenta de que cualquier defensa era ya inútil y se desperdigaron, abandonando sus posiciones y corriendo a buscar refugio cada uno donde podía, en el callejón del adarve, en las casas próximas, dentro de las torres, en los corredores de las murallas... Pero las turbas arremetían brutalmente contra ellos donde los hallaban y pronto los cuerpos destrozados y la sangre empezó a verse por todas partes. En un corto espacio de tiempo, los pocos que quedaban con vida arrojaban las armas, se desnudaban y se echaban al suelo de hinojos implorando clemencia.

Mientras tanto, fuera de las murallas, Sulaymán había ordenado a sus hombres que cargaran contra el portón. Los asaltantes se agolpaban y empezaron a empujar sirviéndose de gruesos troncos, con todas sus fuerzas, una y otra vez, hasta que las maderas revestidas de hierro empezaron a ceder y crujieron a punto de desvencijarse. Pero no fue necesario que redoblaran sus esfuerzos, porque los de dentro se apresuraron a quitar las aldabas y a abrir la puerta de par en par, dejando libre el paso por el largo pasillo que se prolongaba hasta la plaza, donde la multitud triunfante gritaba, aplaudía y entonaba cánticos.

Entró a caballo Sulaymán, rodeado de los demás jefes muladíes, todos empuñando sus espadas y sus lanzas, y enfilaron el espacio despejado que se había abierto. Frente a ellos, al final de la plaza, estaban también sobre sus monturas los nobles cristianos y venían avanzando con parsimonia entre el júbilo de la gente. Unos y otros se encontraron, se saludaron y ninguno disimuló su contento por la rápida y fácil victoria.

Pero debía completarse el plan sin pérdida de tiempo. Así que Claudio gritó:

—¡Ahora, todos a por la fortaleza!

58

El general Abén Bazi fue advertido a tiempo de lo que estaba pasando en la parte occidental de la ciudad y puso su ejército en marcha, lo más rápido que pudo, para cruzar el puente y entrar en la fortaleza antes de que los rebeldes la tomasen. Pero, cuando todavía una parte de sus hombres se hallaban a este lado del río, apareció la hueste de los beréberes de Mahmud descendiendo por unos cerros y se les echó encima con ímpetu desbaratándoles en muy poco tiempo la retaguardia, en la cual estaba lo mejor de la caballería.

Muhamad iba entre los cordobeses y cabalgaba con los que todavía no habían cruzado el río. Cuando oyó el griterío a su espalda, miró hacia atrás y vio, sobre un montículo, a Mahmud a caballo, rodeado de sus jefes, vestidos todos con sus armaduras de cuero y sus largas capas claras. Y, al volver la vista hacia el puente, vio las espaldas de los jinetes que alcanzaban la cabecera y que, en vez de ir hacia la ciudadela, galopaban en una desenfrenada huida porque las flechas, como un pedrisco, llovían sobre ellos. Delante de la fortaleza los caballos caían de rodillas aquí y allá, los jinetes rodaban por el suelo y, en un instante, bestias y hombres se amontonaron a los pies de los muros, en un indescriptible desorden.

Abén Bazi, que se esforzaba tratando de mantenerse sobre su montura, gritaba las órdenes con desesperación:

—¡Adelante! ¡Avanzad hacia la puerta! ¡Debemos entrar en la fortaleza!

Pero la puerta permanecía cerrada.

Cuando Muhamad llegó al final del puente, vio espantado cabezas abiertas, caras destrozadas y ojos saltados. Allí, en medio de tal desastre, no sabía qué hacer, y durante un fugaz momento sintió que iba a morir. Entonces tiró de las riendas de su caballo para dar la vuelta y regresar, pero los que empujaban desde atrás huyendo de los beréberes se lo impedían. Solo cabía avanzar hacia la muerte o huir por la orilla del río, por donde ya galopaba una larga fila de soldados cordobeses para ponerse a salvo.

Lo más desalentador fue cuando, delante, a pocos pasos, el caballo del general estaba caído de rodillas y Abén Bazi había sido despedido y se arrastraba ensangrentado al pie de la muralla, entre el montón de los muertos y heridos.

Cada vez más hombres se precipitaban al agua desde el puente, o eran aplastados por la masa que empujaba en desorden huyendo de los beréberes. El ejército cordobés, viendo que de ninguna manera podía entrar en la ciudad, se dispersaba y corría en todas direcciones, tratando de apartarse de los muros para evitar las flechas y las piedras. Muchos se hundían en el barro de la orilla o eran arrastrados río abajo por la corriente y se ahogaban.

En el forcejeo, a Muhamad se le habían caído las armas y su desbocado caballo le llevaba en volandas, en loca carrera por una pendiente. Pero logró hacerse con las riendas y se adentró a todo galope por un cementerio, dejando atrás las murallas. Cuando volvió por última vez la vista, vio que se habían abierto las puertas y los rebeldes salían, con increíble rapidez, como un torrente humano que brotaba y se precipitaba sobre la cabecera del puente.

Se oía el fragor de los golpes, el relinchar de los caballos y los alaridos de los hombres.

Muhamad cabalgó por los caminos que discurrían paralelos al río, con el deseo de alejarse de allí; fue saltando valla tras valla, en unos huertos abandonados, y pasó por terrenos baldíos donde las patas de su caballo se hundían en el barro. Pero alcanzó al fin la espesura de una arboleda y, por primera vez durante aquella terrible jornada, sintió cierto alivio por verse alejado del peligro. Desde allí, tomó el viejo camino de Cauliana. Pero volvió a aterrarse cuando, en los antiguos dominios de los monjes, unos hombres le salieron al paso y trataron de detenerle. Galopó otra vez frenéticamente, internándose en los bosques.

Cuando estuvo seguro de que nadie ya le perseguía se detuvo, temiendo que el caballo reventara. Después siguió caminando despacio en zigzag, hasta que encontró un sitio que le pareció bueno y seguro en medio de la espesura. Allí descabalgó. Al poner en tierra los pies, un violento temblor le sacudió desde estos a la cabeza y notó la boca seca, acartonada y fría. Se encontró agotado y, no pudiendo mantenerse en pie, ató el caballo con el ronzal a un árbol y se tendió sobre la hierba arropado con la capa. Allí estuvo sollozando durante un largo rato, envuelto en su angustia y desolación. Se decía a sí mismo: «Esto es el fin. ¿Qué haré ahora? ¿Qué habrá sido de mi padre? ¡Debimos haber escapado a Córdoba cuando aún estábamos a tiempo!».

Amparándose en la quietud de aquel bosque, aguardó a que cayera la noche. El día transcurrió lento, pero la oscuridad acudió al fin cubriéndolo todo y las estrellas fueron brotando, como si alguien las sembrara y esparciera entre las negras copas de los árboles. Entonces Muhamad se levantó, tomó las riendas del caballo y empezó a caminar entre las sombras.

59

La batalla, dentro y fuera de las murallas, duró un día entero. Por la noche solo quedaba un rumor ligero de voces y el resplandor del fuego que consumía algunas casas. Después reinó un extraño silencio y, al amanecer, la primera claridad desveló un panorama lúgubre. Los cuervos iban posándose silenciosamente en la tierra; se oían sus graznidos. El puente, oscuro y frío, estaba sembrado de cadáveres, y en las orillas las aguas iban depositando cuerpos hinchados y pálidos.

Al otro lado del río, nada quedaba ya del campamento de los cordobeses y, en su lugar, el viento jugaba con el humo negro que surgía en los rescoldos del incendio. Algunos caballos vagaban en desamparo, todavía encabritados por el olor de la sangre. Y más tarde se vieron hombres y mujeres que andaban por el campo, escondiéndose entre los matorrales después de haber estado despojando a los muertos. En las almenas se recortaban siluetas inmóviles que contemplaban mudas el siniestro espectáculo.

Cuando se hizo completamente de día, la ciudad entera pareció despertar a un tiempo. Se abrieron las casas y la gente se echó a las calles gritando y cantando. Se mezclaban beréberes y muladíes, cristianos y judíos. Parecían arrebatados por la misma locura. Sin duda, todos habían estado igualmente hartos de impuestos e injusticias. El odio al emir de Córdoba y a su valí Marwán los unía y sentían ahora que la victoria sobre ellos les pertenecía por igual.

También Abdías ben Maimún salió para unirse al resto de la gente y festejar aquella inesperada liberación. Por la mañana fue el almojarife a su casa muy nervioso y le contó lo que había sucedido: cómo los dimmíes cristianos abrieron la puerta a los muladíes y la manera en que estos, unidos a los beréberes, vencieron a los hombres de Marwán y a los cordobeses.

Abdías se preocupó de momento, pero después, contagiado por la excitación que dominaba Mérida, se puso a gritar:

—¡Al fin! ¡Se acabó Marwán, se acabó la sumisión, se acabaron los impuestos...!

El almojarife, que parecía debatirse entre el temor y la alegría, le aconsejó prudente:

—Ahora debemos echarnos a la calle e ir con todos los nuestros a ponernos al servicio de los nuevos gobernantes.

—¿Y quiénes son los nuevos gobernantes? —le preguntó Abdías—. ¿Los beréberes? ¿Los dimmíes cristianos? ¿Los muladíes?...

El almojarife meditó la respuesta y luego dijo juicioso:

—Esa es precisamente la cuestión... Y por eso debemos ir ahora a presentarnos sumisos a los vencedores. Pues, quienquiera que sea el que va a mandar, cristiano o musulmán, lo primero que hará será querer saber con qué partidarios cuenta y quiénes son los que estaban de parte de los anteriores. ¡Vamos! No sea que no nos vean y nos tengan por sospechosos.

Salieron y anduvieron arriba y abajo por el barrio judío, sin saber muy bien qué hacer. Después se unieron a la muchedumbre y enfilaron hacia la fortaleza. Por el camino se les iban uniendo los judíos que también acudían a aquel sector de la ciudad. Se veían cadáveres destrozados por todas partes y sangre mezclada con la tierra al pie de las murallas; signos de que durante la noche anduvo suelta la venganza.

Abdías se estremeció cuando percibió el olor acre de la muerte y vio las casas de los ricos partidarios de Marwán convertidas en cenizas.

—¡Es horrible, horrible...! —exclamó sin poder contener su angustia.

—¡Vamos! —le instó el almojarife—. No es momento para lamentarse... Hagamos lo que hacen los demás, no sea que empiecen a fijarse en nosotros.

Cuando llegaron a la plaza que se extendía entre la fortaleza y la mezquita Aljama, irrumpía una nube de hombres con aspecto terrible; beréberes desarrapados de los arrabales, que venían desde la puerta del Puente enardecidos, vociferantes, empuñando azadas, gruesos garrotes, lanzas y hachas.

—Son los hombres de Mahmud —indicó el almojarife—. Vienen desde todas las aldeas, de los campos y los montes... Esa gente sabe unirse cuando se les acaba la paciencia.

La multitud empezó a gritar y a aplaudir. La plaza rebosaba ya, rugía y se agitaba.

—¡Mahmud! ¡Mahmud! —se oía exclamar—. ¡Valí Mahmud!

Abdías miró al almojarife y este asintió con un expresivo movimiento de cabeza. Ya sabían quién iba a gobernar la ciudad.

De repente, empezó a sonar un atronador ruido de tambores y tibias que provenía de la fortaleza, donde el gran portalón se estaba abriendo. Y apareció Mahmud, rodeado de los demás jefes, cristianos y musulmanes, a quienes seguían muchos hombres armados. Entre ellos se veía al joven Claudio vestido con armadura. También estaban Sulaymán y su hermano Salam. Fueron saliendo con solemnidad hasta el centro de la plaza y se situaron frente a la puerta principal de la mezquita Aljama. Todos los aclamaban ensordecedoramente, ardiendo de entusiasmo y pidiendo que el antiguo valí beréber volviera a gobernar la ciudad.

Cuando la fanfarria cesó, empezó a hacerse un silencio expectante y las miradas permanecieron clavadas en el lugar donde estaban los jefes. Entonces Mahmud alzó las manos y gritó:

—¡Habéis visto con vuestros propios ojos cómo Dios me ha dado la victoria! Siendo así, no es vergüenza para nadie en esta ciudad que deje de servir al emir de Córdoba y elija seguirme. Y si alguien no está de acuerdo, que coja a sus mujeres y a sus hijos y se vaya hoy mismo.

Durante unos minutos se hizo un gran silencio. Después los ánimos de la multitud estallaron y las turbas se pusieron a batir palmas y a pedir de nuevo que Mahmud fuera el jefe. Muchos bailaban y estaban como en trance, dando saltos o moviéndose de un lado a otro de manera convulsa.

Mahmud volvió a levantar los brazos y les hizo una señal para que se callasen. Las voces se fueron apagando hasta hacerse un silencio total. Entonces Mahmud gritó para que todos pudieran oírle:

—¡Hagamos justicia! ¡Demos un gran escarmiento! ¡Que a nadie más se le ocurra intentar abusar de nosotros!

Obedeciendo a esta exhortación, unos esbirros salieron de la fortaleza tirando de una larga cuerda de cautivos, más de doscientos. Al final llevaban al general Abén Bazi y Marwán; los habían montado a cada uno en un burro, con los pies atados por debajo del vientre del animal.

La multitud enardecida se puso a insultarlos y a lanzarles escupitajos. Y a punto estuvo de arrojarse sobre ellos para lincharlos. Pero los esbirros que los custodiaban se lo impidieron, porque Mahmud ya tenía decidido que nadie le privara de su particular venganza.

Cortaron las ligaduras de los tobillos e hicieron descabalgar primeramente al general cordobés. Tenía Abén Bazi el rostro negro de suciedad y de sangre, y parecía estar herido y muy débil. Uno de los esbirros le condujo a empujones hasta el centro de la plaza y le echó de una patada a los pies de los jefes.

Redobló el vocerío y la algazara. Pero se adelantó el cadí Sulaymán pidiendo silencio y, cuando todos se hubieron callado, se dirigió al prisionero y le gritó:

—¡Viniste a humillar esta ciudad con tus soldados! ¡Y ahora te arrastras a nuestros pies!

El general, haciendo un gran esfuerzo, se puso en pie y se encaró con él:

—Sirvo al emir; al que ordena... ¡Vosotros, rebeldes, pagaréis por esto! ¡Si os levantáis contra el Comendador de los Creyentes, os levantáis contra Alá! ¡Alá os castigará!

Sulaymán replicó gritando:

—¡No hay más Comendador de los Creyentes que el que reina en Arabia, la tierra del Profeta! ¡Gracia y bendición! Tu emir Abderramán traicionó al único califa y se proclamó soberano, independizándose para hacer su voluntad y cosechar injustos tributos sin rendir cuentas a nadie... ¡Alá le castigará a él! ¡Y Alá os castigará a los que favorecéis su tiranía! ¡Alá es Justo!

Abén Bazi le miró con desprecio y, a pesar de estar doblado por el dolor de las heridas, soltó una burlona risotada que resonó en toda la plaza. Luego contestó con la voz quebrada:

—¡Sirvo al emir! ¡No pediré clemencia! ¡Matadme y Alá os pedirá cuentas por el crimen! ¡Alá es Grande!

Se hizo un gran silencio y después siguió un rumor sordo. La gente estaba impresionada por la valentía de aquel indomable guerrero.

Mahmud se adelantó entonces y sentenció:

—Eres un hombre valiente que cumple órdenes. No voy

a matarte… Anda, ve y dile al emir que ya no le obedecemos. Ve y cuéntale lo que has visto en esta ciudad. Y adviértele de que, como nosotros, se irán levantando otros en otras ciudades.

El cadí se acercó al prisionero y cortó las cuerdas que le sujetaban las muñecas; le ayudó a montar en el asno y arreó al animal. La multitud le dejó paso, mientras iniciaba una jubilosa albórbola.

Ahora le llegó el turno a Marwán. Mahmud fue directamente hacia él y, señalándole, le acusó con dureza:

—Mírate aquí tú, Marwán, humillado, sin fuerza ni poder, ni valor siquiera que te sostenga… ¿Creías que podías manejar Mérida a tu antojo? ¿No tienes a nadie en esta ciudad que hable por ti? Si te entregara a esa multitud, te harían pedazos.

Marwán, encogido, se estremeció de horror. Se hincó de rodillas y suplicó clemencia extendiendo las manos, sin ser capaz de articular palabra.

Mahmud frunció el ceño y, sin ocultar su desprecio, le incriminó:

—Ni tan siquiera tienes hombría… ¡Acabemos contigo cuanto antes!

Dicho esto, hizo una señal a sus esbirros. Se acercaron cuatro hombres al prisionero y le sujetaron, mientras un verdugo sacaba un afilado cuchillo y le cercenaba la garganta en dos rápidos y certeros cortes. La sangre se derramó a borbotones y formó un charco en el suelo, sobre el que cayó encorvado el pesado cuerpo de Marwán dando violentos estertores.

—¡Que Alá te perdone, Marwán! —gritaban algunas voces—. ¡Perezcan así los tiranos!

Luego Mahmud fue a sentarse en una especie de trono, encima de un ancho cojín, delante de la puerta principal de la mezquita. Hicieron arrodillarse ante él a los demás prisioneros y se les cortó el cuello también. Todos los que eran sospechosos de haber colaborado con Marwán fueron castigados. No se perdonó ni siquiera a los niños de su familia; todos sus parientes, amigos, sirvientes y simpatizantes murieron aquel día.

Después la multitud se dispersó. Durante todo el día se oyeron canciones junto a un batir de panderos. Los chiquillos curiosos se habían concentrado en una esquina de la plaza para observar desde lejos cómo los hombres de Mahmud reunían los cadáveres en montones sobre la tierra mojada de sangre. Y, clavada en la punta de una lanza larga, la cabeza de Marwán se alzaba frente a la fortaleza, con los ojos abiertos y sin luz, que parecían mirar lo que tanto codició en vida.

60

Muhamad cabalgó por los campos durante dos días enteros. Vagó largamente, alejándose de Mérida, evitando los caminos. Apenas se detenía para descansar, como si su angustia se calmase con aquella fatiga. Prefería no pensar en nada. Solo deseaba ir hacia delante. Durante todo ese tiempo el cielo permaneció oculto tras una espesa cortina de nubes. A ratos llovía y el aire frío le helaba hasta los huesos.

Al tercer día, enfermo y desorientado, decidió seguir el curso del río. Veía a lo lejos la silueta imponente del monte y su castillo en lo más alto, y eso le proporcionaba cierta seguridad, pero no se atrevía a cruzar por los vados conocidos para no ser descubierto. A mediodía, el cielo se despejó por completo. Borracho por el deslumbrante sol y con un sordo dolor en la cabeza, pasó junto a un viejo molino abandonado. Aunque era otoño, a esa hora hacía calor. Todo estaba en calma y las orillas exhalaban un ligero vapor y un penetrante olor a hierbas y hojas descompuestas. Allí se detuvo, descabalgó y recorrió un claro del bosque. Espantó a unos patos que volaron sobre el agua y se perdieron entre los árboles. Y a todo esto empezó a pensar que tan penosa situación en que se veía no podía prolongarse eternamente y que debía ponerle fin de un modo u otro. «Pero ¿cómo? ¿Qué hacer?», se preguntaba, mirando el cielo y los árboles como si implorase ayuda. Mas todo en torno suyo guardaba silencio. Detenido junto a las ruinas del molino, veía frente a sí el monte y el castillo, deseables, inalcanzables. Todo lo sentía ya perdido. Se apoderó de él un pavor insoportable y un sudor frío le corrió por la frente. Se pasó por el rostro la palma de la mano y, al mirársela, descubrió sangre seca mezclada con polvo. Solo entonces reparó en que tenía una honda herida en la cabeza.

Montó en el caballo y prosiguió su triste deambular, cada vez más muerto de cansancio, hambre y frío; hasta que el sol del atardecer rayaba con rojo fuego las cimas de las sierras. Y mientras contemplaba el cielo y escuchaba el lastimoso quejido de un ave, intentaba comprender el significado de todo aquello; de verse repentinamente tan solo y tan necesitado; de su miedo y de tener que estar a la intemperie, sin comida ni abrigo. Eran cosas que nunca antes le habían pasado y le resultaban tan desconcertantes que la cabeza le daba vueltas, y la lucidez del momento, que le permitía darse cuenta, se le hacía intolerable.

De repente, oyó el mugido somnoliento de un buey en alguna aldea distante. Y, sin pensárselo, cabalgó en aquella dirección. Pronto vio, alzándose por encima de las encinas, una delgada columna de humo blanco, y percibió los entrañables aromas de un lugar habitado: el de los animales domésticos, el del heno, el de un guiso... Ya no pudo contenerse y espoleó al caballo, dispuesto a afrontar su destino, cualquiera que fuese el que Dios le tuviera reservado.

Unos niños que guardaban el ganado se asustaron al verle llegar al galope y huyeron gritando hacia unas casuchas de barro. Salieron varios hombres empuñando palos y cuchillos. Muhamad descabalgó y fue hacia ellos con las manos en alto implorando:

—¡Ayudadme! ¡Estoy perdido y enfermo! ¡Por Alá, compadeceos de mí!

Aquellos hombres le miraban atónitos y silenciosos. Al cabo soltaron sus armas y se arrojaron de rodillas a sus pies.

—Señor del castillo —decían—. Señor Abén Marwán...

Salieron también mujeres y ancianos haciendo reverencias. Entonces Muhamad se dio cuenta de que aquellas gentes nada malo le harían, ya que tenían más miedo que él. Y, sacando de sí la autoridad que creía perdida, les ordenó que se pusieran a servirle.

Mientras comía se enteró de muchas cosas. Le dijeron que el castillo permanecía defendido por los cordobeses y que no habían visto por allí a ningún rebelde de Mérida. Muhamad suspiró aliviado y dio gracias al cielo por tan buenas noticias. Pero, como estaba deshecho por el cansancio, decidió pasar allí la noche.

A la mañana siguiente, temprano, le ayudaron a cruzar el río por un vado y prosiguió su camino, con el alma en vilo y alentado por el deseo de verse cuanto antes en la seguridad de su casa, en lo alto de su monte.

Por fin, llegó al castillo. Todos los sirvientes salieron a recibirle, pero nadie se atrevió siquiera a sonreír. Los rostros estaban graves y el ambiente cargado de desazón. El fiel esclavo Magdi se aproximó cabizbajo, como un enorme perro avergonzado, y le dijo con una voz que no le salía del cuerpo:

—Amo, tu padre... El señor Marwán ha muerto...

Y, tras pronunciar estas palabras, cogió las riendas del caballo y se retiró de allí para llevar al animal a las cuadras.

Muhamad escrutó en torno suyo las caras de los que le miraban, como si buscara alguna explicación más. Pero nadie dijo nada. Entonces él tuvo la impresión de que los muros se caían y que las torres le aplastaban. Todo le pareció allí terrible, opresivo y descorazonador. Alzó los ojos y gritó:

—¡Oh, Alá! ¡Mi padre! ¡Mi querido padre Marwán!

Y se echó a llorar.

Ninguno de los presentes se atrevía a acercarse para consolarle, y Muhamad, con la voz desgarrada, llamó:

—¡Judit! ¡Judit al Fatine!

No obtuvo respuesta.

—¿Dónde está Judit? —sollozaba como un niño—. ¡Decídmelo de una vez!

Alguien se acercó a él por detrás y le puso una mano temblorosa en el hombro. Era Adine, que, compadecida, le dijo:

—Mi prima Judit y mi madre están en Mérida. No han regresado... Es de suponer que no se atrevan a salir de la ciudad, después de todo lo que ha pasado...

Muhamad tenía una suerte de ahogo y su corazón latía con fuerza. Lleno de angustia, fue hacia la escalera que conducía a la torre y empezó a subir; pero se detuvo y, volviéndose, gritó:

—¡Id a por ella! ¡Necesito a Judit!

61

Amaneció Mérida cubierta por una niebla espesa. Sin contornos, el mundo parecía sumido en una nada opaca y un silencio que, después del ruido de los días precedentes, resultaba desconcertante. No obstante, la ciudad estaba acostumbrada a recibir todos los años esas nieblas que solían presentarse en diciembre y que se prolongaban durante varias semanas. Las «nieblas de la mártir» las llamaban, porque coincidían con la fiesta de Santa Eulalia.

Por la mañana, el cielo de plomo envolvía la basílica haciéndola desaparecer. Apenas se apreciaban las luminarias que habían permanecido encendidas durante toda la noche, y en la hoguera de la velada de la fiesta se iban apagando los últimos rescoldos. Un nutrido grupo de hombres y mujeres del barrio cristiano se había congregado ante la puerta del templo y se arrimaban a las brasas para calentarse. En alguna parte, una campana empezó a repicar y rompió aquel silencio gris. Luego surgió de la niebla una larga fila de monjes revestidos con resplandecientes cogullas de seda roja bordada en oro y cirios en las manos. Pero las brumas flotaban en masas oscuras, amontonándose, creando un ambiente sombrío y tedioso, aun siendo el día de la fiesta cristiana más grande, como si la vida permaneciese escondida en alguna parte y estuviese allí agazapada.

De pronto, se oyó un estrépito de cascos de caballos. Entraron en la plaza varios caballeros con ondulantes capas purpúreas y penachos en los yelmos. A la cabeza iba el joven duc Claudio. Saltaron casi a la par de sus poderosas monturas, produciendo ruidos metálicos de armaduras y tintineos de espuelas.

Entre la multitud surgieron alguna exclamaciones.

—¡Mirad, es el duc!

—¡Viva el duc Claudio!

—¡La mártir le bendiga! ¡Viva el joven duc! ¡Viva Mérida cristiana y augusta!

Detrás de los caballeros iban las damas nobles. La muchedumbre les abrió camino y las ayudó a descabalgar de sus pacíficas mulas. Entre ellas estaba la viuda Salustiana, con el semblante sombrío y expresión abatida. El clamoreo se apaciguó, descendiendo, como si se hundiese en la tierra.

Uno por uno, hombres y mujeres fueron besando la cruz que un acólito sostenía en la puerta de la basílica. Entraban e iban ocupando los sitios que les correspondían en el templo. Dentro la multitud de lámparas encendidas propiciaba un ambiente más hospitalario, envolvente y luminoso. Los ornamentos sagrados destellaban y la bóveda, completamente cubierta de coloridas pinturas, resultaba acogedora merced a los beatíficos rostros de los ángeles y los santos.

Los monjes entonaron un canto y dio comienzo el oficio religioso. El obispo Ariulfo permanecía muy quieto, observando con hierático rostro las evoluciones de los acólitos en el presbiterio y, cuando los cantores iniciaron el himno *Te Deum*, enrojeció de repente, emocionado; y luego, aunque trató de disimular, se le vio romper a llorar. Por lo que tuvo que hacer un esfuerzo grande para alzar la voz cuando le correspondió hablar.

—Hoy es el día de la santa mártir Eulalia —dijo—. ¡Una gran solemnidad para esta ciudad! Todos los que aquí estamos, caros hijos, damos gracias al Creador por el ejemplo de su martirio y también agradecemos a nuestra santa Defensora su intercesión por nosotros en estos difíciles trances que hemos sufrido. Pues, como dijera el gran Isidoro de Sevilla: «Los ejemplos de los santos que edifican al hombre hacen que las distintas virtudes revistan un carácter sagrado: la humildad, por Cristo; la devoción, por Pedro; la caridad, por Juan; la obediencia, por Abraham; la paciencia, por Isaac; el sufrimiento, por Jacob; la mansedumbre, por Moisés…».

Prosiguió de esta manera su largo sermón, con voz enronquecida, y después de ensalzar las virtudes de santa Eulalia, proclamó que todos los cristianos que habían muerto a manos de los esbirros del emir eran ya mártires, y que se podía contar con ellos como intercesores en el cielo.

Cuando concluyó la misa, los monjes trajeron un gran relicario que contenía algunos huesos de la mártir y lo colocaron en el centro del altar. Los fieles, al verlo, se hincaron de rodillas y, arrebatados de entusiasmo, empezaron a gritar:

—¡Viva santa Eulalia! ¡Viva la mártir! ¡Viva Mérida!…

Cantaba el coro, pero apenas se oía el canto, a causa de las voces, los suspiros y los sollozos. La humareda de los sahumerios se intensificó y sumió el templo en una niebla tan espesa como la que reinaba fuera.

Después de una larga veneración, los monjes retiraron el relicario y la gente salió para continuar con la fiesta. En la puerta, como era costumbre, se repartían pedazos del pan bendecido y pronto se formó una larga cola.

Pero, de repente, un anciano se abrió paso a empujones entre la muchedumbre y, cuando estuvo frente al duc Claudio y los demás nobles, empezó a increparlos a voz en cuello:

—¡¿De qué ha servido esta sangre?! ¡¿Qué hemos sacado de la revuelta?! ¡Los moros siguen gobernando nuestra ciudad!…

Tenía el viejo una expresión delirante, los ojos inyectados en sangre y la boca, desdentada y grande, cubierta de espumosas babas.

—¡No hay solución para nosotros! —proseguía a gritos—. ¡Dios nos ha abandonado! ¡Somos el pueblo más miserable de la tierra!

De momento se hizo un gran silencio. Pero luego la gente se encaró con el anciano.

—¡Calla, viejo loco! —le gritaban—. ¡Calla de una vez y no blasfemes! ¡Calla!

El hombre, con la cara aún más desencajada, manoteó, lloró, dio unas patadas en el suelo y farfulló palabras inaudibles mientras se daba la vuelta para volver a desaparecer entre la muchedumbre.

El reparto del pan bendito prosiguió. Pero aquel suceso tiñó la fiesta con un ambiente sombrío. No estaban los ánimos dispuestos a que corriera el vino y no se cantaron coplas; ni los cuerpos eran propicios a la danza. Fue la más triste celebración de Santa Eulalia que podía recordarse.

Por la tarde la niebla seguía aferrada a la ciudad, sumiéndola en una pesadez y un silencio melancólicos. El duc Claudio regresó pronto a su palacio y encontró en la galería de pie a su madre, quien, al verle llegar, le comentó con enorme frialdad:

—Hijo mío, es el final... Tu padre sabía ya que esta vida nuestra se acababa... ¡Oh, qué fiesta tan triste!

Claudio, con visible disgusto, contestó:

—No te dejes afectar por lo que dijo ese viejo, madre. ¡Tenemos que salir adelante!

Salustiana se quedó mirándole pensativamente un buen rato y después dijo, desazonada:

—Cuando tu padre vivía, últimamente, nos acostábamos cada noche, para dormir con el ánimo tranquilo, emocionados por nuestros recuerdos. Porque, como les sucede a los viejos, pensábamos en lo buena que había sido nuestra juventud; pasada la cual, y hubiera sido esta como fuera, en la memoria solo queda lo alegre, lo dichoso…, pero nunca llegamos a suponer que la vida sería al final de esta manera… ¡Y qué muerte tan pavorosa tuvo tu padre! —Suspiró e hizo una pausa—. Ahora, cuando me voy a dormir, de momento me hundo en mi sueño y me parece que desaparezco en él. Pero enseguida me despierto y empiezo a dar vueltas en la cama, y por la cabeza me rondan pensamientos horribles y oscuros presentimientos… Veo esta vida nuestra, sin horizonte ni sentido, y entonces reparo en que aquella otra vida de antes ya ha pasado y es imposible volver atrás…

Claudio fue hacia ella y la abrazó. Dijo:

—Madre, yo haré que esta ciudad vuelva a sus mejores tiempos…

Salustiana le miró a los ojos y, luego de un breve silencio, repuso con voz sorda:

—No, hijo; esto no tiene remedio… Esto es el fin. Todo irá a peor…

—¡No digas eso! —gritó Claudio, visiblemente afectado—. ¡Hemos vencido al emir de Córdoba! Se ha hecho justicia y el tirano Marwán ha sido condenado y ejecutado.

—¿Y qué? —se lamentó la madre—. Los moros siguen gobernando nuestra ciudad. Tendremos que seguir pagando el impuesto y soportando humillaciones.

—¡Somos ahora más fuertes que antes! —repuso el joven—. Ahora los agarenos tendrán que respetarnos.

—A ellos no les importamos nada. Solo les interesan nuestros bienes. Mientras gobiernen los moros, no tenemos posibilidad alguna de prosperar.

Claudio protestó con vehemencia:

—¡¿A qué viene esta falta de fe, madre?! ¡Debemos seguir adelante! ¿Qué otra cosa podemos hacer?

Salustiana dio un suspiro. Luego, en silencio, le cogió una

mano y tiró de él para conducirle al interior del palacio. Una vez dentro, fueron a sentarse junto al fuego. Ella habló con calma y tristeza:

—Hijo, me llena de orgullo de madre esa fe tuya y esa confianza que manifiestas a todas horas. Te has convertido en un hombre decidido y animoso, un verdadero duc... Y no es que tu padre fuera un cobarde... —Vaciló al decir esto, pero se sobrepuso y añadió—: Pero ya sabes cómo odiaba las guerras, y esa manera suya tan pacífica de entender el orden y el gobierno de los nuestros... Él era muy diferente a ti. Yo a veces no le comprendía y temía que llegaran a pensar que era pusilánime...

Luego de un instante de silencio, bajó la cabeza y rompió a llorar. Después, secándose las lágrimas con el extremo del velo, prosiguió:

—De nada sirvieron sus desvelos, sus preocupaciones, sus esfuerzos por solucionar las cosas... ¡De nada sirvió tanto diálogo! Para después acabar como acabó...

—¡Como un mártir! —la interrumpió Claudio con firmeza—. ¡Es un santo, un ejemplo para todos! ¿No oíste lo que dijo hoy el obispo?

—Sí, un santo, claro que sí —asintió ella con amargura—. Pero no avanzamos nada, hijo; vamos a peor...

—¡No, no digas eso, madre!

Él le tomó las manos, se las apretó, e, inclinándose hacia ella, agregó:

—Me gustaría que vieras las cosas como yo las veo; sin toda esa pesadumbre y oscuridad. Si hubieras estado en el Norte, habrías visto cómo viven aquellos cristianos y comprenderías lo que quiero para esta ciudad nuestra, ¡y verías todo lo grande y luminoso que es mi sueño!...

Salustiana le miró y sonrió conmovida, por oírle hablar así. Pero enseguida se disipó la emoción que sentía y, retornando a su tristeza de antes, se lamentó:

—¡Qué pena me da que se desaproveche aquí esa fuerza tuya, hijo mío! Aquí tu hermosa pasión chocará como contra un muro… Porque de eso precisamente quería hablarte yo, del Norte, de esos reinos cristianos que no conozco y que me gustaría ver antes de morir…

Guardó silencio, se quedó pensativa y, sonriendo de nuevo asombrada, prosiguió:

—¡Quisiera ver el reino de Jesucristo!… ¿Oyes, Claudio, lo que te estoy diciendo? ¡Marchémonos de aquí! Reunamos a toda nuestra gente y emigremos al Norte. Hagamos lo que muchos hicieron hace años, cuando tuvieron problemas con los moros, aun siendo más leves que los nuestros… Como hizo el príncipe Pinario… ¡Marchémonos, hijo! ¿Te das cuenta? Ninguno de los que se fueron ha regresado. Sigamos los pasos del príncipe Pinario y busquemos cobijo en el Norte…

Claudio se puso en pie y empezó a pasear despacio por el salón, gacha la cabeza. Reflexivo y sombrío, contestó:

—No, madre, eso nunca… No dejaremos esta ciudad; no abandonaremos nuestras iglesias, nuestras casas y los huesos de nuestros antepasados. Yo no consentiré que nos humillen más los sarracenos. Lucharemos para vivir con dignidad y aguardaremos a que un día despierten los reinos cristianos y, ¡todos a una!, decidan restaurar definitivamente el orden godo.

—¡Hijo! —gritó ella—. ¡Volverá el emir y se vengará! ¡El emir es muy poderoso! ¿No te das cuenta? No temo por mí, sino por vosotros… ¡Jamás nos dejarán vivir en paz!

Él puso en ella una mirada compasiva y, con una calma pasmosa, le dijo:

—No temas, madre. Pronto vendrán a socorrernos desde el Norte. Lo sé. Resistiremos hasta que nos llegue esa ayuda. Esa es nuestra misión: resistir, perseverar con paciencia hasta el final.

62

Una larga fila de hombres armados ascendía lentamente por la calzada, en pendiente encrespada, hacia el castillo de Alange. Iban marchando a la deshilada, guiados por un mozo pastor que conocía bien el sendero; soportaban la lluvia y el viento helado de la mañana, después de haber caminado errando durante toda la noche, tomando y dejando veredas abiertas entre la maleza y el monte bajo. Llegaron al fin ante la puerta de la primera muralla y la encontraron cerrada.

El oficial que iba al frente de aquellos guerreros mandó hacer sonar la trompeta y después gritó a voz en cuello:

—¡Abrid al ejército del emir!

Pero la puerta no se abrió, y desde las almenas coronadas por centinelas alguien respondió:

—¡El señor de este castillo es Muhamad abén Marwán!

—¿Está ahí ese señor vuestro? —preguntó el oficial.

—Han ido a avisarle.

Arriba, en la torre, Muhamad acababa de ser despertado de un ligero sueño cargado de ansiedad. Se vestía apresuradamente y, mientras se calzaba las botas, le preguntaba a su criado Magdi:

—¿Estáis seguros de que son los cordobeses?

—Sí, amo, son ellos.

—¿Cuántos son?

—Es difícil precisarlo, porque están desperdigados por la pendiente entre los roquedales y la maleza, y muchos de ellos permanecen abajo en el llano… Son numerosos; dos mil hombres, tal vez tres mil…

Muhamad resopló aliviado:

—¡Ah, menos mal que han conseguido reagruparse!

Cuando bajó a la puerta de la muralla, el oficial que venía al frente de la tropa le dijo enseguida que traían consigo al general Abén Bazi, quien estaba enfermo a causa de las heridas sufridas en el combate.

—Subidlo inmediatamente al castillo —les pidió Muhamad—. Aquí se repondrá.

Llevaron al general en una camilla hasta las estancias del castillo y se le dio acomodo en una de las mejores habitaciones. Abén Bazi estaba muy desmejorado. El dolor se reflejaba en su rostro, que tenía un tono macilento y unas marcadas ojeras azuladas. Tan débil estaba que apenas podía hablar y permanecía casi todo el tiempo con los ojos cerrados; el pecho agitado por una respiración forzada, violenta, jadeante; tiritaba empapado en frío sudor.

Al verle en aquel estado, Muhamad pensó que moriría pronto. Pero su criado Magdi, que había estado lavando al herido y ayudando a acostarle, le dijo esperanzador:

—A simple vista, no parece demasiado grave lo que tiene; está agotado. En cuanto descanse y se alimente bien, seguramente se repondrá.

—¡Alá te oiga! —exclamó Muhamad—. Se le ve tan mal…

El criado se quedó entonces pensativo durante un instante y, al cabo, dijo:

—Aquí, en el castillo, hay alguien que puede curarle las heridas.

—¿Aquí? ¿Quién?
—Esas mujeres de los baños.
—Pero... —repuso Muhamad—. Ellas no están aquí... Sigal, que es la que sabe de estas cosas, está en Mérida.
—Sí, amo —indicó el criado—, pero su hija Adine se quedó en el castillo.

Muhamad le miró extrañado y respondió con desdén:
—¿Esa muchacha...?
—Sí, aunque es joven, seguramente habrá aprendido algo de su madre. En los baños se ocupaban de la salud de la gente...
—Bien, ve por ella —dijo animoso Muhamad—. No perdemos nada preguntándole qué es lo que sabe.

Magdi fue a las estancias de las mujeres y regresó al cabo con la muchacha. Adine vaciló tímidamente en la puerta de la habitación, sin decidirse a entrar. Muhamad la estuvo observando y luego le dijo:
—Este es el general de los cordobeses. Le hirieron y está débil y casi sin sentido. ¿Serás capaz de hacer algo por él?

Ella entró. La luz de un candil que colgaba de la pared la iluminó. Era menuda y tenía los ojos grandes, dulces y algo saltones; la mirada inteligente, llena de claridad; el cabello negro, levemente rizado, recogido en una larga trenza con un lazo de seda blanca desgastada. Muhamad pudo ver el intenso color de sus mejillas y los labios rojos y lubricados, y el femenino lustre del pelo junto a la sien de la muchacha, cuando ella se inclinó y volvió el rostro hacia el enfermo para dirigirle una rápida mirada.

El criado Magdi retiró la manta y descubrió el cuerpo desnudo, grande y velludo, del herido. Adine lo observó con una expresión franca e inocente, y comentó:
—Es un hombre muy fuerte... Nunca he visto una naturaleza tan poderosa como la suya. No creo que la vida abandone fácilmente a un hombre así...

—Entonces, ¿se curará? —preguntó Muhamad.
Ella se acercó delicadamente y cogió con su pequeña mano la muñeca gruesa del general. Cuando comprobó la frecuencia y la fuerza del pulso, indicó:
—Este hombre no morirá.
—Pareces muy segura —le dijo Muhamad.
Adine sonrió. Sus largas pestañas rizadas dieron a sus ojos castaños una rara agudeza cuando contestó:
—En los baños cuidamos a gente sana y enferma; sabemos distinguir los signos de la naturaleza humana. Este militar está agotado y delirante; le vence el sueño, porque ha pasado largos días en la tensión de la lucha y cree que sigue peleando en la batalla. Pero, cuando consiga relajarse, vencerá su mal y se recuperará. Por eso, lo principal ahora es conseguir que deje esa tensión.
Al criado Magdi le pareció adecuada esta reflexión y, mirando a Muhamad, añadió:
—He intentado darle a beber un cocimiento de hierbas, pero no consigo que lo trague. La muchacha sabe lo que le pasa; en efecto, este hombre sufre una gran tensión.
Adine, pensativa, apostilló:
—Debería bañarse en las aguas del manantial de Alange. Sus músculos se relajarán, respirará mejor y, seguramente, recuperará la consciencia.
—Hagamos como dices —asintió Muhamad—. No perdamos más tiempo y llevemos al general a los baños.
Una hora después, sumergían el cuerpo grande de Abén Bazi en una bañera de mármol llena con agua del manantial. Y, al cabo de un rato, el enfermo abrió los ojos y rogó, con una débil y susurrante voz, que le dieran de beber.
Cuando Muhamad le vio tragar el agua, exclamó:
—¡Milagroso!
Adine se le quedó mirando, la sonrisa maliciosa y extrañamente dulce a la vez, y le sugirió:

—También tú deberías bañarte, señor Muhamad.
—¿Yo?
—Sí, veo en tu rostro las señales de la preocupación y el sufrimiento. Esas aguas disipan la ansiedad del alma; limpian las turbiedades de la mente y expulsan la melancolía.

Le guiñó un ojo y, sonriendo con mayor soltura, añadió:
—Anda, señor, no seas indeciso y ven conmigo.

Muhamad la miraba meditativo, en silencio. Ella entonces le cogió la mano y tiró de él. Cruzaron un patio repleto de retorcidos troncos de parras y después bajaron por una estrecha escalera. Recorrieron unos pasillos húmedos, tortuosos, y entraron en la amplia y redonda sala cubierta por una cúpula donde estaba la piscina.

—Anda, desnúdate —dijo ella soltándole la mano.

Muhamad comenzó a desprenderse calmoso de la túnica. Mientras, Adine se sentó, apoyó en las rodillas las palmas de las manos y, clavando en él sus ojos oscuros, chispeantes de curiosidad, sonrió y comentó en un suspiro:

—¡Ay, qué bello eres, señor Muhamad!

63

Abdías ben Maimún fue al mercado el día de la fiesta de Purim a primera hora de la mañana. Al salir de la judería, en el viejo adarve que conducía a la puerta de Toledo, adelantó a varios labriegos beréberes del alfoz que tiraban de las riendas de sus asnos, en cuyas alforjas llevaban cestos con coles, castañas, ajos, cebollas y garbanzos; y comprendió que por fin la normalidad de la vida retornaba a la ciudad. Más allá, al atravesar los extremos del barrio muladí, oyó el familiar martilleo metálico en las fraguas y vio gente parloteando amigablemente en las calles. El sol calentaba, después de haber estado oculto entre nubes varios días, y en la plaza los vendedores habían armado sus toldos. Aunque todavía tímidamente, la población salía de sus casas y andaba entre los tenderetes, ansiosa por recuperar la rutina necesaria para vivir en paz. En las banastas había higos, pasas, ciruelas, algarrobas, habas y lentejas; en lebrillos de barro había aceitunas, alcaparrones, cebollinos en vinagre y arrope; sebo en orzas y aceite en alcuzas.

Más adelante, al final de la plaza, se alineaban los puestos de los carniceros. Allí se arremolinaba la gente y se veía mayor movimiento que en las demás partes del mercado.

Llevado por su curiosidad, Abdías se acercó para ver. Grandes tiras de carne seca colgaban por todas partes y los vendedores no daban abasto despachándola.

Detrás de sus mostradores, los carniceros pregonaban:

—¡Carne de caballo! ¡Cecina salada de buen caballo! ¡Aprovechad la oportunidad! ¡Carne de caballo para el guiso! ¡Anca, costillar, lomo...! ¡Carne, carne de caballo!

Abdías, sacando la cabeza por encima del gentío que se apretujaba para comprar, observó asombrado aquellos pedazos de carne y los huesos envueltos en sal, y se extrañó por la cantidad de la mercancía y el bajo precio con que la ofrecían.

Cuando le llegó el turno, preguntó por el origen de toda aquella carne.

El carnicero respondió ufano:

—Es magnífica carne de caballo, ¡nada menos que cordobés! Es de las monturas del ejército del emir. Después de la batalla, todos estos animales quedaron por ahí muertos o heridos y fuimos a desollarlos y despiezarlos. Por eso se ofrece tan barata esta carne, porque abunda; pero, como ves, es muy buena y lustrosa. A ver, ¿qué te sirvo?

Abdías hizo una mueca de repugnancia y contestó:

—¡Es carne impura! ¿Cómo se os ha ocurrido esta insensatez? ¡Esos animales llevan en sí los estigmas malditos de la guerra!

—¡Ah, los judíos! —le reprochó el carnicero—. ¡Esta carne es sana! Estos animales no murieron por enfermedad ni por hambre. ¿Qué más da que fueran sacrificados en la batalla o por un matarife? Es una gran oportunidad para que la ciudad coma buena carne, barata y en cantidad... Si quieres algo, pídelo, y si no, apártate y sigue tu camino, judío, ¡tú te lo pierdes!

Abdías se retiró de allí asqueado, y fue al tenderete de un carnicero judío que despachaba en el extremo, donde no había carne de caballo y solo se ofrecía algo de carnero viejo.

Compró unos pedazos. Luego fue en busca de pan y algunas verduras. Y, antes de regresar a su casa con la compra, decidió pasar por la calle de la sinagoga, donde había una pequeña taberna que, a causa de la revuelta, había permanecido cerrada durante semanas.

Cuando entró, los que estaban allí le recibieron con abrazos, ya que celebraban el Purim desde muy temprano y el vino los tenía eufóricos. Entre todos aquellos que con tanto júbilo le saludaban estaba el rabino Nathan, quien le hizo saber que, además de Purim, estaban festejando la victoria de la ciudad sobre el tirano Marwán.

Abdías sonrió abiertamente y contempló despacio a sus amigos y congéneres.

Exclamó con alegría:

—¡Menos mal que la vida sigue su curso! ¡Ojalá pronto todo vuelva a ser como antes!

Las gargantas se remojaron con el vino y todos se pusieron a lanzar albórbolas y empezaron a cantar:

> *Por eso estamos contentos,*
> *Porque la trampa se abrió*
> *Y hemos escapado como un pájaro,*
> *Como un pájaro que echa a volar por los montes...*

Abdías observaba los rostros de los que estaban a su lado y se sorprendía de que actuaran con tanto alboroto. La mayoría de ellos era gente de aquel barrio, comerciantes ricos que tenían sus casas en la pequeña plaza donde se hallaba la sinagoga.

Oyó cómo uno de ellos alzaba la voz y decía:

—¡Al fin podremos prosperar! Esta ciudad debe mantenerse libre, independiente, sin la opresión de esos impuestos. ¡Se acabó Córdoba!

A lo que otro añadía:

—Di mejor: si es la voluntad del Eterno.

—Naturalmente, todo bajo el designio del Eterno.

El rabino Nathan escuchaba estas opiniones con una mezcla de placer y desaprobación.

Se aproximó sigilosamente a Abdías y le susurró al oído, irónico:

—Veremos en qué acaba todo esto. Pronto estamos cantando victoria...

—¿Por qué dices eso? —replicó Abdías—. Ha sido una gran victoria.

El rabino le agarró el brazo, le atrajo hacia sí y le dijo con aire enigmático:

—El emir volverá... Y si vuelve... Veremos lo que pasa si vuelve.

—¡Que vuelva! No hay murallas en el mundo como estas de Mérida. Estando todos unidos en la ciudad, nadie osará volver a sitiarla. El emir ya habrá aprendido la lección.

Nathan le miró con ojos burlones, meneó la cabeza y objetó:

—Tú lo has dicho: «Estando todos unidos». Pero... ¿serán capaces de permanecer unidos esos cristianos orgullosos y esos inestables musulmanes?

—Sí, por la cuenta que les trae.

El rabino apuró el vino, esbozó una extraña sonrisa y se despidió:

—Yo me voy. Es muy temprano aún para seguir bebiendo vino, aunque sea la fiesta de Purim.

Abdías pagó la última ronda y salió detrás de Nathan. Le alcanzó en la calle, antes de que entrara en la sinagoga, y le dijo:

—Rabino, necesito tu consejo; ¿puedes dedicarme un momento?

Nathan le miró a los ojos y, al ver en ellos el asomo de la desazón, propuso:

—Vayamos a mi casa.

Estaban a corta distancia. Anduvieron en silencio algunos pasos, entraron en la casa del rabino y este dijo:

—Sentémonos.

Se sentaron. El semblante de Abdías estaba ahora cargado de intranquilidad.

Suspirando, balbució:

—Ya sabes lo de mi hija Judit...

—Sí, me lo contaste. ¿Ha habido alguna novedad?

—No. No sabemos si el hijo de Marwán vive o si murió en el asalto... Si hubiera aparecido el cuerpo, se habría sabido en la ciudad. Mi hija no para de llorar y está empeñada en volver a Alange.

El rabino apretó los labios, circunspecto, y comentó:

—¡Qué pena! Encuentra la Guapísima a un hombre joven, se enamora, se queda preñada y tiene que ser precisamente el hijo de Marwán. Lo que podía haber sido la solución de todos sus problemas resulta ahora ser su desdicha.

Abdías se puso en pie, enfadado, y exclamó:

—¡Maldita suerte! ¡Voy a ser el abuelo del nieto del tirano Marwán! Si la gente llega a enterarse, ¡que el Eterno se apiade de nosotros!

—Nadie tiene por qué saberlo —repuso Nathan—. Debemos ser muy discretos en eso.

—Solo te lo he contado a ti, rabino. A Judit todavía se le nota poco la barriga y... ¡Estamos tan preocupados! Ahora que podía ir todo bien...

Guardó silencio un rato, con los ojos brillantes, y luego añadió:

—Si el hijo de Marwán vive, seguramente se habrá refugiado en su castillo de Alange. Dicen que lo que quedó del ejército de Córdoba fue hacia allí para hacerse fuerte en el monte. Pero no sabemos nada más.

El rabino meditó y dijo, muy serio:

—Es duro llegar a esta conclusión, pero, sin duda, lo mejor para nosotros sería que Muhamad hubiera muerto.

Abdías se le quedó mirando con ojos llorosos y asintió.

—Eso mismo me digo a mí mismo todos los días, y que lo mejor es olvidarse de esa gente tan odiosa. Pero… ¡ella está tan triste! Solo piensa en ir a Alange, porque está segura de que Muhamad vive. ¿Cómo hacerle comprender que…? ¡Oh, rabino, es un gran dilema el nuestro! Por más que trato de encontrar la solución, solo hay una cosa que veo con claridad: que la mala fortuna se ceba con nosotros.

El rabino, compadecido, meneó la cabeza:

—El Eterno sabe lo que hay en cada vida y en cada circunstancia. Mala suerte, buena suerte; son caras de una misma moneda. Mira el lado bueno de las cosas: al fin y al cabo, tenéis a la Guapísima en casa, sana y salva. ¡Podría haber sido peor!

Abdías respondió dolorido:

—Visto de esa manera… ¡Habrá que consolarse!

—Anda, ve a tu casa —le aconsejó Nathan—. Y convence a esa hija tuya de que no haga locuras. Irse a Alange ahora sería una gran insensatez. Es invierno y los días son todavía cortos. Mejor será esperar a la primavera para ver en qué acaban todos estos conflictos que nos traen de cabeza. Si por fin hubiera paz… Entonces se podrá decidir lo que ha de ser más conveniente.

Al llegar a su casa, Abdías encontró a su mujer, su hermana y su hija mirándose en silencio y con lástima. Se sentó frente a ellas y les dijo:

—No podemos amargarnos de esta manera. Es la fiesta de Purim y la gente está ya en las calles y en los mercados. ¡La vida sigue! ¡Los hombres beben vino!

Uriela le reprochó:

—Con lo que tenemos encima y piensas en la gente, en el Purim y en el vino.

—¡Los peores problemas son los que uno mismo se crea! —exclamó él.

Judit se llevó las manos a la cara y empezó a sollozar sonoramente.

Abdías fue hacia ella, la abrazó y le dijo, cariñoso:

—Hija, es invierno. Nosotros te cuidaremos. Cuando venga la primavera y los días sean más largos, te llevaré a Alange y ¡que sea lo que el Eterno quiera!

64

—Verdaderamente, estas aguas son milagrosas.

Así habló Abén Bazi, con placentero rostro, sumergido hasta el cuello en el agua de la piscina circular. Y Muhamad, que estaba sentado en el borde, comentó muy serio:

—Estos baños son antiquísimos. Se dice que estaban aquí antes incluso de que los dimmíes cristianos fueran dueños de estas tierras. Si el manantial no tuviera la propiedad de curar, no hubiera sido tan grande su fama. Desde siempre ha venido la gente para buscar en él la salud.

—Estoy completamente repuesto —dijo con entusiasmo el general palpándose los hombros y los brazos—; la fuerza ha vuelto a mis miembros y he recuperado el apetito. Ahora tengo que pensar en lo que debe hacerse...

Muhamad puso en él una mirada interrogativa.

—¿En lo que debe hacerse...?

—Sí. Hay que vencer a esos rebeldes. No se puede consentir que se salgan con la suya. ¡Tienen que ser castigados!

Muhamad le preguntó, inquieto:

—¿Y cómo será eso? Son más que nosotros y los protegen las poderosas murallas de Mérida.

A Abén Bazi le brillaron los ojos por la ira.

—¡Ah, hijos de perra! Por muchas murallas que tengan, no son más fuertes que Córdoba. ¡Alá acabará con todos ellos! ¿Crees que el emir consentirá su altivez y su descaro?

Resplandeció el interés en el semblante de Muhamad y en su corazón latieron la esperanza y la ambición, pero respondió sencillamente:

—El emir está lejos...

Abén Bazi salió del agua, cogió la toalla y empezó a secarse de manera rápida, violenta casi, mientras decía con rabia:

—¡Tenemos que vencerlos y los venceremos! El emir está en Toledo, pero un día u otro tendrá que regresar, porque la primavera está próxima y el ejército tiene que pasar forzosamente por aquí camino de Córdoba. ¿No te das cuenta? Esa estúpida ciudad no puede permanecer eternamente aislada y aguantar ser sitiada otra vez. Más tarde o más pronto se rendirán.

Muhamad se llenó de odio y comentó:

—Entonces vengaré a mi padre...

—¡Sí, le vengaremos! —asintió con vehemencia el general, sacudiendo la toalla como si fuera un látigo—. ¡Alá maldiga a esos hijos de perra infieles! ¡Mueran todos los traidores!

—¿Y nosotros? —preguntó Muhamad con ardiente interés—. ¿Qué podemos hacer nosotros en tanto vuelve el emir?

Abén Bazi guardó silencio mirando el agua, pensativo; luego alzó la cara con gesto obstinado.

—Nosotros tenemos que resistir aquí y esperar. A los rebeldes no se les ocurrirá salir de Mérida y venir a atacarnos. Una cosa es que se hayan hecho con la ciudad y otra muy distinta que se vean con fuerza para apoderarse de más territorios. Además, no creo que se propongan eso. Pero, si vienen, podremos soportar el asedio en el castillo. —Inspiró e hinchó su pecho peludo y poderoso—. ¡Ojalá venga cuanto antes el emir! —dijo soltando el aire sonoramente—. Ahora mismo enviaré un mensajero a Toledo para ponerle al corriente de lo sucedido.

Se vistió y salió impetuosamente.

Muhamad se quedó solo, sumido en sus pensamientos, bajo la cúpula redonda. Todo lo que el general había dicho le infundía seguridad y coraje. Pero enseguida le sobrevino un enjambre de ideas y posibilidades que enterraron su determinación; y se apoderó de él esa desgana, tan suya, y el único deseo de quitarse de encima toda aquella responsabilidad aplastante y de incierto final. Sí, se sentía impotente debido a que no experimentaba otro deseo que el de irse de allí y dejar que los odiados rebeldes se pudrieran en su rebeldía. «Lo mejor sería irse a Córdoba —se dijo—; es lo que debimos hacer desde el principio. De habernos ido, mi padre no habría muerto y no habría que vengarle».

Acuciado por estos sentimientos, se vistió con premura y salió de los baños buscando la luz exterior. Fuera la mañana era suave, envuelta en una neblina blanca, y le embargó una calma soñadora al percibir los aromas del huerto.

De repente, resonaron risas de mujer y una voz joven le saludó:

—¡Buenos días, señor Muhamad!

Se volvió él y vio en una ventana la cara redonda y alegre de Adine, que derramaba desparpajo a espuertas. Asombrado, se quedó mirándola sin decir nada.

Ella, con una gravedad que la hacía parecer más madura y hermosa de lo que en realidad era, dijo:

—Te encuentro muy saludable hoy, pero adivino la preocupación que tienes.

Él siguió en silencio, observándola, sorprendido todavía por su desparpajo. Y Adine continuó con mayor gravedad:

—Me parece que te sientes solo, señor Muhamad. ¿Por qué no entras y te pongo un poco de sirope de granada? ¡Vamos, te sentará bien!

Muhamad sonrió, aceptando la invitación. Entró en la casa y encontró a la muchacha muy afanada preparando la bebida; ponía el espeso jarabe azucarado en los vasos y añadía despacio el agua caliente; luego lo removía con la cuchara, en graciosas vueltas de sus menudas y blancas manos; mientras el despeinado cabello negro le caía sedoso sobre la frente, y las largas pestañas rizadas daban a sus ojos castaños una expresión franca e inocente.

Él bebió el sirope despacio, como sumido en meditación. Después, mirando el rojo líquido, dijo:

—El general está repuesto. Magdi tenía toda la razón cuando me aseguró que sabías de estas cosas…

Ella le miró directamente a la cara y sus ojos ahora brillaron derrochando vivacidad.

—¿Por qué lo dudabas?… Y seguro que tú también estás sintiendo los beneficios del manantial, señor Muhamad. Ya te dije que se te ve saludable…

Él la miró con expresión de benévolo pasmo. Inhibida, Adine bajó la vista y añadió despacio:

—Quería hacer algo por ti. Eso es todo…

Después de un silencio, Muhamad dijo sonriente:

—¿Pensabas en mí, aun estando tú tan sola?… Eso me complace mucho.

Las negras y cristalinas pupilas de Adine se dilataron, sus espesas pestañas dieron a sus ojos una cálida y sumisa expresión, y una agradecida sonrisa alzó su labio superior, mostrando los dientes blancos y regulares. Quiso decir algo, pero se contuvo y dejó escapar una sonora carcajada.

Esta alegría de la muchacha infundía esperanza al corazón de Muhamad. Estaba asombrado, y ese asombro se fue convirtiendo en curiosidad. Necesitaba saber por qué ella no estaba preocupada, ni le inquietaba su presente inseguro ni su futuro incierto. De modo que, sin dejar de mirarla a los ojos, le preguntó:

—¿No tienes miedo? Tu madre y tu prima Judit hace ya meses que se marcharon. Estás aquí sola y no sabes qué ha sido de los tuyos...

—Sé que nada malo les ha sucedido —respondió ella poniéndose seria por primera vez.

—¿Por qué lo sabes?

—No sería capaz de decir por qué. Lo presiento, y eso es suficiente para mí...

Muhamad se enterneció. Le cogió la mano y se la apretó cariñosamente. Le dijo animoso:

—Me maravilla esa confianza tuya. Es verdad, no debemos estar todo el tiempo preocupados; lo que tenga que ser será.

Adine frunció los labios y dijo convencida:

—Naturalmente. ¡Somos jóvenes!

Él sonrió y le devolvió el vaso vacío. Le dijo:

—Me gustaría darte las gracias como te mereces. ¿Por qué no vienes hoy a compartir el almuerzo conmigo en el castillo?

Adine se ruborizó, esbozó una sonrisa agradecida y asintió con graciosos movimientos de cabeza, sin ser capaz de articular palabra.

Muhamad se acercó a ella y pasó suavemente la mano por sus cabellos. Ella no se opuso, pero tampoco hizo el más leve ademán que pudiera alentarle. Entonces él la abrazó suavemente, aspirando el perfume de su cuello y sintiendo la piel ardiente y delicada en sus labios, cuando los posó levemente en él.

Adine se estremeció, soltó una risita y alzó los brazos para echárselos alrededor del cuello. Él reparó por el rabillo del ojo en el vello suave que despuntaba en sus axilas y se enardeció; su mano descendió hacia los pechos, temblando por el deseo... Pero la muchacha hizo un movimiento de alejamiento.

—No, aquí no —le dijo en voz baja—. Esta es la casa de mi madre…

—Los dos necesitamos cariño —observó Muhamad lleno de turbación—. Y eres tan bonita…

La muchacha sintió en ese momento deseos de decirle que él era mucho más hermoso que cualquier esposo ideal con el que una mujer hubiera podido soñar. Sin embargo, solo musitó:

—A la hora del almuerzo subiré al castillo…

65

Para los musulmanes de Mérida llegó el final de los ayunos del Ramadán y la feliz Noche del Destino, Laylat al Qadr, esa noche especial en que se celebra la revelación del Corán. Había transcurrido el día con los preparativos propios en cada casa y, por la tarde, cuando la ciudad se llenó de oscuridad, una inmensa muchedumbre inundó las calles y se dirigió, entre murmullos y apretujones, a la mezquita Aljama para presenciar la congregación de los más afamados recitadores del Corán.

La velada fue intensa y hermosa, consagrada toda al recuerdo de la noche en la que el Profeta recibió su misión como mensajero de Alá. Y si, por sí solo, este hecho era motivo de gran regocijo para los creyentes, con mayor motivo lo era en esta ocasión porque los que se congregaban para celebrarlo saboreaban aún su gran victoria sobre la injusta tiranía de Córdoba y sus feroces impuestos.

Cuando concluyeron las recitaciones, el muftí fue hacia el *minbar* y tomó el aire triunfal que guardaba para el acontecimiento. Su cara seca, arrugada, brillaba ungida por una mixtura aceitosa, y su cabeza, melenuda y blanca, la cubría un gorro de lana; la barba cana y revuelta le caía sobre el pecho. Sus ojos delirantes miraban muy fijos al valí Mahmud, que estaba frente a él, aguardando sus palabras.

—Esta noche luminosa —dijo el muftí—, la noche del Secreto, nos recuerda a los fieles la posición sagrada y predominante que ocupa la revelación, ¡el Corán!, en la vida de cada musulmán. Porque el Corán trata sobre la unidad de Alá y es la llamada a que solo Él sea adorado. Y, de la misma manera que recordamos los notables sucesos de nuestra vida de una manera especial, hoy recordamos el acontecimiento más grande: la guía divina del Profeta, ¡gracia y bendición!, que establece una sociedad armoniosa en la que podamos alcanzar el objetivo último de todo hombre: adorar a Alá, ¡ensalzado sea!, como Él estableció... Si el mejor de los meses es Ramadán, esta noche bendita de Laylat al Qadr es la mejor y más grande de todas las noches... ¡Alá ha triunfado! ¡Grande es Alá!

Prosiguió el sermón llamando a la obediencia y a la lealtad, exhortando a los fieles a permanecer unidos y vigilantes, y a no dejarse seducir por la idolatría y la falta de fe de los que no creen. Muy exaltado, como en trance, proclamó:

—En el sagrado Corán está escrito que, en medio de la oscuridad del día del juicio, la luz de la fe iluminará solo a los creyentes; pero ¡cuidado!, porque los envidiosos y los hipócritas se acercarán a ellos para aprovecharse de esa luz. Pero el Profeta, ¡gracia y bendición de Alá para con él!, hará uso del fuego del infierno sobre los que dijeron que creían, pero sucumbieron a la tentación del maldecido diablo... Solo el Profeta es la llave que cierra las siete puertas del infierno y él es la llave que abre las ocho puertas del paraíso...

El valí Mahmud permanecía muy atento, quieto como una estatua; brillantes sus ojos de emoción, pero con gesto hierático.

El muftí concluyó sentenciando:

—El sagrado Corán lo dice y nosotros lo creemos: Alá

ayudó a los musulmanes y les otorgó el triunfo porque así lo había prometido a los creyentes. ¡Quienes se aferran al islam serán los triunfadores! ¡Oh, Alá, prepáranos para levantar la bandera del islam y aplastar a los infieles y no creyentes, porque solo tú eres Grande; tú eres el más Generoso!

A la salida de la mezquita, el ambiente estaba cargado de tensa confusión. Las cabezas se agitaban, intercambiándose miradas en la oscuridad. Sobre la ciudad, las estrellas brillaban y soplaba un viento frío que aún llevaba los aromas de la lluvia. La gente se fue dispersando en silencio y en la plaza solo quedaron las sombras, como malos deseos aferrados a los rincones.

El cadí Sulaymán, que había escuchado el sermón, caminaba deprisa por el barrio muladí, baja la cabeza, envuelta en tenebrosas suposiciones. Al llegar a su casa, con el corazón encogido por los oscuros presentimientos, encontró a su hermano Salam sosteniendo una lámpara en el zaguán, serio y cejijunto.

Sulaymán, con el rostro ensombrecido por la preocupación y las cavilaciones, le miró y dijo:

—Me temo que no andamos descaminados al sospechar de Mahmud.

Salam meneó la cabeza, consternado:

—¡Te lo advertí! ¡Te lo advertí una y mil veces! La victoria sobre Marwán no es el fin de nuestros problemas. Mahmud y los suyos traman algo...

Sulaymán se acarició la barba con empaque y observó:

—Ese sermón del muftí me suena a claudicación... No sé... Es como si estuvieran preparando el terreno para volver a intentar un arreglo con Córdoba...

—¡Te lo dije! —exclamó Salam, colorado y en tensión—. ¡Engaño! ¡Aquí hay un engaño! Los berébees están tramando algo. Y tenemos que enterarnos de lo que ocultan. ¡Hay que saber qué se esconde detrás de tanto sermón y tanta monserga!

Con estas acerbas palabras oprimió aún más el corazón de Sulaymán.

—Sería una lástima —dijo él angustiado—. Todos los esfuerzos, nuestra victoria, la unión de la ciudad... ¡Todo para nada!

—¡No, no y no! —gritó su hermano, denegando con violentos movimientos de cabeza—. ¡No lo consentiremos! No podemos ahora humillarnos y echarnos de nuevo a los pies del emir.

Bajó la cabeza Sulaymán y quedó pensativo. Salam seguía despotricando:

—Volveremos a los impuestos, volveremos a la sumisión... ¡Nuestra ciudad perderá lo poco que le queda! ¡Ese inmundo beréber acabará traicionándonos!

Habían tenido otras veces conversaciones como esta. Porque temían que hubiera una parte de la ciudad que no estuviese aún convencida de que debían mantener la independencia de Córdoba. Y ello los llevaba a sospechar que Mahmud hubiese iniciado alguna maniobra para lograr un pacto con el emir.

Sulaymán trató de evitar que su hermano se pusiese en lo peor y le reconvino:

—Es pronto todavía para llegar a esas conclusiones. Lo cual no quiere decir que no debamos estar atentos a lo que va sucediendo.

—¡Nos traicionarán! —replicó su hermano—. ¡Al final nos traicionarán! Ya sucedió cuando la última revuelta en tiempos de nuestro padre. No debemos fiarnos.

Sulaymán sacudió la cabeza y afirmó con energía:

—Nunca nos hemos acobardado y nos hemos mantenido firmes a pesar de unos y otros. Mahmud no puede nada sin nosotros. Los muladíes sostenemos esta ciudad.

—Sí, pero no nos dejan en paz. Esta lucha no acabará mientras no gobernemos Mérida.

—Eso no está en nuestras manos —repuso el cadí, sombrío.

Salam se plantó a un palmo de él de una zancada, levantó la lámpara y, mirándole a los ojos fijamente, le habló con firmeza:

—Si nos uniéramos a los dimmíes, podríamos alcanzar ese sueño.

—¿A los dimmíes? ¡Qué cosas dices!

Salam se dio media vuelta y salió con paso airado, bufando de cólera, y, mientras se perdía por los corredores de la casa, decía:

—¡Piénsalo! Al fin y al cabo, los dimmíes y los muladíes llevamos la misma sangre. Estábamos aquí antes que todos los demás. A los ojos de Dios, tenemos más derecho que nadie en esta tierra...

66

Aquel había sido un invierno duro y largo. Cuando cesaron las venganzas y las represalias, la vida en Mérida fluyó con una calma extraña. Los fríos fortísimos se alargaron y siguió lloviendo durante todo el mes de marzo. Pero, de un modo u otro, el sol empezó a hacerse notar y les llegó el fin a las noches largas. A principios de abril los días fueron templados y rompieron a cantar los pájaros. Entre Mérida y la otra orilla del río se extendía una enorme corriente de agua que cubría los prados primaverales, sobre los cuales se levantaban, aquí y allá, bandadas de patos salvajes. También las garzas alzaban su vuelo melancólico e iban a posarse entre los juncos y los arbustos, con parsimonia gris y elegante.

De pie, en la terraza de la casa de sus padres, Judit divisaba embelesada la crecida de las aguas y las puestas de sol, llameantes sobre esponjosas nubes, y se despertaba en ella un sentimiento de meditativa tristeza. Sus pensamientos se esparcían por doquier, tratando de volar por encima de las murallas, y afluía a su corazón el ardiente deseo de partir hacia Alange. Entonces sentía su aliento entrecortado y le corrían las lágrimas nublando sus ojos, que miraban hacia el sur, donde se alzaban el monte y el castillo de su amado Muhamad. Porque aquella lejana visión se le hacía inaccesible, concentrando estrechamente su triste añoranza y su miedo.

Una de aquellas tardes, antes de la cena, Judit bajó de la terraza con mayor desconsuelo que de costumbre. Fue a sentarse en un rincón y se puso a llorar con sonoros sollozos y suspiros. Su madre, que preparaba la comida en la cocina, se le acercó con precaución y le preguntó:

—¿A qué viene este llanto?

Alzó ella la cabeza y le gritó:

—¡La primavera está aquí! Mi padre me prometió que, cuando los días fueran largos, me llevaría a Alange. Hace ya tiempo que los días se alargaron... ¿Cuándo me llevará?

Uriela miró a su hija, compasiva, y respondió con voz débil:

—Tienes razón... La primavera está aquí. Pero debes comprender a tus padres. Tenemos mucho miedo. Dicen por ahí que los cordobeses están en el castillo de Alange y que esperan allí la vuelta del resto del ejército del emir. Nadie sabe decir a ciencia cierta si el hijo de Marwán vive o no. No puedes ir allí sin saber lo que te vas a encontrar.

Las cejas de Judit se habían fruncido, su rostro tomó una expresión severa, rara en ella, y su voz resonó con sequedad:

—¡De todas formas, iré!

La madre se acercó a ella e, inclinándose, le acarició suavemente la cabeza. Judit le tomó la mano y alzó la cara confusa. Añadió:

—He de ir, porque ya no aguanto más esta incertidumbre.

Uriela la abrazó por los hombros y, mirándola a los ojos, con una sonrisa llena de ternura, le dijo:

—Ya no debes pensar solo en ti, sino también en el hijo que vas a tener. No puedes arriesgarte.

Judit bajó la cabeza...

Su tía Sigal, que estaba en la cocina, había escuchado todo lo que madre e hija se habían dicho. Y cuando vio que ambas se quedaban en silencio, se acercó y también dio su opinión:

—No sabemos, en efecto, si Muhamad está vivo o muerto; unos dicen una cosa y otros, lo contrario. Por eso, pienso que deberíamos intentar enterarnos de lo que ocurre en Alange.

Judit y Uriela pusieron en ella unos ojos llenos de interés. Sigal prosiguió tranquila:

—Si alguien fuera allí y consiguiera hablar con Adine… También necesitamos saber qué ha sido de Adine…

Después de decir esto, parpadeó y perdió su habitual entereza. Sus ojos brillaron y le brotaron las lágrimas.

—¡Adine es apenas una niña! —sollozó.

Las tres se derrumbaron del todo y se pusieron a llorar.

—¡Qué tiempos estos! —se lamentaba Uriela—. ¿Cuándo tendremos paz verdadera? ¿Cuándo nos dejarán vivir?…

Un rato después, llegó Abdías y las encontró en aquel estado, llorosas y completamente angustiadas. Las tres mujeres se fueron hacia él y se pusieron a increparle:

—¡Debemos solucionar esto de una vez!

—¡Hay que saber lo que pasa en Alange!

—Es primavera y tenemos que enterarnos…

Abdías, alto y seco, permanecía en medio de la estancia y las miraba conmovido. Su esposa se encaró con él y, con determinación, le rogó:

—Tienes que hacer algo. No sabemos nada de Adine, tu hija está preñada y quiere saber si vive el padre de la criatura… ¡Por el Eterno, Abdías, debes tomar una determinación!

Mirándola a la cara, él abrió los brazos con ademán de impotencia y replicó:

—¿Queréis que vayamos a Alange? ¿Queréis que arriesguemos nuestras vidas? ¿Queréis que nos maten?

Judit se echó a sus pies, le agarró el borde de la túnica y empezó a suplicar a gritos:

—¡No! ¡Yo iré! ¡Yo sola iré a Alange! No tenéis por qué arriesgar vuestras vidas... ¡Debo ir yo!

También Sigal se puso a gritar:

—¡Y yo debo ir contigo! ¡Allí está mi hija Adine! ¡Necesito saber qué ha sido de ella! ¡Oh, mi pobre Adine!...

Abdías movió la cabeza con obstinación, se apartó de ellas y empezó a pasear en silencio por la estancia, con el semblante cargado de preocupación. Hasta que, de pronto, habló deprisa y con marcada severidad:

—¡Comprendedlo! Las cosas se han puesto muy feas en la ciudad. Esta mañana he estado con el almojarife y me ha contado que ayer unos muchachos cristianos le faltaron al respeto con fanfarronería en la calle; le echaban en cara que compró aquella pila bautismal que llevaron como regalo al emir... ¡Es como para tener miedo!

Estremeciéndose, su mujer empezó a enjugarse rápidamente las lágrimas y, temblando toda de aflicción y miedo, le preguntó en voz alta:

—¿Qué puede pasarnos a nosotros? ¿Qué pueden hacernos? ¡Nosotros no les hemos hecho nada malo a los cristianos!

—¡Ah! —exclamó Abdías bajando la voz—. Naturalmente que no les hemos hecho nada malo. Pero bien sabéis que los cristianos no han dejado nunca de mirarnos con recelo, buscando la manera de hallar en nosotros los judíos cualquier motivo para convertirnos en la causa de todos sus males. Siempre que se despierta en ellos el deseo de venganza, ponen sus ojos en nosotros...

La habitación quedó en silencio. Las tres mujeres le miraban expectantes, como si esperasen que él fuese a decir aún algo más.

Abdías soltó un suspiro y prosiguió, como reconviniéndolas:

—Deberías comprender que hablo con fundamento cuando os digo que es peligroso ir a Alange. Debemos evitar por todos los medios que sospechen que tenemos alguna vinculación con Marwán. Si llegasen a saber que ese niño que esperamos es nieto suyo… ¡Oh, quién sabe lo que podría pasarnos!

67

La luz de la mañana iluminaba el viejo palacio del duc de Mérida, y un rayo de sol hacía brillar los arcos y las columnas de mármol en la galería, por encima del pórtico. Aunque era temprano, hacía calor. En el atrio, Demetrio, el hortelano, rociaba las losas de piedra del suelo con el agua de un balde.

—¡Qué noche tan calurosa! —exclamaba con su habitual mal humor—. ¡Y estamos en mayo! Apenas acaba de pasar la semana de Pascua y ya están los sembrados pidiendo la siega... ¡Señor, qué tiempos estos! ¡Todo está al revés! Será a causa de nuestros muchos pecados...

El duc Claudio le oía decir estas cosas desde la galería y, acostumbrado a sus refunfuños, le reconvino cariñosamente:

—No reniegues, Demetrio. A pesar de las guerras que hemos tenido, no ha sido un año malo este. La mies abunda y las aguas vinieron a su tiempo.

—¿Un año bueno? —replicó el hortelano—. ¡Eso lo dices porque eres joven, duc Claudio! Cuando se es joven, se ve la vida de otra manera...

—No podemos quejarnos —repuso el joven—. Al fin tendremos cosechas y ya nos hemos librado de aquellos impuestos. Ahora debemos vivir con esperanza.

—¿Esperanza? No se puede tener esperanza cuando se vive con el pie del tirano en el cuello. Estos moros del demonio no nos permitirán jamás ser felices. Yo también fui joven un día y tuve esperanza… Ahora que soy viejo, miro hacia atrás y solo veo injusticia y tiempo malgastado. La vida pasa y Dios no viene a socorrernos…

—¡No desesperes! —le recriminó Claudio—. Debemos confiar siempre en Dios. Ya verás como ahora vienen mejores tiempos que los que hemos vivido.

Se santiguó el anciano y, mirando al cielo con los ojos semicerrados, dijo en voz alta:

—Dios ha de perdonarme, ha de perdonarnos a todos. Muchos son nuestros pecados, pero también hemos sufrido mucho por ser cristianos. Si nos hubiéramos hecho moros como todos esos muladíes, otro gallo nos hubiera cantado. Mira lo que fue de tu padre, el santo duc Agildo… ¡Malditos moros! Aquí no se puede levantar la cabeza… ¡Ay, Señor Jesucristo, ten misericordia! ¡Hemos sido fieles y todavía no nos han pagado el salario! ¡Líbranos de estos demonios muslimes!

—¡Calla, Demetrio, que pueden oírte!

Unas horas después, antes del mediodía, se armó un gran revuelo en la ciudad. Se oían voces exaltadas, ruido de pasos apresurados y el incesante rumor tumultuoso de la gente en las calles. El estruendo era mayor de lo habitual y se sobresaltaron en el palacio. El duc envió a un criado para que se enterara de lo que sucedía y este regresó enseguida gritando:

—¡Un ejército! ¡Un ejército viene del norte por la calzada de Toledo! Los vigías lo han avistado a dos leguas de aquí. Vienen millares de hombres a caballo desplazándose con rapidez.

Claudio permaneció mudo durante un instante y luego exclamó enardecido:

—¡El emir! ¡Abderramán regresa de Toledo con su hueste!

Mandó reunir a los nobles y salió del palacio con paso airado, en dirección a las murallas que miraban al norte. La noticia había corrido pronto y la gente estaba en los mercados acopiando víveres ante la inminencia del asedio. Hubo llanto de las mujeres y escenas de pánico, porque se difundía que los cordobeses venían formando un ejército descomunal para vengarse y reducir a ruinas toda Mérida. Aquello produjo un enorme alboroto y confusión, y muchos pretendieron salir de la ciudad para ponerse a salvo. Pero todas las puertas permanecían cerradas por orden del valí.

El duc se unió al comes Landolfo y a los demás nobles y subieron a una de las torres del extremo del barrio cristiano que daba al este. Se veía blanquear solitaria la calzada de Toledo y, en la lejanía, se divisaba una nube de polvo rojizo que se alzaba por detrás de unos cerros en el intenso azul del cielo.

Estaban todos petrificados, contemplando con visible espanto el horizonte, cuando Claudio empezó a gritar con aplomo y energía:

—¡Nada tenemos que temer! ¡Las murallas de Mérida son las más poderosas del mundo! ¡En la ciudad no hay división y podemos resistir el asedio! ¡Arriba esas almas!

Los nobles cristianos empezaron a vociferar animosos:

—¡Resistiremos!

—¡Viva la mártir!

—¡Viva santa Eulalia!

—¡Viva Mérida!

Estaban aún resonando estos vítores, cuando alguien llegó anunciando:

—¡El valí está aquí!

Venía Mahmud con todo su Consejo, con el jefe de la guardia y el muftí para ver desde esta parte de la muralla la amenaza que se cernía sobre la ciudad. Subieron a la torre y también estuvieron observando la nube de polvo y calculando el tiempo que tardarían en llegar.

Se había hecho un gran silencio y el valí estaba pensativo, oteando con agudos ojos la distancia. La barba larga, densa y canosa le caía sobre el pecho y su tez oscura estaba surcada por marcadas arrugas. Después de meditar durante un rato, se volvió hacia uno de sus secretarios y le ordenó:

—Encárgate de que vayan a buscar al cadí de los muladíes. Debemos acordar entre todos lo que debe hacerse.

Después de decir esto, miró fijamente al duc Claudio y le instó:

—Vosotros los dimmíes debéis defender esta parte de la muralla. Encargaremos a los muladíes la parte del poniente y mi gente se ocupará del sur y del puente, como hemos hecho en otras ocasiones. De momento, lo más prudente es apresurarse a reunir provisiones por si la cosa se alarga durante todo el verano. Ya he dado órdenes para que se requise todo lo que hay en las alhóndigas y en los graneros; solo falta guardar el ganado dentro de la ciudad.

Hablaba con tranquilidad, en voz baja, sin que ninguna emoción atravesara su rostro. Su larga y densa vida teniendo que soportar revueltas, traiciones, intrigas y alianzas le había hecho astuto y paciente. Nada parecía sobresaltar a Mahmud.

Claudio, en cambio, se dirigió a él de manera impulsiva y le dijo con exaltación:

—¡Defenderemos la ciudad! ¡Vencimos una vez y volveremos a vencer! ¡No conseguirán amedrentarnos!

El valí se le quedó mirando pensativo y asintió con un levísimo movimiento de cabeza, sin alterarse lo más mínimo.

Cuando llegó Sulaymán a la torre, la nube de polvo parecía haberse intensificado; la observó circunspecto y, en tono extrañado, comentó:

—Qué raro… Ese ejército parece estar a menos de una jornada de aquí y, sin embargo, nadie nos ha avisado de su proximidad…

Mahmud le miró con expresión hierática y le dijo, sin perder la calma:

—No es de extrañar que el emir regrese a Córdoba. Esperábamos que un día u otro pasase por aquí.

—Sí, pero... ¿tan pronto? —observó perplejo Sulaymán.

El valí replicó hoscamente:

—Pronto o tarde, los de Córdoba están aquí y hemos de actuar de inmediato y preparar la defensa. Nada ganamos poniéndonos a porfiar sobre cuándo debían haber venido. ¡Ya están aquí!

A lo que Sulaymán replicó, desafiante e inquisitivamente:

—Lo que me sorprende es que tú, valí Mahmud, no hayas sido avisado con tiempo... ¿No quedamos en que apostarías vigías a diez leguas de aquí?

Mahmud se encogió desdeñosamente de hombros y contestó con sencillez:

—¿Dudas de mí?

El cadí respondió retador:

—Eso es algo que tú y yo debemos hablar en privado.

Se hizo un impresionante silencio. Todos los presentes los miraban expectantes.

El valí paseó sus inexpresivos ojos en torno suyo y escrutó los rostros de los miembros del Consejo, de los nobles cristianos y de los jefes muladíes. Con aire contrariado dijo:

—Vamos a mi palacio, aunque pienso que no es el momento oportuno para discutir, sino para organizarse.

Atravesaron toda la ciudad y entraron en la fortaleza. Fueron a un cuarto pequeño y acogedor, con pequeñas mesas en los rincones y una piel de vaca en el suelo. Sulaymán y Mahmud se sentaron en el centro, el uno frente al otro, con las piernas cruzadas.

Con voz gruesa, el cadí de los muladíes empezó a hablar:

—Mahmud al Meridí, tú eres un hombre virtuoso y por eso todos en esta ciudad hemos estado conformes con que fueras nuestro valí en estas circunstancias tan difíciles. Fuiste desterrado injustamente de esta ciudad, pero tu gente no te abandonó, sino que te siguió como al bondadoso caudillo que eres y pudiste reunir a todas las tribus beréberes en torno tuyo. Por eso acudí a ti para arrancar Mérida de las sucias manos del traidor Marwán y, ¡gracias a Alá!, obtuvimos una gran victoria. Sin embargo, ahora que regresa el emir... En fin, necesito saber cuáles son tus planes y qué piensas del futuro de nuestra ciudad.

Estas últimas palabras las dijo agudizando la voz y con mayor dureza de expresión. El valí bajó la cabeza con gesto meditabundo, preocupado, y permaneció silencioso.

Sulaymán suspiró y volvió a tomar la palabra:

—Hay entre los muladíes quienes temen que hayas enviado mensajeros al emir y...

Mahmud alzó la mirada y dijo, en tono apesadumbrado:

—Descarga tu corazón libremente, Sulaymán abén Martín. ¿No os fiais de mí?

—Necesitamos saber si has enviado esos mensajeros al emir para pedirle condiciones de paz.

El valí le miró con expresión de reproche y, sin perder su habitual calma, insistió:

—¿No os fiais de mí? ¿Es eso lo que pasa? ¿Pensáis que os traicionaré igual que hizo Marwán? ¿Os fiais acaso más de los dimmíes cristianos que de mí?

—Queremos saber tus planes. Solo se trata de eso...

Una sombra de perplejidad afloró en el rostro inexpresivo de Mahmud y, dulcificando un poco su mirada, murmuró con voz grave:

—No sé cómo habéis llegado a suponer que no soy digno de confianza. El demonio os está envenenando el alma en contra mía.

Sulaymán se turbó ante estas respuestas y, con tono de impaciencia, dijo:

—¡Debes comprenderlo! Hemos puesto en juego nuestras vidas en este empeño y no quisiéramos tener que volvernos atrás. ¡Queremos llegar hasta el final!

Mahmud meneó la cabeza melancólicamente y, seguro de que al cadí no se le escaparía el sentido de sus palabras, observó:

—También yo he arriesgado las vidas de mi gente... Fui humillado y despojado de todo. Nosotros los beréberes tampoco queremos volvernos atrás. Alá es testigo de lo que digo: ¡no somos traidores!

Sulaymán suspiró, invadido por una súbita alegría, se retorció la barba y, excusándose, dijo:

—Compréndelo... Debía saber tus propósitos...

Mahmud le atajó golpeándose el pecho y gritando repentinamente:

—¡Por la gloria del Profeta! ¡Defenderemos la ciudad! Si el emir quiere regresar a Córdoba, no lo hará atravesando el río por nuestro puente. ¡Le saldremos antes al paso y volveremos a derrotarle! ¡Ya no somos sus siervos! ¡Solo servimos a Alá!

68

Muhamad descendió de la torre y atravesó el patio de armas del castillo, para salir por el arco que conducía a las estancias de las mujeres. Un pequeño callejón discurría entre arriates donde crecían plantas de romero. Las altas murallas proyectaban una sombra ancha y el ambiente era fresco y húmedo donde se alzaban cuatro casas pequeñas de adobe. De algún lugar llegaba un rumor de voces femeninas y risas contenidas. Era mediodía y olía a guiso y a pan recién horneado. Ese murmullo y ese aroma le excitaban. Pero sabía que allí debía ser comedido y actuar con disimulo, aun siendo el señor del castillo, porque, en tiempos de guerra, aquellas dependencias eran el sagrado refugio de las esposas e hijas de sus hombres de confianza.

Con el corazón encogido, llamó a una de las puertas. Le abrió una criada gruesa, adormilada, vestida con una bata grosera de mucho abrigo, que se cubrió el rostro con las manos y se arrodilló sumisa. Al entrar en la casa, Muhamad se encontró con una mujer ya madura, Hamida, esposa del intendente, que puso en él una mirada torva y le dijo en tono de reproche:

—La muchacha ha estado llorando durante dos días.

Está aún más enamorada de ti que su prima y no imaginas lo que nos ha costado consolarla. ¡Ay!, ¿qué les das a las mujeres, Muhamad?

Él sonrió sin contestar. Atravesó un corredor y fue directamente a un patio cuadrangular, donde las mujeres, bulliciosas, estaban atareadas preparando la comida. Al verle, todas se callaron y bajaron las miradas llenas de turbación. Muhamad buscó con los ojos a Adine y la descubrió en una esquina, amasando junto a la boca del horno. Ella le ignoró y siguió con su trabajo como si nada.

Muhamad se sentó en el umbral contemplándola. Le gustaba la muchacha, le gustaba mucho, aunque reconocía que no era tan bella como Judit y que le faltaba algo, o le sobraba, no sabría decirlo, pero había en ella un misterioso encanto que le tenía irremediablemente enamorado; ardía en su pecho una hoguera y una mágica embriaguez derretía sus nervios e irrigaba su espíritu, devolviéndole la alegría y la confianza. Unas nuevas ganas de vivir le invadían nada más verla. Y la miraba encantado. Era ella muy joven, sin duda alguna, pero pocas mujeres se movían con tanta soltura. Amasaba mejor que las otras, moviendo con energía los brazos. A él le encantaba su palidez, la expresión de su cara, la débil sonrisa, la voz, el vestido… Y Adine, dándose cuenta de que le tenía encandilado, enrojeció con coquetería, se detuvo y apartó los mechones de su negro pelo con el dorso de la mano, de una manera terriblemente seductora.

Él la miró a los ojos esbozando una sonrisa conciliadora y, levantándose, volvió a entrar en la casa y le susurró algo a Hamida. La mujer soltó un torrente de carcajadas y dijo en voz alta:

—¡Ella está deseando ponerse guapa para ti! La prepararé convenientemente para la ocasión…

Por la tarde, Adine y Muhamad estaban juntos en las dependencias privadas de la torre. Ella había cambiado de peinado, seguramente asesorada por la mujer del intendente, y ahora lucía una brillante trenza que le caía sobre el hombro. Él no dejaba de mirarla y, sin embargo, en el rostro de Adine se traslucía una expresión de extravío que desentonaba con el bonito vestido de seda encarnada, con su collar de piedras blancas y con el nuevo arreglo del cabello. En cualquier otra ocasión, toda ella habría brillado radiante, sonriente, y hubiera acabado preguntándole: «¿Te gusto?». Sin embargo, desde que entró en el cuarto mantuvo un gesto escrutador y una presencia distante.

Muhamad, extrañado, le preguntó:

—¿Se puede saber qué te pasa?

La joven no respondió.

Él la abrazó entonces suavemente y aspiró el levísimo perfume del almizcle en su cuello.

Adine se apartó y, mirando por la ventana, dijo desdeñosa:

—Te entregué lo mejor de mí y, cuando lo obtuviste con zalamerías, me despreciaste.

Muhamad se dio cuenta entonces de que estaba muy irritada. Se acercó a ella y, poniéndole con suavidad la mano en el hombro, observó cauteloso:

—He estado pensando. Debía pensar…

Ella se volvió.

—¿Pensar? ¿Qué tenías que pensar? ¡Cuando me poseías no pensabas!

Al captar el reproche en sus palabras, él se apresuró a contestar:

—No he dejado de pensar en ti ni un momento.

—¡Estarías pensando en mi prima Judit! —protestó ella dándole la espalda.

—¿Cómo puedes decir eso? —replicó Muhamad, abrazándola de nuevo por detrás y volviendo a ponerle los labios ardientes en el delicado cuello—. ¡Tú llenas por entero mi corazón! Pero debía pensarlo… ¡Por favor, compréndelo!

Ella le miró al fin intensamente.

—¡Jura por vuestro Profeta que es cierto eso que dices!

Muhamad rio y la apretó entre los brazos buscando besarle los labios. Pero Adine torció la cara y le ofreció la mejilla insistiendo:

—¡Júralo!

—¡Lo juro, lo juro, lo juro…!

Ella sonrió al fin, pero su sonrisa no era alegre, y la preocupación se insinuó en su mirada cuando dijo:

—Es primavera y mi prima Judit regresará. A ver cómo solucionamos ahora esto…

—Deja eso de mi cuenta —contestó él con indolencia—. ¿Por qué empezar a preocuparse ya? Cuando regrese Judit, se hará lo que deba hacerse.

Adine frunció el ceño y exclamó con vehemencia:

—¡No consentiré que me apartes como a un trasto! ¡Te amo! Y si me dejas, me tiraré de la torre…

Él le puso el dedo en los labios mientras decía:

—No seas loca, preciosa mía. Yo no te dejaré… Y te ruego que no me causes problemas.

La muchacha respiró hondamente, le cogió la mano, recostó la cabeza en su pecho y estuvo lloriqueando durante un rato. Él la cubrió de besos y le aseguraba:

—Eres un precioso regalo para mí. Eres algo que no esperaba precisamente ahora… ¡Pequeña mía, he sufrido tanto! Tú eres mi recompensa, mi regalo de Alá…

69

El ejército que venía avanzaba muy deprisa. Al amanecer, la polvareda estaba a menos de una milla de la ciudad y se disipó cuando los caballos se detuvieron. Después hubo una gran quietud mientras el sol iluminaba los campos. Una parte del espacio que se extendía ante las murallas estaba desnuda y la otra aparecía cubierta de olivares y viñas. La gente de Mérida aguardaba mirando hacia el norte, en las almenas, en las terrazas, en las torres e incluso encaramada en los tejados. Después de una noche larga de angustiosa espera, el silencio tenso pareció eterno. Era como si la población estuviese toda ella con la respiración contenida.

En las torres que se alzaban en ambos costados de la puerta de Toledo, los jefes oteaban como petrificados el horizonte. El valí Mahmud y los miembros del Consejo estaban enfundados en sus largos alquiceles reforzados con cuero; los muladíes vestían, empero, armaduras de buena hechura y los nobles dimmíes sus antiguas corazas godas, con remaches de hierro y mangas de loriga, y yelmos con celada o almetes. Desde las primeras luces, se habían ido apostando los arqueros en todas las alturas y en los corredores había piedras arrojadizas a cada veinte pasos, reunidas en montones. En las puertas se arracimaban muchedumbres de defensores, y las mejores fuerzas de la ciudad, con la caballería, se hallaban apostadas entre la parte del poniente y el río, para defender el puente.

En las elevaciones del terreno, a media milla, el ejército se dispuso a la deshilada y empezó a avanzar de nuevo acercándose a la ciudad, pero a paso quedo. Entonces pudieron distinguirse los estandartes, las flámulas y los gallardetes. Y para sorpresa de todos, se vio que aquella hueste no era tan numerosa como se esperaba; vendrían tan solo dos mil hombres, tal vez un par de cientos más de ese número.

Confusos, los jefes de la ciudad se miraron unos a otros. Alguien de entre ellos comentó:

—Debe de ser la avanzadilla. El grueso del ejército ha de venir detrás.

Pero, repentinamente, uno de los vigías que era famoso por su larga vista empezó a gritar desde la torre:

—¡Cruces! ¡Cruces! ¡Las insignias llevan cruces bordadas! ¡Hay cristianos en esa hueste!

Se formó un gran alboroto. Todo el mundo aguzaba los ojos y se ponía la mano en la frente para ver si era verdad lo que avisaba el centinela. Y enseguida, aquí y allá, atestiguaron otras voces:

—¡Es cierto! ¡Son cruces! ¡Los estandartes y pendones llevan signos cristianos!

Solo un momento después, todo Mérida pudo confirmarlo desde las murallas y los tejados. Aquellos guerreros no pertenecían al ejército del emir y la sorpresa inicial pronto se transformó en una pregunta: ¿quiénes eran, pues, esos soldados?

Corrió por toda la ciudad un murmullo de desconcierto. El valí miraba a su alrededor esperando que alguien le explicara lo que estaba sucediendo, pero todos los jefes se hallaban sumidos en la misma incertidumbre.

—¡Es muy raro! —exclamaban—. ¡¿Quién es esa gente?! ¿De dónde vendrán?…

Por su parte, el duc Claudio, que como los demás observaba muy atento aquel ejército, sintió que su corazón latía con fuerza, la cara se le había puesto roja y los ojos le brillaban de alegría; fuera de sí, empezó a proclamar a voces:

—¡Son los lábaros del rey cristiano! ¡Mirad, hermanos! ¡Es la santa cruz del reino del Norte! ¡Lo que prometieron lo han cumplido! ¡Es la gente de Galaecia!

Todos se le quedaron mirando perplejos. El valí fue hacia él y le preguntó:

—¿Qué es eso que dices? ¿De qué hablas? ¿Qué rey es ese?…

Pero Claudio parecía haber enloquecido de contento y corría escaleras abajo en dirección a la puerta sin dejar de gritar:

—¡Es el lábaro santo cristiano! ¡Abridme! ¡Abrid esa puerta, que he de salir a recibirlos!…

La noticia se propagó de repente por todas partes y en el barrio dimmí se alzó un clamor impresionante. La gente cristiana parecía estar asistiendo a la realización de un milagro; unos lloraban, otros reían y se empezaron a elevar cantos y plegarias en acción de gracias.

Los musulmanes, en cambio, se quedaron atónitos y miraban boquiabiertos hacia aquel contingente de soldados desconocidos, que avanzaban despacio, con sus estandartes de seda azul con cruces bordadas en oro y sus largas lanzas que apuntaban al cielo; sus armaduras, sus cascos, los petos de sus caballos…, todo en ellos resultaba extraño y de origen lejano.

El valí estaba con aire confuso, frunciendo todavía el ceño. La entusiasta reacción del duc no parecía haberle agradado lo más mínimo y fue hacia donde estaba el cadí Sulaymán para preguntarle:

—¿Qué sabes tú de esto? ¿Qué suerte de maniobra es esta?

El cadí de los muladíes sacudió la cabeza y respondió secamente:

—Lo mismo que tú sé... ¡Nada!

Claudio estaba ya abajo montado en su caballo, esperando a que le abrieran la puerta, y seguía con sus voces cargadas de exaltación e impaciencia:

—¿A qué esperáis? ¡Vamos, abridme de una vez! ¡Debo salir a recibirlos!

Los guardias miraban hacia el valí, atravesados los rostros por un gran estupor. Y Mahmud, que estaba contrariado por toda aquella precipitación y por tan repentino cambio en el curso de los acontecimientos, rugió alzando la mano con autoridad:

—¡Ni hablar! ¡No dejaré entrar a toda esa gente armada en la ciudad!

Las rubias cejas de Claudio se levantaron en un gesto de sorpresa y permaneció un momento en silencio lanzando chispas por los ojos. Luego desenvainó su espada y gritó con gesto amenazante:

—¡Si no mandas abrir esta puerta ahora mismo, atente a las consecuencias! ¡Mi gente está armada! ¡Nada tenemos que perder! ¡Lucharemos contra vosotros aquí dentro y abriremos la puerta! ¡Piénsalo bien, valí!

Se hizo un gran silencio y una terrible tensión se interpuso entre unos y otros. Después hubo ruido metálico de armas que se aprestaban a la lucha y algunas voces contenidas.

Mahmud, encendido de cólera, apretó los puños y, elevándolos por encima de su cabeza, exclamó:

—¡Raza de demonios! ¡De manera que este era vuestro plan!

Todos los nobles cristianos habían sacado ya sus espadas y avanzaban hacia la puerta en actitud agresiva. También muchos de los arqueros, que eran dimmíes, se volvían apuntando ahora con sus flechas hacia el interior de la ciudad. Y los musulmanes, a su vez, se disponían para hacerles frente. Unos y otros se miraban con odio y sus espíritus rebosaban propósitos asesinos.

Entonces Sulaymán se temió lo peor y, en un arranque de cordura, cruzó de unas cuantas zancadas la torre y se puso frente al valí, gritando a voz en cuello:

—¡Por Dios bendito, qué locura vais a hacer! ¡Deteneos!

Se hizo un gran silencio. Nadie se movía y todas las miradas estaban ahora pendientes del cadí, en un estado límite de tensión y preocupación. Y Sulaymán, consciente de ello, encontró a todos bien dispuestos para escucharle, unos por respeto hacia él, otros por desesperación, y les dirigió estas palabras:

—¡Hicimos un juramento! Todos los que aquí estamos nos comprometimos mediante un pacto a defender esta ciudad y librarla de los abusos de Córdoba. Porque, aunque no todos descendemos de los mismos antepasados, vivimos dentro de las mismas murallas y sentíamos de la misma manera que habíamos perdido nuestros legítimos derechos y que nos estábamos revolcando en el fango de la miseria y la inmundicia, sometidos a jefes que nos extorsionaban. Por eso vimos llegado el límite y nos pusimos en pie contra el tirano… ¿Vamos a pelearnos ahora entre nosotros?

Mahmud, con la cara aún más sombría, masculló una respuesta inaudible mientras se daba la vuelta para ver la reacción de su Consejo. Y con el valor que le infundía saberse respaldado por los suyos, dijo:

—No me convencerás de que les abra las puertas a los infieles. Si no rendiré la ciudad al emir, mucho menos a los dimmíes.

—De acuerdo —asintió Sulaymán—. Pero averigüemos primero quiénes son esos cristianos y con qué fin han venido.

El duc Claudio, que seguía frente a la puerta al pie de la torre, descabalgó y subió con pasos rápidos y violentos, hasta detenerse en el extremo de la escalera. Tenía el rostro acalorado a causa de su estado anímico de excitación, y la vitalidad de la juventud corría por su cuerpo fuerte, esbelto, y asomaba en el semblante de bellas facciones, en el que destacaba la nariz recta y los ojos grises grandes e inteligentes.

Se hizo un silencio que duró breves instantes. El sol intenso de mayo acrecentaba aquel ambiente cargado de sangrantes intenciones.

A pesar de los esfuerzos de Mahmud por controlar su temor y su ira, la voz le traicionó:

—¡No des un paso más!

Sulaymán comprendió entonces que había llegado el momento fatal y, con acento de desesperación, fue hacia Claudio diciendo:

—Seamos sensatos... ¡En el nombre del único Dios!

El duc bajó la cabeza confuso, miró de reojo a los suyos, meditó y, con gesto sumiso, arrojó la espada a los pies del valí diciendo con tranquilidad:

—El cadí de los muladíes tiene razón; hablemos como hijos de Dios, sin dejar que lo hagan por nosotros las armas.

Mahmud, que se había preparado para lo peor, no podía dar crédito a lo que oía, y se quedó mirándole con el pasmo reflejado en sus ojillos oscuros. En ese momento, Sulaymán, que se había apartado a un lado, volvió al medio de la torre y exclamó, esbozando una sonrisa de satisfacción:

—¡Alabado sea Dios! ¡Una pelea entre nosotros habría sido el final de esta ciudad!

Se desvaneció la sorpresa en el rostro del valí y, retornando a su hierática expresión, se volvió hacia su gente y les ordenó:

—¡Al suelo las armas!

Espadas, lanzas y flechas cayeron sonoramente sobre las

piedras. Acto seguido, en la parte de los cristianos también se elevó idéntico estrépito. Y cuando todos estaban desarmados, Mahmud le preguntó a Claudio:

—Por el Dios de la verdad, te conmino a que nos digas quiénes son esos soldados y a qué han venido.

El joven duc, feliz de que le dirigiera la palabra con tanta cordialidad después de lo sucedido, se disculpó:

—Dios me perdone, pues los nervios y la emoción me traicionaron. De ninguna manera pretendí romper nuestro juramento ni transgredir los términos de nuestro pacto. ¡Juro que ha sido el ímpetu! Si te he faltado en algo, te ruego que me comprendas.

Mahmud sonrió al fin.

—Estás perdonado. Y ahora, dime de una vez quién es esa gente cristiana y cuáles son sus propósitos.

A lo que Claudio respondió vivamente:

—Solo sé por sus insignias que vienen del Norte. Hombres del rey de Galaecia son. Pero nada más puedo decirte. Por eso te ruego que me permitas ir a su encuentro para enterarme de lo demás.

El valí se quedó mirándole fijamente unos instantes y, después de pensarlo, respondió:

—Ve, pero hazlo solo.

Y volviéndose hacia sus hombres, les ordenó:

—¡Abridle la puerta!

Montó el joven duc en su caballo y salió al galope en dirección al norte, por la calzada que discurría al pie del acueducto. Recorrió un tramo bajo el azul del cielo y, al momento, varios jinetes salieron a su encuentro descendiendo por la pendiente de un cerro. Claudio descabalgó a cincuenta pasos y ellos hicieron lo mismo, respetando los antiguos usos de la guerra que mandaban parlamentar pie a tierra. Se aproximaron caminando y, cuando estaban a suficiente distancia para verse las caras, el duc exclamó:

—¡Aquila!

—¡Claudio! —contestó uno de los hombres que venían hacia él.

La gente vio desde las murallas cómo ambos se saludaban con un abrazo y se elevó un denso murmullo de voces sorprendidas. Mahmud miró a Sulaymán y preguntó con ironía:

—¿No decía que no los conocía?

El cadí comentó:

—Tengamos paciencia. Hemos decidido confiar en él.

Observaron en silencio cómo Claudio y Aquila hablaban durante un largo rato y cómo después volvían a montar en sus caballos y se dirigían al trote hacia la ciudad.

—¡Dejadlos entrar! —ordenó el valí a la guardia.

En medio de una gran expectación, los dos jóvenes cruzaron el puente y entraron por la puerta de Toledo. En la torre, todos estaban intrigados e impacientes.

Nada más llegar arriba, Claudio anunció:

—Este cristiano es el príncipe Aquila, hijo del clarísimo varón Pinario. Viene del Norte, del reino del rey Alfonso de Asturias, para darnos importantes noticias.

Y se hizo a un lado para dejar paso al recién llegado, que entró en la torre sin armas, vestido con un largo blusón azul, bajo el cual asomaba la cota de malla. El rostro atezado de Aquila tenía una expresión serena y sonriente; los ojos claros y el cabello castaño alborotado le daban un aire de inocencia que infundía confianza. Con cortesía, se dirigió al conjunto de los jefes y dijo:

—Imploro la paz de Dios para esta ciudad. Os saludo y os traigo el respeto y los mejores deseos de parte de mi señor Alfonso, rey de Galaecia.

Todos estaban pendientes de su voz, de la que se desprendía cierto acento afectuoso, haciendo que asomara la curiosidad en los rostros. Mahmud avanzó unos pasos hacia él y, con tono autoritario, le preguntó:

—¿A qué habéis venido desde tan lejos?
—Traemos un mensaje que os interesa mucho.

Todos clavaron en él sus ojos, sorprendidos, y el valí dijo secamente:

—Espero que lo que tienes que anunciar sea algo bueno.

Aquila empezó a hablar en tono triunfalista:

—Aunque somos del reino de Galaecia, no venimos directamente de allí. Venimos de Toledo y hemos cabalgado deprisa por delante del emir de Córdoba, para llegar a Mérida antes que él… Porque hemos sido testigos de la gran revuelta que ha habido en Toledo. Abderramán no ha podido sofocarla y vuelve a Córdoba derrotado…

Se escucharon exclamaciones de asombro y todos se miraron con ojos de incredulidad. Mahmud dijo irónico:

—Sin duda bromeas.

—No bromeo en absoluto. Lo que os digo no es ni más ni menos que la pura verdad. Los toledanos se alzaron en armas y resistieron durante meses el asedio del ejército de Córdoba, y este, agotado por el invierno y la falta de víveres, tuvo que deponer el sitio y volverse. Los cordobeses vienen detrás de nosotros hacia aquí. Los hemos adelantado dando un rodeo y hemos galopado para unirnos a vosotros. En nuestra hueste vienen hombres de Asturias, de Galicia y del Imperio de los francos, romanos, germanos y gente del Norte que se han unido para luchar contra Abderramán. Aquí, entre todos, podemos alcanzar la victoria final y acabar con la tiranía de Abderramán.

Claudio intervino con entusiasmo:

—¡Por la gloria y la grandeza de Dios! ¡Esto es mucho más de lo que podíamos esperar!

Al valí se le nubló el rostro de confusión y se puso a gritar:

—¡Es una locura! ¡¿Cómo vamos a creernos tal fantasía?! ¡Nadie puede vencer a Córdoba!

Sulaymán, tratando de apaciguarle, le dijo con toda suavidad:

—No perdemos nada intentando averiguar si es verdad lo que nos dice. Esperábamos que un día u otro el emir pasase de vuelta por aquí. De todas formas, tenemos decidido enfrentarnos a él y cerrarle nuestra ciudad y nuestro puente. ¡Nada ha cambiado! Tú mismo me juraste que le plantaríamos cara. No podemos sino dar gracias a Alá por estas noticias.

El valí insistió, en tono circunspecto:

—Es una locura, lo que dice es difícil de creer...

Claudio intervino:

—¡Es nuestra gran oportunidad! ¡Es nuestra última esperanza! El rey cristiano nos prometió ayuda y viene a cumplir su promesa. Yo mismo le visité en su reino y me aseguró que en primavera enviaría socorro a Toledo y después a Mérida.

Mahmud, malhumorado, respondió:

—¡No puedo fiarme de infieles! ¿Cómo voy a consentir que salgamos del dominio del emir para caer en manos de rumíes cristianos?

Aquila volvió a hablar entonces:

—El rey de Galaecia no busca dominaros, sino hacer una alianza en términos de igualdad.

Todos los que le oyeron decir esto, sorprendidos, alargaron el cuello hacia delante. Sulaymán preguntó:

—¿Y qué pide el rey cristiano a cambio?

Claudio se apresuró a corregirle:

—¿No has oído que no pide nada a cambio? ¡Se trata de una alianza contra Abderramán!

Se escucharon exclamaciones de conformidad y voces que gritaban:

—¡Nada será peor que volver a caer en las garras del emir!

—¡Libertad para esta ciudad!
—¡Viva Mérida!
—¡Hagamos esa alianza!

Mahmud paseó su mirada por los rostros de todos y calló, con expresión meditativa. Entonces tomó la palabra Sulaymán y propuso:

—Que ese ejército se una a nosotros y defienda el puente. Entre todos, impediremos el paso del emir. Nada perdemos intentándolo.

Las palabras del cadí dejaron tras de sí un silencio en el que todos se quedaron pensativos, intercambiando miradas. Después los ojos se volvieron hacia el valí, quien al fin salió de su mutismo y sentenció:

—Es justo lo que propones. Los cristianos no entrarán en la ciudad; se unirán a los defensores del puente y acamparán al otro lado del río.

Sulaymán se dirigió entonces a Aquila y le preguntó:

—¿Cuándo calculas que estarán aquí los cordobeses?

—Tres días, tal vez cuatro.

Se levantó entre los jefes un gran murmullo que Mahmud silenció con enérgicas órdenes:

—¡Cada uno a su puesto! ¡Tenemos tiempo suficiente para prepararnos! ¡Que se haga todo como está mandado!

70

Envueltas en negros mantos, con el rostro completamente tapado, Judit, su madre y su tía Sigal salieron de la casa. Empezaba a oscurecer, pero la chiquillería del barrio judío aún jugaba en la calle y, como solía pasar a esas horas, los vendedores regresaban del mercado parloteando disgustados, quejándose de lo dura que se había puesto la vida en medio de tanta guerra y tanto ir y venir de huestes y soldados. Más adelante, en el adarve, el alboroto de los perros y los gatos peleándose entre los montones de basura resultaba ensordecedor. Las tres mujeres caminaban deprisa, con las cabezas gachas, sin mirar a derecha ni a izquierda; avanzaban con decisión, aunque sentían miedo porque imaginaban que muchos ojos se fijaban en ellas. No dejaron de preocuparse hasta que torcieron en una de las esquinas de la muralla y vieron a Abdías, que las esperaba con cuatro mulas cargadas con alforjas en la pequeña plaza que se extendía en el extremo de la ciudad, delante de la puerta que miraba al sur.

Sigal, jadeante, dijo:

—Mi hermano ya está ahí... ¡Gracias al Eterno!... Ha conseguido bestias y eso quiere decir que podremos salir al fin.

Uriela respondió con voz casi imperceptible:

—Sí, sí… ¡Loado sea el Eterno!

Cuando estaban a unos pasos de él, Abdías las apremió sulfurado:

—¡Vamos, mujeres! ¡Debemos salir ahora, antes de que anochezca!

Los guardias que custodiaban la puerta, al oírle decir eso, le rodearon en actitud amenazadora.

—¡Vamos, judío, paga lo que debes! —le exigían—. Si no pagas ahora, no saldréis.

Abdías sacó la bolsa y repartió algunas monedas entre ellos. Pero el jefe de los guardias no estuvo conforme y le pidió más dinero.

—¡No, no y no! —negó Abdías—. Acordamos doce sueldos. ¡No pagaré ni uno más!

—¡Entonces no saldréis! —dijo con desprecio el oficial—. Solo abriremos la puerta si nos das cincuenta sueldos.

—¡¿Cincuenta?! —exclamó Abdías—. ¿Estás loco? No llevo encima tanto dinero…

Los guardias rieron, burlándose con brutalidad. Le agarraron y empezaron a zarandearle:

—¿Cómo que no llevas dinero? ¡Saca de una vez la bolsa, judío!

Él, en tono suplicante, les ofreció:

—¡Veinte sueldos! Es todo lo que tengo…

—¿Veinte? —le espetó el jefe de los guardias—. ¡Maldito usurero!

—No llevo más dinero encima. A mi vuelta os pagaré el resto. ¡Dejadnos salir de una vez!

Varios curiosos observaban la escena, sonriendo, como si disfrutaran viendo cómo los guardias extorsionaban a Abdías y su familia. De entre ellos, se adelantó un hombretón de aspecto desagradable que intervino con socarronería, señalando al padre de Judit:

—Ese es uno de los judíos que vendieron la pila de la

iglesia de San Cipriano. ¡Y dice que no tiene dinero! Él y el almojarife sacaron buenos cuartos del negocio que hicieron vendiéndole la pila al demonio de Marwán, para que su hijo la llevase a Córdoba como regalo al emir.

Abdías, suspirando, replicó con suavidad:

—Fue un trato justo. El almojarife y yo solo hicimos de intermediarios. El comes Luciano vendió aquella pila y ya pagó con su vida por ello. Yo nada tengo que ver...

Pero la gente apenas le escuchaba, porque los que se iban congregando gritaban con desprecio:

—¡Judas! ¡Sacrílego!

—¡Sinvergüenza! ¡Judío del diablo! ¡Satanás!

—¡Condenado judío! ¡Fuera! ¡Fuera los judíos!

En aquella parte de la ciudad vivían muchos cristianos, artesanos, labriegos, pastores y esclavos, que vieron en aquella trifulca una oportunidad para descargar su odio y su rabia.

—¡Que devuelva el dinero de la pila! —exclamaban—. ¡Démosle su merecido! ¡Que pague! ¡Que responda de su sacrilegio! ¡Mueran los judíos!

Judit, Uriela y Sigal, temiéndose lo peor, empezaron a gritar aterrorizadas y corrieron a interponerse entre la turba amenazante y Abdías. Se produjo un forcejeo, y los guardias, que vieron por un momento perderse sus ganancias, tuvieron que intervenir. El oficial entonces se apresuró a poner orden dando voces:

—¡Quietos! ¡No podéis tomaros la justicia por vuestra mano! ¡Soltad inmediatamente a los judíos!

Abdías, aprovechando que la gente se apartaba, sacó la bolsa y se la entregó a los guardias. Con amargura, imploró:

—¡Dejadnos salir, por el Eterno! ¡Os doy todo el dinero que tengo! En la bolsa hay más de cincuenta sueldos...

Los guardias les abrieron la puerta y ellos pudieron salir apresuradamente, al trote, mientras a sus espaldas la muchedumbre furiosa vociferaba:

—¡Id con vuestro padre el demonio, judíos!
—¡Fuera! ¡Fuera los judíos de la ciudad!
—¡Id y no volváis! ¡Acabaremos con todos los judíos!
Abdías se volvió hacia ellos gritando:
—¡Cobardes! ¡Será posible, Dios Eterno! ¡Solamente estáis en contra de la injusticia y la violencia cuando sois vosotros sus víctimas! ¡Cobardes! ¡Hipócritas cristianos!
—¡Calla, Abdías! —le suplicaba Uriela—. No los enardezcas más, no sea que se arrepientan de habernos dejado salir y nos den alcance.
—¡Al infierno con ellos! ¡Cobardes! —proseguía él—. ¡Ya podrán con un hombre y tres mujeres indefensas! Si llego a estar yo solo… ¡Me hubiera dejado matar, pero matando!
Cabalgaron hasta que se hizo completamente de noche y perdieron de vista la ciudad. La oscuridad se aferró de tal manera a los campos que todos los contornos desaparecieron y no se veía el camino. En la negra bóveda del cielo no salió la luna. Guiados por el resplandor tímido de las estrellas, se adentraron en los bosques. Observaban todo cautelosamente, y se volvían de vez en cuando para comprobar que nadie los seguía. Delante de ellos, en la distancia, divisaban de manera confusa el monte de Alange, una sombra más oscura en medio de las tinieblas. Suspirando de fatiga, Uriela rogó:
—¡Detengámonos, Abdías! Apenas se ve y estamos cansadas. Tu hija lleva una criatura en el vientre y puede perderla si seguimos trotando de esta manera en la noche.
Abdías tiró de las riendas de su mula y la detuvo diciendo con brusquedad:
—Descansemos aquí mismo. ¡Esa gentuza cristiana no puede habernos seguido hasta aquí!
Las mujeres descabalgaron, echaron sus bultos al suelo y se sentaron encima. Un momento después, las tres se abrazaron y se echaron a llorar. Abdías, que se había sentado también sobre su fardo, despotricó malhumorado:

—¿Ahora lloráis? ¡Cualquiera os entiende a las mujeres! Con lo que hemos pasado, ahora que tenemos a salvo las vidas, os ponéis a llorar…

Sigal respondió, sollozando en la oscuridad:

—¡Deja que nos desahoguemos! ¡Qué miedo tan grande hemos pasado! Creímos que te matarían… ¡Oh, qué horror!

Él escupió con desprecio y, furioso, comentó:

—¡Hijos de puta! Han estado callados todo el tiempo que gobernó Marwán, se contuvieron cuando volvió el valí Mahmud y ahora les sale el perro rabioso que llevan dentro; ahora que han venido a la ciudad esos cristianos del Norte… ¡Ahora se crecen esos cobardes! ¡No son más que unos miserables esclavos!

—¡Calla, Abdías, por el Eterno! —le pidió angustiada su mujer—. No ganas nada poniéndote así. Déjalos, por favor, déjalos en paz… Ya nada malo pueden hacernos y todo ese odio no conduce a ninguna parte.

—¡Bien dejados están! —contestó él con amargura—. ¡Vayan al infierno! Ellos son la causa de todos los males de nuestra ciudad. Su orgullo y su rencor siempre acaban perdiéndolos. Si no fuera por esos canallas, no habría ciudad como Mérida en el mundo. ¡Quiera el Eterno que nunca lleguen a gobernar la ciudad! Porque, si se hicieran un día los amos, pobres de nosotros los judíos…

Se hizo entre ellos un silencio tenebroso y en sus cabezas martilleó el funesto presagio de Abdías. La brisa húmeda que llegaba del río los envolvía y Judit emitió un quejumbroso suspiro. Entonces Uriela, buscando levantar los ánimos, dijo juiciosa:

—Demos gracias al cielo. Al fin y al cabo, hemos salvado las vidas. No tenemos dinero, pero ¿para qué sirve el dinero? ¡Somos libres y estamos sanos!

Abdías, levantando la mirada hacia el oscuro contorno del monte que parecía brotar en el horizonte, repuso:

—¿Y quién ha dicho que no tenemos dinero?

Las tres mujeres le miraron con extrañeza, tratando de ver su rostro en la oscuridad, y él, golpeando el suelo con el pie, añadió:

—¡Que se les atraganten los cincuenta sueldos a esos malditos! En las alforjas llevo dos mil más, por lo que pueda pasar y para pagar la dote de mi hija.

—¡¡¡Padre!!! —exclamó Judit llena de alegría, saltando hacia él para abrazarle.

Abdías la besó y, respirando profundamente, dijo con aplomo:

—Saquemos las mantas y procuremos dormir algo. Cuando amanezca proseguiremos el camino.

71

Exultaba de alegría el rostro de Muhamad cuando exclamó con los brazos abiertos:

—¡Judit! ¡Mi Judit! ¡Al fin!

Ella se secó el sudor de la frente con la manga del vestido y corrió hacia él para abrazarle, llorando de pura felicidad. Y cuando Muhamad la estrechó y la besó en la frente con ternura, se sintió invadida por una dulce y dichosa oleada de amor que a punto estuvo de arrebatarle el sentido. Pero enseguida reparó en que su padre los miraba; volvió la cabeza hacia él y le vio, envuelto en su capa, observando fríamente la escena.

Abdías avanzó hacia ellos y se inclinó en discreta reverencia ante Muhamad. Este le miró con una mezcla de sorpresa y disgusto, que no pudo disimular, y le tendió la mano para que se la besara. Pero el padre de Judit se enderezó y se retiró prudentemente mientras decía:

—Aquí va a nacer un niño y debemos ponernos de acuerdo para hacer lo que hay que hacer.

—¿Lo que hay que hacer? —preguntó Muhamad con voz seca—. ¿Y qué es lo que hay que hacer?

Abdías estuvo a punto de responderle que habían ido al

castillo precisamente para que se celebrara la boda, pero desistió de hacerlo, porque consideró que no era el momento adecuado. Además, Judit no se había repuesto todavía de la impresión del reencuentro y no quiso violentarla. Así que dijo con prudencia:
—Deberíamos procurar que la criatura viniese al mundo en un lugar seguro y tranquilo. En Mérida han sucedido cosas terribles, ya lo sabes; por eso hemos venido a Alange...
Muhamad le miraba receloso y, en un tono que mostraba inequívocamente su resolución, observó:
—Aquí nada tenéis ya que temer. El castillo es completamente seguro y podéis quedaros todo el tiempo que deseéis.
—Gracias por la hospitalidad —respondió Abdías, visiblemente nervioso—, pero es lo menos que podíamos esperar de ti, puesto que el niño que va a nacer es tu hijo.
Muhamad le dijo entonces con sarcasmo:
—Veo que vienes decidido a decirme lo que debo hacer en mis propios dominios. Eres uno de esos padres hebreos que velan por sus hijas...
—Naturalmente —asintió Abdías más nervioso aún—. Aquí debe llegarse a un acuerdo...
Judit dirigió a su padre una mirada de reproche, que este ignoró, añadiendo:
—Deben hacerse las cosas como Dios manda; debe haber boda.
Muhamad soltó una carcajada, pero había cierta irritación en su risa. Repuso altivo:
—Lo que se deba o no hacer lo decidiré yo y solo yo. Mi padre ya no vive y yo soy el único dueño de mi persona. No consiento que nadie de fuera venga a imponerme obligaciones.
Abdías, desconcertado, examinó atentamente el rostro de su hija para ver de qué lado se ponía. Pero ella, bajando la cabeza, dijo con débil voz:

—Os ruego que no discutamos ahora; ya decidiremos lo que ha de hacerse más tranquilos...

La ira de Abdías estalló. Su rostro se puso ceniciento y, temblando de pies a cabeza, gritó:

—¡No! ¡De ninguna manera! No nos cobijaremos bajo el techo del castillo sin que antes se aclare si va a haber boda.

Muhamad, sorprendido por la firmeza del padre de Judit, contestó con calma:

—Ella es una mujer libre. Según nuestras leyes, la viuda de un musulmán es libre para decidir si quiere volver a casarse o no. Aquí la voluntad del padre está de sobra.

Abdías se puso a gritar con todas sus fuerzas:

—¡Qué leyes son esas! ¡Estás hablando de mi hija y de mi nieto! ¡No consentiré que la trates como a una vulgar concubina!

Judit fue hacia él suplicante, exclamando:

—¡No, padre, te lo ruego! ¡No discutamos ahora sobre esto!

—¡Silencio! —ordenó con autoridad Muhamad, haciendo que su voz resonara muy potente en la sala—. ¡Claro que habrá boda!

Todos se le quedaron mirando. Y él, echando fuego por los ojos, añadió:

—Nunca he pretendido negar que esa criatura que va a nacer sea mía. Pero yo decido aquí lo que hay que hacer. Y desde el primer momento he querido casarme con Judit. Habrá boda, pero será cuando y donde yo lo decida.

Al oírle decir aquello, Abdías comprendió que ya era hora de poner fin a la discusión y que debía dar por ganada la batalla. Dirigió a Muhamad una mirada conciliadora y, sonriendo, dijo:

—Aunque Judit es una mujer libre, es mi única hija y quiero aportar mil sueldos para la dote.

Los ojos de Muhamad brillaron y no pudo evitar que se le escapara una sonrisa de satisfacción. Dijo:

—Está bien, lo acepto. Y ahora, os ruego que me dejéis estar en privado con mi futura esposa.

Cuando estuvieron solos, Judit ya no hizo nada para disimular su disgusto. En su preciosa cara apareció la decepción. Se había sentido angustiada al verse en medio de aquella inesperada disputa y ahora rompió a llorar con sonoros suspiros.

—¡Bueno! —le dijo Muhamad—. ¿Y este llanto ahora? ¿No te alegras porque estemos juntos al fin?

Ella apartó los ojos y le dio la espalda. Se acercó a la ventana y fijó la mirada en el horizonte, aunque sin ver nada, dominada por la vergüenza y la congoja. Entre sollozos, se lamentó:

—¡No sabes el miedo y la pena que he pasado! No sabía nada de ti... No sabía si habías muerto... ¡Ha sido horrible! En Mérida todos hablaban con odio de tu padre... ¡Qué angustia! Creí que nunca más volveríamos a vernos...

Muhamad se fue aproximando lentamente hacia ella, porque conocía el temperamento de la Guapísima y creyó preferible adoptar un comportamiento sosegado. Vio en el borde de la ventana que había un espacio entre los dos, junto a una columna de mármol, y se situó apoyando la espalda, mirándola de frente. A Judit el sol le daba directamente en la cara y sus bellas facciones parecían desprender luz. Él sonrió maravillado y dijo con dulzura:

—Quería recordar tu rostro, el color de tu piel, tu figura, el brillo de tu pelo... Cerraba los ojos y no alcanzaba a recordar sino sombras... Y ahora estás aquí, a mi lado... ¡Oh, tu tez, tu presencia toda contiene el espíritu de la hermosura! ¡Humm... y hueles igual de bien que siempre! ¡Gracias a Dios, has regresado!

Judit le escuchaba muy atentamente, aunque fingía seguir con su pena y no hacerle caso. Pero su voz le gustaba y le encantaba todo lo que él decía. Por ello sonrió, aunque en su interior, sin dejar que sus labios lo exteriorizaran lo más mínimo.

Muhamad continuó:

—¿Acaso no sabes, Judit al Fatine, mi Guapísima, que Alá te hizo para mí? El cielo misericordioso hará que no nos separemos tú y yo.

Ella giró la cabeza y vio cómo él la observaba con su mirada penetrante y seductora, aquella mirada que hacía latir su corazón velozmente. Quiso decir algo, pero no abrió la boca y se abalanzó para abrazarle con todas sus fuerzas.

—¡Claro que no nos separaremos! —exclamaba—. ¡Nunca! ¡Nunca más, pase lo que pase!

72

El barrio de los muladíes retumbaba por la mañana con el estruendo de las herrerías. No había una sola fragua donde no repiquetearan los martillos frenéticamente, en aquel febril empeño de hacer cuantas armas se pudieran para defender la ciudad. Por las calles transitaba un tropel de artesanos que no paraban salvo a las horas de las oraciones y del almuerzo; a los almacenes llegaban los víveres, en una riada continua, y el estrépito de los carros por el empedrado, camino de los graneros y las alhóndigas, era constante; como el flujo y reflujo de soldados y bestias. Continuas eran también las voces y las órdenes que daban los oficiales a sus subalternos en las murallas.

Sulaymán abén Martín, sentado en un extremo de la espaciosa sala abierta al patio interior de su casa, estaba al tanto del movimiento general y dirigía a los jefes que tenían encomendada esa parte de las defensas. Su hermano Salam, siempre malhumorado, a su lado y con el rostro ensombrecido, le decía:

—Ahora los dimmíes cristianos acabarán gobernando la ciudad. Es algo que se estaba viendo venir… Con la ayuda de ese ejército que acampa en la otra orilla del río, acabarán haciéndose los amos. Tarde o temprano lo conseguirán; su paciencia y su tesón son mayores que los de los musulmanes. Mérida terminará siendo cristiana...

Sulaymán resopló ruidosamente, miró a su hermano con aire fatigado y replicó:

—¿Por qué estás todo el día con esa cantinela? Ahora lo más importante es la defensa de la ciudad. Necesitamos a los dimmíes cristianos y la ayuda de ese ejército para evitar que el emir nos destruya. No te preocupes ahora por lo demás.

Salam se golpeó la palma de la mano con el puño y gritó:

—¿Cómo no voy a preocuparme? ¿Cómo no vamos a pensar en nuestro futuro?

Sulaymán alzó los ojos al techo exclamando:

—¡Dios, qué calvario! ¡Qué cruz! Tú eres testigo de lo que tengo que padecer con este hermano mío... ¡Qué obsesión la suya con esos dimmíes cristianos!

Salam se puso en pie y, encarándose con él, le dijo:

—¿No te das cuenta, hermano? Tú mismo lo has dicho: «calvario», «cruz»; son palabras de los cristianos. ¡No podemos evitarlo! Cuando nos despedimos, decimos «adiós» o «ve con Dios». Nuestros abuelos eran cristianos y nuestro padre lo fue hasta que decidió hacerse musulmán para no perder sus propiedades ni su posición en la ciudad. Todos los que vivimos en este barrio somos nietos o hijos de cristianos. Todos los muladíes no podemos evitar decir: «calvario», «cruz», «adiós», «ve con Dios», «¡Santa María!», «¡por todos los santos!»... Y sin embargo, vamos a las mezquitas, hacemos las abluciones, rezamos a Alá e invocamos el nombre del Profeta... ¡Vivimos en una absurda contradicción!

Sulaymán comprendió lo que su hermano decía y, sin embargo, optó por hacerse el desentendido. Cambiando de tema, comentó:

—Las defensas de nuestra muralla y de los bastiones que miran al poniente están aseguradas. Espero que los beréberes sepan tener bien cubierto el sur y que los dimmíes se ocupen con diligencia del norte y el este…

Su obstinación en no querer darse por aludido exasperó a Salam, que volvió a la carga.

—¡Deberíamos decidirnos de una vez! ¡Es nuestra oportunidad!

Sulaymán preguntó entonces, con gesto hosco:

—¿Qué estás tratando de decirme? ¿A qué te refieres? ¿A qué debemos decidirnos? ¿Cuál es esa oportunidad?…

—¡Lo sabes de sobra! —gritó Salam.

—No, no lo sé, tú eres quien ha sacado esta conversación.

Salam afirmó socarronamente:

—Sí que lo sabes… ¿O acaso no eres tan inteligente como todos en el barrio creen? ¿No piensas en el fondo, como yo, que deberíamos tomar una determinación?

Esta vez la alusión era demasiado clara. El rostro atezado de Sulaymán se tornó hosco y, mirando con extrema dureza hacia su hermano, dijo:

—Veo que sigues empeñado en que nos hagamos cristianos. Es esa una obsesión que no te deja vivir y que acabará llevándote a la tumba. ¿Cómo es posible que se te haya metido una cosa así en la cabeza, hermano? ¿No te das cuenta de que eso complicaría aún más nuestra situación?

Salam prefirió no responder y Sulaymán, animado por este silencio, prosiguió:

—Aunque tú y yo y toda nuestra familia volviéramos a ser cristianos, nada nos asegura que el resto de los muladíes nos seguirían. Los demás musulmanes nos mirarían como a traidores renegados y perderíamos la consideración y la estima de una parte de la ciudad. ¡Qué locura! No, ni tan siquiera se me ha ocurrido pensar en tal posibilidad…

Salam golpeó la pared con el puño y se encaminó hacia la puerta, gritando:

—¡Allá tú con tu torpe prudencia! Si los cristianos llegan a gobernar la ciudad... ¡Entonces sí que lo perderemos todo!

Sulaymán todavía le aconsejó:

—Deja de pensar en eso. ¡Ocupémonos ahora de defender la ciudad!

Su hermano cerró la puerta violentamente a sus espaldas, dejándole allí solo, y él, lleno de contrariedad, apretó los puños con el alma rebosando dudas.

Un rato después Salam se presentó de nuevo en la estancia gritando:

—¡Hermano, escucha lo que tengo que decirte!

Sulaymán suspiró y, con aire sumiso, como implorando su buena voluntad, le dijo:

—No deseo seguir discutiendo. Te ruego que comprendas que he de pensar ahora en la gran responsabilidad que tenemos encomendada...

—No vengo a discutir contigo —contestó su hermano, lleno de entusiasmo—. ¡Ha sucedido algo maravilloso!

Sulaymán hizo un gesto con la cabeza, como una muda interrogación. Y Salam, muy contento, le anunció:

—Dicen los vigías que el ejército del emir pasa de largo. Ni siquiera se ha aproximado menos de diez millas a la ciudad. ¿Te das cuenta, hermano? ¡Abderramán nos teme!

Sulaymán se puso en pie de un salto y se detuvo, petrificado. Su mirada de absoluto asombro e incredulidad obligó a Salam a insistir con mayor ímpetu:

—¡Pasan de largo! ¡Nos teme! ¡Hemos vencido al emir!

Pero Sulaymán seguía con expresión aturdida, sin hablar, sin moverse y con la mirada vacía; aunque no terminaba de creerse lo que su hermano le decía, reparó en ese momento en que era algo que había presentido y, no obstante, no se había atrevido ni siquiera a sugerir tal posibilidad. ¿En el fondo no lo pensó cuando llegó el ejército cristiano del Norte? Sí. Al saber que Abderramán no había podido subyugar a los toledanos, supuso que no se la jugaría otra vez ante las murallas de Mérida. ¿Y si era verdad lo que su hermano le anunciaba ebrio de felicidad? De pronto reaccionó y, mirándole, exclamó:

—¡Vamos al palacio del valí! Si es cierto lo que te han dicho, Mahmud tiene que saberlo.

Cuando salieron, en el mismo callejón donde estaba su casa, un tropel de hombres los rodeó gritando con entusiasmo:

—¡Victoria! ¡El emir huye con el rabo entre las patas! ¡Los cordobeses van de retirada! ¡Victoria! ¡Victoria!…

Seguidos por la multitud que se les fue uniendo, atravesaron la ciudad. Las campanas de las iglesias repicaban en el barrio cristiano y un gran clamor se alzaba por todas partes. Salam comentó:

—¿Lo ves? ¡La noticia ha corrido! ¡Es cierto! ¡Todo el mundo lo sabe ya!

Al llegar frente a la mezquita Aljama, encontraron al valí Mahmud en la plaza, delante de su fortaleza. Le acompañaban el secretario privado, el muftí y los miembros del Consejo.

Sulaymán se abrió paso entre la muchedumbre exaltada y preguntó a voces:

—¿Qué hay de cierto en lo que dice la gente?

Mahmud sonrió, muy contento, después fue hacia él y, alzando los brazos jubilosos, respondió:

—¡Es verdad! ¡Abderramán va de retirada camino de Córdoba! Ha dado un gran rodeo para evitar Mérida. A estas horas, todo su ejército está cruzando el Guadiana por el vado que hay al pie de los montes de Alange. ¡Alá es Grande! ¡Alá nos vuelve a dar la victoria sobre el tirano!

73

A la hora de la siesta, un espeso silencio había caído sobre Alange. El aire tórrido e inmóvil mantenía detenida la vida, presa en las íntimas e interiores estancias del castillo. Judit estaba echada en una estera en el suelo, junto a sus padres, que descansaban plácidamente en la oscuridad fresca de la alcoba. Pero ella no podía conciliar el sueño, incómoda por lo avanzado de su embarazo y por la repentina fuerza que había cobrado el verano. Sentía una angustiosa opresión en el pecho y el corazón lo tenía anegado de dudas y sombrías sospechas. Como cada día, se armó de paciencia y esperó a que sus padres se quedasen dormidos. Después se levantó trabajosamente, se puso con cuidado detrás de la cortina grosera que tapaba completamente la puerta y permaneció allí, espiando el pasillo, como había hecho cada tarde desde su llegada.

Al cabo de un rato, se oyeron las delicadas pisadas de unos pies descalzos y el frufrú de un vestido. Judit apartó un lateral de la cortina y asomó un ojo por la rendija. Vio el cuerpo menudo de Adine, que pasó contoneándose en la penumbra y después desapareció en la claridad del exterior, dejando tras de sí una empalagosa estela de aroma almizclado.

Impulsada por el odio y la indignación que le producían sus funestas suposiciones, Judit salió detrás de su prima evitando hacer el mínimo ruido. La luz del intenso sol la cegó, pero pudo atisbar la espalda de Adine al torcer la esquina del callejón. Anduvo tras ella, siguiéndola a distancia; la vio atravesar la plaza y después ascender por la escalera hacia las dependencias superiores de la fortaleza. Las piedras parecían desprender puro fuego, y el calor a esa hora convertía esa parte del castillo en un verdadero infierno.

Judit atravesó también la plaza y, cuando estuvo segura de que Adine andaba ya perdida por los corredores que conducían a la torre, subió los empinados peldaños. Todos sus temores se iban haciendo realidad, a medida que se daba cuenta del lugar hacia donde se dirigían los cortos y rápidos pasos de su prima. Pero los ojos se le pusieron blancos de ira y estupor cuando definitivamente la vio detenerse delante de la puerta de las estancias de Muhamad, recomponerse el vestido y el pelo y entrar resueltamente sin ni tan siquiera llamar.

La Guapísima se cubrió con el velo, recorrió disparada el pasillo y abrió la puerta de golpe. En la habitación encontró a Muhamad acostado, desnudo, y a Adine sentada en la cama a su lado, quitándose la ropa ya. Entonces Judit empezó a gritar:

—¡Conque esto es lo que había! ¿Eh? ¡Puta!

Muhamad y Adine se quedaron paralizados, mirándola, mudos por la desagradable sorpresa. Luego él, como despertado por un jarro de agua fría, hizo un movimiento con intención de levantarse. Pero Judit se abalanzó y le detuvo asestándole un golpe en el pecho.

—¡No te muevas, cabrón! —gritó. Después se volvió hacia su prima—. ¡Serás zorra! ¿Esto es lo que habéis estado haciendo mientras nos preocupábamos tanto por vosotros?

La muchacha hizo una mueca y guardó silencio, con la expresión aterrada.

Judit a duras penas conseguía contener su ira y clavaba en ella unos encendidos ojos. Prosiguió a voz en cuello:

—¡Así que esto es lo que querías! ¡No tienes edad para tanta golfería! ¡Puta!

Al oír de nuevo el insulto, Adine se puso en pie e intentó escapar hacia la puerta, gimiendo. Pero la Guapísima la atajó y la agarró por el cabello.

—¡Basta! —gritó Muhamad—. ¡No tienes ningún derecho a entrar aquí de esta manera! ¡Suéltala!

Judit contestó, herida:

—¿Que no? ¿Que no tengo derecho? ¡Eres un embustero! ¡Que el Eterno te castigue por tus mentiras!

Le dio la espalda y volvió a dirigirse a su prima, preguntándole con voz terrible:

—¿Cómo me has podido hacer esto? ¿Por qué has destrozado de esta manera mi felicidad? ¿No has sido capaz de aguantarte? ¡Perra en celo!

Adine se armó de valor y respondió airada:

—¡Tengo el mismo derecho que tú a ser feliz!

Judit se la quedó mirando fijamente un rato, hasta que, presa de la furia, fue hacia ella y le pegó en la cara.

La muchacha se revolvió gritando:

—¡No me toques! ¡Ay, Muhamad, haz algo, que me mata!

Él se arrojó sobre ellas, interponiéndose entre las dos, recibiendo los golpes de Judit, en el pecho y en la cara.

Al oír el escándalo y las voces, los criados acudieron. Magdi intervino intentando separarlas, pero Judit tenía asidos los cabellos de Adine con tal fuerza que no fue capaz de conseguir que la soltara. Y la prima, a su vez, se defendía arañando como un gato.

Con angustia y temblorosa voz, Muhamad les rogaba:

—¡Dejadlo de una vez, mujeres! ¡Por el Todopoderoso, que os vais a matar!

Por fin, con mucho esfuerzo, los criados lograron separarlas, llevando a cada una a un extremo de la habitación.

—¡Basta! ¡Ya está bien! —gritó Magdi.

A la pelea siguió un espeso silencio. Las primas intercambiaban miradas furiosas, llenas de odio. Y Muhamad sacudió la cabeza, fingiendo pesadumbre; puso en ellas sus ojos anhelantes, primero en Adine y luego en Judit, y se lamentó con aire triste:

—Estáis llenas de egoísmo. De eso se trata… ¡Pensáis solo en vosotras! Pero… ¿y yo? ¿No os dais cuenta de que he perdido a toda mi familia? ¿No podéis pensar un poco en mí?

Dicho esto, resopló con fuerza, a punto de estallar; retrocedió despacio, refunfuñando palabras incomprensibles, y abandonó corriendo la habitación. Recorrió los pasillos sin mirar atrás ni una sola vez y salió a la terraza que daba al norte. El intenso calor en su rostro fue como una bofetada que aumentó su desazón. Y para colmo, las lágrimas le brotaron repentinamente nublándole la vista.

—¡Tendrán que entenderse! —sollozó—. De una manera u otra, tendrán que aprender a soportarse, ¡oh, Alá el compasivo!, porque me casaré con las dos…

74

La hora del crepúsculo apenas había llegado cuando los cristianos de Mérida se hallaban reunidos fuera de la muralla, en el llamado campo de Sancti Iohannis, donde la basilícula brillaba con dorados reflejos, acariciada por la última ráfaga del sol de junio; porque era el día 24 del sexto mes y se celebraba la Ansara, la fiesta del nacimiento del santo. Los negros cipreses se recortaban en el cielo, cada vez más oscuro y distante, y la visión de la ciudad ahogándose en el ocaso resultaba extrañamente pura y hermosa.

Cuando encendieron la hoguera delante del pequeño santuario, el aire caliente se llenó de voces y aplausos. Después, siguiendo la costumbre, el obispo Ariulfo bendijo el fuego y los acólitos arrojaron en él puñados de mirra, bolas de enebro y ramas secas de romero. El humo perfumado se propagó jubilosamente por los campos y la ceremonia alcanzó su punto álgido con el canto de los himnos sagrados. Dos filas de muchachos y muchachas avanzaron hacia el atrio, portando sobre sus cabezas las cestas en las que iban las roscas y hogazas que más tarde serían repartidas entre los necesitados.

El obispo, tras recibir las ofrendas, subió a un estrado y, dirigiéndose a la multitud, dijo:

—Caros hijos, el Señor os colme de bendiciones y os dé su paz. Pido a *sancti* Iohannis que os ampare e interceda ante Dios por todos nosotros. En este día debemos dar gracias a lo alto, porque el Todopoderoso ha sido muy generoso concediéndonos la victoria y la libertad. El rey agareno de Córdoba ha sido vencido en Toledo y no osa ya a venir a causarnos más aflicción. ¡Nuestra opresión ha terminado! ¡Nuestro Dios se ha compadecido de nosotros! ¡Somos libres al fin!

La muchedumbre permanecía en silencio, sorprendida y encantada, llena de expectación.

El obispo, creyendo oportuno aquel momento, propuso anhelante:

—¡Seamos nosotros generosos! ¡Seamos agradecidos! Al otro lado del río acampa el ejército cristiano que vino del Norte. Reunid cuantos alimentos podáis para ellos. Debemos pagarles a esos hermanos nuestros lo que han hecho por esta ciudad. ¡Hagamos donativos!

La multitud entusiasmada obedeció inmediatamente, como si aquel llamamiento fuera un mandato. Reunieron en los cestos panes, tortas de sémola, aceitunas, pasas, almendras, nueces, bellotas y castañas; en suma, todo lo que llevaban consigo para celebrar la fiesta. Y no conformes con estas primeras dádivas, empezó a propagarse, como un gran clamor, la propuesta de hacer al día siguiente acopio de ganados, sacos de trigo, manteca, aceite, legumbres y vino.

El duc Claudio observó las idas y venidas de la gente con impaciencia y excitación. La mirada de sus ojos grises era a la vez sorprendida y feliz cuando se aproximó al obispo para decirle:

—¡Es como un milagro! Nuestra gente está más unida que nunca y dispuesta a todo… ¡Nuestro reino parece al fin despertar de su sueño!

—¡Alabado sea Dios! —contestó Ariulfo.

Más tarde, cuando se hizo de noche, el duc se reunió con

su familia y sus invitados junto al ciprés más alto y viejo para celebrar el banquete según mandaba la tradición. Los criados tenían dispuesta una larga mesa cubierta con manteles y, a la luz de las velas, podían verse los platos con pollo, cordero, alcachofas, pepinos y espárragos; los vasos de plata brillaban entre hojas de laurel y albahaca.

Claudio se situó en el extremo de la mesa, junto a su madre; a su derecha sentose el obispo y un asiento más allá el comes Landolfo. El resto de las damas y caballeros nobles ocupaban sus lugares siguiendo el orden establecido. Entre los invitados estaban Aquila y el general que mandaba el ejército cristiano que había llegado del Norte. Era este último un hombre alto, cuyo rostro largo estaba orlado por una afilada barba rubicunda. Se llamaba Gunde e impresionaba por su aspecto; la espalda ancha y el corpachón guarnecido por recio peto de cuero.

Cuando sirvieron el vino, el duc alzó el vaso y dijo con aire triunfal:

—Generaciones enteras, desde los tiempos de nuestros bisabuelos, han esperado este momento. Hoy debemos beber para celebrarlo, puesto que empiezan los tiempos nuevos. ¡Brindemos por el reino cristiano!

Todos levantaron sus vasos y los apuraron. Luego comieron y bebieron animadamente y el banquete se prolongó hasta altas horas de la noche. El vino los relajó y aumentó el brillo de sus ilusiones.

Achispado, el comes Landolfo se puso en pie y, con bravuconería, soltó una arenga:

—¡Alcémonos de una vez contra los moros! ¡Ahora seremos los amos de Mérida! ¡Por fin van a saber los sarracenos quiénes somos! ¡Se acabó la servidumbre! ¡Viva el reino cristiano!

Los comensales lanzaron vivas y aplaudieron locos de entusiasmo.

Braveándose cada vez más, Landolfo reía estrepitosamente, daba puñetazos en la mesa y apuraba vaso tras vaso.

—¡Viva nuestro duc! —gritaba—. ¡Viva el duc Claudio!

—¡Viva! ¡Viva! ¡Viva!… —coreaban todos.

Claudio, que también había bebido vino en abundancia, se sintió invadido por una oleada de euforia. Con el brillo del delirio en los ojos y una expresión arrebatada, perdiendo la poca moderación que le quedaba, se puso a gritar:

—¡Sí, ha llegado al fin nuestro momento! ¡Debemos seguir adelante! ¡No podemos consentir que vuelvan a humillarnos! ¡Ahora los tenemos en nuestras manos!

Al ver a su hijo actuar de aquella manera, Salustiana se sintió llena de temor. Su corazón se puso a latir con fuerza y la asaltó el presentimiento de que algo terrible podía suceder. Entonces cogió la mano de Claudio y tiró de él para obligarle a que volviese a sentarse guardando la debida compostura. Pero él se giró hacia ella sonriente y replicó:

—¡No soy un niño, madre! Aunque te parezca lo contrario, no estoy borracho y sé perfectamente lo que hago. ¡Deja que me divierta, por favor! ¡Es la Ansara! ¿No tenemos derecho a festejar nuestra victoria?

La madre le devolvió la sonrisa y trató de disimular su preocupación.

No obstante, ya no se sentía a gusto y, pasado un rato, se retiró con la disculpa de que era ya tarde.

Durante la fiesta, se instalaban tiendas de campaña para pasar la noche y a Salustiana le tenían preparado un aposento cerca de allí. Claudio fue a acompañarla y le dijo por el camino:

—No debes preocuparte, madre.

—Has bebido mucho —observó ella—. Todos habéis bebido demasiado y Landolfo está como un loco. Acuérdate de lo que sucedió aquel año, hijo, cuando nuestra gente se dejó llevar por el odio y quemó el arrabal. Tened mucho cuidado, que el demonio puede meterse dentro de vosotros con tanto vino... ¡Tengo miedo!

—No va a pasar nada. Somos felices, estamos contentos por la victoria. Eso es todo... ¿Por qué esta preocupación?

—No sé... —respondió Salustiana, sombría—. No quiero ni oír hablar de guerras... ¡Ya hemos tenido suficiente, hijo! Deja las cosas como están, te lo ruego. No les midáis la paciencia a los moros, que pueden volver a causarnos complicaciones... ¡Por Dios, tengamos paz!

Cuando el duc regresó a donde seguía celebrándose la fiesta, el ambiente se había caldeado aún más. Landolfo seguía de pie con el vaso en ristre, imparable, lanzando un brindis tras otro, y los demás le reían las gracias.

Claudio meditó entonces en lo que le había dicho su madre y procuró tranquilizar los ánimos. Pero el comes, enardecido, se dirigió al general del ejército del Norte y le propuso:

—¡Aprovechemos la ocasión! ¡El emir sarraceno huye hacia Córdoba! ¡Hagamos nuestra la ciudad!

El militar se levantó, clavó en él una mirada severa y dijo:

—No hemos venido para hacer locuras. No es nuestro cometido conquistar ciudades.

—¿Entonces? —replicó Landolfo—. ¿Para qué habéis venido?

El general paseó sus fríos ojos por los presentes y observó con calma:

—Serán la paciencia, la inteligencia y la perseverancia las virtudes que lograrán el milagro. Todo a su tiempo... Si ahora nos precipitamos, podemos echar a perder lo que con tanto sacrificio hemos conseguido.

—¡No lo comprendo! —protestó Landolfo—. ¡Debemos aprovechar la ocasión!

Pero Claudio había comprendido que era el momento oportuno para dar por terminada la fiesta y dijo:

—Mañana será otro día. Retirémonos.

Entonces el general Gunde se acercó a él y le dijo con cara enigmática:

—Ven mañana a nuestro campamento; hay allí alguien que quiere hablar contigo. Pero ven tú solo. —Y, mirándole fijamente a los ojos, recalcó—: Hay alguien que quiere hablar contigo.

75

Durante la noche Claudio apenas durmió. El jolgorio de la fiesta no cesaba y hubo cantos y voces hasta la madrugada. Amaneció una mañana con un sol velado e íntimo, vaporosa y cálida en su humedad.

El joven duc se levantó muy temprano, porque deseaba ir cuanto antes al campamento de los cristianos, después de haber estado pensando en lo que sucedió durante la velada y en lo que el general Gunde le había dicho a última hora, con aquella expresión cargada de autoridad y misterio: «Hay alguien que quiere hablar contigo». Lleno de impaciencia, se vistió y salió de la tienda de campaña para ir a por su caballo.

Entonces una voz le llamó con insistencia:

—¡Claudio! ¡Claudio! ¿Adónde vas tan temprano?

Él reconoció el tono enfático y asustado y, al volverse, vio a su madre toda excitada, que venía con el pelo revuelto y los brazos extendidos.

—¡No pasa nada, madre! —contestó él con exasperación—. ¡No te preocupes!

—¡Ay, tengo tanto miedo! ¡Las voces no han cesado en toda la noche! ¡Regresemos a la ciudad!

—Todo está tranquilo… ¿No lo ves? Cálmate, madre, estás exagerando…

Pero ella parecía como ausente, absorta, y no prestaba atención a sus palabras, sino a algo inquietante, amenazador e inevitable que presentía muy próximo. Así que ambos se quedaron en silencio, mirándose. Hasta que se abrazaron y Claudio le dijo al oído:

—No habrá ninguna guerra. Confía en mí.

—Por favor, dime adónde vas… ¡Vamos, dímelo!

—Voy al campamento de los cristianos.

—¡Dios mío!

Se apretó contra él, sujetándole con fuerza.

—No te preocupes —dijo Claudio, tratando de que ella le soltara—. Debo ir allí…

—¡Iré contigo!

—Oh, no, debo ir solo…

—¿Por qué? ¡Hijo! ¡Iré contigo! ¡Soy tu madre! Quiero vivir este momento… Quiero saber lo que va a pasar… Siempre estuve con tu padre. ¡Deja que te ayude!

Él la miró dudando. Luego asintió:

—Está bien. Te convencerás de que nada malo va a suceder. Iré a por tu mula…

Inmediatamente ella le abrazó de nuevo, apoyando la húmeda mejilla contra su cuello. Luego le apretó la mano y se puso a llorar de repente.

—Me he pasado la noche rezando y he sentido que… ¡Claudio, Claudio, vayámonos de Mérida! ¡Convence a nuestra gente para que nos sigan al Norte!

Parecía como si se estuviera recuperando de un trance y se le quedó mirando asustada y anhelante. Claudio le pasó el brazo por la espalda y caminó abrazado a ella hacia el lugar donde estaban las cabalgaduras. Junto a la mula, le dijo:

—Vamos, madre, te ayudaré a montar.

Salieron del campo de Sancti Iohannis y se encaminaron

hacia el oeste, en dirección al río. El sendero era llano y discurría al pie de la muralla, entre almendros e higueras. Durante el trayecto no intercambiaron palabras. El sol acababa de asomar por encima de los muros y hacía brillar la parte superior de los edificios. Las puertas de la ciudad se abrieron y brotaron rebaños de cabras marrones derramándose por las laderas cubiertas de maleza. Las aguas brillaban muy quietas bajo el eterno puente y los pescadores remaban en sus barcas río abajo en busca de los trasmallos que habían dejado la tarde anterior. En la orilla, junto a un bosquecillo tranquilo, unos bueyes orondos pastaban vigilados por un somnoliento muchacho.

—¿Te das cuenta, madre? —comentó Claudio—. Todo está tranquilo; como debe ser... No hay motivos para preocuparse...

Salustiana respondió con una sonrisa nerviosa.

Cruzaron el puente y avanzaron sin apearse de las monturas hasta las primeras cabañas del campamento. Sentados en un banco, a la sombra del pórtico hecho de troncos, había unos cuantos soldados haciendo la guardia. Claudio les dijo:

—Soy el duc de la ciudad. Id a anunciarle al general Gunde que estoy aquí.

Uno de los guardias los condujo a través del portalón y llegaron a la plaza del campamento, donde descabalgaron en la tierra allanada y esperaron. Al cabo llegó el general acompañado por un monje bajito y varios oficiales.

Claudio saludó y dijo:

—Aquí estamos. Acudo a vuestra llamada. Soy el duc de la ciudad y esta dama es mi señora madre. ¿Con quién debo hablar?

El monje se le acercó con pasos cortos y suaves. De su hombro colgaba un gran zurrón de cuero oscuro. Era un hombre de pequeña estatura, de unos cuarenta a cuarenta y cinco años; la cabeza grande y rapada, la tez pálida y una barba muy rubia. Observó con ojos inteligentes a Claudio y le preguntó:

—¿Podrías enseñarme la urbe?

El duc miró al general Gunde con extrañeza. Este sostuvo su mirada y le dijo:

—Haz lo que te pide.

—¿Ahora? —respondió Claudio.

—Cuanto antes —dijo el monje—. Puedo montar en mi acémila e ir con vosotros ahora mismo. ¿Por qué esperar?

Claudio estaba confuso, vaciló y a continuación inquirió:

—¿Quién más vendrá?

—Yo solo —contestó el monje.

—Muy bien, hermano —asintió el duc—, ve a por tu cabalgadura.

Salieron del campamento y cruzaron el puente. Cuando llegaron frente a la puerta de la fortaleza, una luz intensa y tórrida envolvía la ciudad. La guardia los dejó pasar y recorrieron el adarve sin descabalgar, adentrándose en el misterio del recinto amurallado, donde se había desarrollado la vida durante ocho largos siglos y que ahora, después de tantas invasiones y el sucederse de nuevos habitantes, presentaba en los rostros y la vestimenta de sus gentes la mezcla de razas y orígenes. Todo parecía subsistir allí de manera eterna, tanto lo viejo como lo nuevo, juntos y en las mismas plazas y calles estrechas y misteriosas, de modo que Mérida guardaba edificios que habían servido a doctrinas ya fallecidas y que ahora obedecían a creencias vivas. Porque las casas escondían tras sus puertas palacios y hogares heredados a través de los siglos, en los que las columnas de los patios se remontaban a los tiempos romanos; y en cualquier huerto, al meter el arado o la azada en la tierra, brotaba el mármol esculpido, como si lo hubieran sembrado y aguardase el momento de volver a florecer; los viejos hospitales de peregrinos, las basílicas, los mercados y los atrios pervivían sumidos en un aire decaído, de belleza avejentada y gloria evanescente. El pasado agonizaba entre enredaderas y sombras, y aquello que ya estaba muerto era todavía más sagrado, porque descansaba junto al culto de los mártires: Eulalia, Cipriano, Félix, Vicente, Serván y Germán, Justo y Pastor, Emeterio y Celedonio, Fructuoso... En el interior de las iglesias se asomaban los rostros de los santos desde las paredes rebosantes de pinturas, ennegrecidas por el humo y el tiempo; sus ojos regalaban beatíficas miradas, entre arcos, columnas y relieves. Reinaba una paz extraña, como somnolienta, en la penumbra sacra.

El pequeño monje venido del Norte lo escrutaba todo con su azul e inteligente mirada. Y de vez en cuando hacía preguntas con vivo interés:

—¿Quiénes están enterrados en estos sepulcros? ¿Quién mandó edificar este santuario? ¿Por qué veneráis tanto la memoria de esta santa mártir? ¿En qué siglo murió? ¿Qué milagros hizo? ¿Qué dicen las actas de su martirio?...

Claudio y su madre respondían contándole lo que la tradición había transmitido. Y él se emocionaba al contemplar las sepulturas de los antiguos cristianos, el ornato añejo de los templos dedicados a los santos y la solemnidad austera de los monumentos.

Delante del túmulo de santa Eulalia los tres se arrodillaron y estuvieron orando en silencio. Luego el monje alzó la voz y, como en un lamento, dijo:

—¡Dios de nuestros padres, Eterno y Soberano Señor!, ¿cómo consientes este oprobio? ¡Danos tu luz, Jesucristo, supremo Pastor de nuestras almas! Toda esta verdad... Tanta sangre derramada... Una cultura tan rica... ¿Por qué, mi Dios?...

Al oírle rezar de aquella manera, Salustiana emitió un gemido y se echó a llorar.

—Calma, madre, calma, por Dios... —le rogó Claudio.

—Deja que llore —dijo el monje—. Las lágrimas sinceras conmueven el corazón de Dios. Tu madre ha sufrido mucho sin ver la hora de la salvación… Todos en esta preciosa ciudad debéis de haber padecido mucho al ver toda esta grandeza mancillada y sometida a la blasfemia y la barbarie de los herejes sarracenos. Es justo que los hijos clamen a Dios solicitando su misericordia.

Salustiana se desquició todavía más y se aferró al hábito del monje gritando:

—¡Sacadnos de aquí, por caridad! ¡Liberadnos! ¡Llevadnos al Norte con vosotros! ¡Ya no podemos más! ¡Ya no…! ¡Vivimos en el purgatorio! ¿No tenemos ya derecho a la salvación?

—Madre, madre… ¡Basta! ¡Ten esperanza!

En el rostro del monje también habían brotado las lágrimas. Se puso en pie y, mirando fijamente a Claudio, le dijo conmovido:

—Dios se apiadará de vosotros, Él sacudirá vuestro yugo y… ¡El tiempo es de Dios! ¡Él es el alfa y el omega! ¡Suyo es el tiempo y la eternidad!

—Sí, lo creo —asintió Claudio—. Pero… ¿cuándo veremos ese milagro?

Se hizo un silencio.

—Muy pronto —respondió el monje con una misteriosa sonrisa en los labios—. Para eso estoy yo aquí. Vamos, llevadme inmediatamente a ver a vuestro obispo. Hoy he de comunicaros una gran noticia.

Salieron de allí y caminaron en silencio hacia el centro de la ciudad. Todo estaba en calma. El *episcopium* brillaba enjalbegado, claro y solitario.

Ariulfo los recibió, se admiró y se alegró después al saber que aquel monje venía de muy lejos, de Aquitania, y que traía un mensaje de la poderosa cristiandad del Norte.

El obispo, el duc y la madre se miraban atentos, anhelantes, como si esperaran ser testigos de un milagro.

El monje se puso frente a ellos, abandonó su tono humilde y proclamó con afectada solemnidad:

—Mi nombre es Guillemundo de Metz. Pertenezco a la Orden de San Benito y soy canciller del emperador de Roma, el heredero de Carlomagno, el rey de Aquitania, mi augusto señor Ludovico, a quien llaman el Piadoso por su amor a la verdad y a la causa del Señor. Él me envía a vosotros para comunicaros una gran noticia.

El obispo, el duc y Salustiana se miraron, sintiendo que se les agolpaba la sangre en las gargantas, y fueron incapaces de decir nada. ¡Tal era su asombro!

El monje prosiguió, con ceremonioso aire:

—Debéis creerme cuando os digo que vuestras súplicas han sido escuchadas y que se acerca la hora en que esta ciudad admirable y santa, con todos sus dominios, volverá al único reino, el de Cristo. Porque soy el embajador del emperador de los romanos y tengo aquí una carta suya en la que os declara su augusta voluntad.

Dicho esto, sacó de su zurrón una especie de cilindro de bronce labrado y extrajo de su interior un pergamino enrollado; lo deslió, mostró los sellos de plomo, los lacres y las cintas con las divisas imperiales y leyó lo que estaba escrito:

In nomine Domini Dei et Salvatoris nostri Jesu Christi, Hludowicus, divina ordinante providentia, imperator augustus, omnibus primatibus, et cuncto populo Emeritano in Domino salutem.

Hemos oído vuestra tribulación y las muchas angustias que padecéis por la crueldad del rey Abderramán, el cual por la demasiada codicia con que quiere quitaros vuestros bienes, os ha afligido muchas veces con violencia, como tenemos noticia de haberlo hecho también su padre Abolaz [Alhaquén I], el cual, aumentando injustamente los tributos de que no erais deudores, y, exigiéndolos por fuerza, os hacía de amigos enemigos, y de obedientes contrarios, intentando quitaros la libertad y oprimiros con pesados e injustos tributos; pero vosotros, según hemos oído, siempre como varones esforzados habéis rebatido con valor las injerias hechas por los reyes inicuos y resistido a su crueldad y avaricia, según al presente lo practicáis, como lo hemos sabido por relación de muchos. Por tanto, hemos tenido a bien dirigiros esta carta consolándoos y exhortándoos a que perseveréis en defender vuestra libertad contra un rey tan cruel, y resistáis como hasta aquí a su furor y saña. Y por cuanto no solo es vuestro enemigo, sino nuestro, peleemos contra su crueldad de común acuerdo. Nos intentaremos con la ayuda de Dios enviar nuestro ejército en el verano próximo a los límites de nuestra jurisdicción, para que allí espere nuestras órdenes acerca del tiempo en que deba pasar adelante, si os pareciese bien que lo dirijamos en auxilio vuestro contra los enemigos comunes que residen junto a nuestra frontera, de suerte que si Abderramán o su hueste quiere ir contra vosotros lo impida la nuestra. Y os hacemos saber que si quisiereis apartaros de él y veniros a nosotros, os concedemos plenísimamente que gocéis de vuestra antigua libertad sin alguna disminución ni tributo, y no pretenderemos que viváis en otra ley que en aquella que quisiereis, ni nos portaremos con vosotros sino como con amigos y confederados unidos honoríficamente a nosotros para defensa de nuestro reino. Dios os guarde siempre como lo deseamos.

Después de un largo silencio, en el que todos meditaron, el obispo Ariulfo habló con sosiego:

—Es mucho más de lo que podíamos esperar... Verdaderamente, Dios no nos abandona... Pero ahora... ¿Qué hacer? Esa es nuestra duda. Tenemos que decidir entre dos opciones: resistir o marchar al Norte...

Claudio se puso frente a él y dijo:

—Sin duda, ¡resistir!

—¡No! —replicó Salustiana—. Se nos abre un camino... ¡Vayamos al Norte! No tenemos fuerza para sostener la guerra... Creo que Dios nos abre un camino... El emperador nos ofrece su reino...

—¡Precisamente por eso debemos permanecer aquí! —replicó su hijo—. No podemos dejar ahora Mérida, pues estamos más cerca que nunca de la posibilidad de recuperarla. ¡Dios la pone en nuestras manos!

—Sí —dijo con desazón el obispo—. Pero el peligro no ha terminado... Si los agarenos llegasen a enterarse de que esperamos impacientes la venida del emperador, acabarían con todos nosotros.

Todos quedaron callados y sombríos. Al cabo, Guillemundo dijo prudente:

—No tienen por qué enterarse.

Los demás le miraron expectantes. Y el monje añadió con circunspección:

—Sabrán solamente lo que nosotros queramos que sepan. Dejaremos que pase el verano y que se aleje la amenaza de Abderramán. En invierno no se mueven los ejércitos... Pero antes, en otoño, me presentaré ante el gobernador Mahmud en nombre del emperador y le propondré una alianza.

—¿Una alianza? —observó Ariulfo—. El valí no aceptará un pacto con la cristiandad. Jamás se someterán al emperador.

—Sí que lo aceptará —replicó el embajador—. Porque no será un pacto de sumisión, sino una alianza entre iguales. El emperador no les reclamará impuestos ni contraprestaciones. Solo les pedirá que resistan a Abderramán y que se mantengan libres. ¿Cómo van a rechazar eso? ¿No es acaso lo que han buscado una y otra vez, rebelión tras rebelión?

—¡Libres! —exclamó Claudio elevando al cielo una mirada soñadora—. ¡Eso es: libres! ¿Quién puede resistirse al deseo de ser libre?

76

Muhamad amaneció por la mañana bajo el influjo de penosos pensamientos, los cuales tenían su explicación en la rivalidad feroz que se había originado entre Judit y Adine. No era capaz de reconciliarlas y como consecuencia se despertó en él una vaga tristeza. Era eso lo que más le atormentaba. Verdaderamente, tenía ante sí un conflicto doloroso y lacerante que no podía solucionar, por más que lo intentaba; pero su tristeza iba más allá de cuanto recordaba e imaginaba, porque empezaba a ser consciente de que no podía tranquilizarse por sí mismo y entonces comprendió lo mucho que necesitaba a su padre. No se trataba solo del dolor natural por la pérdida; era algo que iba mucho más allá. Poco a poco arraigaba en él la convicción de que se había quedado solo en el mundo y que el amor de ninguna de las dos mujeres que se peleaban por él podría llenar el hueco que había en su alma. Sí, echaba dolorosamente de menos la omnipresencia de Marwán, sus constantes cuidados, sus reiterativos consejos e incluso sus machaconas reprimendas. A Muhamad le faltaba su padre y comprendía de manera clara lo irremediable de su ausencia.

Se levantó bastante tarde, embargado por aquella pesadez de miembros y aquella indolencia tan suya. Magdi, como cada mañana, le estuvo ayudando a vestirse y le sirvió para desayunar nueces con miel y albaricoques secos. Muhamad apenas probó bocado y su criado, que le conocía muy bien, se preocupó por él y le dijo con aire tranquilizador:

—Ya se pondrán de acuerdo la una y la otra. ¿Qué van a hacer si no? No les quedará más remedio que arreglarse y vivir juntas. No deberías sufrir por tan poca cosa, amo. No merece la pena. Hazme caso cuando te digo que acabarán llevándose bien.

Muhamad aceptó el consejo con una silenciosa sonrisa. Sin embargo, su tristeza no se alivió y experimentó con mayor intensidad lo mucho que necesitaba a su padre. Se asomó a la ventana, perdió la mirada en la lejanía de los campos y emitió un hondo suspiro, como un lastimero quejido.

Magdi vio en su cara signos de auténtica desolación y le propuso con voz esperanzada:

—Amo, deberías ir a hablar con la embarazada para ponerle las cosas claras. El hijo que lleva dentro es tuyo y aquí mandas tú. ¡Qué demonios!

Muhamad le miró sombrío y se lamentó:

—Las mujeres no traen nada más que complicaciones. ¡Cuánta razón tenía mi padre!

Al criado se le escapó una carcajada, que reprimió, diciendo:

—¡Ay, el señor Marwán sabía mucho de eso! Pero ahora te toca a ti ser padre...

Esta palabra, ¡padre!, resonó en los oídos del joven con un sonido diferente en ese momento. «Es verdad —se dijo—, ahora me corresponde a mí decidir». Y reparó con indignación en que estaba supeditando su propia felicidad a la voluntad de sus enamoradas. Entonces se sorprendió ante su propia capacidad de recuperación y decidió ir a enfrentarse con firmeza a la que iba a ser la madre de su hijo.

Le extrañó encontrar a Judit en las dependencias de las mujeres, donde también estaba Adine. Ambas pelaban alcachofas, pero cada una lo hacía en un extremo de la cocina, dándose la espalda. Esta coincidencia hizo que se disipara la determinación del joven, que temió por un instante que volviera a encenderse una disputa entre ellas. Pero, sacando fuerza de nuevo, se dijo para sus adentros: «Aquí mando yo y nadie más. Si me ven titubear, se me subirán a las barbas». La sangre le corría excitadamente por las venas y avanzó hacia Judit con expresión dura y decidida.

Ella alzó la cabeza y sus ojos se posaron un instante en los de Muhamad, para volverlos a fijar apresuradamente en las alcachofas. La venció un intenso deseo de volver a mirarle, pero la insolencia de la mirada de Muhamad la sobrecogió de pánico. Él sonrió entonces de un modo extraño, tratando de expresar una ilimitada confianza en sí mismo y a la vez una manifiesta provocación. Algo exasperante que tocó en lo más vivo del carácter rebelde y peleón de Judit, que sintió un fuerte deseo de clavar las uñas en alguna parte; pero, aguantándolo, decidió no hacerle caso y seguir arrancando las hojas de la alcachofa con fuertes tirones de sus perfectas y blancas manos.

Muhamad, como si aquella indiferencia que acababa de provocar le tuviera sin cuidado, se acercó y se situó a un palmo de la cara de la Guapísima. Su mirada era ahora astuta y atrevida. Aproximando la boca a la bonita oreja, le dijo con voz susurrante:

—Tenemos que hablar tú y yo ahora mismo.

Sus miradas volvieron a encontrarse y en la de él brotaba de nuevo la misma expresión de insolencia y seguridad en la victoria.

Judit entonces sintió que le hervía la sangre y replicó:
—¡No tengo nada que hablar!

Con un movimiento rápido de su mano, Muhamad la

agarró fuertemente por la muñeca, haciendo que se detuviera en su tarea.

—¡He dicho que tenemos que hablar y hablaremos!
—¡Suéltame, tengo que hacer esto! ¡Y me haces daño!

Él apretó aún más la presión de su mano fuerte.

—Aquí se hace solo lo que yo mando. ¡Vamos, ven conmigo!

Ella quiso gritarle algo a la cara, pero reprimió el impulso. Dejó las alcachofas, se limpió las manos con un paño y, de un fuerte tirón, se soltó de la presa que él hacía en su muñeca. Se dirigió apresuradamente hacia el callejón y se alejó de la casa en dirección a la escalera. Muhamad la seguía y le iba diciendo por el camino:

—No seas terca, mujer. Debes tratar de comprenderme. Te ruego que te pongas en mi lugar y te hagas cargo de todo lo que me ha sucedido últimamente; he perdido a toda mi familia y siento una gran tristeza. ¡Necesito tu atención y tu consuelo! Es lo menos que una esposa debe hacer por su marido...

Judit subió la escalera de la torre, furiosa y arrepentida por haberse dejado convencer. Entró en la habitación de Muhamad, arrojó con violencia el velo sobre la cama y se colocó junto a la ventana. Muhamad se detuvo a una distancia prudente y la estuvo observando de pies a cabeza, desde sus finas sandalias hasta el cabello claro; pero ya sin la sonrisa provocadora de antes; ahora más bien parecía preocupado.

Ella permaneció asomada a la ventana, mirándole de vez en cuando de reojo, encantada por el obvio desconcierto del joven. Saltaba a la vista que él iba aflojando su actitud por momentos y que acabaría derrumbándose, por lo que Judit decidió que no merecía la pena iniciar otra pelea y permaneció en indiferente silencio.

Él la examinaba atentamente, percatándose de que aquel juego del enfado iba a durar. En sus labios afloró una sonrisa que, de haberla visto la Guapísima, se hubiera enfurecido de nuevo. Por eso, volvió a ponerse serio y dijo en un tono algo meloso:

—Tú eres distinta, mujer. ¿No te das cuenta de que estoy loco por ti y por nadie más? ¿Por qué te enfadas de esta manera?

Ella frunció el ceño y dijo desdeñosamente:

—¡Ya empezamos! ¿Qué quieres de mí?

—Te quiero a ti, simplemente —respondió él con audacia, avanzando hacia ella con los brazos abiertos.

—¿Simplemente? —preguntó ella enfadada—. ¿«Simplemente» dices y te quedas tan fresco? ¿Y Adine?

—Tu prima se aprovechó de las circunstancias —respondió él suspirando—. ¡Me sentía tan solo!

—¡Mentiras y más mentiras! —repuso ella con irritación—. No te esfuerces, porque no me voy a creer todo ese cuento… ¡Ya me parecía a mí! Era todo tan… ¡tan bonito! Y yo, que había empezado a creer en la mierda de pájaro… ¡Menuda ilusa he sido! Al final he acabado en una jaula…

—No exageres; no es para tanto.

—¿Que no? ¡Sí que lo es!

—Qué tozuda. Está bien, te pido perdón…

—¡Mentiroso! ¡Engañador! ¡Falso!…

Él encajó los insultos con una silenciosa sonrisa. Avanzó un poco más hacia ella y trató de abrazarla delicadamente, mientras le decía:

—Lo siento mucho, de verdad… ¿Qué puedo hacer para que me perdones? Te has empeñado en atormentarme, después de lo que te he echado de menos y el sincero sentimiento que me inspiras…

Ante estas últimas palabras, Judit de buena gana le hubiera dicho algo más amable, pero no supo qué, sobre todo porque acababa de insultarlo. Se conformó con mirarlo y vio que él tenía sus negros ojos muy fijos en ella, con gesto seductor y una sombra de aquella sonrisa que tanto la turbaba; y entonces se dejó abrazar.

—Vamos a sentarnos —le dijo él.

Desconcertada ante la contradicción entre las ganas que sentía de seguir con sus reproches y las de abandonarse a su amor, Judit le siguió. Una vez sentados sobre los cojines, él se le acercó lentamente y le pasó el brazo por la cintura. Luego la estuvo besando en la nuca y el cuello.

Judit suspiró hondamente y se relajó al fin. Estaba indignada y, sin embargo, continuaba amándolo como el primer momento y comprendió que no le quedaba otro remedio que perdonarle.

Seguían abrazados cuando llamaron impetuosamente a la puerta.

—¡He dicho que nadie me moleste! —gritó Muhamad.

—Amo —respondió Magdi desde el corredor—, se trata de algo muy importante.

Muhamad sacudió la cabeza y contestó de mal humor:

—¡Puedes pasar! ¿Qué es eso tan importante?

Entró el criado con aire sumiso.

—El general Abén Bazi acaba de recibir noticias del emir.

—¿Noticias? ¿Qué noticias?

Magdi jadeaba por haber subido las escaleras a toda prisa; resopló ruidosamente y dijo:

—El ejército está a dos leguas de aquí. Mañana llegará al río y cruzará por el vado más cercano.

—¡Cómo es posible! —exclamó Muhamad poniéndose en pie de un salto y corriendo hacia la ventana—. ¡¿El emir?! ¡¿Aquí?!

77

Desde la torre se divisaba una gran extensión de terreno; campos de labor, olivares, viñas y espacios montuosos poblados de vegetación agreste; el río serpenteaba a lo lejos, discurriendo entre espesas arboledas, y más allá de la ribera la vista se perdía, cerro tras cerro, hacia el norte. El cielo era claro y limpio, y en la intensa luz se veía el polvo blanquecino que levantaba la cabeza de la columna del ejército de Córdoba.

Abajo, en el patio de armas, Abén Bazi ya estaba montado en su caballo y daba órdenes a voz en cuello a sus hombres. Nada más ver a Muhamad en la escalera, le dijo con determinación:

—Recibiremos al emir junto al río.

Salieron del castillo y descendieron por la empinada ladera en dirección a las alamedas de las orillas. Cuando llegaron, más de medio ejército había cruzado ya. Los soldados estaban apreciablemente fatigados, mojados y con barro hasta las rodillas a causa de la tierra removida en el vado. Las bestias se negaban a avanzar en el agua y los hombres se aferraban a ellas rabiosos, maldiciendo, en una lucha de animales, corriente y piedras incesante. Después, cuando salían, pasaban deprisa, perseguidos por las sombras azulencas de sus cuerpos, que se rompían en el extremo de la arboleda para deslizarse luego por los campos secos y polvorientos. Algunos de aquellos soldados, deshechos por la brega y el cansancio, se dejaban caer en el suelo y permanecían tendidos hasta que los heraldos llegaban, apremiándolos con gritos y golpes, y los obligaban a levantarse y proseguir el camino; pero al momento volvían a detenerse y se quedaban apoyados en sus lanzas, exhaustos.

Abén Bazi, al contemplar la triste estampa, comentó desilusionado:

—¡Qué lástima! Vienen rendidos y cunde entre ellos el desánimo. Basta con ver la ira en los oficiales para darse cuenta de que en ellos ha arraigado el espíritu de la derrota.

Durante más de una hora estuvieron cruzando hombres y caballos ante los ojos de Muhamad y el general, que esperaban con impaciencia al emir. De repente, un oficial de baja estatura, fornido, vestido con una media túnica muy sucia, dejó la fila y se dirigió derecho hacia donde estaban. Cegado por el sol, Abén Bazi parpadeó un instante y luego exclamó:

—¡Abú Casín!

El oficial dijo sin rodeos:

—El emir viene de muy mal humor... ¡Lo de Toledo ha sido un desastre! Allí están convencidos de que recibirán pronto la ayuda del rey de las montañas del Norte y del emperador de los romanos...

Estaban intercambiando sus impresiones cuando vieron que unos hombres cruzaban el río en una balsa.

—¡Ahí viene Abderramán! —exclamó el tal Abú Casín.

Corrieron hasta la orilla para recibirle. Abderramán venía desnudo de cintura para arriba a causa del calor. Sudaba copiosamente y tenía un aire lánguido, abatido. Mientras saltaba de la balsa, le dirigió una mirada sombría a Abén Bazi y le preguntó:

—¿Ya estás repuesto de tus heridas?

El general se postró ante él y le besó la mano, al tiempo que le respondía:

—Alá cuidó de mí, altísimo emir.

Entonces Abderramán se dirigió a Muhamad y le dijo en tono triste:

—Siento lo de tu padre… ¡Qué sucio crimen!

Muhamad se postró agradecido por la condolencia y contestó con sincera humildad:

—No pudimos salvar Mérida de los rebeldes. ¡Perdónanos, señor! ¡Hemos fracasado!

Al oírle hablar así, el emir le estuvo observando con atención y, compadecido, repuso:

—No, nadie ha fracasado. Hemos perdido algunas batallas, simplemente, pero ganaremos esta guerra. De eso no te quepa la menor duda, amigo mío Muhamad abén Marwán. Digamos como buenos creyentes que no ha sido la voluntad de Alá concedernos ahora la victoria. Pero el Omnipotente, cuando llegue el momento oportuno, recompensará nuestros esfuerzos. ¡Arriba el ánimo!

Después de decir esto, suspiró profundamente, permaneció en silencio y pensativo un tiempo, y luego caminó hacia donde le tenían preparado el caballo, al tiempo que añadía:

—Ahora debemos regresar a Córdoba. Ya nos ocuparemos de esos bandidos el año que viene. Organizaremos muy bien el ataque… ¡y la venganza! Pero debemos descansar primero…

—¡Oh, no! —exclamó Abén Bazi, yendo hacia él con visible desazón en su semblante de duros rasgos—. Señor, nuestro ejército puede descansar aquí el tiempo necesario y después atacar Mérida.

Abderramán le miró con asombro y replicó desdeñoso:

—¿Estás de broma? ¡Me muero por regresar a Córdoba! No les dedicaré ni un día más de mi tiempo a esos rebeldes piojosos. ¡Al infierno con ellos!

El general respondió con una sonrisa nerviosa:

—Lo comprendo, mi amo; estás cansado y necesitas el merecido reposo; pero, ¡por la gloria del Profeta!, piénsalo bien. Todavía es verano y podemos reunir gente para intentarlo otra vez...

Montó en el caballo Abderramán y gritó:

—¡Ni hablar! Lo que yo necesito ahora es volver a mi palacio, donde tengo abandonados mis halcones, mis poetas y mis mujeres... El verano que viene reuniré el mayor ejército que jamás se ha visto y regresaré para no dejar ni un solo cuello con cabeza en esa apestosa y díscola ciudad.

Muhamad se adelantó entonces y le suplicó:

—Por favor, ¡no te vayas de esa manera, sin antes entrar siquiera en el castillo!

—Gracias, pero no me entretendré ni un día más —respondió el emir—. Ya os he dicho que lo único que ahora deseo es regresar a mi Córdoba. Y todos vosotros haréis lo mismo que yo. Recoged inmediatamente vuestras pertenencias y uníos al ejército. Aquí vuestras vidas corren peligro, porque, cuando se enteren esos rebeldes de que voy hacia el sur, vendrán a apoderarse de todo esto.

—¡Amo mío Abderramán —rogó el general otra vez—, permíteme que insista! ¡Piénsalo!

—¡He dicho que no! —negó rotundamente el emir, espoleando al caballo—. ¡Todos a Córdoba! ¡Ya volveremos a darles su merecido!

78

El verano transcurrió en Mérida lenta y pesadamente, entre el miedo y la incertidumbre. La ciudad no se sintió segura hasta que pasaron los últimos días de septiembre, porque nadie estaba realmente convencido de que al emir no le diera por atacar antes del invierno. Pero por fin se fueron disipando los miedos y las voces que presagiaban el desastre enmudecieron finalmente. Al principio del otoño, el aire fue tibio y apacible. La vida entonces volvió a ser la de siempre: las puertas de las murallas se abrían al amanecer y los campesinos iban a labrar la tierra, alegremente, a la agonía de las sombras nocturnas; en el frescor del alba, los ganados se esparcían por las laderas de los cerros, y en los caminos se veían hombres, bestias y carromatos que transitaban en todas direcciones, devolviéndoles a los mercados el vital aliento de las mercancías; las plazas hervían de gente, las mujeres charlaban ruidosamente en las azoteas, los niños jugaban en las eras, las tabernas y bodegones se llenaban al final de la jornada y, al anochecer, se oían los lamentos dulces de los rabeles. En suma, reinaba la paz prodigando su sana rutina.

Una tarde, cuando Mahmud se disponía a salir de la fortaleza para acudir a la oración en la mezquita, fue advertido por su secretario privado de que algo estaba sucediendo en la plaza, porque había alboroto de gente y subían voces exaltadas. Se acercó el valí a la ventana cerrada y preguntó extrañado:

—¿Qué jaleo es ese? ¿Quiénes gritan de esa manera?

El secretario abrió la ventana y las voces irrumpieron claras y fuertes. Al asomarse, Mahmud vio la plaza abarrotada de gente y una gran multitud afluyendo desde los callejones.

—¡Son los dimmíes! —exclamó con preocupación—. ¡Los dimmíes cristianos traman algo!

Quedó callado un rato con la cara adusta, y luego le ordenó al secretario:

—Mantened cerradas todas las puertas, doblad la guardia y alertad al destacamento del puente. ¡Y enviad a alguien para que se entere de lo que pretenden!

Mientras se cumplían estos mandatos, Mahmud permaneció en su despacho dividido entre dudas y certezas. Era como si finalmente se hicieran realidad los temores que, como sombras, le habían impedido disfrutar de la victoria sobre los cordobeses. Porque siempre receló de los cristianos y de la presencia en sus dominios del ejército del Norte que acampaba en la otra orilla del río. Sospechaba que una nueva rebelión acechaba a la ciudad y que la paz frágil había sido solo como un sueño.

Alertados por lo que estaba sucediendo frente a la mezquita Aljama, salieron de su casa Sulaymán y su hermano Salam con las almas presas de una gran perplejidad. Atravesaron el barrio muladí entre la angustia y la determinación en compañía de los jefes de su comunidad. Se habían armado y estaban dispuestos a hacer valer toda su fuerza. Pero desconocían aquello a lo que debían enfrentarse, porque los centinelas de las torres no habían avistado la presencia de ninguna amenaza externa; en el horizonte no se veían ejércitos y los vigías de las atalayas no habían mandado aviso alguno.

Únicamente sabían que algo indeterminado turbaba la quietud que reinaba últimamente en la ciudad, porque repentinamente se propagó un clamor insistente e inquietante; el impreciso rumor de que algo estaba sucediendo en las proximidades de la fortaleza, porque una muchedumbre vociferante se iba congregando en la plaza.

Cuando llegaron al arco de Aljama, en el que confluían las principales vías, el griterío incesante aumentó de volumen y las voces humanas se mezclaban con los rebuznos de los asnos y los relinchos de los caballos. Sulaymán se detuvo, completamente desconcertado, al ver a la gente que caminaba por delante deprisa, apretujándose, entre cánticos y algazaras, llevando en las manos ramas de olivo y palmas. Sus ojos vagaban asombrados por las oleadas de seres que chocaban entre sí, y le pareció que se estaba celebrando alguna festividad religiosa, según podía deducirse, al ver los rostros, las vestimentas y el tono alegre de las voces.

Salam, igualmente impresionado, le dijo:

—¡Son cristianos! Pero ¿qué celebran? Es muy raro todo esto, puesto que estamos en octubre y llevan ramas de olivo y palmas, como si fuera el Domingo de Ramos.

—No es una revuelta —concluyó Sulaymán—. Más bien parece que hubieran enloquecido. ¡Vayamos a enterarnos!

Avanzaron a empujones y consiguieron a duras penas llegar a la plaza.

El bullicio era enorme y todas las campanas de la ciudad repicaban ensordecedoramente. Al mirar hacia la fortaleza, vieron en las almenas hileras de soldados con lanzas y arqueros apostados en las terrazas y tejados, pero ningún otro signo de violencia o amenaza les hizo pensar que aquello se tratara de una rebelión.

Sulaymán se dirigió a uno de los cristianos que vestía su traje de fiesta y le preguntó:

—¿Qué celebráis? ¿Qué es todo esto?

Aquel hombre, con los ojos centelleantes, le respondió vivamente:

—¡Viene una embajada! ¿No os habéis enterado?

—¿Una embajada? ¿Qué embajada?

El hombre explicó entusiasmado:

—¡Ha sido todo de repente! Hace apenas unas horas se propagó la noticia por el barrio cristiano. Aunque, en honor a la verdad, nadie sabe muy bien quién viene... Solo puedo decirte lo poco que sé: al parecer, unos mensajeros llegaron anunciando que viene a la ciudad un legado del emperador.

Sulaymán, que no salía de su perplejidad por la imprecisión de tales explicaciones, exclamó:

—¿Del emperador? ¿Qué emperador?

—¡De los romanos! ¡El emperador de los romanos! ¡Nada más y nada menos!

En el palacio del valí, el Consejo se hallaba reunido al completo. Mahmud entró en la sala de Justicia y se sentó en el trono; a pesar de que se esforzaba tratando de mantener su proverbial aire impasible, un asomo de ansiedad se reflejaba en su rostro, menudo y cetrino, y se acarició la barba larga sobre el pecho un par de veces, en un gesto que denotó cierta impaciencia. También estaban preocupados el muftí, el jefe de la guardia, los secretarios, los consejeros y los notables, que ocupaban sus sitios enzarzados en un denso murmullo de inquietas conversaciones.

Con severa voz, el secretario privado ordenó:

—¡Silencio!

Todos callaron. El muftí se adelantó, se puso la mano en el pecho y alzó la voz en tono airado, diciendo:

—Ya ves, valí, hoy es viernes, es la hora de la oración de la tarde y... ¡Mira lo que está pasando! No hay manera de entrar siquiera en la mezquita a causa de esa multitud de infieles que abarrota la plaza. ¡Por Alá, este desorden es inadmisible!

Mahmud frunció el ceño y contestó con parquedad:

—Ya lo he visto con mis propios ojos.

El muftí se dirigió entonces a los presentes y añadió con mayor enfado:

—Dicen que se acerca una embajada... ¿Qué embajada es esa? ¡Por la gloria del Profeta, hay que hacer algo!

Sin alterarse ante la ira de los presentes, el valí respondió:

—Eso dicen, que se acerca una embajada... Y por eso precisamente os he reunido.

—Y tú, ¿qué dices? —inquirió el muftí, escudriñándole con la mirada.

El rostro de Mahmud se tornó confuso y titubeó antes de hablar. Todos le miraban y él, levantando parsimoniosamente la cabeza, afirmó:

—En cuanto tuve noticias de que los dimmíes cristianos andaban alborotados, envié a mis secretarios para que hicieran indagaciones. He obrado como debe hacerse en estos casos y he pedido explicaciones. Debo, pues, tranquilizaros, porque la ciudad está segura; se ha redoblado la guardia y todas las puertas están cerradas y custodiadas. Nada debemos temer, puesto que el duc de los dimmíes cristianos me ha garantizado que no alterarán el orden y que quieren la paz a toda costa. Esa gente no se alzará en nuestra contra, lo han jurado por las reliquias de la santa mártir Eulalia. Y, como todo el mundo aquí sabe, eso es sagrado para ellos.

Vaciló el muftí por primera vez y, al cabo, le imprecó:

—Pues dinos de una vez qué embajada es esa. ¡Sácadnos de la incertidumbre, por Alá el Compasivo!

Todos miraron a Mahmud, en actitud anhelante e impaciente, y él, poniéndose en pie, anunció:

—El poderoso emperador de los romanos nos envía un legado. Sus correos han llegado por delante y nos piden que le recibamos.

Todos prorrumpieron en un denso murmullo de asombro. El muftí exclamó atónito:

—¡El emperador de los romanos! ¡Un legado! ¿Y qué quiere de nosotros ese tal emperador de los romanos? ¿A qué viene esa embajada desde tan lejos?

—¡Eso no lo sé! —contestó el valí, alzando la voz cuanto podía para hacerse oír en medio del rumor del gentío—. ¡Pero debemos recibirle como mandan las leyes de la hospitalidad y el buen gobierno!

Vítores y albórbolas retumbaban en la plaza, y todo estaba sumido en una alegría festiva y luminosa, transida por los aromas del otoño. Las verdes ramas de olivo se agitaban y las palmas brillaban al último sol dorado de la tarde. No se habían echado a las calles solo los cristianos, toda la población había salido de sus casas o se encontraba en las ventanas y las terrazas para enterarse de lo que estaba sucediendo. Se había propagado por la ciudad la noticia de que venía el embajador del emperador de los romanos y nadie quería perderse tal acontecimiento, sobre todo porque la mayoría no sabía a ciencia cierta quién era ese emperador y ni tan siquiera quiénes eran los romanos.

El cortejo de nobles cristianos partió desde el *episcopium* y avanzó por la vía principal del barrio dimmí; cabalgaban sobre hermosos potros los caballeros, y las damas montaban sus mulas blancas con jaeces de gala; fueron pasando ante los viejos palacios, las iglesias y las columnas de mármol de los soportales; avanzaban despacio, respirando el aire fresco del atardecer y en actitud pacífica; no llevaban armas, corazas ni yelmos; vestían sus túnicas de lana cruda y sus ricos mantos palmados, de color granate o azul turquesa, bordados con primorosas labores y recamos de oro; y sus cabezas estaban ceñidas con las sencillas diademas de plata heredadas de sus antepasados. El obispo Ariulfo caminaba detrás, revestido con los signos del pontifical, mitra, báculo y capa pluvial; le acompañaban los archidiáconos, diáconos, presbíteros, monjes y acólitos que entonaban cánticos.

En último lugar, de pie en el carro ligero tirado por un solo caballo, iba el duc Claudio; pulcro, de una nobleza solemne y brillante, sonriendo y saludando con la mano a la gente que le aclamaba y aplaudía en las calles.

En la plaza, la multitud abrió paso a la comitiva y los nobles con el duc a la cabeza fueron hasta el palacio del valí. Salieron los miembros del Consejo, los secretarios, el muftí y el jefe de la guardia, sin ser capaces de disimular su estupor y sus recelos. Al fin apareció Mahmud, circunspecto e inexpresivo; paseó su mirada fría por el extraño espectáculo que se extendía delante de la fortaleza y esperó para ver en qué quedaba todo aquello.

Claudio descendió del carro y fue hacia él con aplomo y gallardía, le hizo una reverencia leve y le besó la mano. Entonces el bullicio empezó a disminuir hasta que reinó un silencio tenso y expectante, porque nadie sabía en realidad el motivo del encuentro y lo que podía suceder a partir de aquel momento.

Mahmud tomó la palabra y dijo muy serio:

—Si es verdad que viene el embajador del emperador de los romanos, yo debo recibirle. Los musulmanes no estamos dispuestos a consentir que vosotros, los dimmíes cristianos, os presentéis ante él como si fuerais los amos de la ciudad.

Claudio sonrió y afirmó con resolución:

—Por supuesto, valí. Tú eres el gobernador y tú debes salir al encuentro del legado imperial. Nosotros simplemente te acompañaremos, pero solo si nos lo autorizas de buen grado.

Recapacitó un instante Mahmud y preguntó:

—¿Cuándo llegará ese embajador? ¿Y dónde habré de ir a recibirle?

Claudio respondió alegremente:

—El legado ya está aquí, en nuestra ciudad.

Los negros ojos del valí estaban sumidos en la perplejidad; meditó largamente y acabó diciendo:

—No comprendo nada de lo que me dices. Resulta que debo recibir al embajador del emperador, cuando ya está en la ciudad. ¿Qué suerte de enredo es este? ¿Dónde está ese embajador?

El claro rostro del duc enrojeció, y repuso con acento de excusa:

—¡No queremos engañarte! Debes creerme, valí, cuando te digo que nadie en la ciudad sabía que el legado imperial estaba aquí, ni siquiera nosotros los cristianos. Yo me enteré ayer mismo... ¡Dios es testigo!

Delante de la fortaleza se había hecho un silencio total, como si los presentes, el aire y hasta los pájaros callasen para poder saber de una vez qué se escondía detrás de tanto misterio. Todas las miradas estaban pendientes de Claudio con los alientos contenidos. Y él, girándose hacia la multitud que le seguía, les gritó a los del séquito:

—¡Abrid paso!

Todo el mundo retrocedió sin rechistar y quedó abierto un pasillo entre los nobles. Entonces brotó un espontáneo murmullo a causa de la curiosidad. Pero Claudio alzó la voz y ordenó:

—¡Chisst! ¡Silencio todo el mundo!

Reinó el silencio más absoluto, y todas las miradas convergieron en el joven duc con gran interés. Él anunció:

—¡El legado del sacro emperador de los romanos, rey de Aquitania y de los francos!

De entre los clérigos que acompañaban al obispo salió el monje Guillemundo, bajito, calvo y de rubicunda barba. Al verle avanzar por el pasillo que se había abierto entre los nobles, todo el mundo intercambió miradas cargadas de extrañeza. Entre la gente corrió un murmullo de inquietud y se oyeron algunas risas.

El valí miró al monje con sus ojos mortecinos, meneó la cabeza y murmuró, algo confuso:

—Sigo sin comprender… ¿Está o no el embajador?

Claudio contestó con una lentitud que trataba de disimular su excitación:

—Delante de ti está: este venerable monje es el legado del sacro emperador de los romanos; su nombre es Guillemundo de Metz.

Mahmud suspiró, miró largamente al monje y permaneció callado, pensativo y distante.

Entonces el duc explicó:

—El augusto Ludovico el Pío, heredero de Carlomagno y emperador de los romanos, es el mayor de los reyes de la tierra, pues reúne en sus manos el poder que un día perteneció a los emperadores Constantino, Teodosio, Marciano y Justiniano; Dios le ha bendecido admirablemente y le ha constituido como vengador de crímenes, guía para los descarriados, consolador de los afligidos y exaltación de los buenos de este mundo.

Mahmud escuchaba estas explicaciones un tanto dubitativo. Se irguió levemente, con los ojos llenos de seriedad y determinación, y dijo:

—Ardo en deseos de saber lo que tiene que decir el embajador de tan grande emperador. ¿Qué quiere de nosotros ese magnífico rey?

El duc tradujo al latín estas palabras dirigiéndose al monje. Este por primera vez sonrió, miró al valí con sus ojos inteligentes y habló con pausada voz en su lengua, que resultaba incomprensible para los que trataban de escucharle.

De nuevo Claudio tradujo, esta vez al árabe, lo que dijo el monje:

—Nada os pide mi augusto señor, sino que viváis en paz en vuestros dominios. Yo, el más insignificante de sus servidores, he venido a vuestra noble ciudad no para reclamaros obediencia, ni vasallaje, ni tributo, ni sujeción alguna al sacro emperador; he venido para ofreceros el beneficio de su estima, su bondad y su mucho amor a los atribulados. Mi señor solo quiere ayudaros y regalaros el cobijo de su altísimo poder, para que, como bajo un techo generoso, os sintáis a resguardo de quienes os amenazan con injusticias y abusos.

Mahmud objetó con firmeza:

—Todo eso que dices suena a mis oídos como música del cielo, pero tu rey es cristiano y nosotros somos musulmanes. ¡Jamás renunciaremos a nuestra religión!

Tradujo el duc y el monje contestó:

—Mi señor jamás os obligaría a hacer tal cosa y ni siquiera os lo pedirá, debes saber que el emperador es amigo y aliado del califa de Bagdad, vuestro señor natural y guía en la fe musulmana.

El entusiasmo relampagueó en los ojos del valí y se volvió para lanzarles una mirada a los miembros de su Consejo, a los secretarios y al muftí. Después, con una sonrisa forzada, se dirigió al monje de nuevo y le dijo con visible satisfacción:

—Distingo a las gentes sinceras. En esta ciudad no medrará la traición como sucedió tiempos atrás. Necesitamos la paz para que la vida siga adelante y prosperen nuestros negocios. Bienvenido seas, embajador del emperador de los romanos, y también lo sean las buenas intenciones de ese rey tan grande. Dile a tu señor que, desde hoy, nos tenga por amigos y aliados, honrándonos con la misma estima que al Comendador de los Creyentes de la tierra del Profeta, ¡gracia y bendición!

79

Al despertarse de la siesta, Muhamad se notó dichoso. Todavía medio dormido, tardó un rato en hacerse consciente del lugar donde se hallaba. Abrió los ojos y descubrió el brillo de un techo muy adornado con un enmarañado aderezo de pinturas vegetales. Entonces pensó emocionado: «¡Qué paz! En esta casa y en esta ciudad nada tengo que temer. ¡Bendita Córdoba!». Y su corazón rebosó tranquilidad y un copioso sentimiento de seguridad, como si nunca más tuviera que enfrentarse con el miedo, la angustia, la rivalidad, la subsistencia... Era este un sentir real, no un sueño, que embriagaba cada parte de su cuerpo y cada rincón de su alma; y lo saboreaba con asombro y fruición, en consciente y decidida inmovilidad, tumbado boca arriba en el cómodo diván, donde cada día conversaba, comía, bebía, gozaba del amor y se dormía como un tronco; sin pensamientos oscuros ni inquietudes, con una confianza infinita en todo, en la vida, en Alá, en él mismo...; todo cimentaba las bases de aquella nueva y sosegada existencia que había recibido como un regalo inesperado.

Desmadejado sobre un montón de cojines, con las manos detrás de la nuca y las largas piernas estiradas, toda su persona disfrutaba de esa despreocupación y esa pasión suya, innata, de preservar su cuerpo joven y sano con el único fin de atesorar, mientras le fuera posible, el delicado néctar de la felicidad, para apurarlo sorbo a sorbo antes de que se convirtiera en un mero recuerdo perdido e intangible.

En medio de su deleite, tuvo la sensación de que algo se movía junto a él, en el tapiz que se extendía a los pies del diván; miró hacia abajo y vio en la penumbra una carita de piel clara, transparente, con dos ojos negros, los más vivos y bellos que había visto en su vida y que estaban fijos en él reclamando afecto. El corazón de Muhamad se puso a palpitar con fuerza y corrió por él una oleada de ternura y amor. Con melodiosa voz, exclamó:

—¡Hijo mío Abderramán abén Muhamad abén Marwán abén Yunus al Jilliqui! ¡Mi pequeño! ¡Hijo mío Abderramán!

Y al oírse decir aquello le invadió súbitamente el recuerdo de su propio padre, porque en sus palabras, en el tono y en la manera de expresarlo había resonado, como un eco lejano y misterioso, la voz de Marwán.

Entonces Muhamad abrazó a su pequeño hijo de apenas un año y lo cubrió de besos, y lloró; pero a pesar de sus lágrimas, no se desvaneció su felicidad, ni se disipó lo más mínimo el encanto de sentirse vivo y seguro.

Con la criatura en brazos, salió de la estancia y caminó despacio por el jardín, echando con deleite una ojeada a las higueras, a los granados, a los rosales y a las matas de flores que cubrían cada rincón. Los aromas de la primavera sustentaban la dicha de aquel momento y se detuvo, casi en éxtasis, escuchando el canto delicado de un pájaro; arrebatado completamente por el perturbador efecto de la exquisita armonía de la vida cotidiana: el tacto suave de la piel del niño, su olor dulzón, la caricia del fino cabello infantil en su mejilla, los ruidos tan familiares, la repentina presencia de un gato restregándose en sus tobillos, un bando fugaz de palomas, el zumbido monótono de las abejas, un canturreo lejano en alguna terraza, el tableteo en una carpintería próxima, una voz pregonando en la calle… Hasta que descubrió a Judit, sentada tejiendo bajo un sicómoro y que, mirándole sonriente, le dijo:

—Como vi que era tarde y que no te despertabas, traje al niño y lo puse junto al diván. Supuse que te alegrarías al verlo después de la siesta y que así no te entraría ese mal humor que se apodera de ti al despertar.

Muhamad la estuvo mirando largamente, con una mezcla de sorpresa y curiosidad; contempló el cabello claro, espeso, que le caía sobre los hombros, y la maravilla de sus ojos del color de la miel; la nariz ligeramente chata y el rubor saludable de sus mejillas. Mas la impresionante belleza de la Guapísima le produjo una sensación un tanto extraña; era algo que le venía sucediendo de un tiempo a esta parte. Sentía que Judit ya no despertaba en él deseo, sino una tristeza indefinida, dolorosa y a la vez grata, que le provocaba una especie de rara compasión hacia ella, y también hacia sí mismo; porque le asaltaba la impresión de que ambos hubieran perdido algo esencial que ya nunca volverían a recuperar.

Con este sentir muy adentro, bajando la cabeza, dijo:

—Puedes estar segura de que soy muy feliz… Y, verdaderamente, despertar con mi niño al lado ha alejado de mí el mal humor.

—¡Cuánto me alegro! —exclamó ella poniéndose en pie y yendo hacia él con los brazos extendidos.

Muhamad retrocedió evitando abrazarla y le entregó al niño. Dijo:

—¡Tengo mucha prisa! Ya sabes que hoy, ¡por fin!, seré recibido en el palacio del emir.

Reinó el silencio, hasta que Judit preguntó:

—¿Vas a bañarte?

—Sí. Adine me arreglará la barba y el pelo, y me pondré mi mejor vestido.

Dicho esto, besó la cabecita de su hijo y regresó al interior de la casa.

Judit se quedó allí, con el niño en los brazos y una desazón un tanto rara. Porque sintió, como cada día, que solo le amaba a él, solo era dichosa pensando en él y estando cerca de él; lo cual era para ella tan cierto, tan real, como su conciencia de existir; porque Muhamad era toda su alegría y su mundo, y el responsable de que dentro de su corazón hubiera brotado un furor y una fuente insaciable de irritación, que era al mismo tiempo su felicidad y su desgracia; porque ese fuego siempre encendido ardía y abrasaba el punto más vulnerable y sensible de su ser. Pero ya no le acusaba a él, ni le odiaba lo más mínimo; aprendía dolorosamente a pasarse la vida esperándole.

Muhamad bajó hasta los baños de la casa, que estaban en el subsuelo. Era un espacio pequeño, humeante, en penumbra y siempre húmedo. Allí acudió enseguida Adine para ayudarle a asearse. Sus primeras caricias, francas y frenéticas, estuvieron precedidas por un breve periodo de astucias y de disimulos solapados. Después ella se apartó y ya no lo miraba; sus ojos negros estaban así cerrados, echada sobre una estera junto al agua tibia de la bañera. Aunque tenía una belleza que a él no impresionaba a primera vista, sí era de penetrante efecto. Y Muhamad pensó, como siempre, que había cierta desproporción en su fisonomía desnuda y pequeña, pero reconoció enseguida su atractivo abrumador: menuda, algo rellenita, garbosa y sensual en extremo, le encantaba mirarla y dejarse cautivar por sus zalamerías y enredos caprichosos. Con el corazón saltándole en el pecho, se inclinó sobre ella y dejó que sus labios se deslizasen ingrávidamente desde la cabellera suave a la ardiente nuca. Habría querido permanecer indefinidamente sobre la redondez exquisita de sus formas, si no tuviera prisa; pero, después de amarla con precipitación, dejó que ella le recortara la barba y el cabello y que le ungiera con aceite de sándalo.

Perfumado, vestido con su mejor túnica y poseído por el encantado ánimo del que carece de preocupaciones, Muhamad se echó a las calles de Córdoba para gozar del bullicio hospitalario, vaporoso y cautivador de tan esplendorosa ciudad. Y, como tenía tiempo suficiente, se adentró dando vueltas por los barrios de los artesanos y los mercados; por las plazas abarrotadas de tenderetes repletos de hortalizas, frutas, hierbas y especias; por los retorcidos callejones; por los adarves que marcaban los confines de las murallas, aspirando los penetrantes aromas de los arrayanes, las enredaderas, las drogas de los perfumistas, los cueros, los puestos de las apetitosas comidas... Y en su deambular dio algunas limosnas a los ciegos y mendigos que le salían al paso, porque se hallaba agradecido y sentía que debía pagar algún tributo por estar más sano que el pedernal, por poseer una casa preciosa en la más bonita ciudad del mundo, por tener un hijo y por estar casado con dos mujeres que le amaban y se manifestaban constantemente dispuestas a satisfacer sus caprichos. Entonces se acordó de su padre y, como si le hablara realmente, pensó: «¿Para qué sirve el poder? ¿Para qué esa rivalidad y ese afán de dominio? Solo para tener problemas... ¡Padre, debiste dejar Mérida a tiempo y venirte a Córdoba! Si lo hubieras hecho, ahora vivirías». Y por un momento se enorgulleció por creerse sabio al llegar a conclusiones de tan buen juicio.

    Envuelto por el deleite vibrante de estos pensamientos, se encontró de repente frente a los Alcázares. Se detuvo y observó durante un rato la fachada sobria, las torres, las almenas, el arco de herradura que enmarcaba la puerta...; y le asaltó el ramalazo de los recuerdos. «¡Si mi padre Marwán pudiera verme en este momento!», se dijo para sus adentros. Habían pasado más de dos años desde que viniera enviado por su padre y sintió como una zozobra al reparar en que era muy poco tiempo para lo mucho que había cambiado su vida.

Cuando les dijo a los guardias quién era y a qué iba, le dejaron pasar sin ponerle ninguna dificultad. En la cancillería, el eunuco encargado de las recepciones revoloteó a su alrededor con ahínco, repitiéndole una y otra vez las normas:

—No mirar a los ojos del emir, no hablar sin ser preguntado, postrarse y no levantarse hasta recibir la orden...

Con esta cantinela a cuestas entró en el salón, recoleto y coloreado de violeta, donde otro chambelán, corpulento y discreto este, le dio paso a las estancias del emir. Era un espacio cuadrangular despejado, el suelo cubierto con alfombras azulencas y ventanales en un lateral; en el artesonado brillaban doradas estrellas y se respiraba un aire dulzón de azucenas y nardos. El silencio era espeso y nadie había allí. El chambelán voluminoso dijo con voz gutural y fría:

—Aguarda un momento.

Muhamad esperó de pie, nervioso. Su corazón latía y tuvo que respirar hondamente para ensanchar su pecho oprimido por la emoción. Al cabo entró un hombre de rostro ensimismado con un laúd en las manos; sentose en un lateral e inició una melodía cadente y rítmica. Después apareció un joven con un pandero y acompasó la música, mientras entonaba un canto:

> *Estoy contento y*
> *Se me escapa el alma.*
> *Estoy aquí y*
> *Quiero ser agradecido.*
> *Estoy en un sueño y*
> *Hay rosas en mi huerto...*

Delante de Muhamad colgaba del techo un tapiz verde bordado con medias lunas plateadas que empezó a agitarse al compás de la música, hasta que, de repente, se descorrió y surgió Abderramán, de pie, quieto y sonriente; el rostro muy moreno, los ojos grandes, negros, rodeados de marcadas ojeras, y la mirada brillante y feliz. Con imperativa autoridad, si bien gozoso, ordenó:

—¡Póstrate! Y pega tu nariz al suelo ante mí.

Muhamad obedeció sin titubear. Y un penetrante y delicioso aroma le poseyó...

—¿A qué huele? —preguntó el emir.

—¡A jazmines! —exclamó Muhamad encantado.

Abderramán se echó a reír. Y el músico del pandero cantó:

Estoy contento y
¡Huele a jazmín!
Estoy aquí y
No apestan a pies mis alfombras...

Muhamad alzó la cabeza, sintiéndose dominado por una risa nerviosa e incontrolable. Entre carcajadas, exclamó:

—¡Genial! ¡Amo mío y rey mío! ¡Eres verdaderamente genial!

Se aproximó a él Abderramán y le ayudó a levantarse mientras le decía:

—Seré un padre para ti, mi querido Muhamad abén Marwán. Te cubriré de felicidad. ¡Te maravillarás! Bajo mi sombra prosperarás y verás colmarse tu vida de gozo. Porque has venido a la ciudad de los encantos, mi prodigiosa ciudad, donde sabrás lo que es la verdadera dicha... ¡Córdoba es el amparo seguro y oportuno para un hombre como tú!

—Sí, sí, sí... —asintió él—. ¡Lo sé! Y quiero servirte, dueño nuestro Abderramán. Te serviré igual que mis hijos... Mi pequeño, que lleva tu nombre, sabrá lo que es vivir a la sombra del Comendador de los Creyentes...

Abderramán le abrazó y le besó. Con expresión delirante, afirmó:

—Destruiré aquella Mérida orgullosa y rebelde. Lo verás

con tus propios ojos. Vengaré a tu padre. Iré allá con mi ejército y desharé sus murallas contumaces; ¡a cenizas y polvo las reduciré! Y se acabarán los tiempos pasados de impiedad e idolatría; porque es grande Alá y su fuerza es invencible... ¡Te asombrarás! Mis poetas cantarán nuestra victoria y mis herederos pasearán por las ruinas de la inmodesta ciudad, convertida en soledad humillada, enterrada, que nunca más alzará la cabeza. Porque ya solo habrá allí desolación y piedras... ¡Piedras enterradas! ¡Enterradas para siempre!

FINAL

Los emeritenses resistieron con tesón una primavera tras otra las embestidas del ejército de Córdoba. Al sedimento de corajes bestiales y miedos razonables habían agregado la esperanza de que uno de aquellos veranos apareciese por la calzada del Norte la magnífica hueste del emperador de los romanos. Pero el auxilio deseado nunca llegó. Y aquel estado de ánimo, en el cual se les presentaba como posible lo que era tan necesario, empezó a desvanecerse. Cinco años de metódicos asedios se sucedieron, sin que dentro de la ciudad bullese la discordia entre tan diferentes credos y razas. Mas acabó finalmente por brotar la cizaña, y hombres desalmados y dañinos esparcieron esa suerte de infundios y soflamas engañosas que rompen los pueblos y hacen enfrentarse a las masas. Cristianos y musulmanes volvieron a dividirse.

En el desventurado mes de julio, que coincidía con la luna de Xabán del sexto año desde la revuelta, el aire que llegaba del sur era cálido y tedioso, y las gentes miraban desde las almenas y las terrazas el río, agotadas, sofocadas y hambrientas; completamente desalentadas ya al ver a las tropas de Abderramán acampadas en la otra orilla, componiendo el penoso y polvoriento espectáculo de la amenaza que cada estío importunaba el fluir de la vida y emponzoñaba el Guadiana. Gravemente amparados en las altísimas y fortísimas murallas, los asediados aguardaban un signo que les restableciese las ilusiones lamidas por su pánico.

Nadie supo cómo se inició el desastre. Una negra noche, bajo un vertiginoso cielo estrellado, brotó repentinamente un clamor horrísono de gritos y lamentos. La infernal luminiscencia del fuego hacía resplandecer los muros y los tejados de los barrios en la parte occidental. Nada podía hacerse, porque repentinamente media ciudad estaba en llamas y la gente desesperada había abierto las puertas del poniente y escapaba hacia los campos, enloquecida por el terror de verse abrasada. Las tinieblas de los olivares arrasados se tragaron, en un horizonte invisible, a la multitud que huía sin amparo ni más pertenencia que su desnudo miedo a perder la vida.

En la confusión trágica de las sombras y el fuego, muchos pudieron salvarse. El cadí Sulaymán y sus muladíes tuvieron tiempo para organizarse y emprendieron la marcha por la calzada del Norte, seguidos por los dimmíes, a cuyo frente iban el duc Claudio y el obispo Ariulfo. Los beréberes del valí Mahmud salieron los últimos, cuando ya los atacantes cruzaban el puente, y su huida tuvo que ser por la margen del Guadiana, hacia el este, buscando perderse por los derroteros que conducían a los confines del reino en el gran océano.

Sobrevinieron después de aquella pavorosa noche días apocalípticos. Los cordobeses entraron locos de saña y Mérida padeció el asalto, el saqueo y la desolación. Y al cabo, fue abatida su antiquísima muralla romana, después de haberse mantenido en pie durante la pesadumbre de ocho siglos. Preservadas las mezquitas, fueron derruidos los infinitos templos, cenobios y palacios, y hasta el santuario de la venerada mártir Eulalia quedó arruinado, si bien se respetó el sepulcro. La ciudad en poco tiempo parecía un solar vacío en el que nada recordaba su glorioso pasado; tal y como había vaticinado Abderramán, que de esta manera fue profeta de la destrucción de Mérida, y recorrió con placer la tierra abrasada y las piedras sepultadas en polvo y ceniza; como jurara en su día, hambriento de venganza y reventando de odio, por haber sufrido la humillación de tener que abandonar el asedio. Y quiso cimentar bien su victoria, y asegurarse de que no tornaran los rebeldes y que nunca más volviese a alzarse la población contra su dominio. Con cuyo propósito, mandó construir una poderosa alcazaba de nueva planta, con los sillares vencidos de los antiguos baluartes.

Dos años duró la obra y, concluida, el propio emir llegó para encomendarla a la gloria y el poder omnímodo de Alá. Desde entonces, una gran piedra de mármol colgada en el arco de la entrada lo recuerda con esta inscripción:

En el nombre de Dios, el Clemente, el Misericordioso. Bendición de Dios y Su protección para los que obedecen a Dios. Ordenó construir esta fortaleza y servirse de ella como refugio de los obedientes el emir Abd al Rahman, hijo de Al Hakam —glorifíquele Dios—, por medio de su camil Abd Allah, hijo de Kulayb b. Talaba, y de Hayqar b. Mukabbis, su sirviente [y] Sahib al bunyan, en la luna del postrer rabi del año doscientos veinte.

NOTA HISTÓRICA

La rapidez y eficacia de la conquista árabe de la Península

Resulta muy difícil reconstruir la invasión islámica de la península ibérica; las fuentes son tardías y las escasas informaciones con que contamos resultan contradictorias. Las crónicas en que se habla del hecho son un texto de Isidoro Pacense, la *Crónica mozárabe del 754, Ajbar Mach'mua*, cuya narración llega hasta 734, una historia en lengua árabe por Ibn-Abir-Rika (891), un escrito del egipcio Abd-al-Hakkan (871), y dos crónicas en latín, la de Alfonso III en 833 y la *Crónica de Albelda*, de la misma fecha; los demás escritos ya son de los siglos xi y xii y están en árabe. A las crónicas que nos relatan los hechos se suman leyendas como la de Florinda la Cava o la de la casa de los Cerrojos, entre otras muchas. Pero, en todo caso, parece deducirse que la facilidad de la ocupación se debió a la descomposición del mundo visigodo y a los pactos que los musulmanes ofrecieron a los ocupados.

A la muerte de Witiza, subió al trono el rey Rodrigo en un ambiente de duras rivalidades. Entre la historia y la leyenda, aparece el conde don Julián, un noble godo de origen incierto que custodiaba la ciudad norteafricana de Ceuta, y al que algunos relatos señalan como el responsable de la entrada de las tropas de Muza en la Península. El motivo de la traición, según una leyenda muy improbable, fue el malestar de don Julián, cuya hija, la Cava, había sido violada por don Rodrigo. No obstante, es más posible la colaboración de Julián con el general beréber Tariq, para proporcionarle información sobre la situación política del reino godo y ofrecerle medios a cambio de un pacto de respeto.

Algunas informaciones sugieren que hubo combates entre las tropas visigodas y los beréberes de Tariq. El ejército visigodo debió de ser superior en número al musulmán, pero las disensiones internas favorecieron su ineficiencia, y la derrota fue total en la que se conoce tradicionalmente como la batalla de Guadalete, donde el rey Rodrigo pudo ser muerto o malherido. En cualquier caso, el desmoronamiento de las estructuras del reino visigodo fue rápido e imparable. Y la colaboración de los descendientes de Witiza con los musulmanes en la conquista parece innegable, pues fueron los máximos beneficiados de ella recibiendo inmensas propiedades en la Península, confirmadas más tarde por Al Walid.

A partir de Guadalete, la toma de plazas se sucede velozmente. Las ventajas de los pactos que ofrecen los musulmanes facilitan el avance, porque permiten conservar la religión a los cristianos a cambio de un tributo, respetan las autoridades existentes y mantienen las propiedades de los que se someten pacíficamente. La *Crónica mozárabe*, no obstante, invita a suponer que también hubo gravísimas violencias que con frecuencia han sido pasadas por alto entre los estudiosos de Alándalus, y que motivarían la huida de un buen número de partidarios de Rodrigo hacia la cordillera cantábrica.

En el año 711 caen la zona del Estrecho y Córdoba en poder musulmán. Las ciudades de Medina-Sidonia, Carmona y Sevilla se rinden casi sin lucha, posiblemente porque los partidarios de Rodrigo habían huido y predominaban los de Witiza. Los escasos súbditos del antiguo reino dispuestos a defenderse de la invasión se concentraron en Mérida. En 712

Muza cruzó el estrecho con un ejército de árabes y, uniéndose con las tropas de Tarik en Toledo, conquistaron la Península de sur a norte en un plazo breve, controlando las principales ciudades, estableciendo guarniciones militares y llegando a acuerdos con la población local. En 714 Muza fue llamado a Damasco para rendir cuentas y caerá en desgracia ante el califa. Sin embargo, dejó como valí a su hijo Abd al-Aziz, que se dedicó a consolidar la ocupación. El país conquistado por los musulmanes comienza a llamarse Alándalus y el gobierno es asumido por un valí o emir dependiente del califato de Damasco. El territorio se dividió en coras, circunscripciones de menor tamaño que las antiguas provincias romanas, y se estableció la capital en Córdoba para reforzar el control del valle del Guadalquivir. Desde entonces, el territorio conquistado quedará delimitado por tres áreas defensivas denominadas marcas, en torno a Zaragoza, Toledo y Mérida. La «marca superior», con su capital en Zaragoza, estaba gobernada por los Banu Qasi, muladíes de origen godo; la «marca media», con su capital en Toledo, conservó durante años su jerarquía nobiliaria, y finalmente la «marca inferior», que comprendía Portugal y Extremadura y tenía por centro Mérida, quedó bajo el gobierno de un valí.

Reflexiones sobre la compleja realidad de la invasión musulmana

El hecho de la invasión árabe, más que las circunstancias precisas de la conquista, ha sido objeto de una de las polémicas más intensas y, en cierto modo, infructuosas de la historiografía española. Si bien durante siglos se estimó que suponía una ruptura decisiva en el devenir histórico de España, un ataque nefasto que solo la traición personificada en la figura de don Julián explicaba de forma razonable, esta interpretación, arraigada profundamente en el pensamiento español, fue puesta en duda por los historiadores modernos. Tras los primeros estudios científicos, escritos en el siglo pasado por autores como R. Dozy, E. Saavedra o F. Codera, la primera relación realmente nueva de los hechos corresponde al arabista francés Évariste Lévi-Provençal, cuya traducción al español, hecha por Emilio García Gómez, apareció en 1950 en la *Historia de España* dirigida por don Ramón Menéndez Pidal, bajo el título *España musulmana hasta la caída del califato de Córdoba*.

Ya en 1948 Américo Castro había publicado su *España en su historia. Cristianos, moros y judíos*, y abría una polémica que dura hasta nuestros días. Defendía Castro que la convivencia y la interacción entre las tres grandes religiones monoteístas en la Península constituyen el factor determinante que explica toda la historia posterior, y de esta manera negaba la idea de nacionalismo que habría florecido desde Covadonga y que tendría sus orígenes en épocas aún más antiguas. Es decir, que España no existía como tal antes de la conquista árabe, sino que esta representa el primer paso en la construcción del concepto de España que conocemos en la actualidad. Estas tesis no llegaron a ser acogidas con demasiado entusiasmo por los historiadores de prestigio, pero dieron origen al llamado «mito de las tres culturas» tan extendido y exagerado especialmente en las últimas décadas.

En 1956 Claudio Sánchez-Albornoz publicó *España, un enigma histórico*, manifestando su posición ante el significado de la conquista árabe para la historia de España, que es diametralmente opuesta a la de Américo Castro. Sánchez-Albornoz considera que, si bien se trata de un acontecimiento decisivo, la irrupción del islam supone una desviación del auténtico camino que debería haber seguido la historia de España. Por otra parte, la presencia islámica es interpretada por Sánchez-Albornoz como una superposición de formas culturales que no afectaron a la contextura vital hispana, porque la influencia real de los invasores fue mínima entre la población conquistada y casi nula en el conjunto de la España cristiana.

En los últimos tiempos, las cuestiones suscitadas por la invasión musulmana, y las reflexiones y los estudios sobre las causas y su significado real en la historia de España, han producido una abundante bibliografía, no exenta de polémica, interviniendo arabistas y medievalistas de prestigio, tanto españoles como extranjeros.

En síntesis, Lévi-Provençal acepta básicamente el relato de las fuentes árabes, aunque advierte de su posible carácter legendario. La falta de documentación sobre el periodo final de los visigodos le obligó a no extenderse demasiado sobre este punto. Pero, en cuanto a las causas de la desaparición del Estado visigodo y su casi nula oposición al ejército musulmán tras la derrota de Guadalete, apunta hacia la situación de decrepitud y agotamiento a que había llegado el reino de Toledo.

Más cercano a nuestros días, el historiador francés Pierre Guichard aporta un serio estudio sobre la estructura tribal de Alándalus, traducida al español con el título *Al-Ándalus. Estructura antropológica de una sociedad islámica en Occidente* (Barcelona, 1986), donde analiza los componentes y la organización de la población andalusí. Sus aportaciones sobre las causas que facilitaron la invasión suponen un enorme avance, por la aparición de nuevos estudios sobre la época visigoda. Insiste mucho más que Lévi-Provençal en la situación de crisis que atravesaban la sociedad y el Estado visigodo con anterioridad a la conquista y, además, introduce una nueva hipótesis: la sucesión de una serie de catástrofes naturales, como sequías, pestes y guerras, que debilitaron durante el siglo VII la demografía del país.

En 1969 apareció en francés la obra de Ignacio Olagüe

Les arabes n'ont jamais envahi l'Espagne, que en su versión española llevaba el título *La revolución islámica de Occidente* (Barcelona, 1974). La tesis de este libro, basándose en una supuesta ausencia de fuentes antiguas árabes sobre la conquista, considera la adopción de la religión musulmana como un hecho muy posterior a la conquista y describe los primeros siglos de la presencia islámica en la Península como un periodo de luchas caóticas entre religiones opuestas, que se convirtió, en la historiografía árabe tardía, en una invasión que nunca existió en la realidad.

Hoy día parece haber cierto acuerdo en admitir que la conquista debió de verse con relativa tranquilidad por la población, que podía entender que solo debía pagar la capitación o *yizya*, el tributo fijado por el Corán: «Combatid a quienes no creen en Alá ni en el último Día, ni prohíben lo que Alá y su Enviado prohíben, a quienes no practican la religión de la verdad entre aquellos a quienes fue dado el Libro. Combatidlos hasta que paguen la capitación por su propia mano y ellos estén humillados».

De esta manera, sin demasiada oposición, los ejércitos árabes avanzaron a lo largo de las calzadas romanas de la Península, dejando numerosos territorios sin ocupar, pactando con los duc y comes visigodos la capitación. Así tuvo lugar, por ejemplo, la sumisión de Teodomiro, gobernador godo de Levante, y la conversión del conde Casio de Aragón. El texto referente al primero se conserva en cuatro copias posteriores, fechadas en torno al 5 de abril del año 713, y dice que Teodomiro acepta «capitular (*nazi-la alá al-sulh wa-ahada*)... con la condición de que no se impondrá dominio sobre él ni sobre ninguno de los suyos; que no podrá ser hecho cautivo ni despojado de su señorío; que sus hombres no podrán ser muertos, ni cautivados, ni apartados unos de otros ni de sus hijos ni de sus mujeres, ni violentados en su religión, ni quemadas sus iglesias; que no será despojado de su señorío mientras sea fiel y sincero y cumpla lo que hemos estipulado con él; que su capitulación se extiende a siete ciudades que son: Orihuela, Valentila [¿Valencia?], Alicante, Mula, Bigastro, Eyyo y Lorca; que no dará asilo a desertores ni enemigos, que no intimidará a los que vivan bajo su protección, ni ocultará noticias de enemigos que sepa. Que él y los suyos pagarán cada uno un dinar y cuatro modios de trigo y cuatro de cebada y cuatro cántaros de arrope y cuatro de vinagre y dos de miel y dos de aceite. Pero el siervo solo pagará la mitad...».

Este es el testimonio más fiable con que contamos para suponer que en la mayor parte de las comunidades cristianas, en los inicios de la invasión, la autoridad siguió siendo visigótica, aunque esta estuviera sometida al poder superior de los musulmanes y se viera obligada a pagar los tributos correspondientes para poder conservar la religión y las estructuras sociales y políticas anteriores a la conquista.

No obstante, este orden de cosas no duró mucho y durante el reinado del califa Umar II las normas coránicas empezaron a ser interpretadas restrictivamente, recordando que el quinto del botín de las tierras conquistadas por las armas pertenecía al Profeta o a sus sucesores, es decir, al Estado islámico. En definitiva, a los cristianos peninsulares les pasó lo mismo que había ocurrido sesenta años antes con los *dihqan* persas, convirtiéndose en simples administradores de los intereses de los gobernantes musulmanes a cambio de conservar los cargos de duques, condes, obispos, etcétera.

Y como ya notara Sánchez-Albornoz, se cambia más rápidamente de sistema político o de religión que de carácter, lo que nos permite imaginar lo que hoy ocurriría si los actuales impuestos se redujeran drásticamente con un cambio de religión. Al parecer, una parte de la población cristiana se convirtió, en gran parte de manera voluntaria, a la religión de los conquistadores, aprendió el idioma árabe, adoptó costumbres árabes y arabizó sus nombres. Este grupo de los nuevos musulmanes o muslimes aparece en las fuentes como *musalimun* o como *muwaladun*, siendo el primero de estos términos utilizado para los nuevos muslimes y el segundo para sus descendientes.

La minoría que permaneció cristiana, los *mustaribun*, que en la historiografía europea han sido conocidos como «mozárabes», gozaron desde los primeros momentos, al igual que la minoría judía, del estatuto correspondiente a los llamados dimmíes, llegando a constituir comunidades relativamente numerosas en grandes ciudades como Toledo, Córdoba, Sevilla y Mérida, sometidos a la autoridad musulmana y pagando fuertes tributos. Sin embargo, se tiene menos información sobre las comunidades cristianas del campo.

En relación con las diversas etnias que formaban el mosaico musulmán invasor, suele citarse un célebre texto de Rafael Lapesa (*Historia de la lengua española*, 1968): «Los árabes, sirios y berberiscos que invaden la Península no traen mujeres: casan con hispano-godas, toman esclavas gallegas y vascas. Entre los musulmanes quedan muchos hispano-godos, los mozárabes, conservadores del saber isidoriano: unos consiguen cierta autonomía; los más exaltados sufren persecuciones y martirio; otros se islamizan; pero todos influyen en la España mora, donde se habla romance al lado del árabe, cunden relatos épicos sobre el fin de la monarquía goda y personajes mozárabes relevantes, se cantan villancicos romances y nace un tipo de canción lírica, el zéjel, en metro y lenguaje híbridos. El arco de herradura, característico de las construcciones visigodas, pasa a la arquitectura arábiga».

Por su parte, García de Cortázar calcula que antes de la venida de Abderramán I habrían llegado a la Península unos sesenta mil hombres, entre beréberes, nobles árabes y los siete mil sirios que pasaron en 741, bajo el mando de Balch, para sofocar la sublevación beréber, cuando la población peninsular estaba formada por unos cuatro millones de personas.

Las diversas etnias musulmanas: árabes, sirios y beréberes

La relativa convivencia entre estos grupos étnicos y religiosos no significa de manera alguna que hubiera paz entre ellos. Porque la Península no fue conquistada por un pueblo, sino por un mosaico de pueblos: árabes, sirios y beréberes, unidos por el débil vínculo político de un imperio inmenso y novísimo y de una fe religiosa tibia y reciente. No es de extrañar que pueblos tan disímiles entraran muy pronto en conflicto. Además, las antiguas querellas entre los musulmanes del norte y los del sur pronto rebrotaron entre los invasores, y se enfrentaban como enemigos los árabes de la primera hora de la conquista, los *baldiyyun*, y los llegados posteriormente, los sirios, o *shamiyyun*, por haber sido económicamente más favorecidos estos últimos. Porque la enemistad entre las diferentes tropas de árabes tenía sus raíces tanto en discordias tribales como en los intereses económicos, políticos y sociales de cada una de ellas. Únase a esto el hecho de que los beréberes islámicos habían conquistado la Península conjuntamente con los árabes, a pesar de lo cual eran tratados con desprecio por estos últimos, siendo empujados por las capas árabes superiores hasta las regiones más pobres y periféricas de Alándalus. Con el agravante de que los beréberes tampoco constituían un grupo de población homogénea, diferenciándose entre sí por su pertenencia a distintas tribus y por las distintas formas de vida y tradiciones que habían tenido en su suelo natal de África del Norte.

Esta heterogeneidad de la población de Alándalus condujo inevitablemente a conflictos. Las continuas revueltas de los diferentes grupos de población obligaron a mantener una organización del ejército singular que miraba hacia fuera y a la vez hacia dentro del Estado, y al mantenimiento de un aparato administrativo orientado a sostener la paz interna en todo momento.

El jarichismo beréber

Los enfrentamientos entre árabes del norte y del sur tienen sus orígenes en épocas preislámicas, y no parece que pueda hablarse solo de luchas tribales; hay que añadir además posturas opuestas sobre la organización de los territorios, la organización de la sociedad y el reparto de las tierras, y la situación de los nuevos musulmanes. La actitud *qaysí* en el norte de África llevó a la marginación y explotación de los beréberes y lo mismo sucedió después en Alándalus.

Los beréberes siempre tuvieron que soportar la presión fiscal a la que los sometían los árabes y su malestar será canalizado por la doctrina *jarichí*, para la cual todos los creyentes son iguales ante Alá y por consiguiente tienen todos los mismos derechos. Es decir, el jarichismo fue el vínculo de unión entre los beréberes, que en 739 protagonizaron la primera gran sublevación contra los árabes. Como se vio, el califa de Damasco respondió enviando un ejército de sirios de los que solo se salvaron diez mil que se refugiaron en Ceuta, donde se unieron a los yemeníes de Abd al-Malik para formar el sustrato árabe conquistador.

Pero los enfrentamientos entre yemeníes y qaysíes continúan incluso hasta la llegada a Alándalus del primer omeya, Abderramán I. A pesar del apoyo que recibió por parte de los beréberes peninsulares y norteafricanos, no hizo mucho por evitar la preponderancia de los árabes de raza y sus abusos sobre aquellas etnias.

En su interesantísimo trabajo *Distribución y asentamientos de tribus beréberes (Imazighen) en el territorio emeritense en época emiral (siglos VIII-X)*, el investigador Bruno Franco Moreno destaca que «la presencia beréber (*amazigh*) en la actual Extremadura se remonta a los primeros momentos de la conquista y ocupación de la península ibérica por las tropas islámicas». Pese a la poca atención que esta franja del occidente de Alándalus recibe en las fuentes historiográficas árabes durante el periodo emiral, en algunas de ellas se puede constatar un claro predominio del elemento humano beréber sobre el árabe, como se deduce de las sucesivas revueltas y enfrentamientos que durante todo el siglo IX estas tribus mantienen contra los emires cordobeses. Sin embargo, Franco Moreno señala que las investigaciones han avanzado considerablemente en los últimos años sobre estos núcleos de asentamiento beréber en Alándalus. Así destacan los trabajos encabezados por Bosch Vilá y continuados por Pierre Guichard, Molina López, Manzano Moreno, Helena de Felipe, M.ª Ángeles Pérez Álvarez y Manuel Terrón Albarrán. Súmese la celebración de congresos y monográficos en los que se tratan diversos aspectos del pueblo *amazigh* (*Al-Qantara*, 1990, n.º XI; «V Semana de Estudios Medievales, 1994: 209-215», «Imazighen del Magreb entre Occidente y Oriente» [Introducción a los beréberes], Granada, 1994). Y también deben ser destacadas las aportaciones de prestigiosos investigadores del otro lado del Mediterráneo como Abd al-Wachid Dunnun Taha (1981: 35-48) y Rachid Raha Ahmed (1994: 83-96), que han venido a subrayar la importancia del elemento norteafricano en el devenir histórico de Alándalus, y la posterior influencia que ejercieron en sus lugares de origen a partir del siglo XI en almorávides, almohades y meriníes.

Los muladíes

Las conversiones de cristianos a la religión musulmana empezaron a producirse en fecha temprana, pero el ritmo de las mismas sigue siendo una incógnita en Alándalus. Con todo, muchos de los conversos, conocidos como *muwaladun* o muladíes, tardarán décadas en desprenderse de sus prácticas y costumbres cristianas, pese al celo y la desaprobación de los juristas. Un texto de la primera mitad del siglo IX, inserto en una fetua de época posterior, recoge la opinión sobre el particular de Yahyá abén Yahyá al-Laytí. Este jurista beréber, que vivió durante los reinados de los emires Alhaquén I (796-822) y su sucesor Abderramán II (822-852), consideró que las mujeres eran las principales culpables de que los conversos continuaran observando el descanso dominical y los días de las fiestas cristianas. Por lo que recomendaba en sus escritos y sermones que se las obligase a trabajar los viernes hasta la llamada a la oración, en que debían rezar y volver luego al trabajo de cuidar a sus maridos e hijos; los únicos días libres para ellas deberían ser las dos principales fiestas musulmanas: el Fitr o ruptura de ayuno del Ramadán, y el día dedicado al sacrificio del Carnero.

El historiador norteamericano Richard Bulliet se muestra a favor de una islamización lenta y tardía, y describe un proceso general de conversión basándose en el análisis estadístico de los nombres de los ulemas y letrados que se conservan en los *tabaqat*, o diccionarios biográficos, que guardan muchos centenares de biografías. Rastreando las cadenas onomásticas de generación en generación descubre nombres como Tudmir, Rudruq, Lubb..., cuyos orígenes son cristianos, y que permiten averiguar el momento en que se convirtió al islam algún miembro de las familias en cuestión. De esta manera, llega a la conclusión de que en 750 un 10 por ciento de la población de Alándalus estaría integrada por muladíes; cien años más tarde, estos representarían el 20 por ciento, y, en 950, el 50 por ciento. En el año 1000, los musulmanes serían ya una mayoría abrumadora, en torno al 75 o el 80 por ciento de la población. Pero lo verdaderamente difícil es traducir estos porcentajes a números concretos. Por eso, otros investigadores muestran sus reservas respecto al método de Bulliet. Pierre Guichard interpreta las crónicas referentes a las revueltas muladíes del último tercio del siglo IX y primeras décadas del siguiente y llega a la conclusión de que los dimmíes cristianos no debían de ser los más numerosos. Y en realidad nadie ha ofrecido hasta ahora una interpretación alternativa a la de Bulliet. Por lo que habría que aceptar su hipótesis de una islamización lenta y tardía, admitiendo que su ritmo varió de unas zonas del país a otras.

Los dimmíes cristianos

Es posible que la presión tributaria en los inicios de la conquista fuera pequeña, pero más adelante, con la aplicación de las leyes de Umar II, la islamización se produjo de un modo mucho más rápido; poco a poco, la actitud frente a los dimmíes se fue endureciendo y aparecieron una serie de limitaciones: se prohibió a los cristianos, como resultado de la interpretación del Corán (9, 29), ejercer cualquier tipo de autoridad sobre los musulmanes; quedó prohibido vender a un dimmí un esclavo musulmán, un menor de edad o un ejemplar del Corán. Sin embargo, no hubo recortes en su autonomía interna: los pleitos entre cristianos, la recaudación de impuestos, los problemas civiles y criminales, en determinadas circunstancias, eran resueltos por sus propias autoridades y solo cuando estas cuestiones afectaban a un musulmán o ponían en peligro el orden público intervenían los jueces musulmanes. Era lícito, por ejemplo, el que un musulmán se casara con una mujer dimmí, fuera judía o cristiana, siempre que esta hubiera cambiado de religión, sin que este hecho fuera motivo de intervención pública, excepto para el caso de aquellos que renegaban del islam. Por las leyes vigentes entonces se observa que existieron casos de divorcio y repudio entre los dimmíes. Estos pleitos se resolvían en sus propios tribunales, a menos que una de las partes recurriera al juez musulmán, el cual solo intervenía si consideraba que se trataba de cuestiones que afectaban al islam.

Los dimmíes tampoco podían comprar tierras en los alrededores inmediatos de una ciudad. Y se discutía si un juez musulmán podía llamar a declarar ante sí, en sábado o domingo, a un judío o a un cristiano, ya que eran los días de fiesta respectivos de sus religiones. Y en el periodo omeya, se daba el caso curioso de que el domingo fuera festivo para los funcionarios cristianos, a pesar de la afirmación coránica de que Dios no necesitó ningún día de descanso al terminar la creación por ser omnipotente.

La *Crónica mozárabe* refiere la iniciativa del gobernador Uqba (737-742) para garantizar que las gentes de cada religión, llamadas «del Libro», fuesen juzgadas de acuerdo con sus leyes; lo que suponía, en el caso de los cristianos, mantener el Forum Iudicum de época goda. Esto ayuda a explicar el desarrollo de comunidades cristianas con un cierto grado de autonomía interna en ciudades como Toledo, Mérida y, sobre todo, Córdoba. Los cristianos dimmíes estaban gobernados por un comes, también denominado «defensor» o «protector». El censor o *qadi al-nasara*, el «juez de los cristianos», ejercía de juez, aunque carecía de competencias en los litigios entre dimmíes y musulmanes. Por su parte, el *exceptor* se encargaba de recaudar la *yizya*, que se abonaba colectivamente en fracciones mensuales.

No obstante esta cierta autonomía, san Eulogio de Córdoba cuenta con detalle los abusos a que eran sometidos los cristianos dimmíes en la Córdoba de Abderramán II:

> *Afirmáis que sin violencia, persecución ni molestia alguna de parte de los infieles, nuestros mártires se han*

levantado temerariamente para zaherir y provocar a los que, tolerantes y liberales, autorizan la profesión del cristianismo. Pues ¿creéis que no sufrimos molestia alguna con la destrucción de nuestras basílicas, con el oprobio e insulto de nuestros sacerdotes y con el pesado tributo que con gran angustia y fatiga pagamos todos los meses, siendo menos dolorosa una muerte que acabe de una vez con tantas calamidades que la penosa agonía de una vida sustentada con tanta penuria y estrechez? ¿Por ventura alguno de vosotros puede pasar con seguridad por donde están ellos y librarse de sus ultrajes y denuestos? Cuando obligados por cualquier necesidad y menester de la vida nos presentamos en público y de nuestro mísero tugurio salimos a la plaza, si los infieles ven en nosotros el traje e insignias de la orden sacerdotal, nos aclaman burlescamente como a locos o a fatuos, aparte del cotidiano ludibrio de sus muchachos, que no satisfechos con sus insultantes gritos, nos persiguen incesantemente a pedradas. Ellos abominan del nombre cristiano; prorrumpen en las maldiciones y blasfemias más brutales cuando oyen la religiosa voz de nuestras campanas; se tienen por contaminados y sucios solo con acercarse a nosotros y rozarse con nuestros vestidos o con que tengamos la menor intervención en sus cosas; en fin, nos calumnian y persiguen sin cesar, y nos atormentan continuamente por causa de nuestra religión.

(*Memoriale Sanctorum* de san Eulogio, en Sánchez-Albornoz, *op. cit.*, I, p. 197).

En los primeros tiempos del emirato omeya todavía los cristianos tributarios ocuparon puestos importantes en la administración y en la milicia. Pero, a medida que aumentaba el poder de los *fuqaha*, o alfaquíes, disminuyó su influencia en la esfera estatal. A fin de cuentas, como «protegidos» que eran, los cristianos carecían de toda representación política, a pesar de contar con sus propias autoridades civiles y religiosas.

La organización eclesiástica de época visigoda se mantuvo. Pero la mayor parte de los bienes de la Iglesia pasaron a manos de los musulmanes y varias sedes episcopales estuvieron vacantes durante bastante tiempo. Algunos obispos y superiores de comunidades monásticas colaboraron con la administración de los omeyas. Por ejemplo, el abad Sansón, que sabía árabe y tradujo cartas del emir para el emperador Carlos el Calvo; también los obispos Hostegesis de Málaga y Samuel de Elvira, y el comes Servando de Córdoba.

Algunos de los cristianos llamados mozárabes se mostraron influidos por la religión musulmana y, si bien no se convirtieron al islam, cayeron en errores doctrinales. Así, el arzobispo de Toledo Cixila (774-783) tuvo que combatir el *sabelianismo*, la herejía surgida en Libia en el siglo III que consideraba la Trinidad como manifestaciones diferentes de una misma persona divina. Y el *adopcionismo*, que defendió el primado Elipando a fines del siglo VIII, propugnó que la figura de Cristo solo guardaba una naturaleza divina secundaria derivada de la del Padre, y que Este se la otorgaba por adopción. Esta herejía, que buscaba congraciarse con el islam salvando la devoción a Cristo, apenas tuvo seguidores en Alándalus, pero causó preocupación en la cristiandad del Norte y el papa Adriano I llegó a compararla con el *nestorianismo*.

Los judíos

La etnia judía estuvo presente en la península ibérica desde tiempos muy antiguos, ejerciendo actividades comerciales y artesanales, viviendo en barrios especiales y formando una población aparte, según se desprende de la abundante legislación romana destinada a regular sus prácticas religiosas. Los judíos gozarían de un estatus parecido al del resto de los ciudadanos del Imperio romano, especialmente a partir de la promulgación del Edicto de Caracalla en el año 202. Como era normal en época romana, gozarían de tolerancia en materia religiosa, conviviendo con la religión oficial, las indígenas y otros cultos orientales atestiguados por la arqueología. A pesar del Edicto de Constantino en el 313 d. C., el paganismo siguió dominando el ambiente religioso hasta el final del Imperio.

Tras las invasiones de los bárbaros, se dio un proceso de fusión entre la antigua población hispanorromana y los recién llegados, incluyendo las comunidades de judíos. Y durante el periodo anterior a la conversión de los visigodos al cristianismo, la monarquía los toleró y reconoció su culto, respetando el descanso del *sabbat*. Pero, a partir del III Concilio de Toledo (589), se iniciaron las persecuciones contra los seguidores de la ley mosaica, por razones religiosas y por la codicia que despertaba la posesión de sus bienes. «Que no sea lícito a los judíos tener mujeres propias *[uxores]* ni concubinas cristianas, ni comprar esclavos para usos domésticos…, que no se les permita ejercer oficio público…», rezan las actas del mencionado concilio.

Un edicto del rey Sisebuto mandaba expulsar de sus casas y del reino a todos los infieles de raza judía, excepto los que abrazaran la religión católica recibiendo el bautismo. Chintila y Recesvinto recrudecieron esta dureza contra la «perfidia judaica». Y durante el reinado de Chindasvinto (642-653), se prohibió a los bautizados que retornasen a la religión hebraica so pena de muerte y confiscación de sus bienes. A lo largo del siglo VII se desarrolla un verdadero clima de antisemitismo. No obstante, siempre hubo judíos en las ciudades que conservaron su religión, su forma de vida y sus barrios propios. Pese a la prohibición de matrimonios mixtos, estos se celebraban, e incluso en los momentos más difíciles no dejaron de existir. Hay constancia de ello en el reinado de Witiza, que en cierto modo fue tolerante con la población hebrea.

Cuando en el año 711 tropas musulmanas mandadas por Tariq atraviesan el estrecho de Gibraltar e inician la conquista de la Península, los judíos reciben a los árabes como libertadores y los ayudan en sus campañas. Durante los primeros siglos de dominación musulmana se da un notable desarrollo de las comunidades judías, que se administraban de manera autónoma. Y durante el emirato omeya de Córdoba (756-952) se consolidó esta situación y se favoreció el crecimiento de aljamas, como las de Mérida y Córdoba. Al igual que sucedía con los cristianos, esta minoría fue respetada, aunque sometida a tributos especiales, como dimmíes, gozando de libertad religiosa y relativo bienestar.

El resto arqueológico más antiguo que testimonia la presencia real de judíos en Hispania es del siglo II d. C. y se trata del epígrafe funerario de un tal Iustinus, natural de Flavia Neápolis (Samaria), hallado precisamente en Mérida. Según el padre Fidel Fita la judería emeritense debió de estar ubicada en las proximidades del puente.

Córdoba y los omeyas

Los califas de Damasco tuvieron grandes dificultades para controlar su gigantesco imperio musulmán. En sus inicios, entregaron el gobierno de las provincias a administradores de confianza, pero la lejanía y la lentitud de las comunicaciones obligó a los gobernadores a actuar por cuenta propia en la mayoría de los casos.

En el año 750 los abasíes derrocaron a los omeyas en el

poder del califato en Damasco, y seis años más tarde Abderramán, miembro de la familia omeya, logró escapar a la matanza y se refugió en Alándalus, donde instauró un nuevo Estado árabe, se proclamó emir en Córdoba y posteriormente se independizó de Damasco (773). Comenzaba de esta manera en Alándalus el periodo denominado por los historiadores como «emirato independiente», al romperse definitivamente los lazos políticos con los califas abasíes.

Bajo el gobierno de Abderramán I, Córdoba se convirtió en la capital de Alándalus. Las murallas de la ciudad fueron reforzadas y se construyeron numerosas mezquitas. Entre los años 784 y 785, el emir ordenó levantar a orillas del río Guadalquivir un nuevo palacio, *dar al-Imara*, y después, entre 785 y 786, una nueva mezquita Mayor a su lado. Al noroeste de Córdoba hizo edificar una residencia de verano rodeada de espléndidos jardines, a la que denominó al-Rusafa, como recuerdo de la famosa morada de los califas omeyas en Palmira. Gracias a que gobernó durante un largo periodo de tiempo, pudo establecer un Estado poderoso, bien organizado y próspero, con el que se inició la época de mayor grandiosidad en Alándalus.

No obstante, el reinado del primer emir omeya de Córdoba fue un largo rosario de rebeliones ahogadas en sangre (756-788). Por cuyo motivo y para mantener un ejército estable de mercenarios que garantizase la estabilidad, impuso pesadas cargas fiscales a las comunidades de cristianos, sobre todo a los de las principales ciudades del antiguo reino godo: Toledo, Mérida, Sevilla, Córdoba… Muchos de los insurgentes de la orgullosa nobleza, ya fuera cristiana o conversa al islam, fueron apoyados por los abasíes o por Carlomagno. Y, como contrapartida, acudieron tribus árabes y beréberes en ayuda de que el nuevo emir independiente se mantuviera en el trono, las cuales se creyeron legitimadas a los mayores atropellos con los españoles… Como ejemplo sobre las intenciones de Abderramán I, sirvan estos versos que se le atribuyen en la crónica *Ajbar Mach'mua*: «No me anima otro deseo que el de cazar impíos, ya se encuentren en oculta madriguera, o en elevado monte».

Pero también entre los musulmanes hubo revueltas y Abderramán I tuvo que sofocar las conspiraciones urdidas por sus propios familiares y por los gobernadores de las regiones alejadas de Córdoba que actuaban por su cuenta. Como fue el caso de Sulaymán ibn al-Arabí, que formó una coalición junto con los gobernadores de Barcelona, Huesca y Zaragoza y pidió ayuda a Carlomagno, logrando que este viniera a la Península al frente de sus tropas. Sin que lograra entrar en Zaragoza, en su retirada fueron derrotadas las huestes cristianas en el paso de Roncesvalles, donde murió Rolando, duque de Bretaña. Todo esto es lo que se narra en la célebre obra épica francesa *La Chanson de Roland*.

Durante el breve reinado del segundo emir independiente, Hixem I (788-796), hubo necesidad de hacer frente a conspiraciones urdidas por sus hermanos, pero se mantuvo la autoridad de Córdoba y pudo dedicar sus esfuerzos a organizar el reino y combatir a los cristianos del Norte.

El tercer emir del Alándalus independiente, Alhaquén I (796-822), hijo y sucesor del anterior, tampoco se vio libre de problemas durante su reinado. Por su política de signo favorable hacia los árabes, estalló el descontento de la población muladí y se produjeron graves sublevaciones en las ciudades fronterizas de Zaragoza, Toledo y Mérida. Estos problemas obligaron al emir a organizar un ejército de mercenarios beréberes y eslavos, que sufragó incrementando notablemente los impuestos. El aumento de la presión fiscal provocó el denominado «motín del arrabal de Secunda» en Córdoba (818), cuando se levantó en armas el barrio que se había edificado por el sur, al otro lado del Guadalquivir, debido al enorme aumento de la población de la ciudad. El gobierno del tercer soberano omeya era considerado tiránico y poco acorde con la ley islámica, lo que motivó que los *fuqaha* o alfaquíes más influyentes empezasen a soliviantar a la gente con sus prédicas, acusando al emir de impío e inmisericorde. La población se sublevó en los barrios que se encontraban muy próximos a la mezquita Mayor y al Palacio de los Emires, ambos a la orilla del Guadalquivir y separados por una pequeña calle llamada Mahachcha 'uzma. El peligro era, pues, enorme y las crónicas dicen que las masas furibundas llegaron hasta las mismas puertas de la residencia del emir. Alhaquén I había salido a cazar y, cuando regresaba, encontró en Córdoba una gran muchedumbre armada pidiendo su destitución frente al Alcázar. El jefe de la guardia ordenó entonces a sus jinetes que incendiaran los edificios del arrabal. La argucia funcionó y la gente se retiró cuando vio sus hogares en llamas. El ejército de Alhaquén persiguió a los rebeldes. La represión fue muy dura: el saqueo del arrabal sublevado duró tres días y aunque se perdonó a los *fuqaha*, trescientos notables fueron crucificados. El barrio fue convertido en campo de labranza y varios miles de personas tuvieron que exiliarse. Algunos de los exiliados pasaron al Mediterráneo oriental, donde se unieron a un grupo de piratas de origen andalusí de Alejandría y juntos se apoderaron de la Creta bizantina en 827. Otros fueron al norte de África, a Fez, que había sido fundada recientemente por los idrisíes, y poblaron el barrio llamado de los Andalusíes.

También hubo revueltas en Toledo y en Mérida, como veremos más adelante. La revuelta de Toledo, conocida como la «jornada del foso» (797), terminó con el asesinato de una parte considerable de la nobleza de la ciudad. Alhaquén quiso terminar de una vez con la pertinaz rebeldía de los toledanos y dispuso una estratagema: nombró como nuevo valí a un hombre de su confianza llamado Amrús. Aprovechando el pretexto de la llegada a la ciudad del príncipe heredero

Abderramán, el nuevo gobernador invitó a la aristocracia local a un gran banquete en la nueva fortaleza, pero los convidados, a medida que iban llegando, eran conducidos a la orilla de un foso del que se había sacado la tierra para la obra, donde los verdugos de Amrús los decapitaban uno por uno y sus cabezas eran arrojadas al foso preparado de antemano. Amrús, que acabó ganándose la confianza de los toledanos, los convenció de la conveniencia de edificar una ciudadela que mantuviese a la guarnición alejada de la vida ciudadana. Aquella fortaleza edificada por entonces es el actual Alcázar de Toledo.

Como consecuencia de estas drásticas medidas, Alhaquén I dejó a su muerte, en 822, un reino relativamente sometido y un Estado bastante organizado administrativa y fiscalmente, como demuestra el volumen de emisiones monetarias que crecía regularmente. Se le atribuye el acierto de reforzar el gobierno y la administración; el aumento del número de los cargos y la racionalización de la organización fiscal y monetaria, todo ello inspirado en el ejemplo del califato de Bagdad. Pero esto requería fondos y el emir volvió a aumentar considerablemente los impuestos año por año, lo cual originaría malestar en el reino y graves problemas a la larga.

Abderramán II

El cuarto emir independiente de Córdoba, que reinó con el nombre de Abderramán II, nació en el año 790 y murió en 852. Sucedió a su padre Alhaquén I en 822. Por lo tanto, tenía treinta años de edad cuando accedió al trono y, como antes les sucediera a su padre y a su abuelo, tuvo que defender su legitimidad como heredero frente a su tío Abd Allah. Consciente del poder e influencia de los alfaquíes cordobeses, intentó evitar tenerlos como enemigos y ordenó derribar el mercado de vinos de la ciudad, para demostrar su fidelidad a los preceptos del Corán. También, desde el principio de su reinado, buscó congraciarse con la población para evitar revueltas y conflictos. Para tal fin, mandó crucificar al que había sido responsable de la seguridad de su padre, un conde cristiano que las fuentes llaman Rabí, el cual estuvo al frente de la guardia cuando la cruel represión de la revuelta del arrabal. De aquí la era de paz y de prosperidad que el cronista Ahmad al-Razi compara con una permanente luna de miel entre el emir y su pueblo. Aunque los alzamientos, sofocados fácilmente, son incesantes: los beréberes de Ronda, en 826; Mérida, en 827; la comarca de Todmir, en 828; Toledo, a partir de 829; las Baleares, en 846; Algeciras, en 850.

En comparación con los periodos precedentes, en general, puede afirmarse que el reinado de Abderramán II fue de relativa calma y prosperidad. Aunque también organizó campañas guerreras contra los cristianos del Norte. En la aceifa contra el reino de Asturias saqueó e incendió León, y en la expedición a la Marca Hispánica, sitió Barcelona y Gerona. En el año 844 hizo frente a los normandos que atacaron Lisboa y llegaron hasta Sevilla, derrotándolos junto al Guadalquivir.

Por lo demás, fue un monarca culto, refinado, amante de la poesía y del lujo y, según decían, tuvo un gran sentido del humor. Ibn Idhari nos ha dejado el siguiente retrato de él: «… era alto, moreno, de ojos grandes y negros, la nariz aquilina, los párpados morenos y larga barba; hacía mucho uso del *henné* [henna] y del *ketem*. Tuvo cuarenta y cinco hijos y cuarenta y dos hijas». El gran arabista Dozy, con sus dotes insuperables de narrador, pinta con viveza el carácter del emir: era un árabe de pura raza, en el cual se reencarnaban por atavismo las cualidades de sus antepasados que vivían errantes en los desiertos de Siria; valiente con jactancia, vengativo y, como los antiguos árabes, no tenía escrúpulo en beber vino; cruel y poeta, su musa era la venganza, inspiradora, juntamente con el amor, de los juglares primitivos de su raza.

Organizó la corte a imitación del modelo de Bagdad e introdujo un ceremonial y protocolo que perduró durante el periodo califal cordobés. En esto le sirvió como consejero el músico de origen árabe Ziryab, protegido y amigo personal del emir, que aportó su influencia oriental en los usos sociales y en la música de la capital.

Durante el reinado de Abderramán II se llevó a término la primera ampliación del oratorio de la mezquita Mayor de Córdoba, se edificaron palacios, se reforzaron las murallas y aumentó considerablemente la población de la ciudad.

El historiador hispano-musulmán Ibn Hayyan (Córdoba, 988–*íd.*, 1076), autor de *Al-Matin* y *Al-Muqtabis*, obras en las que relató el periodo de predominio musulmán en España, nos deja el mejor y más detallado testimonio que poseemos sobre el reinado de los omeyas. Estos textos fueron la base de la *España musulmana* de Lévi-Provençal.

Mérida tardorromana y visigoda

La antigua Emerita Augusta fue una de las ciudades más importantes de la Hispania romana. Situada en la orilla del río Anas (Guadiana), además de ser puerto fluvial, constituía un enclave principal en las vías de comunicación de la Península, siendo un cruce de caminos en el eje Hispalis-Legio-Gallaecia. Estos elementos, unidos a su particular régimen administrativo y político en el conjunto del reino, hicieron de Mérida un emporio comercial importante y un enclave religioso y cultural de primera magnitud en la época visigoda.

La antigua colonia romana fue fundada por el emperador Augusto y se edificó un espléndido foro de mármol en época julio-claudia, con suntuosos monumentos públicos: teatro, anfiteatro, circo, templos, arcos, trofeos… En el siglo III d. C., debió de sufrir cierto declive, pero su nuevo papel de capital de la diócesis Hispaniarum en tiempos de Constantino hizo resurgir la ciudad y los edificios fueron rehabilitados y engrandecidos durante el Bajo Imperio. Según señala Javier Arce en su estudio *Mérida tardorromana (300-580 d. C.)*, no podemos saber en qué momento comenzó su transformación urbana, pero las recientes excavaciones han puesto de manifiesto que la mitad del siglo V es un momento decisivo en la ciudad. Y que, a partir del siglo VI, había cambiado su fisonomía urbana pagana y se puede apreciar la conformación de una realidad totalmente cristiana. Hasta el siglo VIII, las transformaciones urbanísticas no implicaron interrupción o abandono, lo cual refleja que la sociedad visigoda estaba en pleno esplendor. Y siendo un punto tan estratégico en el sistema de comunicaciones de la Hispania occidental, Mérida fue posiblemente la ciudad más activa en el periodo comprendido entre los siglos IV y VIII de toda Hispania.

Desde el punto de vista religioso y cultural, uno de los elementos fundamentales para comprender la Mérida de la antigüedad tardía es la presencia de su mártir Eulalia. El martirio de una joven con ese nombre durante la persecución que originó el decreto del emperador Diocleciano prohibiendo dar culto a Jesucristo y mandando adorar a los ídolos paganos dejó una profunda huella entre los fieles cristianos. La noticia se extendió rápidamente desde el siglo III y a ello contribuyó de forma indudable el himno que le dedicó Prudencio en su *Peristephonon*. La ciudad se sentía bajo la advocación y la protección de Eulalia, como lo demuestra el opúsculo anónimo del siglo VII *Vitas sanctorum patrum Emeretensium*, relato hagiográfico construido en torno a la devoción de Mérida a su mártir y a la acción benefactora de esta sobre aquella.

Este valiosísimo texto nos ofrece una información indispensable para tener noticias de la construcción y distribución de una serie de edificios dedicados a organizar la vida litúrgica de la ciudad.

La mayor parte de las *Vitas* cuenta la historia de los obispos de la sede emeritense entre 530 y 605, desde el episcopado de Paulo al de Masona, con breves referencias a Innocencio y a Redemto. Este parece ser el periodo más brillante en la vida de la diócesis y el más floreciente desde la perspectiva económica. Y sugiere Javier Arce que fue también porque en esta época los obispos fueron capaces de mantener la independencia y la supremacía frente a Toledo y los arrianos.

En aquel tiempo el obispo era la figura principal de la vida de la ciudad y el líder de la comunidad; se enfrentaba con el rey cuando era preciso, organizaba la actividad caritativa, dirigía la reparación o construcción de edificios; y para mantener esta preponderancia era protegido por el duc y toda la vida de la ciudad giraba en torno de él y de su prestigio. Por entonces se recibían embajadas de comerciantes, en las que se ofrecían regalos y presentes. Pero, aunque desempeña un papel tan importante, el obispo no era el gobernante de la ciudad ni la autoridad militar, tareas que correspondían al duc.

En las *Vitas* la ciudad es nombrada siempre como Emerita, nunca con el título de Augusta, y no hay ninguna mención de sus ídolos y monumentos paganos de la época romana. En cambio, el opúsculo menciona una gran cantidad de *basilicae* o iglesias distribuidas por toda la ciudad, las cuales podemos enumerar, pero difícilmente lograremos identificar su localización. Estas son: la basílica de Santa Eulalia, situada extramuros, como corresponde a una basílica martirial; la basílica de Santa María, que era conocida como de Santa Jerusalén y era la de primer rango; una iglesia dedicada al mártir san Cipriano y otra a san Laurencio; hay una mención a una *basiliculam sancti Iohannis* y otra dedicada a santa Lucrecia; referencias generales a *basilicas plures*, fundadas por los obispos; extramuros encontramos, aparte de Santa Eulalia, la *ecclesia Sancti Fausti*, situada a una milla de la muralla de la ciudad. Había también monasterios dentro de la ciudad y, fuera de ella, dos importantes centros monacales: uno unido a la basílica de Santa Eulalia, en el que había una biblioteca (*bibliotheca*) y que incluía la residencia de los jóvenes (*oblati*) consagrados al servicio de la santa; y otro en las cercanías de la ciudad, junto al río Guadiana, el de Cauliana. Se mencionan otros edificios cristianos de gran significación: un *xenodochium* destinado a albergar peregrinos, pobres y enfermos; el *episcopium*, o palacio del obispo, y un baptisterio. El tesoro de la Iglesia (*thesaurus*) se guardaba en la iglesia de Santa Jerusalén, la más importante, y sabemos que incluía el tesoro de Santa Eulalia. Las intensas excavaciones arqueológicas llevadas a cabo en la ciudad en los últimos años lamentablemente no han podido identificar con seguridad estos edificios, con la excepción de la basílica de Santa Eulalia, que hoy sigue manteniendo el culto de la mártir. No obstante, han sido hallados un considerable número de fragmentos de decoración arquitectónica, maravillosamente labrados, que los historiadores del arte y los arqueólogos datan en fechas anteriores al siglo VIII. Con seguridad, la mayoría de ellos pertenecieron a edificios cristianos, según reflejan sus motivos ornamentales, sin que pueda determinarse dónde resplandecieron.

MÉRIDA EN PODER MUSULMÁN

Como vimos más arriba, entre abril y mayo del año 711 se suele fechar el desembarco de las tropas musulmanas capitaneadas por Tariq en la Península. Don Rodrigo, el último rey visigodo, les hizo frente a orillas de la Janda y se tiene noticias de que a su lado lucharon el conde de Mérida, Tendero, y el arzobispo de la ciudad, cuyo nombre no nos ha llegado. Un año después, en 712, Muza ben Nosair, consciente de la importancia de Mérida como nudo de comunicaciones y centro político, marchó desde Córdoba y le puso sitio. La población resistió a los ataques amparada en las poderosas murallas durante dieciséis meses. Pero el 30 de junio de 713 se vio obligada a rendirse, al conocerse que ninguna otra ciudad presentaba ya batalla al invasor, pues los musulmanes dominaban toda la Bética, casi toda la Lusitania y parte de la Cartaginense y la Tarraconense Occidental.

Como ya vimos, es muy probable que durante el sitio de Mérida Muza concertase acuerdos con los nobles godos de las ciudades, a los que garantizaba su mantenimiento en el poder, sus bienes y su religión, a cambio de que reconocieran la soberanía del califa. De hecho, aunque Mérida había resistido, fue el duque Sacarus quien firmó la capitulación, en la cual se estipula que «los ciudadanos conservarán su libertad y su hacienda; que las propiedades de los cristianos que hubieran muerto en el combate o emigrado a Galicia serán para los muslimes y que los bienes y alhajas de las iglesias se entregarían al caudillo vencedor».

Ahmad ibn Muhammad al-Razi (887-955), autor de la *Historia de los reyes de Al-Ándalus (Ajbār mulūk Al-Andalus)*, conocida por las fuentes posteriores como *La Crónica del Moro Rasis*, es abundantemente citado en *De rebus Hispaniae* (1243) del arzobispo de Toledo Rodrigo Jiménez de Rada. Este historiador árabe nos ha dejado un curioso testimonio de la impresión recibida por los musulmanes y su admiración al contemplar la capital de la Lusitania:

> *Y Mérida fue una de las cámaras que los Césares y los reyes cristianos tenían. Y Mérida fue fundada por muy*

grande nobleza y por muy gran juicio y por muy gran maestría; y fundola el primer César, y todos los reyes que de ella fueron hicieron en ella muchas buenas obras y muy hermosas; y cada uno de ellos mandó labrar en piedras mármoles muy maravillosos; y conducir las aguas con muy grande maestría, por muy grande fuerza. Por esto la hicieron muy noble y muy grande y muy buena y maravillosa. Y hay fundamentos que durarán por siempre, que por fuerza ni por seso que Hombre hoy no se puede deshacer, tanto como si fuese piedra medina. Es nombrada por todas las tierras por fuerte, y os digo que no hay hombre en el mundo que cumplidamente pudiese contar las maravillas de Mérida.

El texto original está romanceado y me permito la licencia de hacerlo comprensible en una libre transcripción de la *Crónica del Moro Rasis*.

El citado pasaje, a pesar de su oscuridad y de las equivocaciones que haya podido cometer el traductor, nos aporta indicios y noticias acerca de la permanencia y estado de la cristiandad en la ciudad de Mérida después de ser conquistada por los musulmanes. Como se aprecia, los cronistas musulmanes consideran a Mérida como la sede de gobierno de los antiguos césares primero y más tarde de los reyes cristianos y visigodos. Les asombra su enormidad como ciudad y el hecho de que, junto con Toledo, sea la que mejores fortificaciones tiene en Alándalus. Se hace referencia con admiración a las antiguas inscripciones en lápidas de blanco y reluciente mármol, en «letras de cristianos», y de monumentos magníficos y maravillosos que subsistían todavía a la llegada a la Península del emir Abderramán; de antiguas iglesias, de eremitorios, cenobios y de otros restos del cristianismo y de la pasada grandeza de aquella famosa metrópoli. Aunque también se refiere a la profanación y el desamparo, mayor cada día, que sufrieron los templos cristianos bajo la dominación musulmana; el destrozo de edificios monumentales, cuyos ricos mármoles arrancaban los invasores para adornar sus palacios y mezquitas; la disminución del clero, el menoscabo del culto y, finalmente, el dolor que sentían los cristianos subyugados al mirar hacia atrás y recordar las cuantiosas pérdidas sufridas por la Iglesia y contemplar su esclavitud y sumisión.

La Mérida musulmana fue la cabeza de una amplia cora y gobernaba sobre castillos, medinas y *balad* (pueblos grandes). De ella dependían tres mil alquerías y también tenía autoridad sobre otras ciudades. Como indica Mari Ángeles Pérez Álvarez en *Fuentes árabes de Extremadura*, Al Bakri adscribe a Mérida doce ciudades: Baya, Uksunuba, Sayutila, Yabura, Sintara, Santarin, al-Usbuna, Qulunbriya, Quriya, Salamantica y Samura. Lo cual quiere decir, según Juan Antonio Pacheco Paniagua en *Extremadura en los geógrafos árabes*, que Mérida sigue siendo el centro de la Lusitania romana, lo que dio origen a su arzobispado, del cual dependían trece obispados: Pace, Euroa, Oxonoua, Egitania, Coymbria, Viseo, Caliabria, Salamanca, Numancia (Zamora), Ávila y Coria. En cuanto a las murallas, los cronistas nos dan una altura de dieciocho codos, 11,52 metros, y una anchura de doce codos, 7,68 metros en medidas hachemitas. Solo conservamos una única mención de una puerta de las murallas, abierta al oeste. El geógrafo árabe Al Idrisi describe un arco:

> *En el centro de la villa se ve una arcada bajo la cual puede pasar un jinete portando una bandera. El número de bloques de piedra de que se compone este arco es de once solamente. En cada lado, tres. Cuatro para el medio y uno para la clave de bóveda.*

Según la opinión de Miguel Alba Calzado, este arco permanece aún en pie y es el que desde siempre se conoce en Mérida como arco de Trajano.

El investigador Pérez Álvarez también nos aporta la descripción del puente construido sobre el Guadiana según Al Idrisi:

> *De entre las construcciones que se encuentran al occidente de la ciudad, figura un gran puente notable por su altura, longitud y número de sus arcos. Bajo estos arcos se han construido unas arcadas abovedadas que comunican la extremidad del puente con el interior de la villa y que hacen invisible al que transita por él. En la bóveda hay un túnel. Los hombres y los animales pasan bajo estas bóvedas cuya construcción es de las más sólidas y el trabajo de los más curiosos.*

También se nos da la medida del puente, de 1000 codos, 640 metros, y se refiere la existencia de una torre abovedada «que está en el medio del puente, de modo que todo el mundo que franquea el mismo tiene que pasar bajo ella».

El mismo geógrafo nos describe una curiosa construcción:

> *Al sur de la muralla de esta ciudad hay otro palacio pequeño y en su torre está el lugar donde había un espejo, en el que la reina Marida contemplaba su rostro. Tenía veinte palmos de circunferencia y giraba sobre su eje. Se dice que Marida hizo construir este espejo a imitación del que Alejandro hizo colocar en el faro de Alejandría.*

Hoy día se piensa que el artilugio debió de ser un faro que indicaba a los viajeros dónde se hallaba el célebre puente de construcción romana.

Las noticias sobre sus acueductos parecen copiarse unas a otras. Una de las descripciones más completas proviene de la crónica anónima *Dikr Bilád Al-Ándalus*:

> *Es maravillosa la forma de llevar el agua hasta el palacio. Pues esta va sobre unas columnas de albañilería que nosotros llamamos aryalat, y el número de ellas permanece todavía, pilar sobre pilar, y no se han visto afectadas por el paso del tiempo; estas pilastras tienen treinta codos de altura (19,2 metros) y sobre ellas hay otras de veinte codos de altura (13 metros), apoyadas sobre las primeras con equilibrio exacto y arte admirable; sobre las segundas existe otra construcción, que es la tercera, en esta se asienta horizontalmente una labor ahuecada, como si fuera un canal por el que corre el agua.*

Hoy día podemos decir con propiedad que el sistema hidráulico de Mérida es el mejor conservado del mundo. Dos embalses romanos, llamados en la Edad Media Albuera de Carija (hoy pantano de Proserpina) y Albuera de Cornalvo (hoy pantano de Cornalvo), almacenaban el agua para abastecer la ciudad. Los cronistas mencionan ambos y se admiran por su grandeza y eficacia. También dan noticias de un tercer acueducto que conducía agua de forma subterránea, el cual en la actualidad sigue en pleno uso.

Según Mayan al-Maghrib, entre los valiosísimos tesoros que se guardaban en la ciudad estaban una escultura que perteneció a Alejandro Magno, un topacio del tamaño de un melón que pendía sobre el altar de la iglesia de Santa Jerusalén, una lámpara de oro macizo y un gran incensario de plata. Todo fue enviado a Damasco y exhibido frente a su mezquita Mayor.

Por último, se debe destacar el trabajo de Valdés y Velázquez, «La islamización de la Extremadura romana», Mérida, 2001, *Cuadernos Emeritenses*, vol. 17, en el que se reúnen diversos estudios que certifican los espectaculares avances registrados en la arqueología emeritense a lo largo del siglo xx, y especialmente en las dos últimas décadas, subrayando el paso de una arqueología de sondeos dispersos, sin método ni criterios unificados, al momento actual, en el que todas las intervenciones están perfectamente coordinadas gracias a la asunción de la idea de que Mérida es un yacimiento «unitario», en el que las actuaciones arqueológicas han de seguir un único criterio basado en una acción integrada: desde el método de excavación, pasando por documentación, investigación, difusión, así como criterios de conservación y puesta en valor. Todo ello redunda en un mejor y más completo conocimiento de lo que se ha dado en llamar «las diversas Méridas» históricas. Así los trabajos de documentación e investigación de A. Canto, *Fuentes árabes para la Mérida romana*; C. Barceló, *Columnas «arabizadas» en basílicas y santuarios del occidente de Al-Ándalus*; A. Fernández, *Sobre la identificación arqueológica de los asentamientos beréberes, en la Marca Media de Al-Ándalus*; T. Ulbert, *La residencia rural omeya de Hallul-Cholle (Siria)*; M. Alba, *Mérida, entre la tardoantigüedad y el islam: datos documentados en el área de morería*; P. Cressier, *El acarreo de obras antiguas en la época islámica de primera época* y F. Valdés, *Acerca de la islamización de Extremadura*.

El espíritu rebelde de Mérida

Como afirma Aquilino Camacho Macías en su libro *La antigua sede metropolitana de Mérida* (Mérida, 2006):

> *El nuevo periodo que ahora comienza con la dominación musulmana es el más oscuro de la historia de la*

ciudad. Solo se tienen noticias aisladas. Lo caracteriza, sin embargo, una serie de revueltas y sublevaciones que harán, por medidas que tomen los nuevos gobernantes, que la población disminuya casi hasta desaparecer.

La primera de aquellas revueltas sería originada por los propios invasores berberiscos que se consideraron en los inicios de la conquista los únicos legitimados para ocupar tierras y ciudades, por haber recibido la peor parte del botín de guerra; mientras que los de raza árabe pronto llegaron a ser dueños de grandes heredades y núcleos urbanos, principalmente en la actual Extremadura, despreciando desde el principio la vida urbana y prefiriendo vivir en casas solitarias o «almunias» extramuros de las ciudades. Y en tiempos de Abd al-Malik ben Katan (741-742) tienen lugar las primeras rebeliones de berberiscos, en las áreas de Mérida, Coria y Talavera. Pero el emir árabe pidió ayuda a Balch, que acudió con su ejército de sirios desde Ceuta. Durante este primer periodo en que gobiernan todavía los emires dependientes del califato de Damasco (718-755), señala Aquilino Camacho, la Iglesia española no encontró dificultades insuperables, aunque generalmente no pudo mantener el libre ejercicio de culto a los cristianos que no se sometieron espontáneamente. No obstante, si se terminaba pactando un tributo (*jarach* y *yizya*), se les daba libertad, como medida de buen gobierno. Como se ha puesto de manifiesto, Mérida capituló de modo expreso las condiciones de su rendición, manteniendo su sede y su cristiandad, aunque no consten muchos detalles, se supone «una de la más nutridas y prósperas del siglo VIII».

Abderramán I fue tolerante y otorgó a un hijo de Witiza, Ardabasto, el título de «conde de Alándalus y gobernador general de los cristianos mozárabes». Los magnates godos que firmaron los tratados de capitulación se obligaban a ser leales con el valí, a no conspirar con sus enemigos y a pagar un tributo anual por cada uno de sus súbditos cristianos; a cambio les serían respetados sus dominios y la libertad de sus súbditos, los cuales no podrían ser violentados en su religión, ni quemadas sus iglesias. Estos acuerdos se extendieron también a los magnates que, aun sin el título de duc o conde, gobernaban de hecho sobre extensos territorios en los que no había ninguna ciudad importante, y a todos los que debieron entregarse las propiedades de los partidarios de Rodrigo. Una parte de las tierras reales visigodas, que eran muy extensas, serían entregadas a los participantes en las expediciones, entre los que abundaban los beréberes, excepto una quinta parte que quedaría para el califa.

Según pone de manifiesto el prestigioso arabista Francisco Javier Simonet Baca en su *Historia de los mozárabes de España* (Madrid, 1897, pp. 313-314), al principio hubo cristianos por doquier, tanto en la ciudad como en el campo, según se deduce de *La crónica mozárabe,* cuya redacción concluye en 754, y que cita los censos hechos por los primeros gobernadores para asegurarse el pago de los impuestos; pero no nos aclara quiénes se habían beneficiado de un pacto (*sulhiyyun*) que les concedía la propiedad de las tierras y quiénes habían sido conquistados a viva fuerza (*'anwatan*) y, por tanto, habían sido desposeídos de sus bienes.

Sí nos consta con certeza que la ciudad de Mérida mantuvo durante estos primeros tiempos su sede metropolitana, que subsistía a mitad del siglo IX ocupada por el arzobispo Ariulfo, el cual asistió al Concilio celebrado en Córdoba el año 839, y que aún vivía en 862. Los testimonios que poseemos son el códice árabe ms. 4879 de la Biblioteca Nacional de Madrid, copia de los concilios de la época, y la referencia que hace el presbítero Vicente en el siglo XI a las «sesenta y dos sillas ocupadas cada una por un obispo»; aunque no menciona nombres; según consigna García Villoslada en *Historia Eclesiástica III.* También conservó durante largo tiempo un gran núcleo de población cristiana, llamada por los musulmanes «dimmí», heredera de los antiguos romanos y visigodos; por lo cual los emires mantuvieron en Mérida la capitalidad de la Lusitania, que gozaba de un vasto territorio y tenía como gobernador a un emir nombrado desde Córdoba. El primer omeya independiente de Damasco, Abderramán I, encargó su gobierno a su hijo y heredero Hixem.

Las precauciones de los emires de Córdoba no evitaron que Mérida, acosada por la codicia de los gobernantes y los feroces impuestos con que la asfixiaban, se sublevase una y otra vez durante casi todo el siglo IX, tomando parte en las insurrecciones los mozárabes, los muladíes y los beréberes, unidos por el descontento que provocaba en ellos el despotismo del Gobierno cordobés y el orgullo árabe. Tal sucedió reinando Alhaquén I, en torno al año 806, tiempo en que se sublevaron los emeritenses bajo la jefatura militar de un caudillo de raza berberisca llamado Ácbag ben Abdala ben Uasinos. El emir cordobés acudió en persona a sofocar la rebelión, pero un grave motín ocurrido en Córdoba le obligó a regresar apresuradamente a la capital. Mérida permaneció rebelde y conservó su independencia durante siete años, sin que lograsen rendir a sus indomables defensores las expediciones que cada año enviaba contra ellos el sultán. Al cabo de los siete años, la ciudad fue sometida; pero no por la fuerza, sino mediante nuevos pactos.

Pero ni los toledanos ni los emeritenses, descendientes de la antigua nobleza romana y visigoda, estuvieron dispuestos a que sus ciudades fueran consideradas meramente como tributarias y de segundo orden en el emirato y, resueltos a obtener su independencia a toda costa, no se daban jamás por vencidos, y después de breves reposos siempre volvían a alterarse. Durante el reinado de Abderramán II (822-852), hijo y sucesor de Alhaquén, se rebelaron una vez más. Porque todavía después de cien años de dominación musulmana

Mérida y Toledo mantenían su orgullo en el recuerdo de su rango de ciudadanos en el Imperio y de su dignidad metropolitana en la época visigoda. Por una carta del emperador Ludovico Pío escrita a los emeritenses en el año 826 sabemos que aquellos habitantes acudieron al Norte pidiendo el auxilio de la cristiandad, por no poder soportar más la tiranía, la codicia y las persecuciones con que los oprimía el emir Abderramán, como lo había hecho antes su padre Alhaquén, abrumándolos con exacciones injustas y arbitrarias, y reduciéndolos poco menos que a la condición de esclavos. Esta carta, conservada entre las de Eginardo, fue publicada por el padre Flórez en su *Esp. Sagr.*, tomo xiii, pp. 416 y 417, y lleva el siguiente título: *Epistola Ludovici Pii Augusti ad Emeritanos*, y empieza así: «*In nomine Domini Dei et Salvatoris nostri Jesu Christi, Hludowicus, divina ordinante providentia, imperator augustus, omnibus primatibus, et cuncto populo Emeritano in Domino salutem*». Lo cual quiere decir que era, sin duda alguna, para los cristianos mozárabes de Mérida, en gran número aún, a los cuales el emperador, dirigiéndose a los magnates y a todo el pueblo emeritense, les dice:

> *Hemos oído vuestra tribulación y las muchas angustias que padecéis por la crueldad del rey Abderramán, el cual por la demasiada codicia con que quiere quitaros vuestros bienes, os ha afligido muchas veces con violencia, como tenemos noticia de haberlo hecho también su padre Abolaz [Alhaquén I], el cual, aumentando injustamente los tributos de que no erais deudores, y, exigiéndolos por fuerza, os hacía de amigos enemigos, y de obedientes contrarios, intentando quitaros la libertad y oprimiros con pesados e injustos tributos; pero vosotros, según hemos oído, siempre como varones esforzados habéis rebatido con valor las injurias hechas por los reyes inicuos y resistido a su cruel-*

dad y avaricia, según al presente lo practicáis, como lo hemos sabido por relación de muchos. Por tanto, hemos tenido a bien dirigiros esta carta consolándoos y exhortándoos a que perseveréis en defender vuestra libertad contra un rey tan cruel, y resistáis como hasta aquí a su furor y saña. Y por cuanto no solo es vuestro enemigo, sino nuestro, peleemos contra su crueldad de común acuerdo. Nos intentaremos con la ayuda de Dios enviar nuestro ejército en el verano próximo a los límites de nuestra jurisdicción, para que allí espere nuestras órdenes acerca del tiempo en que deba pasar adelante, si os pareciese bien que lo dirijamos en auxilio vuestro contra los enemigos comunes que residen junto a nuestra frontera, de suerte que si Abderramán o su hueste quiere ir contra vosotros lo impida la nuestra. Y os hacemos saber que si quisiereis apartaros de él y veniros a nosotros, os concedemos plenísimamente que gocéis de vuestra antigua libertad sin alguna disminución ni tributo, y no pretenderemos que viváis en otra ley que en aquella que quisiereis, ni nos portaremos con vosotros sino como con amigos y confederados unidos honoríficamente a nosotros para defensa de nuestro reino. Dios os guarde siempre como lo deseamos.

Según se desprende del documento, el emperador, natural protector de la cristiandad, les proponía que resistiesen hasta que él pudiera enviar refuerzos o, en todo caso, que abandonasen Mérida y fueran a establecerse en sus estados, como lo habían hecho anteriormente otros muchos cristianos. Así lo entienden los historiadores Herculano y Dozy, por deducirse del contexto. Herculano escribe a propósito lo siguiente:

Por las fórmulas y estilo de este documento se ve que los habitantes de la capital de la antigua Lusitania eran principalmente cristianos mozárabes, estos se hallaban grandemente irritados por el peso de los impuestos.

Hay constancia de que en el año siguiente (827), Ludovico envió un ejército a la Marca Hispánica, donde combatió contra el godo rebelde Aizon, aliado del emir Abderramán; pero, como advierte Francisco Javier Simonet en la obra citada, no sabemos que esta hueste marchase hacia Mérida ni es verosímil que así sucediese. Sobre este punto, cita los *Anales Berlinianos, Esp. Sagr.,* tomo x, pp. 574 y 575, y Flórez, *íbid.,* tomo xiii, p. 255, y señala: «La perfidia de este Aizon y de otros magnates godos, aliados con los sarracenos, dificultó mucho el progreso de las armas cristianas».

Sabemos por los historiadores arábigos que los habitantes de Mérida se levantaron hacia el año 827 y mataron a su gobernador, un tal Marwán abén Yunus, apodado al-Jilliqui, es decir, el Gallego, y que en el año siguiente Abderramán II envió un poderoso ejército. Según Ibn Alcutia, este episodio se debió a las sublevaciones de los muladíes y beréberes de Mérida que, unidos a los cristianos, pretendieron mantener su independencia. Pero el emir cordobés, para evitar nuevas rebeliones, quiso derribar los antiguos y famosos muros de aquella ciudad, por lo que los emeritenses tomaron de nuevo las armas y se mantuvieron independientes hasta el año 833, en que, después de un fuerte asedio y tenaz resistencia, fueron vencidos.

En el asedio murieron muchas personas y también huyeron otras, entre estas últimas cierto caudillo llamado Mahmud Abd al-Yabbar al Meridí, que había sido gobernador de la ciudad y que, según parece, pertenecía a la raza beréber y era uno de los jefes de la rebelión. El otro cabecilla era el cadí muladí Sulaymán abén Martín (el hijo de Martín, es decir, de un cristiano).

El primero de ellos, el beréber Mahmud, acompañado de sus partidarios rebeldes, se acogió a la Galaecia y se instaló en los dominios del rey de Asturias, Alfonso II el Casto, rogándole rendidamente que le recibiese bajo su protección. El rey le mandó residir en los confines de Galicia con todo su acompañamiento. Pero al cabo de algunos años el caudillo beréber llamó a muchos moros de la próxima frontera y empezó a robar y saquear los pueblos cristianos. Sabido esto por don Alfonso, marchó contra el ingrato Mahmud, y lo sitió en el castillo de Santa Cristina, donde se había refugiado, y lo tomó por asalto, muriendo Mahmud y toda su morisma, pasados a cuchillo en el mes de mayo del año 840. La familia de Mahmud quedó en Galicia y una de sus hermanas, de notable belleza, casó con un noble gallego y, según Ben Hayyan, fue madre de un obispo de Santiago.

El otro cabecilla de los rebeldes, Sulaymán abén Martín, también huyó y se refugió en la sierra de Santa Cruz, en la fortaleza encrespada en lo más alto de las rocas. Pero una columna cordobesa logró subir y vencer la resistencia de los muladíes. Sulaymán escapó por la encrespada pendiente con la mala suerte de que su caballo tropezase despeñándose. El jinete murió y alguien le cortó la cabeza y la llevó al emir para arrogarse la gloria de haberle abatido; pero indican los cronistas que no tardó en saberse la verdad.

Hay asimismo referencias a los cristianos huidos, los cuales, con su arzobispo Ariulfo a la cabeza, abandonaron definitivamente Mérida y fueron a asentarse en la futura ciudad de Batalyos (la actual Badajoz), dando origen a una nueva sede episcopal.

Los recientes descubrimientos arqueológicos de la época emiral en Mérida

El Consorcio de la Ciudad Monumental de Mérida celebró en 2010 sus primeras *Jornadas de arqueología e historia medieval de la Marca Inferior de Al-Ándalus*, en las que importantes investigadores, como el presidente de la Asociación Medievalista Española, Juan Zozaya Stabel, y el arqueólogo de esta entidad Santiago Feijoo, difundieron los avances en el conocimiento del pasado musulmán y sus huellas en el yacimiento emeritense y en otros puntos de la región. El propio director del Consorcio, Miguel Alba Calzado, en su trabajo «Los edificios emirales de Morería (Mérida), una muestra de arquitectura del poder», publicado en *Anales de arqueología cordobesa Nr. 20* (Córdoba, 2009), detalla cuidadosamente los testimonios arqueológicos que van saliendo a la luz en Mérida, en el área conocida como «Morería», ejemplos de una arquitectura vinculada al poder que se ejerció durante el tiempo que la ciudad estuvo sometida a Córdoba. Estos restos, junto a los de cementerios, viviendas, tramos de la muralla y la propia Alcazaba, constituyen un testimonio claro de una intensa vida ciudadana durante el periodo medieval islámico. En concreto, como señala el arqueólogo Santiago Feijoo, «la Alcazaba, más que ser la Alcazaba de Mérida, fue la Alcazaba contra Mérida», puesto que fue construida para proteger a los fieles del emir Abderramán II de la resistencia de los vecinos que en diversas ocasiones pusieron de manifiesto su rebeldía frente al poder cordobés.

La Alcazaba constituye el mayor testimonio del dominio islámico en Mérida y el más antiguo recinto fortificado de esa época en la península ibérica del que se tiene noticia escrita. Es una fortificación que responde a modelos empleados también en el norte de África y su ubicación, en un llano, parece responder al control del paso del puente. La fecha de construcción, según la inscripción conservada en la puerta de acceso principal, es el año 835, es decir, durante el reinado de Abderramán II. Sobre el arco de herradura se conserva una de las inscripciones fundacionales de la Alcazaba que dice:

En el nombre de Dios, el Clemente, el Misericordioso. Bendición de Dios y Su protección para los que obedecen a Dios. Ordenó construir esta fortaleza y servirse de ella como refugio de los obedientes el emir Abd al-Rahman, hijo de al-Hakam —glorifíquele Dios—, por medio de su camil Abd Allah, hijo de Kulayb b. Talaba, y de Hayqar b. Mukabbis, su sirviente [y] Sahib al-bunyan, en la luna del postrer rabi del año doscientos veinte.

Abril del año 835 d. C.

El aspecto actual de la fortificación es consecuencia de las diversas remodelaciones, tanto de época islámica como cristiana; pero su planta responde al diseño original. Es un espacio casi rectangular, de 137 por 132 metros, en cuyos muros se aprecia la reutilización de sillares y piezas romanas, junto con lienzos de tapial y mampostería. Hay un total de 25 torres, algunas de tipo albarrana, que son las que salen del cuerpo de la muralla, a la cual se unen por un arco.

Alange, sus baños y el castillo

Alange es conocido desde la antigüedad por las propiedades curativas del manantial de agua mineromedicinal que dio origen a su célebre balneario. No se conoce la fecha exacta de la construcción de las termas que hoy siguen en pleno funcionamiento, pero el hallazgo de un ara votiva del siglo III d. C. nos da fe de su existencia en la época de Trajano y Adriano. En la inscripción en mármol que puede leerse, un patricio romano llamado Licinio Sereniano dedica el balneario a la diosa Juno, en agradecimiento por la salud de su hija Varinia Serena. Del edificio romano original han llegado hasta nuestros días dos termas circulares, techadas en cúpula, ambas declaradas monumento nacional y todavía en uso en las actuales dependencias del balneario. Los estudios y hallazgos arqueológicos sugieren que fue un importante establecimiento termal en el que hubo baños fríos, o *frigidarium*, y *caldarium*, o piscinas calientes, baños de vapor y amplios jardines.

Por su importancia y por las propiedades medicinales de las aguas, las termas se mantuvieron en funcionamiento durante siglos. Los restos encontrados nos hablan de una superposición de culturas en la que la época romana fue sucedida por la visigoda. El periodo árabe nos dejó el nombre del lugar: Alange, curioso topónimo que viene a significar «Agua de Alá».

También el castillo de Alange parece remontarse en sus orígenes a época romana, como se desprende del nombre de Castrum Colubri que tuvo una primitiva fortaleza por entonces. Después, con la conquista de la Península por los musulmanes, el bastión fue reconstruido en el siglo IX y sirvió de refugio a diversos moradores a lo largo del tiempo, especialmente en momentos convulsos de revueltas y guerras. Los recientes trabajos de recuperación, excavaciones y restauración de la antigua fortaleza han puesto de manifiesto la existencia de un complejo sistema de murallas que protegían viviendas, corralones, aljibes y huertos; lo cual prueba la presencia de una población que residía permanentemente en el castillo y sus aledaños. En este sentido, resultan de gran interés las últimas investigaciones de Juan Diego Carmona Barrero y la elaborada recreación descriptiva efectuada por él a los efectos, dando sentido a las diferentes estructuras que se conservan.

Las crónicas parecen unir el castillo al linaje de Abderramán abén Marwán, hijo de Muhamad abén Marwán, llamado al-Jilliqui, el Gallego, por ser descendiente directo del valí o gobernador de Mérida que murió durante la rebelión de la ciudad del año 827, y que a su vez era hijo de Yunus, al-Jilliqui. Este Abén Marwán llegaría a ser el fundador de la ciudad de Badajoz en 875 en el cerro de la Muela, a orillas del Guadiana. Y el pueblo portugués de Marvão, situado en el distrito de Portalegre, debe su nombre al hecho de que durante un tiempo Abén Marwán estuvo instalado en la fortaleza que corona su cumbre, el castillo de Marvão.

Los reinos cristianos del Norte

Ya en los tiempos inmediatos a la invasión de la mayor parte de la Península por los musulmanes, Muza quiso penetrar en los parajes del Norte, cuando eran aquellos los únicos territorios sin someter al islam; avanzó y conquistó los castillos de Viseo y Lugo, y envió una avanzadilla que llegó hasta la peña donde más tarde se haría fuerte Pelayo. A todo el noreste peninsular se le denominaba entonces Galicia.

Sin embargo, el primer emir omeya apenas tuvo tiempo para ocuparse del pequeño reino cristiano que sobrevivía en las montañas del Norte, a causa de las guerras civiles en sus dominios. Sería el hijo de Abderramán I, el piadoso Hixem I, quien iniciara la primera acometida importante contra Alfonso el Casto. Asimismo, este emir enviaría una gran expedición vengadora contra Carlomagno, en la que conquistó Gerona y llegó hasta Narbona (793-794). Con el botín logrado en la victoria se pagaron las obras de la mezquita y del puente de Córdoba.

Ya vimos más arriba cómo en el año 828 Abderramán establecía un acuerdo con el rebelde Aizon y lanzaba una expedición contra los dominios francos de la Marca Hispánica con la idea de ocupar Barcelona. Aizon había estado prisionero en Aquisgrán, de donde logró fugarse, fomentando la rebelión contra los francos en las regiones montañosas de los

Pirineos. El ejército del emir sitió Barcelona, pero la feroz resistencia que ofreció el conde Bernardo impidió la toma de la ciudad.

A partir de entonces, las fuerzas cordobesas se limitaron a asolar estos territorios y conseguir nada más que algún botín, cautivos y causar destrozos, sin que cayese en su poder ninguna plaza importante.

Y ya en el primer tercio del siglo IX comienza a vislumbrarse el carácter de los diferentes núcleos de resistencia en las montañas septentrionales. Asturias nace como una prolongación de la monarquía visigoda, que tiene la aspiración de restaurar el orden anterior a la invasión musulmana, y que será el inicio de la fuerza reconquistadora. De ahí el papel dirigente que procuran ostentar sus reyes en relación con los otros núcleos cristianos en momentos posteriores. El núcleo de los vascones es una continuación de la actitud de independencia de este pueblo montaraz, mantenida ya antaño contra romanos y godos. Y la Marca Hispánica, a su vez, nace como una expansión del Imperio carolingio, lo que imprime su matiz especial a la futura Cataluña, cuyas instituciones revelan un mayor contacto con las de Europa central que las del resto de la Península.

Añaden los cronistas arábigos que, ocupadas en el asedio de Mérida las armas del emir Alhaquén I, los cristianos del Norte habían crecido en pujanza y fortalecido su poder, invadiendo el territorio musulmán por diversos puntos de la frontera con grande exterminio y despojo de sus moradores. En efecto, los reinos cristianos del Norte supieron aprovecharse de las sucesivas revueltas surgidas en Toledo y Mérida. Y, mientras los cristianos sometidos en estas ciudades esperaban con tesón la llegada de las huestes liberadoras, los francos proseguían la conquista de Cataluña y, por su parte, Asturias se consolidaba bajo el largo y venturoso reinado de don Alfonso II el Casto. Pero la ayuda prometida a los rebeldes que resistían esperanzados en una Reconquista cristiana no llegaría hasta muchos siglos después.

El célebre narrador Al Maqqari escribió sobre esta historia, lamentándose en estos términos:

¡Ay de Mérida! La ciudad rebelde que yergue su arrogante cabeza contra el destino...

GLOSARIO DE TÉRMINOS

ACEIFA: expedición militar que las tropas musulmanas hacían generalmente en verano.

AGARENO: descendiente de Agar, mujer bíblica, y, por extensión, musulmán, particularmente refiriéndose a los que ocuparon España durante la Edad Media.

AID: significa «La fiesta». La fiesta del Cordero es la mayor del calendario lunar para los musulmanes. Llamada *Aid al-Adha* (fiesta del Sacrificio) o también *Aid el Kebir* (fiesta Grande), ya que la llamada fiesta pequeña, o *Aid Sghir*, es la del fin del Ramadán. La fiesta del Cordero o fiesta Grande se remonta a la historia de Abraham, considerado por el Corán como el fundador del pueblo árabe. Abraham tuvo dos hijos, Ismael, de su esclava Agar, e Isaac, de su esposa Sara. Para el mundo musulmán fue su hijo Ismael, el primogénito, el que fue ofrecido en sacrificio por su padre como prueba de su amor por Dios, pero en el momento en que el padre se disponía a sacrificar al hijo, recibió la orden divina de canjearlo por un cordero. De aquel suceso derivarían dos consecuencias importantes: la abolición de los sacrificios humanos a la divinidad y la promesa de Abraham de construir el templo la Cava. En recuerdo de aquel hecho, todas las familias se reúnen en torno al sacrificio de un carnero. La fiesta es más que un simple acontecimiento religioso, es también la ocasión para encontrarse con la familia y los allegados. Es, además, sinónimo de reparto y de generosidad hacia los pobres y los indigentes.

ALARIFE: arquitecto, maestro de obras o incluso albañil.

AL-DIMMA: comunidad de *dhimmis*, o cristianos sometidos, y, también, región, zona, aldeas y barrios o parte de las ciudades donde vivían los cristianos durante la dominación musulmana.

ALFAQUÍ: doctor en la ley del Corán.

ALFOZ: arrabal. Distrito, campos y aldeas pertenecientes a la jurisdicción de una ciudad.

ALHÓNDIGA: lugar donde se alojaban los mercaderes y almacén de mercancías en las ciudades.

ALJAMA: comunidad o juntas de moros o judíos. Mezquita, sinagoga. Morería o judería.

ALMOJÁBANA: torta frita de queso blanco con canela y miel.

ALMOJARIFE: funcionario encargado de recaudar los tributos y administrar las rentas. Administrador o tesorero.

ALMUNIA: explotación agraria cercana a las ciudades, que solía ser propiedad de las jerarquías dominantes de la sociedad musulmana.

BASMALA: deriva de *Bismillah* y significa, literalmente, «en el nombre de Alá».

CADÍ: juez civil.

CLAVE: piedra con la que se cierra el arco o bóveda.

COMES: conde, autoridad máxima de los mozárabes en Alándalus.

CORA: división territorial musulmana. Provincia o distrito.

DIMMÍES: nombre aplicado en Alándalus a los cristianos y judíos que debían pagar tributos a cambio de una cierta protección.

DUC: del latín *dux*, el término tiene su origen en los cargos tardorromanos y bizantinos, del plural *duces* (la pronunciación en el latín vulgar da como resultado la palabra duc). En su origen denotaba el rango militar de general. Posiblemente la palabra deriva su semántica del infinitivo «duco»: *guiar en el frente*, en oposición a «ago»: *guiar desde atrás*. Así, «el que guía desde el frente» denotaría originalmente a un guía militar o caudillo.

EMIR: significa «el que ordena». Máxima autoridad política y militar de Alándalus.

EXCEPTOR: recaudador de impuestos mozárabe.

HAMÁN: casa de baños.

HAWLAQA: invocación, oración, jaculatoria musulmana.

IBLIS: en el mundo musulmán son los demonios o espíritus malignos.

ISMAELITA: descendiente de Ismael, hijo natural de Abraham, y, por extensión, árabe.

JARACH: tributo impuesto a los mozárabes.

MADRAZA: escuela superior.

MINBAR: púlpito en una mezquita.

MORO: del latín *mauros*, habitantes del norte de África.

MUFTÍ: especie de clérigo o jurisconsulto islámico, capaz de interpretar la *sharia* o ley islámica y de emitir dictámenes legales o fetuas.

MULADÍES: población de origen hispanorromano y visigodo que adoptó la religión, la lengua y las costumbres del islam durante la dominación musulmana para disfrutar de los mismos derechos que los islamitas tras la formación de Alándalus. Y por extensión, todo cristiano que abandonaba el cristianismo, se convertía al islam y vivía entre musulmanes. Se diferenciaban de los mozárabes en que estos conservaban su religión cristiana en áreas de dominio musulmán.

MUSLIM: musulmán.

ORDO: orden, sistema de gobierno, Estado, autoridad…

PRESBITERIO: parte de una iglesia que antecede al altar mayor y que en las iglesias mozárabes suele estar a diferente altura del resto de la nave y separada de ella por el iconostasio.

Quibla: muro cerrado orientado hacia La Meca.

Rumíes: significa «romanos». Término general con el que se llamaba a los cristianos del Norte en Alándalus.

Sarraceno: del latín *sarraceni*, y del arameo *sarqayin*, gentilicio de Sraq, que significa «desierto»; es decir, natural de los desiertos y, por extensión, árabe, musulmán de los que llevaron a cabo la conquista de diversos países en la Edad Media.

Ulema: doctor en ley, sabio islámico.

Umma: comunidad de creyentes musulmanes.

Valí: gobernador musulmán de una cora.

Yemeníes: árabes del sur.

Yizya: capitación. Impuesto que los antiguos Estados musulmanes imponían a los no musulmanes, conocidos como dimmíes, como contraprestación por poder practicar su fe y disfrutar de autonomía en sus comunidades de origen.

Xenodochium: en el mundo cristiano antiguo, el *xenodochium* era un edificio ideado para dar cobijo a los viajantes, transeúntes, peregrinos y fieles enfermos. Estos lugares se convertirían con el tiempo en hospitales.

Zéjel: composición poética popular en Alándalus, compuesta por un estribillo inicial y número variable de estrofas de tres versos monorrimos seguidos de otro verso de rima constante, igual a la del estribillo.

Zuhur: en la religión musulmana, las oraciones del mediodía se llaman *Az Zuhur*.